Edeltraut Dols

Entscheidung auf Greendale

Südstaatenroman

Edeltraut Dols

Entscheidung auf Greendale

Südstaatenroman

Bibliografische Information der Deutschen National-bibliothek:

Die Deutsche Nationalbibliothek verzeichnet diese Publikation in der Deutschen Nationalbibliografie; detaillierte bibliografische Daten sind im Internet über http://dnb.dnb.de abrufbar.

© 2015 Edeltraut Dols
Coverbild: Sascha Erbach / pixelio.de
Covergestaltung: Tom Jay, ww.tomjay.de
Lektorat. J.P. Dallmann, Berlin
Alle Rechte beim Autor
Herstellung und Verlag: BoD – Books on De-mand, Norderstedt
ISBN: 978-3-734767678

Entscheidung auf Greendale

Langsam zog die Dämmerung herauf. Endlich hatte er einen Augenblick für sich, einen Augenblick der Ruhe. Tief sog er die Luft ein und ließ sie mit einem Stoß entweichen. Den ganzen Tag über hatte er Hände geschüttelt, die Flut mitleidiger Blicke ertragen, das Tätscheln alter Damen und das Schulterklopfen gesetzter Herren, und dabei keinerlei Regung gezeigt. Zu tief saß der Schmerz, zu groß war die Gefahr, die Kontrolle zu verlieren. Schweigend stand er da, den Kopf mit geschlossenen Augen zum Himmel gewandt, die Arme am Körper hängend und die Hände zu Fäusten geballt.

„Warum?", schrie Thomas Greendale in stummer Verzweiflung gen Himmel, „warum? Es war längst noch nicht seine Zeit!"

Das Geräusch abfahrender Kutschen drang vom Herrenhaus zu ihm herüber. Er hätte die Trauergäste persönlich verabschieden sollen, aber er rührte sich nicht. Sie würden schon Verständnis haben. Es war ein harter Tag gewesen. Widerstrebend öffnete er die Augen, um langsam den Blick zu senken in verzweifelter Hoffnung, alles sei nur ein böser Traum. Doch das frische Grab zu seinen Füßen war Wirklichkeit, bittere Wirklichkeit. Hier lag sein Vater, John William Greendale, zur letzten Ruhe gebettet. Als hätte er erst jetzt das ganze Ausmaß der Tragödie erfasst, sank Thomas Greendale auf die Knie, und Tränen rannen über seine Wangen, Tränen, die er den ganzen Tag über zurückgehalten hatte. Er hatte geglaubt, noch viel Zeit mit ihm zu haben. Schließlich war sein Vater ein gesunder und kräftiger Mann gewesen. Wut erfasste ihn, wie schnell ein Leben ausgelöscht werden konnte. Wenigstens hatte er nicht leiden müssen, er war sofort tot gewesen, hatte der alte Dr. Mathew, langjähriger Arzt der Familie, bestätigt. Sein Vater hatte sich das Genick gebrochen, als sein Pferd gescheut und ihn abgeworfen hatte. Dabei war er so unglücklich gestürzt, dass er mit dem Kopf genau auf eine Baumwurzel aufgeschlagen war. Was hatte das sonst so gutmütige Tier nur derartig erschreckt? Und warum war es dem Vater nicht gelungen, den ausbrechenden Hengst zu bändigen? Er war doch ein guter und erfahrener Reiter gewesen … Irgendetwas musste seine Aufmerksamkeit abgelenkt haben.

Das Bild des Vaters erschien vor seinem geistigen Auge: Routiniert saß er in seinem Arbeitszimmer über den Büchern und murmelte gedankenversunken vor sich hin. Seine Schreibfeder legte er niemals ab. Wenn er nicht gerade schrieb, behielt er sie in der Hand und drehte sie spielerisch zwischen den Fingern, oder er steckte sie wie eine Zigarre in den Mundwinkel, sobald er die Hände zum Sortieren von Belegen brauchte.

Neben der Bibliothek war das Arbeitszimmer der Raum im Haus gewesen, an dem sein Vater sich den Großteil seiner Zeit aufgehalten hatte und wo man ihn nur im Notfall stören durfte. Tat man es ohne ausreichenden Grund, konnte er sehr ungehalten werden, und in einem solchem Fall war es besser, ihm den restlichen Tag über aus dem Weg zu gehen. Auch war es eine Todsünde, die geheiligte Unordnung auf seinem Schreibtisch auch nur zu berühren, geschweige denn dort zu putzen. Er konnte sehr streng erscheinen, doch im Grunde war er ein herzensguter und gerechter Mann. Sein noch immer volles Haar war schon vollständig ergraut, ebenso sein dichter Backenbart. Tiefe Falten zeichneten seine Augen, aber noch immer war er eine Autorität, wenn es darauf ankam. Allerdings war er in den letzten Jahren in einigen Dingen etwas nachlässig geworden – freilich mit Ausnahme der Führung seiner Bücher. Stattdessen verbrachte er mit seinem langjährigen Freund Anton Jenkens, seit einigen Jahren Witwer, viel Zeit damit, bei einer Zigarre und einem Gläschen Brandy in alten Zeiten zu schwelgen.

„Dein Vater ist einsam", hatte Anton ihm vor ein paar Monaten anvertraut, „er hofft, dass du bald dein Studium beendest und ihm hier auf der Plantage zur Seite stehst."

War Anton deshalb so oft bei seinem Vater, weil dieser sich einsam fühlte? Damals hatte Thomas ihn nur verwundert angesehen und nicht recht gewusst, was er erwidern sollte. Die Aussage war zu überraschend gekommen. Wenn er ehrlich sein sollte, hatte er sich bis zu diesem Zeitpunkt keine Gedanken darüber gemacht, wie es dem Vater ging.

Beatrix, genannt Bea, die Frau seines Vaters, hatte ihn schon vor vielen Jahren verlassen. Sie hatten keine glückliche Ehe geführt. Sie redeten nur das Nötigste miteinander, und man sah sie selten zusammen, außer bei gesellschaftlichen Anlässen. So lange er zurückdenken konnte, hatten sie in getrennten Zimmern geschlafen. Die lieblose Beziehung seiner Eltern empfand Thomas als Kind bedrückend, sie machte ihn betroffen und traurig. Er begann sich selbst dafür die Schuld zu geben, war oft still und in sich gekehrt. Die Hilflosigkeit, die er dabei fühlte, belastete ihn, und so versuchte er alles Mögliche, um die Eltern fröhlich zu stimmen. Doch das gestaltete sich im Laufe der Zeit immer schwieriger – insbesondere, was seine Mutter anging. Sie dehnte ihre Abwesenheit von Zuhause bei ihren Ausflügen und Reisen jedes Mal länger aus. Irgendwann kehrte sie nicht mehr zurück.

„Das Leben hier draußen ist nicht das Wahre für deine Mutter", hatte Dad ihn zu
beruhigen versucht, „sie ist eben ein Stadtmensch, sie braucht Teegesellschaften und was Frauen eben so als wichtig erachten."

Trotz ihrer unglückseligen Ehe hatte der Vater Bea stets mit Respekt behandelt und nie ein schlechtes Wort über sie verloren. Die Briefe seiner Mutter, anfangs noch regelmäßig kommend, hatte er aus Enttäuschung nicht beantwortet. Im Gegensatz zu seinem Vater fehlte es ihm an Verständnis. Er fand keine Entschuldigung für ihr Verhalten. Ihre Gesichtszüge verschwammen allmählich in seiner Erinnerung. Lange hatte er sie nicht mehr gesehen und auch nicht sehen wollen. Sie hatte nicht nur ihren Ehemann verlassen, sondern auch ihn, ihren einzigen Sohn. Das konnte er ihr nicht verzeihen. Nicht einmal zur Beerdigung des Vaters war sie erschienen …

Eine Hand, die sich auf seine rechte Schulter gelegt hatte, holte ihn in die Wirklichkeit zurück. Er brauchte nicht aufsehen, um zu wissen, wer hinter ihm stand. Er spürte, dass es Elaih war.

„Es ist richtig, dass du nicht länger gegen den Schmerz ankämpfst, lass es raus." Seine Worte drangen kaum lauter als ein Flüstern zu ihm.

„Ich kann es immer noch nicht fassen, dass er für immer gegangen ist. Ich vermisse ihn so."

„Ich weiß … Es ist ganz normal … er war dein Vater", kam stockend die Antwort.

„Er war auch dein Vater, Elaih", stieß Thomas gepresst hervor.

„Wohl eher Erzeuger als Vater", kam der scharfe Einwand, und nach einer kurzen Pause setzte er hinzu: „Was nicht heißen soll, dass er mir nicht trotzdem fehlt."

Thomas hob den Blick und sah den verkniffenen Ausdruck im Gesicht seines schwarzen Halbbruders. Er sah ihn nicht an, hielt den Blick stur geradeaus und ganz langsam, ohne die Blickrichtung zu ändern, ging er neben Thomas in die Knie. Stumm hockten sie nebeneinander auf dem kleinen, auf einer leichten Anhöhe gelegenen Familienfriedhof. Ein weiß gestrichener Lattenzaun umrandete die gepflegte Ruhestätte, auf der auch seine Großeltern, sein Urgroßvater und seine Tante, die Schwester seines Vaters mit dem kleinen Jungen, der nur drei Tage alt geworden war, begraben lagen. Die Dämmerung war rasch hereingebrochen.

„Ich muss wieder ins Haus. Ich habe Gäste." Mit diesen Worten erhob Thomas sich abrupt und reichte Elaih die Hand, damit dieser sich ebenfalls erhob. Elaih zog ihn in eine kurze Umarmung.

„Wenn du reden willst oder einfach nur Gesellschaft suchst: Du weißt, wo du mich findest."

„Danke, aber ich wäre am liebsten allein." Mit einem leichten Seufzen fügte er hinzu:

„Ganz allein." Dann drehte er sich um und entfernte sich mit großen Schritten. Elaih sah ihm nach, bis er hinter der Einbiegung der Veranda verschwunden war. Es würde nicht einfach werden für ihn, er stand unter Druck. Doch er zweifelte nicht, dass sein Bruder seine Sache gut machen würde. Thomas war nun der Herr über Greendale.

„Ruhe in Frieden ... Vater", murmelte er. Dann verließ auch er den Friedhof.

Elaih liebte und bewunderte seinen Bruder. Er hätte alles getan, um ihm beizustehen. Sie waren zusammen aufgewachsen und als Kinder unzertrennlich gewesen. Der Vater hatte das zwar immer mit undeutbarer Miene verfolgt, sich aber nie dagegen ausgesprochen. Ganz im Gegensatz zu Mrs. Greendale: Ihr war diese Freundschaft stets ein Dorn im Auge gewesen, und so manches Mal hatte sie Thomas wütend von ihm, Elaih, fortgeschleift. Aber ohne großen Erfolg, denn Thomas fand immer einen Weg, sich aus dem Herrenhaus zu schleichen und ihn zu finden. Er konnte sie auf der anderen Seite allerdings verstehen und hatte Mitleid mit ihr: Immerhin war er der Bastard ihres Mannes, gezeugt mit einer seiner Sklavinnen. Er selbst war ein freier Mensch von Geburt an, ein Geschenk an seine Mutter. Er hätte hingehen können, wo immer er wollte, aber er war geblieben – nicht zuletzt wegen seiner Mutter. Nach wie vor war sie eine Sklavin hier. Dies hier war sein Zuhause, und er fühlte sich wohl – auch, wenn er gern die Chancen gehabt hätte, die seinem weißen Bruder Thomas zuteil wurden.

Anfangs hatte Thomas einen Hauslehrer gehabt, der ihn Lesen und Schreiben lehrte; später dann war er nur noch selten Zuhause gewesen, und wenn, dann brachte er seine weißen Freunde mit. Nie hätte er Thomas gegenüber zugegeben, wie sehr es ihn schmerzte, nicht mehr der beste Freund in seinem Leben zu sein. Aus gekränktem Stolz hatte er sich zurückgezogen, um ihm seine Verletztheit und seinen

Schmerz nicht zu zeigen. Aber was hatte er erwartet? Auch wenn er ein freier Mann war: Er war ein Schwarzer, besser gesagt, ein Mischling. Jeden Nachmittag, wenn der Hauslehrer, ein dürrer, weißer, älterer Mann mit schwarzumrandeter Brille, das Lernzimmer verließ und zu seinem Quartier schlurfte, kam Thomas angelaufen – froh, die Unterrichtsstunde überstanden zu haben. Dann zeigte er ihm, was er alles gelernt hatte oder hatte lernen müssen. Und er, er war begierig darauf, alles zu erfahren und zu lernen, was Thomas lernte und erfuhr.

Thomas strotzte vor Stolz, seinen großen Bruder etwas lehren zu können, und so hatten sie beide ihren Spaß. Oft saßen sie den ganzen Nachmittag unter der dicken alten Lebenseiche und steckten die Köpfe in die Bücher. Thomas lachte und alberte, wenn er den Sinn einer Übung einmal nicht so schnell verstand oder etwas falsch machte. Er hatte damit kein Problem, gab aber nicht auf, probierte vielmehr so lange, bis alles perfekt war – sogar, wenn Thomas schon wieder zurück ins Haus gegangen war. Er war nicht dumm und lernte schnell. Wenn man erst einmal das Alphabet konnte, erwies sich der Rest als gar nicht mehr so schwierig, hatte er begriffen. Er konnte gut logisch denken und besaß eine schnelle Auffassungsgabe. Sein Bruder hatte ihn heimlich lesen und schreiben gelehrt, und er selbst hatte es mehr und mehr perfektioniert. Er bekam die ausrangierten Lehrbücher, die Thomas nicht mehr benötigte und hütete sie wie einen Schatz. Er las sie so oft, dass die Seiten sich nach und nach aus der Bindung lösten. An manchen Abenden hatte er der Mutter daraus vorgelesen oder vor dem Schlafengehen heimlich darin gestöbert. Mit Zahlen hatte er nie Probleme; im Kopfrechnen ließ er den Bruder absichtlich gewinnen, denn er war immer ein klein wenig schneller, doch das hatte er ihm nie gesagt, er gönnte ihm den Triumph des Sieges …

Elaih hielt inne und lächelte. Ein Erlebnis würde er niemals vergessen. Er seufzte leise und blickte gedankenversunken zurück zur Grabstätte, deren weiße Umzäunung im Mondlicht schimmerte. Wie schon einige Male zuvor war er heimlich in die Bibliothek des Vaters geschlichen. Thomas lebte zu diesem Zeitpunkt wegen seiner Schulausbildung den größten Teil des Jahres schon nicht mehr auf der Plantage. Die Begeisterung zu lesen hatte ihn vollständig erfasst; er brauchte Bücher, anspruchsvollere als die einfachen Kinderbücher, die er längst auswendig konnte, und er wusste auch, wo er sie finden würde: in der Bibliothek. Breite, dunkle Holzregale vom Fußboden bis zur Decke, vollgestellt mit Büchern aller Kategorien, fand er hier: Romane, wissenschaftliche Theorien, medizinische Abhandlungen, Geschichten ferner Länder, alles fein säuberlich nach Themen geordnet. Stunde um Stunde hätte er dort verbringen können, ohne dass ihm langweilig geworden wäre. Hier gab es so vieles zu entdecken, dass er sich wie im Paradies fühlte.

Oft, wenn er sich wieder einmal nicht entscheiden konnte, welchem Werk er sich widmen sollte, las er die ersten Seiten kurzerhand gleich vor Ort. Natürlich achtete er immer sorgsam darauf, dass sein Vater sich entweder außer Haus befand oder an anderer Stelle unabkömmlich schien, denn schließlich durfte er keinesfalls erwischt werden! Einmal jedoch verkalkulierte er sich trotz, aller Voraussicht. Er wusste um die knapp bemessene Zeit, denn sein Vater stand im Hof im Gespräch mit einem Aufseher. Gerade hatte er ein dickes, schwarzes Buch aus einem Regal gezogen,

„Ivenhoe" stand in golden verschnörkelten Buchstaben auf dem Deckel. Er war so vertieft in die Lektüre, dass er die knarrende Tür nicht hörte und das Eintreten des Vaters nicht bemerkte. Er wusste nicht, wie lange er dagestanden hatte. Erst als er die Stimmen zweier Hausklaven hörte, die den Korridor entlang liefen und kicherten, sah er auf und blickte zu seiner Überraschung ins Gesicht des Hausherren. Elaih war so erschrocken, dass er kein Wort herausbrachte. Er war unfähig sich zu rühren. Sein Vater stand nur da, einen Meter von der Tür entfernt, und sah ihn mit ausdrucksloser Miene an. Er musste in diesem Augenblick begriffen haben, dass er, Elaih, lesen konnte. Doch nicht ein Muskel zuckte in seinem Gesicht, nichts verriet die Spur einer Gefühlsregung, seine Augen waren starr auf ihn gerichtet. Elaih hatte alles Mögliche erwartet, Wutausbrüche, Strafpredigten. Stattdessen stand der Vater nur da und starrte ihn an. Dann drehte er sich einfach um und verließ wortlos den Raum. Er schloss sogar die Tür hinter sich.

Elaih konnte nicht sagen, wie lange es gedauert hatte, bis er aus seiner Erstarrung erwacht war. Der Vater war einfach hinausgegangen. Er hatte ihm den Zugang zur Bibliothek weder erlaubt noch verboten, er hatte es einfach stillschweigend gebilligt und ihn nie darauf angesprochen. Die Szene brannte sich in sein Gedächtnis und würde ihn ewig an ihn erinnern, eine bleibende Erinnerung an den Mann, der ihn gezeugt hatte. Er redete sich ein, dass sein Vater stolz auf ihn war, dass er lesen gelernt hatte und Interesse an Büchern zeigte. Warum sonst hatte er geschwiegen? Lieber wäre es ihm natürlich gewesen, er hätte es ihm gesagt, aber darauf durfte er kaum hoffen. Er wurde wie jeder andere Sklave behandelt, unabhängig davon, dass er sein Fleisch und Blut war. Aber Elaih wusste, das er ihn genau beobachtete. Er spürte seine Blicke im Nacken, wenn er meinte, niemand würde es sehen, und er ließ ihn in dem Glauben und tat, als bemerke er es nicht. Ja, er genoss es sogar. Er trug das Blut dieses weißen Mannes in sich. Er war ein Mischling, was seine hellere Haut deutlich erkennen ließ. Jeder wusste, von wem er abstammte, aber niemand sprach es je laut aus. Er war fünf Monate alt, als sein Vater eines Tages eine weiße Frau mit auf die Plantage brachte und sie als seine Ehefrau vorstellte. Elf Monate später wurde Thomas geboren, sein Bruder.

***

Entgegen seiner Erwartung hatte Thomas doch noch einige Stunden Schlaf gefunden. Trotzdem fühlte er sich keineswegs ausgeschlafen. Anton Jenkens und seine Tochter Christina, seine einzige Tochter und das jüngste seiner drei Kinder, waren noch im Haus, sie hatten im Gästezimmer im Ostflügel übernachtet. Ebenso wie Augusta, besser bekannt als Tante Gussie, die Schwester seiner Großmutter. Sie hatte das stolze Alter von fast 85 Jahren, aber sie hatte es sich nicht nehmen lassen, zur Beerdigung ihres verstorbenen Neffen zu erscheinen. Ihre Augen waren nicht mehr die Besten und sie hörte schlecht. Beim Frühstück hatte er sie fast anbrüllen müssen, um verstanden zu werden, aber er bewunderte die alte Dame, die es sich offenbar nicht nehmen ließ, am Leben teilzunehmen. Dabei war ihr Auftreten noch ebenso selbstbewusst und herrisch wie eh und je. Anton dagegen wirkte um Jahre gealtert; die Trauer um seinen besten Freund machte ihm zu schaffen, auch schämte er sich der

Tränen nicht, als er sich am Grab verabschiedete. Anton war ein paar Jahre älter als sein Freund, blass und von hagerer Gestalt, geistig zwar noch beweglich, doch körperlich bereitete ihm seine Arthritis so manche Probleme. Christina begleitete ihn oft; er kannte sie gut und mochte sie. Er hatte sie manchmal getroffen, wenn er in den letzten Jahren zu kurzen Besuchen nach Hause gekommen war. Sein Vater hatte in der Vergangenheit die eine oder andere Äußerung fallen lassen, was Christina anging. Er wusste, dass Dad versuchte, den Kuppler zu spielen, aber er hatte es immer mit einem Schmunzeln abgetan, obwohl er schon genauer hingesehen hatte, was er natürlich nie zugegeben hätte. Zweifelsohne besaß Christina eine gute Figur, groß, schlank und mit den richtigen Proportionen, dazu golden schimmerndes, blondes Haar. Christina war bei der Beerdigung eine große Hilfe gewesen. Sie hatte die Sklaven angewiesen, die mit der Fülle der Aufgaben überfordert waren. So viele Gäste auf einmal hatte Greendale schon lange nicht mehr beherbergen müssen. An normalen Tagen waren nur zwei Sklaven in der Küche tätig, und wenn Gäste kamen, gab es noch zwei weitere, die mit anpacken konnten. Doch sie waren mit den Abläufen in der Küche nicht sonderlich vertraut. Er war Christina unglaublich dankbar, dass sie sich um alles gekümmert hatte, ohne dass er sie darum gebeten hatte. Sie hatte geschickt Anweisungen verteilt, hatte den Sklaven Aufgaben zugewiesen und die Arbeiten überwacht, sodass alles reibungslos verlaufen war. Sie verstand es offenbar, einen Haushalt zu führen, besaß Organisationstalent und die Fähigkeit, Menschen zu führen. Und dazu war sie noch eine wunderschöne Frau … Die Sklaven waren es nicht gewohnt, Befehle von Fremden entgegenzunehmen, doch wegen der besonderen Umstände taten sie ohne Murren das, was ihnen aufgetragen wurde. Christina hatte sich am Morgen freilich darüber mokiert, dass die Sklaven schlecht ausgebildet waren. Sie stellten sich ihrer Meinung nach ungeschickt an, vor allem beim Auftragen und Abräumen der Speisen. Anton hatte ihm Hilfe in geschäftlichen Angelegenheiten angeboten, doch er, Thomas, hatte dankend abgelehnt. Er würde eine Weile brauchen, um sich einzugewöhnen, aber er fühlte sich durchaus imstande, die auf ihn zukommende Verantwortung zu übernehmen – auch, wenn er geglaubt hatte, dass diese Zeit noch nicht so bald sein würde.

Tante Gussie war am Nachmittag mit ihren beiden treuen Sklaven wieder abgereist. Die Matratze ihres Bettes sei zu hart für ihre alten Knochen, hatte sie gemeint. Anton und Christina dagegen blieben noch zwei Tage, und er empfand ihre Gesellschaft als tröstlich – insbesondere die von Christina. Doch nun war es an der Zeit, sich den neuen Pflichten zu stellen. Er setzte sich mit Mr. Fellow, dem Aufseher, der die Befehlsgewalt über die Feldsklaven besaß und dem die anderen Aufseher unterstellt waren, zusammen, um alles Nötige zu klären. Elaih überließ er es, jene Sklaven zu beruhigen, die sich vor der Zukunft fürchteten, weil sie ihren neuen Herrn noch nicht kannten. Nach dem Gespräch mit Fellow nahm er sich die Rechnungsbücher vor. Wie erwartet, war alles fein säuberlich aufgeführt und alle Posten dokumentiert. Er zuckte zusammen, als es an der Tür klopfte und leise eine junge, hellhäutige Sklavin eintrat. Sie arbeitete bei Bessy in der Küche, er erkannte sie sofort und wusste sogar noch ihren Namen: Emba. Dad hatte sie vor etwa drei Jahren seinem Freund Mr. Hopkins abgekauft, als dieser sein Stadthaus verkauft hatte.

„Verzeihung, Mr. Greendale, ... äh ... Ich wollte fragen, was mit dem Zimmer Ihres Herrn Vater geschehen soll. Bessy meint, wir sollten die Schränke ...“

„Nein!“, unterbrach er sie barsch, „niemand rührt dort irgendetwas an, bevor ich es sage. Ist das klar? Und jetzt raus!“

„Ja, Sir, natürlich, Sir. Verzeihung“, erwiderte Emba und verschwand blitzschnell und ebenso leise, wie sie gekommen war. Er stöhnte und warf den Stift, den er in den Händen gehalten hatte, wütend zu Boden. Dann stand er auf und schritt zum Fenster. Was war nur los mit ihm? Er hatte nicht vorgehabt, sie derart anzufahren. Sie sollte sich nicht vor ihm ängstigen. Bisher war er noch nicht in Dads privaten Räumlichkeiten gewesen. Nicht, weil er es nicht konnte, sondern einfach, weil er bisher noch nicht die Zeit dafür gefunden hatte. Er musste sich schnellstens darum kümmern, und dann wären dort bestimmt zahlreiche Änderungen notwendig. Seit Jahren hatte es dort keine Renovierungen mehr gegeben. Aber zunächst musste er die persönliche Habe des Vaters ordnen und sortieren ...

Angewidert starrte er kurze Zeit später auf das dampfende Essen, dass die gute alte Bessy ihm im Speisezimmer auftrug. Er verspürte keinen Hunger; lustlos stocherte er mit der Gabel darin herum und schob den Teller schließlich von sich, erhob sich und ging zurück ins Arbeitszimmer. Wenn nur sein Kopf nicht so hämmern würde! Er stützte sich am Schreibtisch ab, als eine Woge von Übelkeit ihn erfasste. Mit einem Aufstöhnen ließ er sich in den schweren Stuhl sinken und schloss kurz die Augen, als er ein Klopfen vernahm. Noch ehe er reagieren konnte, wurde die Tür bereits geöffnet, und wieder trat Emba ein. Sie trug ein rundes Silbertablett mit einem Glas und kam zielstrebig auf ihn zu, mit einem kleinen Lächeln auf den Lippen.

„Bessy sagt, Sie sollen das hier trinken." Mit diesen Worten stellte sie das Glas vor ihm ab. Thomas beäugte es misstrauisch, hob es an und schnupperte. Es roch widerlich und sah undefinierbar aus.

„Was ist das?"

„Ich weiß es nicht, Sir. Bessy sagt, es macht ihren Kopf wieder frei und entgiftet ihren Körper."

„So? Sagt sie das?" Er fuhr hoch und tat einen Schritt auf sie zu. Ihr amüsiertes Grinsen ärgerte ihn, doch sie wich keineswegs zurück, wie er erwartet hatte – sie hielt seinem Blick stand und meinte triumphierend: „Bessy sagt, ich soll nicht eher zurückkehren, bis Sie das Glas ausgetrunken haben. Und wenn sie sich weigern, kommt sie und flößt es Ihnen höchstpersönlich ein!"

Er zögerte. Oh ja, Bessy konnte furchteinflößend und beharrlich sein! Embas Lächeln vertiefte sich, und zwei Grübchen bildeten sich in ihren Wangen. Einen Moment vom Thema abgelenkt, starrte er fasziniert auf ihre Grübchen und ihren wohlgeformten roten Mund.

„Also, ich an Ihrer Stelle würde das hier trinken!", beharrte sie, nahm das Glas und hielt es ihm erwartungsvoll entgegen. Ihre Finger berührten sich. Sein Ärger war verflogen, und er konnte sich ein Lächeln nun ebenfalls nicht verkneifen.

„Na, dann wollen wir die gute Bessy lieber nicht verärgern, das bekommt uns beiden wohl nicht gut, Emba." In einem Zug kippte er den Inhalt hinunter und schüttelte sich. Es schmeckte bitter und hinterließ einen unangenehmen Geschmack im Mund.

„Danke", trällerte sie, nahm das Glas, stellte es zurück auf das Tablett und eilte beschwingt aus dem Raum, als fürchte sie, ihr Auftritt hätte für sie noch ein Nachspiel. Verblüfft sah er ihr nach. Dann schüttelte er energisch den Kopf und setzte sich wieder an das Schreibpult, ohne einen Plan zu haben. Es war wohl etwas zu viel Brandy gewesen gestern Abend. Er wusste kaum noch, wie er in sein Bett gelangt war. Zumindest war er am Morgen dort erwacht – nur mit seiner Hose bekleidet und mit nacktem Oberkörper, die Stiefel akkurat neben der Tür abgestellt und Weste und Hemd ordentlich über der Stuhllehne hängend. Doch er konnte sich nicht erinnern. Wider Erwarten fühlte er sich nach einer Weile tatsächlich besser; ein grummelndes Geräusch aus seinem Bauch erinnerte ihn daran, dass er kaum etwas gegessen hatte. Er steuerte zielstrebig auf die Küche zu. Elaih saß allein an dem langen Küchentisch und verspeiste ein belegtes Butterbrot mit Käse.

„Na, wieder nüchtern? Was macht dein Kopf?", fragte er.

„Woher weißt du denn das? Tratschen die Sklaven schon darüber?

„Na hör mal, ich habe dich schließlich nach oben geschleift und dich ins Bett verfrachtet!"

„Du warst das?"

Elaih lachte auf. „Ja, dachtest du, die arme Emba hätte das allein geschafft?"

„Emba ... Was? ... Wieso? ... Ich verstehe nicht?", stammelte Thomas und versuchte krampfhaft, sich an den gestrigen Abend zu erinnern. Aber so sehr er es auch versuchte, es gelang ihm nicht. Stattdessen tauchte nur ein Bild vor ihm auf: Emba, die ihm das Glas in die Hand drückte und ihn dabei spöttisch ansah.

„Emba fand dich im Arbeitszimmer", fuhr Elaih fort, „du hast mit dem Kopf auf der Tischplatte gelegen, das Brandyglas in der Hand und hast geschlafen und laut vor dich hingeschnarcht. Emba hat mich darauf gerufen, damit ich dir helfe ... Ja, und dann hab ich dich in deine Schlafkammer gebracht, damit du deinen Rausch etwas bequemer ausschlafen konntest."

„Äh ... ja ... Dann hast du mich ausgezogen?"

Elaih sah ihn belustigt an. „Dachtest du etwa, Emba sei es gewesen?"

„Natürlich nicht!" entgegnete er sofort und fühlte sich mit einem Mal merkwürdig unruhig. Bevor Elaih noch etwas sagen konnte, stapfte Bessy mit einem Gemüsekorb unter dem Arm schnaufend in den Raum.

„Aha? Von den bösen Dämonen zurückgekehrt? Normalerweise hätte ich dich noch etwas länger leiden lassen sollen! So ein dummer Junge, sich dieses Teufelszeug so reinzukippen ... pah!" Um ihre Abneigung zu unterstreichen, machte sie eine wegwerfende Handbewegung und stellte mit einem lauten Rumps ihren Korb auf den Tisch. Dann drehte sie sich zu ihm um und schien sein Gesicht zu studieren, während sie die Hände an ihrer breiten Schürze abwischte. Ihr Atem ging stoßweise, und ihr übergroßer Busen hob und senkte sich in schnellem Rhythmus. Die massige Bessy war schon vor seiner Geburt in Greendale House gewesen; sein Großvater hatte sie seinerzeit auf dem Sklavenmarkt erworben. Sie wurde von allen nur Bessy genannt, obwohl sie eigentlich Bess hieß, doch Bessy passte viel besser zu ihr. Sie konnte schimpfen wie ein Rohrspatz, dennoch war sie eine gutmütige

20

Seele und jeder mochte sie – nicht zuletzt, weil sie eine hervorragende Köchin war. In den letzten Jahren, da Greendale die Leitung einer weißen Frau fehlte, konnte Bessy in Eigenverantwortung werken und sogar an andere Sklaven Aufgaben verteilen, die sie gewissenhaft überwachte. Sie wusste, was zu tun war und brachte ihre Forderungen lautstark zum Ausdruck.

„Na ja, noch ein wenig grün um die Nase", ließ sie verlauten, nachdem sie die Musterung seines Gesichts abgeschlossen hatte.

„Oh nein", beeilte Thomas sich zu sagen, der schon fürchtete, sie würde ihm noch ein Glas von der übelriechenden Brühe trinken lassen.

„Ich habe Hunger." Er bemühte sich um einen neutralen Tonfall. Bessy schien befriedigt und streckte sich selbstzufrieden.

„In Ordnung, ich sage Emba, sie soll dir was zurechtmachen. Ich muss mich um das hier kümmern, " sie wies auf den Korb, „die Arbeit macht sich nicht von allein!'"

„Lass dich nicht stören, Bessy. Ich bin schon groß und kann mir selbst eine Stulle schmieren", versuchte er zu scherzen. Ohne auf ihre Einwände zu achten, suchte er sich zusammen, was er dafür benötigte und ließ sich geräuschvoll auf einem Stuhl gegenüber von Elaih nieder. Bessy stieß ein Schnauben aus und schüttelte missbilligend den Kopf. Thomas und Elaih sahen einander amüsiert an und unterdrückten mühsam einen Lachanfall. Während sie aßen, unterhielten sie sich, sprachen über Dinge, die aktuell waren, Pläne für die Zukunft, Änderungen, Verbesserungen. Bessy saß am Ende des Tisches, putzte Gemüse und beteiligte sich nach einer Weile am Gespräch der Brüder.

„Bessy, du sollst mal nach Cathy sehen, es geht ihr nicht gut." Emba kam von der Hofseite in die Küche. Sofort ließ Bessy alles liegen und erhob sich.

„Mach du hier weiter." Sie ging hinaus, und Emba nahm ihrem Platz ein.

„Was ist mit dieser Cathy", erkundigte Thomas sich.

„Sie erwartet in einigen Tagen ihr drittes Kind", erwiderte Emba, während sie die Schale mit den Gemüseabfällen auf ihrem Schoß platzierte und mit der Arbeit fortfuhr, die Bessy ihr übergeben hatte.

„Cathy ist Bobs Frau", klärte Elaih ihn auf. Ja, Bob, den kannte er gut, er lebte schon lange hier. Bob war als Sechzehnjähriger auf die Plantage gekommen; er selbst war damals gerade zehn gewesen. Gleich an seinem zweiten Tag hatte er eine Auseinandersetzung mit Elaih gehabt und ihm eine blutende Nase verpasst. Aber kurze Zeit später, nachdem Bob sich eingewöhnt hatte, verstanden sie sich gut und wurden sogar Freunde. Und auch er kam gut mit ihm aus. Das aufgebrachte Schreien und Weinen eines kleinen Mädchens lenkte seine Aufmerksamkeit auf den Platz vor der Veranda. Ohne zu zögern, stand er auf und schritt darauf zu. Zwei Jungen, etwa elf oder zwölf, machten sich offenbar einen Spaß daraus, ein sehr viel kleineres Mädchen herumzustoßen und an den Haaren zu ziehen.

„Hey, ihr da" brüllte er zu ihnen hinüber. Augenblicklich verstummten die Kontrahenten, während die Kleine trotzig das Kinn vorschob.

„Was ist denn hier los?", fragte Thomas scharf. Die Jungen senkten die Köpfe und starrten stumm auf den Boden. „Nun?" hakte er energischer nach. Die beiden blickten sich kurz an, dann streckte der größere der beiden sich.

„Die ..." er deutete mit dem Kopf in Richtung des Mädchens, „die … äh … die
hat uns belauscht."

„Belauscht? Wobei denn?"

Betreten senkten die Jungen wieder die Köpfe und scharrten mit den Füßen Halbkreise in den trockenen Sand. Er hatte Mühe, seine ernste Miene zu wahren, als er die wachsende Verlegenheit der Jungen bemerkte

„Männergespräche, Sir", verkündigte der Größere mutig und versuchte Haltung anzunehmen.

„Aha ... Männergespräche also", wiederholte Thomas gedehnt und sah die beiden eindringlich an.

„Wie heißt ihr?" Wieder antwortete der Größere.

„Ich bin Joe, und das hier ist Benny, Sir."

„Also, Joe und Benny, und bei ..." er machte eine bedeutungsvolle Pause, „bei Männergesprächen, da lasst ihr euch also belauschen? Das ist aber dumm!"
Er lächelte in sich hinein, wohlwissend, dass es nur ein Thema geben konnte, über das Jungen in diesem Alter sich heimlich unterhielten.

„Sie hat sich hinter uns hergeschlichen", versuchte sich Benny zu rechtfertigen.

„Ganz ekliges Zeug haben die beiden geredet, ich hab´s genau gehört, die haben von ihrem ...", erklang hinter ihm ein trotziges Stimmchen, und ihr Blick auf gewisse Körperregionen der Jungen verriet, was sie soeben enthüllen wollte. Es gelang ihr jedoch nicht, den Satz zu vollenden, denn sofort wurde sie von beiden lautstark und mit unmissverständlichen Gesten zum Schweigen gebracht. Thomas konnte sein Lachen nicht länger unterdrücken. Er wandte sich dem kleinen Mädchen zu, das erst zurückweichen wollte, dann aber doch tapfer stehen blieb, als es sah, dass er lachte.

„Und du, Kleine", begann er, ergriff die Hände des Mädchens und begab sich in die Hocke, damit er nicht so bedrohlich erschien, „du solltest wissen, dass es ungezogen ist, andere zu belauschen! Das tut man nicht! Und wenn man doch was gehört hat, was man nicht hören sollte, dann behält man es auf jeden Fall für sich und erzählt es niemanden. Verstehst du das?" Die Kleine nickte heftig und kaute nervös auf ihrer Unterlippe.

„In Ordnung, dann geh jetzt." Erleichtert rannte sie davon, sodass ihr langes schwarzes Haar nur so flog. Als sie außer Sichtweite war, erhob er sich und drehte sich wieder zu Joe und Benny.

„Und ihr zwei merkt euch: Wenn euch das nächste Mal nach geheimen Männergesprächen zumute ist, dann wählt die Umgebung dafür besser aus, dann kommt ihr später nicht in Verlegenheit, ein kleines Mädchen für eure Dummheiten bezahlen zu lassen, klar?"

„Klar!", erwiderten sie wie aus einem Munde und schienen erleichtert, dass ihnen nichts Schlimmeres widerfuhr.

Immer noch vor sich hin schmunzelnd, erreichte Thomas die Stallungen. Kurz hielt er an der Box, in welcher der braune Hengst seines Vaters stand und friedlich fraß. Dann ging er weiter und sattelte sich seinen großen schwarzen Hengst Arthus, um einen Ritt zu verschiedenen Punkten der Plantage zu unternehmen. Vieles ging ihm im Kopf herum, blockierte sein Denken; er wünschte sich, wieder frei durchatmen zu können. Früher war er gern ausgeritten, doch der Unfall überschattete die Freude, wieder auf dem

Pferd zu sitzen. Er würde den braunen Hengst verkaufen, entschied er – nicht, weil er abergläubisch war, sondern weil er einen Weg finden musste, das Geschehene hinter sich zu lassen. Das Pferd traf keine Schuld, es war ein Unfall gewesen, ein tragischer, aber ein Unfall. Er hatte sich gefreut, endlich wieder nach Hause zu kommen, aber natürlich nicht unter diesen Umständen. Dennoch war er froh, hier zu sein. Er liebte das Land, alles hier.

Er zügelte das Pferd und blickte über die langgestreckten Baumwollfelder, wo die Sklaven ihrer Arbeit nachgingen, auf seiner Plantage! An der linken Seite ritt Mr. Fellow gemächlich die Reihen der Sklavenarbeiter entlang. Mr. Fellow war Mitte fünfzig und hatte ein steifes Bein – eine Schussverletzung, die er sich vor ein paar Jahren zugezogen hatte. Danach wollte niemand ihm mehr Arbeit geben, er sei nicht flink genug, um fliehende Sklaven an ihrem Vorhaben zu hintern, hieß es als Begründung. Sein Vater hatte Mitleid mit ihm gehabt und ihn eingestellt, da Mr. Fellow immerhin eine Frau und fünf Kinder zu versorgen hatte. Mr. Fellow erwies sich als gewissenhafter und zuverlässiger Arbeiter, den er auf keinen Fall missen wollte.

Er beendete seinen Ritt, überließ es Joe, sich um sein Pferd zu kümmern und schritt zurück ins Haus. Ein paar neue Sklaven würde er anschaffen, überlegte er, auch würde er Christinas Vorschlag überdenken, mehr Haussklaven zu verpflichten, damit nicht die gesamte Arbeit an Bessy und Emba hängenblieb, die sich nebenbei auch noch um die Gästezimmer kümmern mussten. Zugegeben, viele Hausgäste hatte es auf Greendale in den letzten Jahren nicht gegeben. Doch das hieß ja nicht, dass es auch in Zukunft so sein müsste … In Gedanken versunken, wäre er fast mit Emba zusammengeprallt.

„Oh, Sie sind zurück, Sir! Möchten Sie sofort essen oder sich erst etwas frisch machen? Ich werde unverzüglich für Sie eindecken, Mr. Greendale", redete sie hektisch drauf los. Offenbar hatte er sie erschreckt.

„Keine Umstände, bitte, " beruhigte er sie, „ich kann genausogut in der Küche essen."

Sie hielt mitten in der Bewegung inne und sah ihn verständnislos mit offenem Mund an. Wie süß sie ist, durchfuhr es ihn, und um seine Mundwinkel zuckte es vergnügt.

„Sie … wollen in der Küche essen? Da essen doch nur wir Sklaven", brachte sie heraus und merkte nicht, dass sie ihn noch immer anstarrte. Ihre Augen haben das warme Braun von Sherry, dachte er fasziniert und wunderte sich gleichzeitig, dass ihm das überhaupt auffiel. Streng rief er sich zur Ordnung und erwiderte so nüchtern wie möglich: „Ich mag es nicht, allein zu speisen. Da vergeht mir der Appetit."

Sie klappte den Mund zu, und ehe sie etwas erwidern konnte, setzte er hinzu: „Und außerdem ist es für euch einfacher. Ihr müsst nicht alle Teller und Schüsselchen ins Speisezimmer tragen."

„Aber Sir ..."

„Solange wir keine Gäste im Haus haben, nehme ich die Mahlzeiten in der Küche ein." Damit war das Thema für ihn erledigt. Tatsächlich aß er ungern allein; schon während der Schulzeit waren sie immer zu Dutzenden gewesen. Er genoss die Unterhaltung während des Essens und die Geselligkeit. Zufrieden mit sich, setzte er mit großen Schritten seinen Weg fort.

Am Abend hielt er sich etwa eine Stunde in den Privaträumen seines Vaters auf und sortierte dessen persönlichen Habseligkeiten. Es war ein beklemmendes Gefühl, und er fühlte sich in gewisser Weise schuldig, als täte er etwas Verbotenes. Er atmete ein paar Mal tief durch, bevor er sich wieder in der Gewalt hatte. Die Betttücher waren inzwischen entfernt und die Betten zum Lüften im Nebenzimmer über den Stuhllehnen ausgebreitet worden. Ansonsten war alles noch so wie zu den Lebzeiten des Vaters. Das Mobiliar war alt, das Bett knarrte, und die Schublade des Nachtschränkchens klemmte. Das Schränkchen trug einige Flecken, offenbar von verschütteten Flüssigkeiten, sowie Kratzer und Schrammen. Der dreitürige Kleiderschrank quietschte in den Angeln und schabte beim Schließen am oberen Rahmen. Lediglich der schwarzbraune Schaukelstuhl in der Fensternische war in akzeptablem Zustand.

„Ich schlafe hier nur, da brauche ich keinen Firlefanz", hatte der Vater damals den Vorschlag einer Renovierung von sich gewiesen. Sein Blick wanderte in die Runde. Es fehlte eindeutig eine weibliche Note; alles wirkte trist und eintönig. Auch die Wände konnten einen neuen Anstrich vertragen, einen helleren Ton, der den Raum freundlicher machen würde. Am Fußende des Bettes sitzend, ließ er die Eindrücke auf sich wirken und gab sich einen Moment der Erinnerung hin, bevor er abrupt aufstand und hinunter ins Arbeitszimmer ging. Er brauchte dringend einen Drink. Es war mittlerweile spät geworden; alles lag in tiefem Schlummer. Es war eine sternenklare Nacht, registrierte er mit kurzem Blick aus dem Fenster des Arbeitszimmers. Der volle Mond warf einen hellen Schein durch die hohen Fenster, deshalb drehte er lediglich die Stehlampe in der Ecke ein wenig höher, bevor er auf die Anrichte zuging, um sich einen Brandy einzugießen. Geistesabwesend starrte er in die klare, braune Flüssigkeit, während er langsam das Glas in seinen Händen erwärmte.

„Sie sollten nicht so viel trinken, Sir. Es wird Ihren Schmerz nicht lindern."

Überrascht sah er auf. Er hatte nicht erwartet, dass noch jemand auf sein könnte, und jetzt stand Emba da und kam langsam auf ihn zu. Sie trug einen langen, cremefarbenen Morgenmantel, und darunter lugte ein weißes Nachthemd hervor, das am Kragen mit einer Schleife zugebunden war. Ihr Haar fiel wellenförmig über ihre Schulter den Rücken hinunter. Sein Mund wurde trocken, und er konnte nichts tun, als sie mit den Augen zu verschlingen. Noch nie hatte er sie mit offenem Haar gesehen. In der Regel war ihr Haar unter einer Art Turban verborgen oder zumindest streng nach hinten in einen Knoten gezwängt.

„Ich könnte ihnen einen Tee bringen", riss sie ihn aus seiner intensiven Musterung zurück in die Gegenwart. „Wirklich, es macht mir nichts aus", redete sie unbeirrt weiter, als er noch immer schwieg. Erwartungsvoll sah sie ihn an. Er räusperte sich, doch seine Stimme klang belegt.

„Nein, vielen Dank." Er nahm einen Schluck Brandy, ohne den Blick von ihr zu wenden. Sherry, ihre Augen hatten wirklich die Farbe von Sherry, dachte er, er hatte sich nicht geirrt, und dabei so klar und rein! Ihr schwarzes Haar glänzte wie Seide …

Ihm war nicht bewusst, dass er auf sie zugegangen war, erst als sie ihn verwundert anschaute; dabei bildete sich eine steile Falte auf ihrer Stirn. Sie schien etwas sagen zu wollen, ihre Lippen öffneten sich, blieben aber stumm. Er nahm eine Strähne ihres Haars in die Hand und wickelte sie bewundernd um seine

Finger. Frischer Seifengeruch stieg ihm in die Nase. Langsam ließ er seine Hand in ihren Nacken gleiten und zog ihren Kopf zu sich heran, während seine Lippen wie von selbst die ihren fanden. Sein Verstand setzte aus. Er spürte das Beben ihres schlanken Körpers, als er beide Arme um sie schlang und sie an sich presste, um den Kuss zu vertiefen. Sie reagierte anfangs zögerlich, doch dann erwiderte sie den Kuss und ließ es zu, dass seine Zunge mit der ihren spielte. Ganz langsam, fast schüchtern, wanderten ihre Hände an ihm empor, streiften seine Wange und legten sich schließlich um seinen Hals. Vorsichtig drängte er sie ein Stückchen zurück, ohne den Kuss zu unterbrechen, bis sie mit ihrem Hintern den Schreibtisch berührte. Er stöhnte auf und vergrub seine Hand in ihren Haaren, während er mit der anderen ihren Rücken auf- und

ab streichelte. Hitze durchströmte ihn, ihr warmer, zarter Körper schmiegte sich wie von selbst an ihn, ihre Finger streichelten seinen Haaransatz im Nacken, und ein Schauder überlief ihn. Er unterbrach den Kuss und sah sie an. Ihr Blick wirkte verschleiert, aber ihre Augen strahlten Wärme aus.

„Wie schön du bist", flüsterte er ehrfürchtig. Sie lächelte verlegen und sah ihm gebannt in die Augen, während ihre Hand zart seine Wange streichelte. Sein Atem beschleunigt sich; diese Frau raubte ihm alle seine Selbstbeherrschung! Seine Hände hatten den Kragen ihres Morgenmantels erreicht, er fuhr mit den flachen Händen darunter und schob ihn langsam von ihren Schultern. Das weiße Nachthemd darunter wirkte fast durchsichtig. Durch den dünnen Stoff streichelte er ihre Brüste; sie gab ein Stöhnen von sich. Oh Gott, er wollte sie, er wollte sie so sehr, er wollte sie

spüren, sie berühren, Haut an Haut! Seine Bemühungen wurden drängender, ungestümer. Hastig knöpfte er die Weste auf und warf sie zu Boden. Dann zerrte er an ihrem Nachthemd; zugleich spürte er, wie ihre Hand tastend unter sein Hemd glitt, das beim Ausziehen der Weste aus dem Hosenbund gerutscht war. Er hatte das Gefühl, seine Haut würde an der Stelle verbrennen, wo sie ihn berührte. Stöhnend warf er den Kopf zurück und sog das Gefühl ein, das ihre Berührung in ihm auslöste; sein Atem ging heftig und stoßweise, sein gesamter Körper schien zu vibrieren. Mit seiner Selbstbeherrschung war es endgültig vorbei.
***

In der Küche stand eine Kanne mit lauwarmen Kaffee. Der Tisch war nicht abgedeckt, weder Bessy noch Emba waren zu sehen, was er seltsam fand, denn Bessy verließ nur selten die Küche, wenn dort Arbeit zu tun war. Die Küche war ein langer, schlauchförmiger Raum. Am hinteren Ende befand sich der große Ofen, rechts und links davon reihten sich unzählige Schüsseln und Kochutensilien an den Wänden. Daneben, in der rechten Ecke, befand sich die Tür zur Speisekammer; von dort aus gelangte man hinunter in das Kellergewölbe, wo der größte Teil der Lebensmittel lagerte. Vorne, am Anfang des Raumes, befanden sich zwei Türen. Die eine führte von einem der Flure in die Küche, von dem auch der Salon und das Speisezimmer abgingen, die andere lag gegenüber und führte nach draußen, in den Hof. Ein langer Küchentisch mit je sechs Stühlen zu beiden Seiten stand in der Mitte des Raumes; den Platz am Kopf der Tafel beanspruchte Bessy für sich. Die Wand zum Hof trug große, rechteckige Fenster, sodass die Küche hell und lichtdurchflutet war.

Stirnrunzelnd brach Thomas sich ein Stück des hellen, körnigen Brotes ab und verzichtete auf einen Kaffee; stattdessen wollte er sich auf den Weg ins Arbeitszimmer begeben, um einen genaueren Blick in die Rechnungsbücher zu werfen. Obwohl er in der letzten Nacht nur wenig Schlaf gefunden hatte, fühlte er sich gelöst und ausgeruht. Als wäre er aus unsichtbaren Fesseln befreit, spürte er einen tiefen inneren Frieden, der ihn verblüffte und den er nach den schmerzlichen Ereignissen der letzten Tage nicht für möglich gehalten hätte. Er spürte Tatendrang in sich aufsteigen, aber auch ein gewisses Schuldbewusstsein, wenn er an die gestrige Nacht zurückdachte. Er musste mit Emba darüber sprechen. Noch nie zuvor in seinem Leben hatte er so die Kontrolle über sich verloren, hatte er sich so gehen lassen. Wie hatte das nur geschehen können? Nachdenklich kratzte er sich am Hinterkopf, während sein Gehirn nach einer logisch klingenden Erklärung suchte. Er hatte mit Emba geschlafen, mit einer Sklavin, er hatte sie einfach genommen. Wahrscheinlich lag es daran, dass er seit längerem keine Frau mehr gehabt hatte, versuchte er sein Verhalten zu entschuldigen. Sie war wirklich eine Schönheit, ihr Teint so ebenmäßig und zart, kein Makel zeichnete ihr Gesicht oder ihren Körper, sie war wie eine Göttin. Ihr Bild tauchte wieder vor seinen Augen auf und entlockte ihm ein Schmunzeln. Warum fühlte er sich bei ihr so gelöst und frei? Er ließ die anderen weiblichen Wesen seiner Vergangenheit in Gedanken Revue passieren. Keine von ihnen hatte ihn je so gefesselt, nach keiner von ihnen hatte es ihn je so übermächtig verlangt wie nach Emba. Scham überfiel ihn. Er hatte keine Mühe, eine Frau für sich einzunehmen. Bei der Damenwelt galt er als höflich und liebenswürdig,

elegant und gutaussehend, der geborene Charmeur.
Das dunkle, volle, leicht wellige Haar hatte er von
seinem Vater geerbt, denn das Haar seiner Mutter
hatte eher die Farbe von kastanienbraun gehabt. Dafür
hatte er ihre Augen; sie waren von einem klaren
Graublau, ansonsten trug er die gleichen markanten
Gesichtszüge wie sein Vater. Durch regelmäßiges
Training besaß er eine athletische Figur mit einem
kräftigen, gestählten Oberkörper, auf den er zu Recht
stolz war, dazu eine schmale Taille und lange, kräftige, muskulöse Beine.

Im Gang begegnete ihm eine Sklavin, an de-
ren Gesicht er sich nicht erinnern konnte; sie eilte mit
einer Decke und einem Stapel Handtücher aus Richtung Wäschekammer heran. Sie schien zu Tode erschrocken, als sie ihn erblickte und stammelte unver-
ständliche Erklärungen.

„Langsam", versuchte er sie mit weicher Stimme zu
beruhigen, „wer bist du, und wo willst du damit hin?"

„Ich soll Decken und Handtücher holen", erklärte sie,
und ihre Stimme
überschlug sich vor Aufregung, „oh Gott, oh Gott ...
die arme Cathy, das wird nicht gutgehen, nicht gutgehen, wir können nix tun, es ist schrecklich!" Ein lautes
Schniefen unterstrich ihre Panik.

„Cathy?" Er erinnerte sich daran, was Emba ihm erzählte hatte. Daher setzte er zu einer beschwichtigen-
den Antwort an.

„Soweit ich weiß, ist es ihr drittes Kind, da wird es
schon nicht ganz so schlimm werden. Sie hat immerhin schon zwei gesunde Kinder geboren, und darum
..."

„Nein, nein, Sir, sie verstehen nicht! Dieses Kind will
falsch herum auf die Welt kommen!"

32

Er erschrak und musste bizarrerweise an die junge Stute aus der Zucht eines ehemaligen Freundes denken, bei der das gleiche Problem aufgetreten war. Der Besitzer hatte sie vor seinen Augen erschossen, um ihr weiteres Leid zu ersparen. Das Fohlen hatte ebenfalls nicht überlebt.

„Kann ich ... ich meine ... darf ich dann ...“

„Ja, ja ... natürlich, geh schon!“

Qualvolle Schmerzensschreie drangen aus der Hütte und sandten ihm Schauder über den Rücken. Von einer älteren Sklavin, die oft bei Geburten half, hatte er inzwischen erfahren, dass sich die Lage von Minute zu Minute verschlechterte und man mit dem Schlimmsten rechnen musste.

Emba kam auf ihn zu. Er musste mit ihr reden, aber in Anbetracht der Situation war jetzt kaum der rechte Zeitpunkt. Im selben Augenblick bemerkte er den in Tränen aufgelösten Benny. Er hielt einen kleinen, etwa fünfjährigen Jungen an der Hand, der ihm wie aus dem Gesicht geschnitten schien, der aber im Gegensatz zu ihm teilnahmslos und apathisch vor sich hinschaute. Bob näherte sich von hinten und drückte die Jungen in einer kurzen, stürmischen Umarmung, bevor er wieder eiligst zurück in die Hütte lief. Da ertönte ein weiterer langer Schrei. Thomas verstand sofort und regierte instinktiv. Er rief nach Emba, die soeben die Tür zur Küche erreicht hatte und hineingehen wollte.

„Nimm die beiden Jungen mit, mach ihnen eine heiße Schokolade und gib ihnen Kekse oder was sie sonst mögen!“

„Ich könnte ihnen Waffeln backen. Die essen sie immer gern, nur bin ich heute alleine in der Küche, und ich muss noch das Mittagessen ...“

„Zum Teufel mit dem Mittagessen! Es gibt im Augenblick Wichtigeres!" Er vermied es, sie anzusehen. „Sie sollten das hier nicht mit anhören müssen", setze er leiser hinzu, sodass nur sie es hören konnte, während weitere, doch deutlich schwächer erscheinende Schreie aus der Hütte drangen.

Der kleine Neal verspeiste das letzte Stück seiner Waffel, deren herrlicher Duft die ganze Küche einhüllte, und schleckte sich genüsslich die Finger ab. Sein Mund wies einen breiten Rand klebrige Marmelade auf, und ein paar rote Kleckse zierten sein Oberteil. Benny saß ihm schweigsam gegenüber; sein Appetit war bei weitem nicht so groß gewesen, aber dennoch hatte er ein wenig gegessen, zumindest weinte er nicht mehr. Bessy betrat die Küche. Auf ihrem Arm trug sie das in eine Decke gewickelte Neugeborene.

„Benny, Neal, seht mal, das hier ist eure kleine Schwester!" Während Neal, neugierig geworden, zögernd näherkam, um das kleine zappelnde Etwas zu begutachten, rührte Benny sich nicht von der Stelle und zeigte keinerlei Regung.

„Wie geht es meiner Mom?", fragte er kaum hörbar nach einer Weile. Bessy atmete laut ein und aus und sah Benny mitfühlend an.

„Sie hat sehr hart gekämpft, mein Junge", ihre Stimme zitterte, „aber sie hatte am Ende keine Kraft mehr für sich selbst. Sie hat es nicht geschafft."

„Sie ist nicht meine Schwester, sie ist Schuld daran, dass Mom jetzt tot ist! Ich hasse sie!" Wütend, mit hasserfülltem Blick, stürmte er, Bessy zur Seite stoßend, nach draußen. Neal, irritiert von der Situation, rutschte langsam vom Stuhl und lief dem großen Bruder hinterher. Thomas, der gerade von der oberen Etage herunterkam, hatte die Szene mitbekommen und wollte Benny aufgehalten. Doch Bessy hinderte ihn daran.

„Lass ihm seine Wut. Es ist nur die Trauer, die daraus spricht." Zwei weitere Sklaven erschienen, und Bessy übergab ihnen das Baby, bevor sie sich an Thomas wandte.

„Wir haben noch ein Problem." Sie atmete einmal geräuschvoll ein und aus. „Das Baby braucht Milch, sonst wird es verhungern, und es gibt keine Frau, die es stillen könnte. Für ein paar Tage könnte Lynn es vielleicht versuchen, aber sie hat kaum noch Milch, ihr Kleiner ist schon zu groß für die Brust. Sie kann keinen Säugling mehr durchbringen." Betretene Stille trat ein, in der nur das leise Grunzen des Babys zu hören war.

„Ich werde mich darum kümmern!", versicherte Thomas mit fester Stimme und verließ zielstrebig das Herrenhaus in Richtung Sklavenunterkünfte.

Bob saß, den kleinen Neal auf dem Schoß, zusammengesunken am Bett seiner toten Frau, die jetzt friedlich dalag, als schliefe sie. Ihr Gesicht war noch schweißnass, und Strähnen ihres dunklen Haars hatten sich auf ihrer Wange verirrt. Trotzdem konnte man erkennen, dass sie eine gutaussehende Frau gewesen war, wenn auch die Nase ein klein wenig zu lang schien. Wie hart es war, einen geliebten Menschen zu verlieren, hatte Thomas am eigenen Leib erfahren müssen. Dennoch fiel es ihm schwer, die richtigen Worte zu finden. Eines hatte er sich geschworen, und das versprach er auch Bob: Er würde alles in seiner Macht Stehende tun, um dieses kleine, unschuldige, namenlose Wesen, das sich so verzweifelt ins Leben gekämpft hatte, nicht sterben zu lassen. In der Hoffnung, eine Sklavin zu finden, die kürzlich entbunden hatte und das Kleine mit ihrer Milch mitversorgen konnte, ritt er zur Plantage der Familie Carrington. Sie lag etwa fünfzehn Meilen in südwestlicher Richtung.

Die Carringtons waren ein Ehepaar von Anfang fünfzig. Sie hatten drei Kinder, von denen die beiden ältesten bereits verheiratet waren und selbst Familie hatten. Die Tochter war mit ihrem Ehemann, einem angehenden Schiffskonstrukteur, in die Nähe von Norfork gezogen, während der älteste Sohn Daniel mit seiner Familie auf der Plantage geblieben war; er würde sie später übernehmen. Der jüngste Sohn besuchte, soweit Thomas wusste, seit etwas über einem Jahr die University of Virginia. Eine Schwester von Mr. Carrington lebte dort in der Nähe.

Eine junge Sklavin führte ihn in den fantasievoll eingerichteten Salon, wo Mrs. Carrington ihn nach einer kurzen Wartezeit verwundert, aber zuvorkommend begrüßte. Mr. und Mrs. Carrington waren auf der Beerdigung gewesen, daher erkannte sie ihn sogleich wieder. Leider konnte sie ihm nicht weiterhelfen, was sie bedauerte. Zurzeit lebten keine Babys oder Kleinkinder auf der Plantage; der Jüngste war vier und das Kind eines Küchensklaven, berichtete sie.

Nach freundlicher Konversation und einer Tasse Tee, ohne die sie ihn keinesfalls gehen lassen wollte, verabschiedete Thomas sich wieder und nahm den Pfad über die Hügelkette am Waldrand, eine Abkürzung auf dem Weg zu seinem Nachbarn weiter im Osten. Er spornte sein Pferd zu schnellem Galopp an; von den Carringtons zur Plantage der Barns und wieder zurück nach Hause war es ein langer Weg, und er würde ein paar Stunden brauchen, eine Verschnaufpause für das Pferd mit eingerechnet. Es war ein Weg, den er sich getrost hätte sparen können, wie er später angewidert feststellen musste. Er kannte Justin Barns bis zu diesem Zeitpunkt nicht persönlich, er erinnerte sich lediglich daran, dass sein Vater ihn einmal einen „Nichtsnutz" genannt hatte.

Die „Baronin" dagegen war ihm ein Begriff: eine angenehme, couragierte alte Dame. Justin Barns war ihr Enkel, einziger Sohn ihres früh verstorbenen Erstgeborenen. Nach seinem Tod bewirtschaftete der jüngere Bruder Edward viele Jahre lang erfolgreich die Plantage. Edward Barns war ihm ein paar Mal begegnet, weil er mit seinem Vater eine Partie Schach gespielt hatte. Thomas hatte ihn als ruhigen, sympathischen Mann in Erinnerung. Er war nie verheiratet gewesen und hatte, soweit er wusste, keine Kinder. Vor ein paar Jahren war Edward dann unter mysteriösen Umständen ums Leben gekommen.

Sein Tod konnte nie ganz aufgeklärt werden; auch von Mord war die Rede gewesen, seinerzeit ein Gesprächsthema unter den Plantagenbesitzern. Da Justin Barns damals noch keine 21 Jahre alt gewesen war, hatte zunächst die Baronin die Zügel in die Hand genommen – bis zu seiner Volljährigkeit. Sie kam ursprünglich aus England, wo sie tatsächlich den Titel einer Baronin trug, bevor sie mit ihrem Ehemann nach Virginia ging und sich hier niederließ.

„Warum die Mühe wegen so `nem Niggerbalg?"

Justin Barns amüsierte sich köstlich. „Bis die so weit sind, dass sie zu irgendwas nutze sind, verursachen sie doch nur unnötige Kosten. Ersäufen sollte man die ganze Brut!" Barns bot Thomas eine teure Zigarre an, die er dankend ablehnte.

„Wenn man nicht aufpasst, vermehren sie sich wie die Ratten!" Sich übertrieben geziert die dicke Zigarre anzündend, fuhr Barns fort. „Glauben Sie mir, Mr.

Greendale: Sie müssen rational denken, wenn sie erfolgreich sein wollen. Sie müssen die schwarzen Dummköpfe kurz halten. Gibt man ihnen zu viele Freiheiten, dann tanzen sie einem eines Tages auf der Nase herum. Aber, mein Guter, das lernen Sie schon noch. Wenn Sie erstmal eine Weile mit denen zu tun gehabt haben, werden Sie verstehen, was ich meine."

Thomas musste all seine Selbstbeherrschung aufbringen, um nicht seine Faust ins Gesicht des arroganten, selbstzufriedenen Mr. Barnes sausen zu lassen. Nichtsnutz war noch eine Untertreibung. Einem so aufgeblasenen Gockel war er lange nicht mehr begegnet. Während seine Sklaven einen heruntergekommenen Eindruck machten, in schmutziger und zerschlissener Kleidung herumliefen, bestand Mr. Barns eigene Garderobe offenbar aus edelsten Stoffen und kostete gewiss ein kleines Vermögen. Mit den protzigen Ringen an den Fingern und seinen manikürten Nägeln erweckte er keineswegs den Eindruck, dass er selbst viel von Arbeit hielt. Und so jemand wollte ihn belehren? Dabei musste er, wenn er richtig rechnete, sogar um fast drei Jahre jünger sein als er selbst! Thomas verabschiedete sich schnell und mit kühler Höflichkeit. Er wollte keine Minute länger auf dem Grund und Boden dieses Mannes verbringen.

Der Rückweg war weit. Während Thomas sein Pferd in ruhigem Trab gehen ließ, schüttelte er noch immer den Kopf. Was bildete Barnes sich eigentlich ein? Glaubte er, er hätte einen Vollidioten vor sich? Im Nachhinein konnte er kaum verstehen, dass es ihm gelungen war, in seiner Gegenwart den Eindruck von Gelassenheit zur Schau zu stellen, während er innerlich vor Empörung gekocht hatte …

Die Sklaven dort hatten bestimmt nichts zu lachen, das stand fest. Thomas überlegte. Die Zustände, die er dort gesehen hatte, hatte es unter Edwards Führung nicht gegeben und auch nicht unter dem Regiment der Baronin. Hätte die alte Dame geahnt, welche Wendung die Dinge nehmen würden, hätte sie bestimmt einen anderen Weg gefunden, als gerade ihrem Enkel dieses Erbe zu überlassen …

Enttäuscht, an diesem Tag nicht das Geringste erreicht zu haben, stöhnte er auf. Plötzlich jedoch fiel ihm das seltsame Verhalten der Haussklavin der Barns ein. Im Gegensatz zu den Sklaven außerhalb des Hauses war sie angemessen gekleidet, eine ansehnliche junge Mulattin, die mit ihrem schulterlangen schwarzen Haar und den weichen Gesichtszügen durchaus attraktiv wirkte. Thomas war sicher, dass sie einen Großteil der Unterhaltung mit ihrem Herrn mit angehört hatte. Sie hatte die Erfrischungen serviert und war bei der Erwähnung seines Namens zusammengezuckt und hatte ihn mit vor Überraschung geöffnetem Mund angestarrt, wobei sie fast den Inhalt des Kruges verschüttet hätte. Erst auf eine barsche Rüge ihres Herrn hin hatte sie versucht, wieder eine unbeteiligte Miene aufzusetzen. Doch Thomas entging nicht, dass sie ihn aus den Augenwinkeln musterte und ihre Ohren angestrengt spitzte, während sie übertrieben langsam mit dem Geschirr an dem kleinen antiken Wandschränkchen hantierte …

Vielleicht fragte sie sich nur, wie es wohl war, auf einer Plantage zu leben, auf welcher der Herr sich Gedanken um das Wohl eines Sklavenbabys machte? Gleich darauf entschied Thomas jedoch, dass der Gedanke unsinnig war. Sie war schon vorher im Raum gewesen und hatte keinerlei Regung gezeigt. Auch machte sie nicht den Eindruck von Unsicherheit im Umgang mit Gästen. Möglicherweise war es an den Haaren herbeigezogen, aber er hatte das merkwürdige Gefühl, dass sie ihm etwas sagen wollte. Vielleicht hätte er das Ganze endgültig als Hirngespinst abgetan, hätte er sie nicht bei seinem Abschied am Fenster stehen sehen. Sie hatte ihn direkt angeschaut und schien gleichzeitig durch ihn hindurchzusehen. Trotz der Glasscheibe, die sie trennte, meinte er Schmerz in ihren Augen zu lesen, und er war der Überzeugung, Tränen in ihren Augen gesehen zu haben. Das konnte unmöglich ein Trugbild seiner Fantasie gewesen sein.

Nach dem Abendessen, das in bedrückendem Schweigen eingenommen wurde, passte er Emba ab, als sie nach Erledigung ihrer Pflichten auf dem Weg zu ihrem Zimmer war. Er bugsierte sie zur Bibliothek. Nachdem er die Tür hinter ihnen geschlossen hatte, ließ er ihren Oberarm los und sah sie eindringlich an.
„Emba, wir müssen reden", begann er unsicher, nicht recht wissend, wie er sich ausdrücken sollte. „Emba, was zwischen uns geschehen ist in meinem Arbeitszimmer … nun ... es hätte nie passieren dürfen. Ich weiß nicht, was mit mir los war. Es tut mir leid, ich war nicht ich selbst." Er stieß zitternd die Luft aus.
Emba sah ihn stumm aus großen Augen an, als lese sie in seinem Gesicht. Ihr Schweigen machte ihn nervös, und seufzend fuhr er sich mit der Hand durch das Haar. Wieder stand die steile Falte auf ihrer Stirn – wie immer, wenn sie angestrengt nachdachte. Es juckte ihm in den Fingern. Wie gern hätte er mit seinem Daumen diese Falte zart fortgestrichen und danach die Stelle geküsst, und dann weiter eine Spur von Küssen ihren schlanken Hals hinunter gesetzt, bis hin zu der

empfindlichen Stelle hinter ihrem Ohr, während seine Hände ihren Rücken streicheln würden, bis zu ihrem wohlgeformten Po ... Er räusperte sich verlegen und versuchte angestrengt, seine Gedanken unter Kontrolle zu bringen, um seine wachsende Erregung einzudämmen.

„Es tut ihnen leid?", fragte sie verwundert. Ihre Stimme war kaum mehr als ein Flüstern. „Warum?"

Irritiert sah er sie an. Er hätte ertrinken können in ihren Augen, mein Gott, wie schön sie war! Ihr Haar trug sie heute in einem strengen Knoten am Hinterkopf, gehalten von einem breiten roten Tuch. Bilder stiegen in ihm auf: ihr wunderschönes Haar, das engelsgleich über ihre Schulter fiel, fast bis zur Taille, und das sich so seidig in seinen Fingern angefühlt hatte. ... Ihr geschmeidiger, warmer, weicher, biegsamer Körper, ihre zarte, bronzefarbene Haut ...

„Herrgott noch mal", fluchte er laut und fuhr sich unbewusst erneut durchs Haar. „Weil es falsch ist! Ich bin dein Herr und du meine Sklavin! Und ich will nicht, dass du in Zukunft ständig Angst vor mir hast ..."

„Ich habe keine Angst", fiel Emba ihm ins Wort und trat einen Schritt auf ihn zu. „Ich hatte auch gestern keine Angst." Sie streckte die Hand nach ihm aus und berührte seine Wange. Er erstarrte. Die zaghafte Berührung ging ihm durch und durch. Er schloss die Augen, um eine gleichmäßige Atmung ringend. Doch dadurch schien alles nur noch schlimmer zu werden. Deshalb öffnete er sie wieder, und sein Blick verlor sich in ihrem. In diesem Augenblick konnte er nicht anders: Seine Hand hob sich wie von selbst und legte sich sanft auf ihre Wange.

„Emba", flüsterte er ergriffen, „ich glaube, ich war ziemlich ungestüm gestern ... bitte sag mir eins, " er schluckte, „habe ich dir wehgetan?"

Sie lächelte versonnen und zeigte dabei ihre Grübchen.

„Nein, Thomas, du hast mir nicht wehgetan Ich weiß, das würdest du niemals tun."

Seine Hände schlossen sich um ihren wohlgeformten Körper, und während er den Blick nicht von ihren Augen ließ, senkte sein Mund sich in erotischer Langsamkeit auf ihren, berührte, schmeckte ihre warmen, weichen Lippen. Er stöhnte gequält auf und vertiefte den Kuss; seine Zunge fuhr die Konturen ihrer Lippen nach, bevor sie ihren Mund erforschte. Er zog sie enger an sich. Seinen Namen aus ihrem Mund zu hören war unglaublich erregend, auch, wenn er sich dieses Phänomen nicht erklären konnte, so wie er generell ihre Wirkung auf ihn nicht in Worte fassen konnte. Bei ihr fühlte er sich wie ein verdammter Schuljunge, der zum ersten Mal eine Frau in den Armen hält, und dieses Gefühl, diese Macht, musste er unterdrücken. Sie würde zu nichts führen; er musste sich auf das Wesentliche konzentrieren, schließlich lasteten große Aufgaben und Anforderungen auf seinen Schultern, allem voran jedoch Verantwortung. Er hatte keine Zeit für Abenteuer. Entschlossen beendete er den Kuss und schob sie langsam auf Armeslänge von sich.

„Emba", sein Atem kam stoßweise, „nein, es wird nicht noch einmal passieren!" Er nahm ein paar Schritte Abstand. „Ich mag dich sehr gern, und dabei bleibt es."

„Ich verstehe", erwiderte sie gekränkt, „es bedeutet nichts. Ich bin bloß eine Sklavin."

„Nein, bitte rede nicht so, mach es nicht kaputt …" Er konnte ihre Augen nicht sehen, da sie den Blick zu Boden gerichtet hielt.

„Ich fand es unglaublich schön." Sie drehte sich herum und ging auf die Tür zu, ohne ihn noch einmal anzusehen.

„Ja, das war es", antwortete Thomas aus tiefstem Herzen. Dann fiel die Tür knarrend hinter ihr ins Schloss. Ihre Tränen sah er nicht mehr.

„Alles in Ordnung mit dir? Warum sitzt du hier im Dunkeln?"

Thomas blinzelte verwundert ins Licht. Er hatte gar nicht registriert, dass der Raum mittlerweile im Halbdunkeln lag. Er blickte von dem mit dunkelgrünem Samt bezogenem Sofa, auf das er gesunken war, auf und sah Elaih im Raum stehen, ein Buch in der Hand.

„Bist du in Ordnung?", fragte Elaih und kam näher.

„Ja, ja, alles in Ordnung. Ich habe nur ein wenig nachgedacht, das ist alles. Was liest du da?", wollte er wissen, um vom Thema abzulenken.

„Ach, das. Ja, es ist ein Roman von Walter Scott, er heißt Quentin Durward. Geht um einen schottischen Adeligen, dessen Familie ermordet wird. Er wächst deshalb in einem Mönchskloster auf, flieht aber, kurz bevor er selbst das Gelübde ablegen soll, nach Frankreich und gerät dort in die Auseinandersetzungen zwischen König Ludwig XI und seinem Vetter, Karl dem Kühnen", erklärte Elaih, während er das Buch in eine Lücke im Regal schob.

„Etwas schwerer Stoff, was?"

„Nein, finde ich gar nicht." Elaih grinste schief, wurde dann jedoch wieder ernst und sah seinen Bruder eindringlich an. „Ich denke, du machst dir zu viele Sorgen, Thomas. Es wird alles werden. Erwarte nicht zu viel von dir."

„Das ist es gar nicht. Ich blicke dem Ganzen optimistisch entgegen ... Es ist nur ... ach, ich weiß auch nicht." Natürlich wollte er Elaih nichts von dem Gespräch mit Emba erzählen. Er dachte, dass es ihn erleichtern würde, wenn er es hinter sich gebracht hatte, jetzt, da er wusste, dass sie sich nicht vor ihm ängstigte. Warum fühlte er sich nun aber so elend? Er erhob sich und streckte sich grunzend.

„Was ist, trinkst du einen Brandy mit mir, Bruder?" Er grinste und klopfte ihm auf die Schulter.

„Wenn du mir einen anbietest, Bruder."

„Hast du überhaupt schon mal einen getrunken", fragte Thomas schelmisch nach.

Elaih lachte auf. „Glaub mir, das willst du gar nicht wissen."

Lachend verließen sie die Bibliothek und steuerten ins Arbeitszimmer. An der linken Wand, zwischen einem Sekretär und einer Kommode mit Vitrinenaufsatz, befand sich der zweistöckige runde Rollwagen, auf dem stets ein Silbertablett mit einer Karaffe Brandy und einigen Gläser bereitstand. Sherry, Whiskey und eine Flasche Wein warteten auf der unteren Etage.

„Na, dann ..." grinste Thomas und reichte Elaih ein Glas.

***

„Willst du mit dem Wagen mitfahren? Oder nimmst du deinen Hengst", fragte Elaih, während er mit Joe die Gurte festzog. „Heute brauchen wir etwas mehr Vorräte", erklärte er weiter, auf die stumme Frage hin, warum er sich für den Zweispänner entschieden hatte.

„Bessy hat fast alles verbraucht. Auf so viele Gäste war die Vorratskammer nicht angelegt. Willst du die Liste absegnen oder vertraust du uns?"

„Wird schon in Ordnung sein", murmelte Thomas, während er auf den Bock kletterte.

„Genau wie dein Vater", grinste Elaih, als er neben ihm Platz nahm. „Für ihn war Haushaltsplanung eine andere Welt; er war heilfroh, sich damit nicht befassen zu müssen. Scheinst du von ihm geerbt zu haben!" Er ergriff die Zügel und lenkte das Gespann zur vorderen Ausfahrt. „Bessy hat immer alles im Kopf. Sie sagt, was fehlt, und ich schreibe es auf die Liste. Dann wird es besorgt, und die Rechnung geht an den Hausherrn." Er stupste Thomas leicht in die Seite.

„Und niemand wundert sich, dass du lesen und schreiben kannst", ergänzte Thomas. Es wurde allgemein von der weißen Bevölkerung nicht gut aufgenommen, wenn ein Schwarzer auch nur seinen Namen schreiben konnte, geschweige denn fehlerlos lesen und schreiben. Das konnte eine Menge Ärger geben.

„Niemand weiß, dass ich die Liste geschrieben habe. Ich gebe sie nur ab und sage, dass ich das, was draufsteht, besorgen soll", erklärte Elaih und ließ das Gespann in zügigerem Tempo laufen. „Da kommt es schon vor, dass man versucht, mich übers Ohr zu hauen und zu wenig rausgeben will. Ich sage für den Fall immer, dass man mir die Liste vorgelesen hat und ich sie mir gut eingeprägt habe. Mr. Palmer versucht es inzwischen gar nicht mehr. Er meint, ich hätte ein außergewöhnliches Gedächtnis für einen Nigger. So ein Dummkopf."

Beide lachten, bevor sie eine Weile schweigend nebeneinander saßen und den Blick auf die staubige Piste richteten. Elaih musste einer entgegenkommenden Reisekutsche ausweichen, der Wagen holperte über Grassoden.

„Schön, dass du wieder zu Hause bist, Thomas", unterbrach Elaih schließlich die beklemmende Stille.

„Ja", kam die einsilbige Antwort, und er blickte seufzend einem Raubvogel nach, der über ihren Köpfen Kreise zog. Elaih betrachtete ihn schweigend von der Seite.

„Hör zu, ich weiß, es ist im Moment eine schwere Zeit für dich. Aber du sollst wissen, dass ich für dich da bin. Ich kann dir helfen, Thomas. Ich kenne jeden einzelnen Sklaven, alle seine Besonderheiten, seine Stärken und Schwächen. Ich kenne alle Abläufe, und ..."

„Danke. Ich weiß, du machst dir Gedanken. Vielleicht komme ich wirklich darauf zurück, aber es geht mir gut, klar? Also hör auf, mich analysieren zu wollen, verstanden?"

Den Rest der Fahrt schwiegen beide. Das Gespräch mit der Bank und dem Anwalt wegen der Besitzübertragung der Plantage lief reibungslos: ein paar Unterschriften, und alles war geregelt. Thomas atmete tief durch und verstaute die Papiere in der Innentasche seiner Jacke.

„Thomas!" Er drehte sich beim Klang der vertrauten weiblichen Stimme um.

„Welch ein Zufall, dich zu sehen!"

Christina Jenkens kam freudestrahlend auf ihn zu, in einem leuchtend gelben

Seidenkleid, das mit reichlich Spitze und Rüschen verziert war. Übermütig drehte sie ihren Sonnenschirm in der Linken, während sie ihm die Rechte zum Gruß bot. Thomas begrüßte sie galant. Ihr langes blondes Haar war kunstvoll aufgesteckt; einzelne

Korkenzieherlöckchen hingen seitlich herab und umrahmten ihr schmales Gesicht. Schnell waren sie in ein angeregtes Gespräch vertieft, das nur durch Begrüßungen sich vorbeidrängender Passanten gelegentlich unterbrochen wurde.

„Ich bestehe darauf, dass du mich auf den Ball begleitest, den meine Cousine anlässlich ihrer Verlobung gibt", flehte sie ihn mit kokettem Augenaufschlag an. Er hatte diese verführerische Mimik schon früher bei ihr beobachtet, wenn sie versuchte, ihren Vater um den Finger zu wickeln. Er musste lächeln, hielt sich mit seiner Antwort jedoch bedeckt. Es konnte Gerede geben, wenn er sich so kurz nach dem Tode des Vaters auf einem Ball sehen ließ. Nicht, dass er sonderlich viel auf das Gerede der Leute gab. Dennoch behagte es ihm nicht, in dessen Mittelpunkt zu stehen. Christina musterte ihn und schien zu ahnen, wohin seine Gedanken gingen. Beruhigend setzte sie hinzu: „Keine Angst, es ist noch mehr als einen Monat hin. Ich gebe dir dann genau Bescheid." Sie machte einen überraschten Schritt auf ihn zu und wäre beinahe gestürzt, als eine korpulente Frau mit Kind an der Hand sich eiligst ihren Weg bahnte. Christinas Oberkörper stieß gegen seinen, und er spürte ihre Wärme, als er sie geistesgegenwärtig auffing. Der Duft ihres süßlichen Parfüms stieg ihm in die Nase; es hatte einen Hauch von Veilchen. Sie murmelte eine Entschuldigung, schien aber keine große Eile zu haben, sich von ihm zu lösen.

„Na, na, na", rügte er sie scherzhaft, „so stürmisch heute?"

Als sie ihn, schließlich nervös geworden, ansah, errötete sie bis zum Haaransatz und strich eilfertig ihr Kleid glatt, wo es eigentlich nichts zu glätten gab.

Nach Art eines Gentlemans versuchte er ein neutrales Thema anzuschneiden, um ihr über ihre Verlegenheit hinwegzuhelfen, musste sich jedoch schließlich empfehlen. Er hatte noch etwas zu erledigen. Aber ihre kurze Begegnung hatte ihn erfreut. So geleitete er sie zu ihrer Kutsche, die vor der Schneiderin der Madame Bourdiur wartete, und half ihr beim Einsteigen.

Danach suchte er den freien Platz hinter der alten abrissreifen Markthalle auf, von dem ein junger geschwätziger Bankangestellter ihm hinter vorgehaltener Hand erzählt hatte. Dort sollte ein umherziehender, heruntergekommener Sklavenhändler so ziemlich alles an menschlicher Ware anbieten. Nicht nur der Händler machte einen heruntergekommenen Eindruck, stellte er erschüttert fest, auch seine „Ware".

Es handelte sich um einen wild zusammengewürfelten Haufen von Sklaven: junge und alte, allesamt in einem erbärmlichen Zustand. Hämischer Beifall, respektlose Sprüche und derbes Gelächter drangen von den männlichen, anscheinend alkoholisierten Zuschauern zu ihm herüber, als gerade eine stämmige Sklavin mittleren Alters zum Kauf angeboten wurde. Thomas lehnte sich, etwas abseits der Menge, gegen den Rest einer Mauer und besah sich das Schauspiel. Zwei junge Burschen, gerade der Pubertät entschlüpft und eine kräftig wirkende, reife Frau verkaufte der Händler an einen neuen Besitzer. Der Mann, der sich Jack Wyhers nannte, pries prahlerisch seine Sklaven an, während die Menge der etwa zwanzig Umherstehenden sich jetzt allmählich schwatzend auflöste.

„Die sind zwar billig, aber sieh sie dir an: Die meisten haben ja kaum was auf den Rippen. Die taugen nicht zur Feldarbeit", hörte er einen der sich entfernenden Männer sagen.

„Ja, aber manchmal hat er gute Ware dabei. Ist Glückssache, hier, " gab sein Gesprächspartner zurück. Es schien sich um Plantagenbesitzer aus weiter südlicherem Gebiet zu handeln, wie Thomas herauszuhören glaubte. Sein Augenmerk fiel plötzlich auf eine junge Sklavin, die sich auf der rechten Seite im Hintergrund befand und augenscheinlich zu schwach war, um auf eigenen Beinen zu stehen. Ihr Kleid war verschmutzt, an einigen Stellen zerrissen und im unteren vorderen Teil wies es Blutflecke auf. Sie hockte auf den Knien und machte einen verstörten Eindruck. Die Arme vor der Brust verschränkt, schaukelte sie in gebeugter Haltung mit dem Oberkörper vor und zurück. Dadurch konnte er ihr Gesicht nicht sehen, lediglich einen zerzausten Haarschopf, aus dem ein paar Strohhalme lugten. Mr. Wyhers, der sichtlich verärgert sah, dass er heute offenbar keine Geschäfte mehr machen konnte, scheuchte die Sklaven fluchend und wild gestikulierend zusammen und zerrte roh an den Fesseln der am Boden Hockenden. Ein Schmerzenslaut entfuhr ihr, während sie langsam und gefährlich schwankend versuchte sich zu erheben. Dabei sah Thomas deutlich zwei große, nasse Flecke, die sich auf ihrer Brust abzeichneten …

„Mein Gott", entfuhr es ihm, als ihm schlagartig die Bedeutung klar wurde. Mit etwas Glück könnte er sich den Gang zum Schmied ersparen, über den er inzwischen erfahren hatte, dass gleich zwei seiner Sklavinnen in der vergangenen Woche Nachwuchs bekommen hatten. Mit einer Amme würde das Baby auf der Plantage bleiben können, und Bob hätte die Kleine immer in seiner Nähe … Entschlossen stieß Thomas sich von der Mauer ab und ging mit ausladenden Schritten auf den mürrisch dreinblickenden

Mr. Wyhers zu. Wyhers, ein kleiner, untersetzter Mann von Ende vierzig, musterte ihn abschätzig von oben nach unten.

„Sie wünschen, Mister?" knurrte er ungehalten, wurde aber sofort zugänglicher, als er den Blick des selbstsicher auftretenden Mannes auffing und begriff, dass hier ein
lohnendes Geschäft zu machen war. Er packte die Sklavin an den Haaren und zog heftig daran, bis sie den Kopf heben musste und Thomas ihr geschwollenes, rötlich-blau schimmerndes Gesicht sah.

„Ist eine kleine Wildkatze, wenn Sie verstehen, was ich meine ..." Wyhers grinste anzüglich und ließ eine Reihe ungepflegter bräunlicher Zähne sehen. Thomas versuchte seine aufflammende Wut im Zaun zu halten.

„Haben Sie sie so zugerichtet?" presste er mühsam beherrscht hervor und sah Wyhers scharf von der Seite an. Dieser zuckte überrascht zusammen vor der Heftigkeit dieser Worte, wich einen Schritt zurück und versicherte hastig, dass ihn keinerlei Schuld treffe: Die Sklavin habe ihren Besitzer angegriffen, und dieser habe sie notgedrungen züchtigen müssen. Hektische Röte zeigte sich auf der kahlen Stirn des Mannes. Thomas zeigte sich unbeeindruckt von dem Geschwätz und wandte sich der Sklavin zu.

„Was ist mit deinem Kind passiert?", fragte er mitfühlend. Zum ersten Mal zeigte sie eine Reaktion. Sie hob den Kopf und sah ihn aus leeren Augen an.

„Antworte gefälligst", donnerte Wyhers wichtigtuerisch, schwieg aber, als er den unmissverständlichen Ausdruck im Gesicht seines Gegenübers sah.

„Tot", kam es kaum hörbar über ihre Lippen, und ihr Körper zitterte.

50

Thomas hatte sich längst entschieden. Er würde dieses arme, leidgeprüfte Wesen aus den Fängen des Händlers freikaufen. Sie hatte es verdient, ein annehmbareres Leben zu führen. Er würde sich mit dem schmierigen Mistkerl schon auf einen Preis einigen. Aufgrund ihres Zustandes würde es nicht allzu schwer werden, den Preis zu drücken. Er selbst würde niemals so hartherzig und entwürdigend mit seinen Sklaven umgehen, das hatte er sich vor langer Zeit geschworen. Vielleicht lag es an seiner engen Beziehung zu Elaih, dass er die allgemein vorherrschende Meinung über Schwarze nicht teilte. Sie waren nicht dumm und unzivilisiert, sie konnten ebenso gebildet und klug sein wie ein Weißer, wenn man ihnen die Chance dazu bot. Schließlich war Elaih der beste Beweis dafür. Er konnte lesen und schreiben und sich in jeder Situation mit der Intelligenz eines Weißen messen. Er war für ihn in allen Bereichen ein geschätzter Diskussionspartner, der nie sorglos daherredete, sondern dessen Überzeugungen und Gedanken von einem breiten Wissen zeugten, egal, ob es um wissenschaftliche, geschichtliche oder politische Dinge ging. Viele Weiße behandelten ihre Pferde oder Hunde besser als ihre Sklaven – ein Umstand, der Thomas aufbrachte.

Er wusste aber auch, dass er mit seinen Ansichten vorsichtig umgehen musste. Die wenigsten teilten seine Meinung, das hatte er schnell und schmerzhaft erfahren müssen, als er die ersten Monate auf der Universität verbrachte und aufgrund seines Standpunkts, was

den Umgang mit Sklaven anging, schnell auf Unverständnis stieß, sich sogar Feinde machte. Manchmal war es besser, seine Meinung für sich zu behalten und nach außen so zu tun, als teile man die Ansichten der

Mehrheit. Hauptsache, man blieb sich im Herzen treu. Bald begriff er, von wem er sich lieber fernhalten musste und wer seine Ansichten teilte. Mancher hätte sein Verhalten feige genannt, aber er war kein Idiot. Er wollte sich nicht die gesamte Zeit seines Studiums über zum Außenseiter stempeln. Die Menschen seines Umfeldes genau zu beobachten erwies sich als ausgezeichnete Übung, ihr Wesen zu studieren, ihr Verhalten zu ergründen und zu verstehen.

Ein Großteil der einflussreichen Bevölkerung des Südens schickte seine Sprösslinge auf das Collage William and Mary, das 1693 in Williamsburg im Osten Virginias zu Ehren Williams III. und Maria II. gegründet worden war. Zwar schickten einige ihre Kinder auch auf Schulen im Norden, doch gab es immer wieder Probleme mit Studierenden aus dem Norden wegen der Sklavenhaltung in den Südstaaten. 1819 wurde von Thomas Jefferson, dem 3. Präsidenten der USA, in Charlottesville eine weitere Universität gegründet. Doch zog sich deren Eröffnung aufgrund von Baumaßnahmen und transatlantischen Reisen bis über Thomas´ Studienbeginn hinaus. Erst am 7. März 1825, ein Jahr, nachdem er in Williamsburg angefangen hatte, wurden dort die ersten Schüler aufgenommen – gerade einmal 125. Noch mangelte es an Dozenten. Dazu kam, dass fünf der acht Dozenten Ausländer waren, was nicht von jedermann mit Begeisterung aufgenommen wurde. Was diese Schule jedoch an Vorteilen aufzubieten hatte, war ihr Angebot an naturwissenschaftlichen Fächern – weniger die religiös ausgelegte Prägung der Schule …

„Allmächtiger" entfuhr es Elaih, als er Thomas mit seiner Begleitung um die Ecke biegen sah.

„Steh nicht so blöd da, hilf mir lieber", rief er seinem Bruder entgegen, der wartend an dem vollbeladenen Karren lehnte und sich die Zeit vertrieb, indem er einen Kieselstein zwischen den Fingern balancierte. Gerade noch rechtzeitig war er zur Stelle, um die in sich zusammensinkende Frau aufzufangen. Er hob sie mühelos auf seine Arme und trug sie die letzten Meter bis zu ihrem Gespann, während Thomas einen Platz zwischen den Vorräten schuf, wo sie die Fahrt verbringen konnte.

„Du warst bei Wyhers, nehme ich an?" Es war eher eine Feststellung als eine Frage.

„Du kennst ihn?" Thomas war überrascht.

„Natürlich. Der ist öfter hier und treibt seinen Handel. Er verkauft alles, was die feine Gesellschaft nicht haben will: alte Männer und Frauen, Schwache, sogar Kranke, alles versucht er irgendwie zu verschachern. Man sieht ja, in welchem Zustand seine

Leute sind. Ein widerlicher Kerl", schnaufte Elaih verächtlich.

Die Sklavin erwachte jetzt aus ihrer Ohnmacht und versuchte, offenbar nicht ganz bei sich, sich heftig zu wehren.

„Ganz ruhig, es ist alles in Ordnung, keiner wird dir noch etwas tun!", beruhigte Thomas die verstörte Sklavin, deren Name Shirin war.

„Wir fahren jetzt auf meine Plantage. Die Fahrt wird vielleicht ein bisschen ungemütlich, aber sobald wir da sind, kannst du dich waschen und bekommst saubere Sachen. Es wird alles gut. Lehn dich mit den Rücken ein wenig gegen die Säcke, dann hast du es bequemer."

Elaih hatte eine Decke unter der Sitzbank hervorgeholt und reichte sie wortlos an die zitternde, zusammengekauerte Shirin.

„Was genau ist mit ihr passiert?", flüsterte er neugierig, als die unruhig gewordenen Pferde sich gemächlich in Bewegung setzten.

„Ich weiß es nicht. Sie scheint sehr verstört zu sein. Vielleicht wurde ihr Kind tot geboren oder ihr von ihrem Besitzer weggenommen. Ich weiß es nicht, sie spricht nicht." Er blickte nachdenklich über die Schulter. Shirin schien eingeschlafen zu sein.

Sie kamen auf die Plantage. Bessy führte sich sofort auf wie eine Glucke, nachdem sie Shirin Zoll für Zoll schockiert und fassungslos gemustert hatte. Sie schickte den Jungen Eyk, der gerade keuchend aus dem Keller gestapft kam, los, um Lynn und Amy zu holen, die helfen sollten, Shirin wieder in eine saubere und gepflegte Erscheinung zu verwandeln. Als der Junge nicht unverzüglich lossprintete, wurde Bessy lauter und energischer in ihrer Wortwahl. Thomas und Elaih grinsten sich in stummer Übereinkunft an.

„Ich glaube, wir sind hier überflüssig. Shirin ist in den besten Händen."

Nach drei Tagen Bettruhe schien Shirin erheblich gesünder. Sie wirkte erholt und zusehends kräftiger. Die Rötungen im Gesicht waren verschwunden und die Schwellungen deutlich zurückgegangen. Nur die gelblich grünen Schatten, Spuren der Schläge, waren noch erkennbar, würden aber auch in den nächsten Tagen weichen. Es sah nicht danach aus, als ob Narben zurückbleiben würden. Anfangs widerstrebend, nahm Shirin es schließlich auf sich, die kleine Joice, wie das Baby inzwischen genannt wurde, mit ihrer Muttermilch zu versorgen. Vielleicht verlieh das Kind ihr sogar neue Kraft – Kraft, die sie brauchte, um den Verlust ihres eigenen Babys zu bewältigen.

***

Elaih führte das Pferd, mit dem er zu den Feldern geritten war, in den Stall und machte sich an die Arbeit, das erschöpfte Tier abzureiben und zu versorgen. Die Baumwollernte würde dieses Jahr ertragreich ausfallen, das sagte auch Mr. Fellow. Das Wetter war nicht allzu feucht gewesen; dadurch entstand weniger Verlust durch Verrottung oder andere Schäden. So wie es aussah, würde das Ausdüngen und Umpflanzen Ende des Monats soweit abgeschlossen sein, dass mehr Leute auf den Mais- und Erbsenfeldern eingesetzt werden konnten, bis im späten August dann schließlich die Baumwollernte beginnen würde. Die positive Nachricht würde Thomas sicher freuen. Elaih hatte gehofft, sich nach dem strengen Ritt, den er um einen Weg quer durch den Wald ausgeweitet hatte, besser zu fühlen. Er liebte das Reiten, es verstärkte das Gefühl der Freiheit und wirkte gewöhnlich befreiend. Doch dieses Mal half es nicht. Er würde noch verrückt werden. Seine Gedanken kreisten nur noch um sie, Raida. Er schlief schlecht und hatte Mühe, sich auf seine alltäglichen Aufgaben zu konzentrieren. Jeder Versuch, sich abzulenken, an anderes zu denken, scheiterte kläglich. In seinem Kopf spielten sich unzählige Szenarien ab, sodass er sich nachts im Schlaf hin- und herwälzte, um dann irgendwann schweißgebadet aufzuwachen. Zu oft in den vergangenen Monaten hatte er sich gefragt, was passiert sein mochte, dass sie nicht mehr kam. Je mehr Zeit verstrich, umso unruhiger und verzweifelter wurde er. Was sollte er tun? Konnte er überhaupt etwas tun?

„Raida, meine geliebte Raida, werde ich dich je wiedersehen?"

 Sein Herz wurde schwer; er vermisste sie so. Das konnte doch nicht alles gewesen sein! Er schloss die Augen, vom Schmerz überwältigt, und rutschte, an den Balken der Scheune gelehnt, langsam zu Boden. Die Knie angezogen, hockte er da und starrte vor sich hin, ohne irgendetwas wahrzunehmen. Immer wieder hatte er gehofft und gebetet, sich vorgestellt, sie wieder in den Armen zu halten, sie wiederzusehen, aber jedes Mal wurde die Hoffnung geringer. Es waren schon mehr als fünf Monate vergangen. Während Thomas seine Angelegenheiten regelte und zudem noch eine neue Sklavin kaufte, blieb ihm Zeit, Erkundigungen einzuholen. So erfuhr er schließlich, dass Raidas Herrin plötzlich und unerwartet verstorben war. Eines Morgens hatte sie plötzlich tot in ihrem Bett gelegen: das Herz! Die Information war ein Schock für ihn gewesen; es hatte sich angefühlt wie ein Faustschlag ins Gesicht.

Raida war die persönliche Sklavin einer liebenswürdigen alten Dame. Sie war ihre Zofe und Gesellschafterin und wurde von ihr immer nett und freundlich behandelt. Da ihre Herrin nicht mehr sehr gut zu Fuß war und auch ansonsten im Alltag Hilfe benötigte, durfte Raida sie überall hin begleiten. Körperlich zwar gebrechlich, war sie geistig doch immer noch auf voller Höhe, und so traf sie sich regelmäßig mit Gleichgesinnten zu einer Partie Whist – eine Angewohnheit, die sie aus ihrem geliebten England beibehalten hatte, wie sie ihm einmal erzählte. Sie redete stets ungezwungen mit ihm, wofür er sie bewunderte. Es gab nicht viele Weiße, die er mochte und respektierte, aber eines war klar: Mrs. Ophelia Barns, genannt die Baronin, gehörte definitiv dazu. Gern erinnerte er sich an die erste Begegnung. Er war in Mr. Finns Laden gewesen, um ein Ersatzteil für die Entkörnungsmaschine zu besorgen. Ein Gummi war porös geworden, dadurch lief das Zahnrad nicht rund. Es musste alles startklar sein, bevor die Baumwollernte begann, damit es keine Verzögerungen gab. Pim, der schon in die Jahre gekommene Kutscher der Barns, hatte offensichtlich ein Schlagloch am Wegrand übersehen oder nicht mehr rechtzeitig ausweichen können, zumindest war die Wucht des Schlages so groß, dass ein Teil des Rades mit lautem Krachen brach. Pim stand unter Schock und hatte keine Ahnung, was er tun sollte. Er hielt sich mit beiden Händen den Kopf und stöhnte, während er wie ein aufgescheuchtes Huhn an der Unglückstelle auf- und ablief.

Elaih, der das Desaster aus einiger Entfernung beobachtet hatte, wendete sein Pferd und ritt auf den verzweifelten Kutscher zu. Ihm war ein ähnliches Malheur im vergangenen Jahr passiert, als er unbedacht den Anhänger zu schwer beladen hatte. Deshalb wusste er, wie man das Übel beheben konnte. Freundlich bot er seine Hilfe an und besah sich zunächst den Schaden, der aus der Nähe betrachtet gar nicht so dramatisch wirkte. Die Tür der Kutsche öffnete sich, und Mrs. Barns schaute vorsichtig, aber neugierig heraus. Sie schien noch etwas blass von dem Schrecken, dennoch grüßte sie ihn höflich und bedankte sich für die spontane Hilfe. Sie schien zu ignorieren, dass sie keinen vornehmen weißen Gentleman vor sich hatte, sondern einen schwarzen Mann.

Um das Gewicht der Kutsche auf das defekte Rad zu verringern, war es erforderlich, dass alle ausstiegen. Pim eilte sogleich zur Hilfe, klappte die Stufen herunter und reichte der Lady den Arm, damit sie sich beim Aussteigen aufstützen konnte. Und dann kletterte sie langsam und anmutig aus der Kutsche: Raida! Elaih stockte der Atem; er konnte die Augen nicht mehr von ihr wenden. Raida war ohne Zweifel die schönste Frau, die er je gesehen hatte. Ihre Blicke trafen sich und versanken ineinander; keiner von ihnen war in der Lage, die Augen abzuwenden. Erst Mrs. Barns holte sie mit einem gespielten Hüsteln auf den Boden der Tatsachen zurück. Als lebenserfahrene Frau war ihr nicht entgangen, was gerade vor ihren Augen geschah, und sie kicherte unterdrückt hinter vorgehaltener Hand. Pim, jetzt wieder Herr seiner Sinne, zerstörte das unsichtbare Band, indem er drängte endlich zu erfahren, was genau er tun sollte. Nur widerstrebend löste Elaih den Blick von ihr, jedoch nicht, ohne ihr unentwegt ein Lächeln zuzuwerfen, so oft die Situation es erlaubte. Sie erwiderte es und er wusste, dass sie ihn intensiv beobachtete. Er genoss es und versuchte die Reparatur des Rades so lange wie möglich hinauszuzögern.

Es war ein warmer Tag. Mrs. Barns saß entspannt ein paar Meter entfernt mit einer Decke auf einem Felsbrocken und schien die warmen Sonnenstrahlen zu genießen. Raida kam näher und wollte wissen, weshalb er allein unterwegs war. Der Klang ihrer Stimme erschien ihm so süß, dass er sich räuspern musste, um überhaupt einen Ton herauszubringen. Sie war groß, nur etwa einen halben Kopf kleiner als er. Während Pim kurz verschwand, um eine Stelle zu suchen, wo er sich erleichtern konnte, konnte er sich ungestört mit ihr unterhalten. So erfuhr er einiges über sie – unter anderem, wann und wie oft sie in die Stadt fuhren. Er musste dieses zauberhafte Geschöpf Gottes wiedersehen!

Nachdem die Kutsche wieder fahrbereit war und Mrs. Barns bereits Platz genommen hatte, gelang es ihm in einer spontanen Aktion sogar, sie in seine Arme zu ziehen und zu küssen. Eigentlich sollte es nur ein kurzer Abschiedskuss werden, als sie jedoch in seinen Armen lag, konnte er nicht widerstehen, sie fester und fester an sich zu ziehen. Sie fühlte sich so gut an, und er zitterte vor Verlangen. Sie wies ihn nicht zurück und erwiderte seine Küsse ohne Zögern; ein Blick in ihre verschleierten Augen verriet ihm, dass sie die gleiche magische Faszination empfand wie er. Er war selbst überrascht, welche Wirkung diese Unbekannte auf ihn ausübte. Schließlich war er keineswegs unerfahren, aber diese Frau reizte und entflammte ihn wie keine andere. Noch lange, nachdem die Kutsche abgefahren war, stand er unbeweglich an derselben Stelle und blickte ihr verträumt hinterher, den Geschmack ihres Kusses auf den Lippen.

Wie in Trance ritt er schließlich gemächlich zurück nach Hause, überwältig von dem, was ihm widerfahren war. Er konnte nur noch an sie denken und wünschte intensiv, sie so schnell wie möglich wiederzusehen. Auch wenn ihm der Gedanke Angst machte, so musste er sich dennoch eingestehen, dass er sich verliebt hatte.

Schon einmal hatte er geglaubt verliebt zu sein. Ihr Name war Dwan. Sie kannten sich bereits als Kinder, denn sie lebte seit vielen Jahren ebenfalls auf Greendale. Mit ihr machte er seine ersten sexuellen Erfahrungen. Sie waren beide noch unerfahren und erforschten sich gegenseitig. Immer heimlich in der Dämmerung trafen sie sich, es war aufregend und schön, aber irgendwann wurde ihm klar, dass sein Interesse nur sexueller Natur war. Sie war eine schöne Frau mit einem makellosen Körper. Er mochte sie aber er konnte sich nicht vorstellen, den Rest seines Lebens mit ihr zu verbringen. Das wurde ihm schlagartig klar, als sie das Thema eines Tages ansprach. Natürlich war sie enttäuscht und weinte. Er konnte sie verstehen. Allzu viele attraktive Männer gab es nicht auf Greendale, und für jemanden, der das Anwesen nie verlassen durfte, war es vermutlich noch schlimmer. Gern hätte er sich weiter mit ihr vergnügt, aber er wollte ihre Gefühle nicht verletzen. Eine Weile gingen sie sich aus dem Weg, dann setzten sie sich zusammen und sprachen sich aus. Seitdem war sie seine beste Freundin, die er immer und jederzeit beschützen würde.

Er schüttelte bestürzt den Kopf, als nun Faith ihm in den Sinn kam. Sie war die Sklavin des Ladenbesitzers, bei dem er Gewürze und dergleichen für Bessy besorgte. Jedes Mal versuchte sie ihn zu becircen, drängte sich stets dicht an ihn heran und bewegte sich so, dass sie ihn berühren musste. Man konnte sie nicht als hübsch bezeichnen, sie hatte ein rundes Gesicht, eine Warze am linken Nasenflügel, und für seinen Geschmack war sie zu füllig, doch bestimmte Rundungen waren keineswegs zu verachten … Aufdringliche Frauen wie Faith mochte er eigentlich nicht. Aber ein Mann hatte nun einmal gewisse Bedürfnisse, und so ging er schließlich auf ihre plumpe Annäherung ein, und sie vergnügten sich heimlich im Lager, immer ein kurzes, schnelles Abenteuer, immer auf der Hut, nicht erwischt zu werden. Faith war schon speziell und sie zeigte keinerlei Scheu oder Hemmungen. Sie war erfahren genug, ihn Dinge zu lehren, von denen er bisher nicht einmal ansatzweise geahnt hatte …

Den Kopf in die Handflächen gebettet, die Ellenbogen auf den angezogenen Knien, hockte Elaih da, in Gedanken versunken. Er hätte mit Raida fliehen sollen, als sie noch die Möglichkeit dazu gehabt hatten. Es wäre ihnen schon irgendwie geglückt, sich nach Norden durchzuschlagen. Dort, im industriell geprägten Norden, wo es keine Sklaverei gab, hätten sie gemeinsam ein schönes Leben führen und eine Familie gründen können. Er zweifelte nicht daran, dass es ihm gelungen wäre, Arbeit zu finden, um sie beide zu ernähren. Aber sie waren beide zu ehrenhaft; das war wohl ihr Fehler gewesen, der ihnen jetzt zum Verhängnis wurde. Raida hätte Mrs. Barns nie enttäuscht und sie einfach im Stich gelassen, das in sie gesetzte Vertrauen derartig ausgenutzt. Und er selbst hätte genau das gleiche schlechte Gewissen verspürt, hätte er auf Greendale alles stehen und liegen lassen. War es ein Fehler, ehrenhaft zu sein? Wussten Weiße die Ehre eines Schwarzen überhaupt zu schätzen? Wahrscheinlich nicht! Warum zum Teufel hatten sie dann der Ehre wegen ihren Traum vom gemeinsamen Glück aufgegeben? Jetzt war es zu spät zum Handeln, der Zeitpunkt vorüber, die Chance vertan. Was blieb? Verzweifelt hob er den Kopf und stieß mit dem Hinterkopf gegen einen Balken. Der körperliche Schmerz vermochte den Schmerz in seinem Herzen nicht zu vertreiben; resigniert fuhr er sich mit den Händen durch das dichte Haar und seufzte gequält.

Die Baronin war wider Erwarten entzückt von der Liebe ihrer Sklavin. Sie war eine hoffnungslose Romantikerin, und daher gestattete sie Raida, dass sie ihn

regelmäßig sehen durfte, solange sie selbst mit ihren Kaffeeklatschdamen beisammen war. Auf diese Weise konnten sie ungestörte zärtliche Stunden miteinander verbringen. Sie gingen spazieren Hand in Hand und redeten über alles, was ihnen einfiel. Raida schwärmte von ihrem Zwillingsbruder Ian, den sie abgöttisch liebte und berichtete von ihrem Leben, wie sie aufwuchsen und Ian immer über sie wachte und vor allem und jedem beschützte. Sie lachten viel und genossen ihre gemeinsame Zeit, es war ein Geschenk des Himmels. Es schien, als würden sie sich schon eine Ewigkeit kennen, als wären sie füreinander bestimmt, wie Seelenverwandte. Das hatte er noch bei keiner anderen Frau gespürt, dieses intensive Gefühl der Zusammengehörigkeit. Doch sie war eine Sklavin und lebte auf einer anderen Plantage. Was nützte ihm da seine Freiheit, wenn er ihr nicht helfen konnte?
***

Thomas kehrte zufrieden vom Grab des Vaters zurück. Er hatte dort einen Moment der Stille verbracht und mit ihm gesprochen, als weilte er noch unter den Lebenden. Es war ihm ein Bedürfnis, ihm mitzuteilen, dass er in Frieden ruhen konnte, weil er, Thomas, sich um alle Belange der Plantage pflichtbewusst und liebevoll kümmerte. Er musste ihm einfach sagen, dass er sich nicht sorgen sollte. Er würde die in ihn gesetzten Erwartungen ganz in seinem Sinne erfüllen …
Von den Sklavenquartieren drangen aufgebrachte Stimmen zu ihm herüber, er konnte jedoch nicht verstehen, um was genau es ging. Darum lenkte er seinen Weg in die betreffende Richtung und traf auf eine kleine Gruppe wütend schimpfender Frauen. Da er sich vom rückwärtigen Teil des Grundstückes näherte, bemerkte ihn die aufgebrachte Gruppe erst im letzten

Moment. Unmittelbar verstummte die Menge erschrocken und wollte sich zerstreuen, doch Thomas vereitelte den Versuch. Keiner von ihnen wollte Auskunft geben, was sie so in Rage versetzt hatte, selbst dann nicht, nachdem er seine Frage wiederholte. Alle blickten betreten oder sahen einander fragend und hilfesuchend an. Er stöhnte und wollte seine Frage gerade energischer formulieren, da fiel ihm eine Frau auf, die als einzige den Blick zu Boden gerichtet hielt. Ihr Gesicht war tränennass, und sie zitterte am ganzen Körper; mit der Rechten hielt sie ihr Kleid an der linken Schulter verkrampft fest.

Thomas trat einen Schritt auf sie zu; die anderen machten ihm schweigend Platz. Er hob ihr Kinn, um ihr ins Gesicht zu schauen. In panischer Angst stolperte sie rückwärts und sah ihn mit schreckgeweiteten, verquollenen Augen an; dabei rutschte ihr zerrissenes Kleid von der linken Schulter und gab ihren Busen frei, den sie sogleich hektisch zu bedecken versuchte.

Thomas hatte genug gesehen. In aufsteigender Wut kniff er die Lippen fest aufeinander, bevor er sich langsam und äußerlich ruhig und gefasst zu den anderen herumdrehte.

„Wer war das?" Er machte eine Pause und sah sie alle der Reihe nach an. „Wer hat ihr das angetan?" Zögerlich die anderen Frauen anblickend, trat die Älteste von ihnen vor.

„Das ist Steves Werk, Mr. Greendale."

„Steve? Wer ist Steve?"

„Steve Humpten, Sir, der neue Aufseher, den ihr Herr Vater eingestellt hat, nachdem Mike Wills mit seiner Frau nach Maryland gezogen ist." Totenstille trat ein, während Thomas das Ausmaß des soeben Gehörten bewusst wurde.

„Ist das schon mal vorgekommen?"

„Ja, vor einigen Tagen hat er es bei Isa versucht", gab nun eine andere aus der Gruppe Auskunft, „Isa ist fast noch ein Kind, aber Gott sei Dank war Elaih zur Stelle und hat die Kleine vor Schlimmerem bewahrt. Die Arme ist trotzdem noch vollkommen verstört."

„Aber der Mistkerl hat sich nicht davon abhalten lassen, gleich danach hat er sich die Nelly geschnappt und vergewaltigt."

„Die gute Nelly hatte nicht so viel Glück. Grün und Blau ist sie gewesen", erklärte eine weitere Sklavin, und alle nickten bestätigend. Danach redeten sie wild und erregt durcheinander, und so erfuhr er, dass es bereits vier Frauen gab, die Steve Humpten vergewaltigt hatte. Gebieterisch hob Thomas die Hand und befahl allen zu schweigen.

„Und warum erfahre ich davon erst jetzt?", fragte er enttäuscht und verbittert. Mit einem Mal hatte er das schmerzliche Gefühl, schon jetzt versagt zu haben. Hatte er nicht eben erst dem toten Vater versprochen, Greendale mit Sorgfalt und Menschlichkeit zu führen? Wieso wusste er nichts von den Zuständen, die hier offenbar im Verborgenen herrschten? Hatte er die im Stich gelassen, die seiner Hilfe bedurft hätten?

Bilder von der misshandelten Shirin liefen wie ein Film vor ihm ab. Nein, er duldete keine Misshandlungen und Vergewaltigungen! Embas Gesicht erschien vor seinem geistigen Auge. Hatte er sie nicht auch einfach genommen? Nein! Entschieden drängte er den Gedanken nieder. Er würde ihr niemals wehtun. Seine Sklaven vertrauten ihm nicht; wie sollten sie auch? Sie kannten ihn kaum; kein Wunder, dass niemand ihm etwas erzählte. Er musste ein Zeichen setzen, entschied er entschlossen und kampfbereit, hier und jetzt! Er atmete einmal tief ein und aus, damit man ihm seinen inneren Aufruhr nicht ansah.

„Ich verspreche euch: Steve Humpten wird nie wieder jemandem von euch etwas antun!"

Er sah Skepsis in den Gesichtern der Sklaven, noch bevor er zu Ende gesprochen hatte. „Ich kümmere mich um diese Angelegenheit. Und was euch betrifft", er sah jedem von ihnen ins Gesicht, „ich kann euch nicht helfen, wenn ihr mir solche Vorfälle verschweigt!" Er wies auf die geschundene Sklavin. „Wenn es ein Problem gibt, dann kommt ihr zu mir, verstanden? So, und jetzt geht und kümmert euch um ... äh …"

„Lysann, Sir."

„Um Lysann", wiederholte er leise.

Auf der Suche nach Steve lief ihm Mr. Fellow über den Weg.

„Steve? Hab ich in der letzten Stunde nicht gesehen", entgegnete er und sah sich verwundert und suchend um.

„Wussten Sie eigentlich, Mr. Fellow, dass er sich an jungen Sklavinnen vergreift?", wollte Thomas wissen und beobachtete jede Regung im Gesicht seines Gegenübers.

„Er hat … Humpten hat tatsächlich anzügliche Witze gemacht. Die Frauen haben Angst vor ihm, weil er sie manchmal an den Busen fasst oder ihnen eine aufs Hinterteil gibt."

„Ja", sagte Thomas scharf, „nur dabei ist es nicht geblieben! Er hat sie vergewaltigt." Wenigstens hatte Fellow den Anstand, kreidebleich zu werden, dachte er ironisch.

„Glauben Sie mir, Mr. Greendale, das wusste ich nicht! Er hat öfter Ärger gemacht. Er hat wohl ein

Problem mit Autorität, ich habe ihn mehrfach verwarnt, aber er hat nur gelacht und gemeint, ich solle mich um meinen eigenen Dreck kümmern ..."

„Und Sie hielten es nicht für notwendig, mir etwas davon zu sagen?"

„Doch, doch, das wollte ich ja, fragen Sie Elaih! Er wurde Zeuge des Streites. Er hat ihn sich anschließend vorgeknöpft. Da er kein Sklave ist, untersteht er keinem Befehl ... äh ... ich meine, sehen Sie sich Steve an: Im Vergleich zu Elaih ist Steve nur eine halbe Portion ... ich äh ... dachte, auf diese Weise würde Steve einsichtiger werden. Zumindest hat er die Frauen danach nicht mehr betatscht."

„Nein, er ist nur schlauer geworden und hat seine schmutzigen Spielchen im Geheimen betrieben. Danke, Mr. Fellow."

Er würde mit Elaih reden müssen. Offenbar wusste er von den Vorkommnissen, hielt es aber nicht für nötig, mit ihm darüber zu sprechen. Enttäuschung machte sich in ihm breit. Vertraute Elaih ihm ebenfalls nicht? Rannte er überall gegen Wände? Auf dem Weg zu den Pferden sah er Elaih von weitem, wie er gerade die Küche betrat. Abrupt stürmte er hinter ihm her.

„Elaih, sofort in mein Arbeitszimmer", donnerte er los, kaum, dass er an der Tür angelangt war. Überrascht von dem harten Tonfall hielt der Bruder inne und sah ihn stirnrunzelnd an.

„Was an dem Wort SOFORT hast du nicht verstanden?", hakte Thomas sarkastisch nach, sodass selbst Bessy aufhörte in der großen Schüssel zu rühren, die sie vor ihren Bauch gepresst hielt. Wortlos folgte Elaih dem Bruder ins Arbeitszimmer, ließ sich aber von seiner Rage nicht anstecken. Allmählich beruhigte sich Thomas wieder.

„Tut mir leid, ich dachte ...“

„Dass ich dir nicht trauen würde“, half Elaih aus.

„Nein ... ja, irgendwie schon.“

Elaih, der sich zur Hälfte auf eine Ecke des massiven Schreibtischs gesetzt hatte, sah seinen Bruder nachdenklich von unten herauf an; ruhelos marschierte er vor dem Schreibtisch auf und ab. Als Thomas und Elaih nach einer halben Ewigkeit in die Küche zurückkehrten, verstummte sofort das Gespräch. Unbeirrt peilten sie den Weg nach draußen an.

„Also gut, du wirst dich zurückhalten, verstanden? Ich kläre das allein!“

Wie erwartet, trafen sie die Aufseher zu dieser Stunde im Hof bei den Pferden an – mit Ausnahme von Mr. Fellow, der sich schon auf dem Heimweg befand. Die Sklaven kehrten in ihre Quartiere zurück oder standen nach getaner Arbeit in kleinen Grüppchen beisammen.

„Steve Humpten? Hier haben Sie Ihre Papiere. Sie sind fristlos entlassen. Steigen sie auf Ihr Pferd und verschwinden Sie.“

Steve Humpten, der gerade seinen Fuß in den Steigbügel setzte, um aufzusitzen, hielt mitten in seinem Vorhaben inne und sah Thomas schockiert an, während er langsam wieder den Fuß auf den Boden stellte. Fassungslos blickte er auf die Papiere in seinen Händen, bevor er die Situation erfasste. Die anderen drei Aufseher sahen sich sprachlos an und traten ein paar Schritte zurück, während einige Sklaven auf den Vorfall aufmerksam wurden und einen Halbkreis bildeten. Thomas sprach extra laut, damit jeder ihn verstehen konnte.

„Ich dulde auf meiner Plantage keine Misshandlungen oder Vergewaltigungen! Dass sie sich wiederholt dieser Vergehen schuldig gemacht haben, ist eine grobe

Pflichtverletzung Ihres Arbeitsvertrages. Deshalb sind Sie mit sofortiger Wirkung entlassen!"

„Jetzt hören Sie mal, Sie aufgeblasener Gockel", begann Humpten aufgebracht, „mein Vertrag wurde mit Ihrem Vater geschlossen, und ..."

„Mein Vater ist tot, und ich führe hier jetzt das Kommando! Sehen sie auf Seite 3, zweiter Absatz, da sind Ihre Aufgaben genau definiert. Und da steht nichts, dass Ihnen das Recht zubilligt, meine Sklavinnen zu vergewaltigen." Mit Zufriedenheit nahm er zur Kenntnis, dass sich immer mehr Sklaven um sie herum versammelten.

Humpten tobte. „Vergewaltigung nennen Sie das? Nur weil man sich ein wenig Spaß mit ihnen gönnt? Die betteln doch nur darum, es mal so richtig besorgt zu kriegen!", brüllte er mit rot anlaufendem Gesicht, „die haben es doch genossen, glauben Sie mir!"

Gemurmel und Beschimpfungen waren aus den Reihen der Sklaven zu hören. Dann entdeckte Steve Elaih am Rand.

„Aha, jetzt weiß ich, woher der Wind weht", ächzte er hasserfüllt und wandte sich mit drohender Gebärde zu Thomas. „Der schwarze Bastard da, den sie Ihren Bruder nennen", er spuckte angewidert zu Boden, „der hat ihnen also Lügenmärchen über mich erzählt!" Elaih trat mit verschränkten Armen näher und stellte sich breitbeinig rechts hinter Thomas in Position.

„Ich habe mit eigenen Augen gesehen, was Sie Lysann angetan haben, Sie mieses Schwein! Und ich weiß von anderen Frauen, denen sie das Gleiche angetan haben, sie haben es mir erzählt!" Thomas war wütend und beherrschte sich nur mühsam. Doch

Humpten war seinerseits zu aufgebracht, um es zu bemerken.

„Sie schätzen das dumme Geschwätz der Nigger also höher ein als das ehrbare Wort eines Weißen? Das ist ...", Weiter kam er in seinen Ausführungen nicht, mit lautem Krachen landete eine Faust mitten in seinem Gesicht. In hohem Bogen flog er rückwärts in den Staub.

„Sie haben mir die Nase gebrochen", jaulte Humpten, während er sich die blutende Nase hielt. Gelächter, Hohn und Beifall erklangen von den Sklaven, als er sich langsam aufrappelte.

„Das werden Sie mir büßen, Greendale, das schwöre ich Ihnen! Sie machen mich hier nicht zum Narren! Dafür werden Sie bezahlen!"

„Verschwinden Sie, Humpten, auf der Stelle."

Wutschnaubend hob Humpten seinen Hut vom Boden, klopfte ihn am Hosenbein ab und setzte ihn betont langsam wieder auf.

„Glauben Sie allen Ernstes, Sie zähmen diese schwarzen Biester mit Gutmütigkeit? Pah, Sie werden schon sehen, was Sie davon haben, wenn Sie Ihnen auf der Nase rumtanzen", höhnte er verächtlich. „Und noch was, Greendale", setzte er hinzu, als er bereits auf seinem Pferd saß: „Sie werden noch an mich denken. Sie haben mir nicht umsonst die Nase gebrochen, Sie erbärmlicher Niggerfreund!" Scharf zog er an den Zügeln, um das Pferd zu wenden. Dann galoppierte er von der Plantage.

„Ich wusste gar nicht, dass du so eine harte Rechte hast", raunte Elaih ihm zu.

„Na", grinste Thomas, „wird ja auch langsam Zeit, dass sich das Training auszahlt!"

„Wie schätzt du Steve ein?", fragte Thomas an Elaih gewandt während des Abendessens, „glaubst du, er könnte noch Ärger machen?"

„Hm", murmelte Elaih zwischen zwei Bissen, „schwer zu sagen. Er ist eine miese Ratte. Als ich ihn allein zu packen hatte und keine Zeugen um ihn herumstanden, winselte er wie ein kleines Mädchen. Aber du hast es ja selbst gesehen: Wenn andere dabei sind, ist er mutiger. Dann führt er sich auf wie ein Großmaul, obwohl ich denke, das meiste ist heiße Luft. Trotzdem, finde ich, tun wir gut daran, ihn nicht zu unterschätzen. Sein Stolz wurde empfindlich verletzt. Wer kann da sagen, wie so jemand reagiert?"

„Er ist weg!", sagte Bessy bestimmt und entfernte eine leere Schale vom gedeckten Tisch, „und Lysann, Nelly und Isa und die anderen brauchen sich nicht mehr zu fürchten."

Thomas spürte Embas Blick auf sich ruhen. Sie saß ihm schräg gegenüber. Er sah auf, und ihre Blicke verharrten eine Weile ineinander, bevor beide mit kaum sichtbarem Lächeln die Augen wieder auf ihre Teller richteten und dem Gespräch zwischen Elaih und Bessy folgten. Thomas fiel auf, dass Shirin sich noch nie an einem Gespräch beteiligt hatte, während sie zu Tisch saßen. Darum richtete er jetzt das Wort an sie.

„Gefällt dir die Arbeit in der Küche, Shirin?" Er bemerkte ein leichtes Zusammenzucken, bevor sie leise und scheu antwortete.

„Ja, Sir." Sie sah ihn nicht an.

„Sie macht sich großartig", mischte Bessy sich ein, „sie lernt schnell und macht ihre Arbeit sorgfältig!" Während ihrer Erzählung wedelte sie mit den Armen in der Luft umher, wie immer, wenn sie in ihrem Element war. „Da hab ich hier schon ganz andere Kaliber in der Küche erlebt, das kann ich dir sagen!" Bessy war die einzige, die Thomas duzte. Immerhin kannte sie ihn von Geburt an und behielt die vertrauliche Anrede bei, obwohl er mittlerweile erwachsen war. Ihn störte es nicht, Bessy war eben Bessy. Zum ersten Mal sah er ein Lächeln über Shirins Gesicht huschen.

Nachdenklich saß Thomas an seinem Schreibtisch und schielte auf die Einladungskarte, die er bekommen hatte – der Ball von Christinas Cousine. Er war lange nicht mehr auf einem Fest gewesen, er hatte gar nicht mehr daran gedacht, erst jetzt fielen ihre Worte ihm wieder ein. Ja, es wäre eine willkommene Abwechslung. Er freute sich. Sein bester Freund Graham und seine Frau Mary würden ebenfalls dort sein. Graham und der zukünftige Bräutigam kannten sich seit Jahren. Ein geselliger Abend, gepflegte Konversation und vielleicht das eine oder andere Tänzchen … Ja, er würde hingehen, auch, wenn er damals gezweifelt hatte, ob es schon angebracht sei. Doch sein Vater war tot, und das Leben ging weiter. Er würde nach vorn blicken und sich nicht darum scheren, ob der eine oder andere es geschmacklos fand. Außerdem wäre es die Gelegenheit, Christina näherzukommen. Vor sich hin schmunzelnd, stellte Thomas sich ihr Wiedersehen vor. Sie mochte ihn, das wusste er. Vielleicht könnte er ihr ein paar Küsse stehlen? Auf jeden Fall wäre es spannend, ihre Reaktion zu testen. Würde sie es gestatten oder ihm Einhalt gebieten? Wie hatte Anton Jenkens doch zu ihm gesagt: Sie müssen sich bald nach einer Frau umsehen, um eine Familie zu gründen, mein Junge, damit alles weitergeht, wenn Sie mal alt und gebrechlich werden! Mit einem Grinsen goss er sich einen Brandy ein und starrte in die braune

Flüssigkeit. Es war offensichtlich, dass Jenkens seine eigene Tochter gemeint hatte. Aber war er schon bereit zur Ehe? Er wurde ernst und dachte darüber nach, entschied dann jedoch, die Sache auf sich zukommen zu lassen. Schließlich hatte es keine Eile.

Während seiner Zeit auf dem Collage war er von vielen attraktiven Damen umgeben gewesen, und er hatte keine Gelegenheit ausgelassen zu flirten, was ihm einen gewissen Ruf eingetragen hatte. Es war immer wieder amüsant, wenn die Damen kokettierten und mit allen Mitteln versuchten, seine Aufmerksamkeit zu erregen. Er spielte diese Spielchen gern mit und genoss es, sie zu necken oder mit Komplimenten zum Kichern zu bringen, doch niemals steckten ernste Absichten dahinter. Bei einer Frau, die er ernsthaft in Erwägung zog, mochte er Affektiertheit nicht. Eine Frau sollte natürlichen Charme besitzen und keinen aufgesetzten, das war seine Überzeugung. Zwar konnte auch Christina sich zieren und schäkern, was den Frauen offenbar allgemein beigebracht wurde, aber er wusste auch, dass sie anders sein konnte, das hatte sie während der Beerdigung gezeigt. Er mochte es nicht, wenn sich jemand zu sehr in den Vordergrund drängte und nach Aufmerksamkeit und Bewunderung heischte; auch war ihm das lebhafte Schnattern und Lästern bestimmter Damen ein Graus.

Seine langjährige und teure Freundin Mary, die sein Freund Graham geheiratet hatte, war eine unaffektierte Frau. Sie war attraktiv und hinreißend, elegant und dennoch natürlich und unkompliziert. Sie hatte eine offene und ehrliche Art und bestach im Umgang mit anderen Menschen durch Herzlichkeit. Man musste sie einfach gernhaben. Kein Wunder, dass sich Graham damals in sie verliebt hatte! Er trank einen kräftigen Schluck Brandy, schenkte sich nach, blieb auf dem Weg zurück zum Schreibtisch am Fenster stehen und blickte seufzend hinaus. Durch ihn hatten sie sich seinerzeit kennengelernt, und er war glücklich über die Verbindung. Sie ergänzten einander perfekt, das ideale Paar. Ein solches Glück wünschte er sich selbst, auch wenn er nicht unbedingt ein Romantiker war. Doch ein wenig Liebe sollte doch ein wesentlicher Aspekt in einer Beziehung sein, die für den Rest des Lebens geschlossen wurde … Verdammt, er wollte doch noch wegen der Fütterung der Pferde mit Joe sprechen!

Entschlossen griff er nach seiner Weste, zog sie hastig über und verließ zielstrebig das Arbeitszimmer. Er entschied sich für den kürzeren, direkten Weg durch die Küche. Am Tischende stand Emba und knetete Brotteig. Gebannt von ihrem Anblick blieb Thomas stehen. Emba hatte Mehl an ihrer Wange und an der Nasenspitze. Sein Herzschlag beschleunigte sich, sie sah erotisch und verführerisch aus. Mit dem Handrücken versuchte sie eine Haarsträhne, die ihrem Haarband entschlüpft war, aus dem Gesicht zu streichen, bevor sie ihn entdeckte und ihn anlächelte. Er vergaß, weshalb er diesen Weg genommen hatte. Sie wirkte so sinnlich, und ihr Lächeln verzauberte ihn. Hatte sie überhaupt eine Ahnung, was sie in ihm auslöste? Als lenke ihn eine unsichtbare Kraft, ging er auf sie zu. Sie blickte überrascht, aber ihre Augen leuchteten und waren voller Wärme. Vorsichtig strich er ihr die Strähne hinter das Ohr.

„Du hast Mehl an der Wange", sagte er leise, seine Stimme klang ungewohnt rau. Sie hob die Hand und wollte es fortwischen.

„Nein, tu das nicht. Es sieht so süß aus." Er wunderte sich selbst, wie seine Stimme bebte. Sie standen so nah beieinander, dass er ihren Atem spürte. Er löste den Blick von ihrer mehlbefleckten Wange und sah ihr in die Augen, die ihn die gesamte Zeit schon fixierten. Sein Körper prickelte vor Erregung; seine Augen wanderten zu ihrem Mund. Er schloss kurz die Augen, um seine Atmung zu kontrollieren; ihr Duft, ihre Wärme berauschten ihn. Als er sie wieder öffnete, sah sie ihn immer noch an, und es lag so viel Gefühl in ihren Augen, dass er glaubte den Verstand zu verlieren. Er holte scharf Luft.

„Du solltest mich nicht so ansehen, Emba. Meine Selbstbeherrschung hat auch Grenzen." Es war kaum mehr als ein Flüstern.

„Ja, ich weiß, " flüsterte sie ebenso bewegt, „aber ich kann nicht anders." Sein Daumen strich sanft über ihre Lippen und verschluckte fast ihre Worte, bevor seine Lippen sich zaghaft auf ihre senkten. Die wundervollsten Lippen, die er je berührt hatte. Dennoch kam er nicht dazu, den Kuss zu vertiefen. Vom Flur erklangen Stimmen; man hörte Bessy und Shirin. Schlagartig fuhren sie auseinander. Was in aller Welt war nur in ihn gefahren? Mit eiserner Disziplin versuchte er seinen Gefühlsaufruhr in den Griff zu bekommen. Hatte er den Verstand verloren? Etwas Mehl im Gesicht, und er vergaß die Welt um ihn herum! Wenn er das jemanden erzählte, er würde ernsthaft an seinem Verstand zweifeln! Er musste hier raus, sofort! Fluchtartig stürmte er aus der Küche, an der verdutzt dreinblickenden Bessy vorbei, in seine Schlafkammer. Er musste allein sein.

***

Eine Besichtigung der Baumwollfelder hatte bestätigt, was Elaih ihm bereits mitgeteilt hatte: Es sah wirklich gut aus in diesem Jahr. Die Ernte würde guten Profit abwerfen. Als er eine halbe Stunde später wieder die Küche betrat, saßen alle schon am gedeckten Tisch und aßen. Wortlos nahm er Platz und ließ sich von Bessy die Platte mit dem geschmorten Hühnchen reichen. Die frische Luft hatte ihn hungrig gemacht, er griff großzügig zu. Schließlich hatte er noch eine lange Nacht vor sich; heute Abend fand der Ball statt. Verwundert sah er Elaih an, der ihm gegenüber saß und offensichtlich mit seinen Gedanken weit fort war. Er stocherte lustlos mit der Gabel auf dem Teller herum, ohne auch nur einen Bissen zu nehmen. Ihm ging auf, dass Elaih in letzter Zeit sehr in sich gekehrt wirkte, als ob irgendetwas auf seiner Seele lastete. Er schien ungewohnt still und grenzte sich von den anderen ab.

„Junge, du darfst dich nicht so hängen lassen. Du musst darüber hinwegkommen", versuchte Bessy ihn zu trösten und legte aufmunternd die Hand auf seinen Unterarm, was Elaih aus seiner Trance hochschrecken ließ. Ihm war nicht bewusst gewesen, wie abwesend er gewesen war. Thomas war alarmiert; für einen Augenblick vergaß er seinen Hunger und sah den Bruder forschend an.

„Was ist los, Elaih? Du bist schon länger so eigenartig."

Elaih sah auf. „Ja, mag sein ... aber lass es, Thomas, du kannst mir nicht helfen. Niemand kann das." Mit diesen Worten schob er den Teller von sich und meinte entschuldigend zu Bessy: „Verzeih, es liegt nicht an deinem Essen. Ich hab einfach keinen Hunger." Ruckartig schob er den Stuhl zurück, erhob sich und verließ den Raum. Schockiert sah Thomas ihm nach, die Gabel auf halbem Wege zum Mund. So hatte er ihn noch nie zuvor gesehen. Fragend sah er Bessy an. Sie seufzte und starrte auf die Tür, durch die Elaih verschwunden war.

„Ja, Liebe kann wehtun."

„Du meinst, Elaih hat Liebeskummer?", fragte Thomas verblüfft. Auf diese Idee
wäre er im Leben nicht gekommen.

„Ja, so kann man es nennen. Ihr Name ist Raida, mehr weiß ich auch nicht. Er hat sie immer in der Stadt getroffen, wenn er die Vorräte besorgte, aber seit einiger Zeit ist sie nicht mehr gekommen, und der arme Junge hat keine Ahnung, warum."

Thomas ließ das Gehörte eine Weile schweigend auf sich wirken. Warum hatte Elaih ihm nichts davon erzählt? Vielleicht hätte er irgendetwas arrangieren können.

„Wer ist sie, Bessy? Eine Freie? Wo lebt sie?"

„Ich weiß es nicht, Thomas. In letzter Zeit erzählt er nichts mehr darüber."

„Da gibt es auch nichts mehr zu erzählen", erklärte Elaih schroff, der gerade wieder die Küche betreten hatte.

„Elaih, ich ..."

„Nein Thomas, ich möchte dazu im Moment nichts sagen. Irgendwann erzähle ich es dir vielleicht, aber bitte dräng mich nicht. Ich muss erst selbst damit klarkommen."

Betretenes Schweigen erfüllte den Raum. Thomas sah ihn mitfühlend an. Er musste den Wunsch seines Bruders respektieren, aber wenn sie allein waren, würde er ihm signalisieren, dass er sich ihm anvertrauen konnte. Inzwischen hatte Bessy die Situation gerettet und ein anderes Thema angeschlagen, um so etwas wie eine Unterhaltung in Gang zu bringen, während sie warmes Obstkompott als Nachspeise reichte. Elaih berichtete, dass Mr. Fellow den Vorschlag gemacht hatte, dass anstelle von Steve Humpten eventuell John Fellow, sein ältester Sohn, seinen Platz einnehmen könnte.

„Wäre möglich. Er soll sich bei mir vorstellen, dann werden wir sehen", überlegte Thomas laut. „Jedenfalls will ich keinen zweiten Steve Humpten hier haben."

„Mr. Greendale", klang plötzlich die Stimme von Shirin in die entstandene Stille hinein. Überrascht schaute er sie an. Sie saß in aufrechter Haltung und hielt den Blick dieses Mal nicht gesenkt, wie sie es sonst immer tat.

„Sie haben mich einmal gefragt, was mit meinem Kind geschehen ist." Alle Augen richteten sich erstaunt und abwartend auf Shirin. „Es war ein gesunder und kräftiger Junge."

„Ich dachte, das Kind sei eine Totgeburt?", wunderte sich Thomas.

„Lass das Mädchen doch erst mal erzählen", mischte Bessy sich ein. Shirin schluckte; sie schien entschlossen und ruhig, nur die auf dem Tisch ineinander verkeilten Hände, deren Fingerknöchel hell hervortraten, verrieten ihre Anspannung.

„Nein, das stimmt nicht, er lebte. Ich und noch andere von uns wurden regelmäßig gerufen, wenn Master Springston ein Fest gab, und das war oft. Er lud dazu Freunde und andere reiche Herren ein, die Geld dafür zahlten. Und wir mussten alles tun, was die Männer von uns verlangten, und das waren manchmal ziemlich ungewöhnliche Wünsche. Wir sollten für sie tanzen und uns ausziehen und dann ... na ja ... Sie wissen schon..." Sie senkte verlegen den Blick. Thomas stieß geräuschvoll die Luft aus. „Wenn wir es nicht taten", fuhr sie fort, „gab es Schläge oder andere harte Strafen. Wir hatten keine Wahl. Nuri wurde dadurch ebenfalls schwanger. Sie hatte eine Fehlgeburt. Sie ist daran verblutet und gestorben." Ihre Stimme zitterte, und sie musste ein paar Mal tief durchatmen, bevor sie weitersprechen konnte. „George Flemming, der Aufseher und die rechte Hand von Master Springston, war der Schlimmste von allen. Eiskalte, stechende Augen." Sie schüttelte sich. „Ein brutaler Mann. Er liebte es, andere leiden zu sehen. Er und Master Springston haben uns auch außerhalb der Partys benutzt, wann immer sie wollten." Bessy rückte näher an Shirin heran und tätschelte ihr mitfühlend den Rücken.

„Wenn wir alles mitmachten ohne zu mucken und die Männer mit uns zufrieden waren, durften wir von den köstlichen Speisen essen, die Master Springston für die Gäste servierte. Nicht alle Männer waren schlecht. Einige waren nur einmal dort, andere kamen regelmäßig. Einmal brachten sie einen ganz jungen Mann mit. Die anderen lachten ihn aus. Er solle erstmal zum Mann werden und ... äh ... nun … ich sollte ihm alles beibringen, was ein Mann wissen muss."

„Halleluhjah", stöhnte Bessy, „was gibt es nur für Menschen?"

Sie hatten aus der Armen eine Hure gemacht und sich daran bereichert, die Mistkerle. Angewidert schüttelte Thomas den Kopf.

„Er hieß Jimmy. Er war nicht wie die anderen. Er war nett und freundlich und hat sich ganz normal mit mir unterhalten, hat mir erzählt, dass er die Universität von Virginia besucht und wie es dort so ist, als sei ich eine Weiße. Er hat mir sogar geholfen, als die Schweine es lustig fanden, Soray betrunken zu machen. Es ging ihr sehr schlecht, sie hat sich ständig übergeben, und dann haben sie sie ohnmächtig am Boden liegen lassen und gelacht. Ich hatte solche Angst, dass sie stirbt. Jimmy war wütend und schrie die anderen an, sie sollten aufhören mit dem Quatsch. Aber sie waren zu betrunken und haben nur laut gelacht. Da nahm er Soray auf die Arme, trug sie zu ihrer Hütte und zeigte den anderen, was sie tun sollen, wenn ihr wieder übel wird. Sie sollten sie auf die Seite legen, damit sie nicht am Erbrochenen erstickt. Als ich wusste, dass ich schwanger bin, habe ich mir immer vorgestellt, Jimmy ist der Vater des Babys. Aber es hätte genauso gut Master Springston oder George Flemming sein können."

„Da kann man nur hoffen, dass dieser Jimmy seinen offenbar guten Charakter beibehalten hat und nicht von den anderen verdorben wurde", murmelte Thomas.

„Aber wo ist dein Baby, Shirin?", fragte Emba mitleidig und voll Anteilnahme. Thomas sah Emba an. Wie warmherzig sie ist, schoss es ihm durch den Kopf. Es war das erste Mal, dass er sie direkt angesehen hatte seit dem Vorfall in der Küche. Sie sah ebenfalls in seine Richtung, und ihre Blicke begegneten sich. Er bemerkte, dass ihre Augen feucht schimmerten und konnte sich nur mühsam dazu durchringen, in eine andere Richtung zu blicken.

„Als mein Bauch dicker wurde, war ich natürlich nicht mehr zu gebrauchen und musste nicht mehr auf die Partys. Jimmy kam einmal zu meiner Hütte und gab mir das hier", sie zog an einer Kette, die sie um den Hals trug, daran befestigt war ein kleines

Schmuckstück in Form eines Hufeisens. „Es soll mir Glück bringen, hat er gesagt." Sie lächelte, bevor sie das Schmuckstück wieder in ihrem Ausschnitt verschwinden ließ. Dann wurde sie ernst. „Während der ersten Wehen warf man mich in eine leere Pferdebox." Tränen liefen über ihre Wangen und sie schniefte. „Sie standen davor und haben sich über die Geburt amüsiert und Witze gerissen."

„Was, etwa die gesamte Zeit?", wollte Elaih entsetzt wissen und starrte sie mit weitaufgerissenen Augen an.

„Nein, Gott sei Dank nicht. Später hat George mir einen stinkenden Lappen in den Mund gestopft und gemeint, ich solle nicht so einen Lärm machen, ich würde noch die Pferde verschrecken. Dann war ich endlich allein." Sie zitterte, verschränkte die Arme vor der Brust und schaukelte mit dem Oberkörper. Bessy, die schon bei vielen Geburten geholfen hatte, verstand wohl am besten, was sie durchgemacht hatte. Sie redete behutsam auf sie ein, bis ihr Zittern sich etwas legte.

„Was ist passiert?", hakte Elaih nach und fing sich einen warnenden Blick von Bessy ein. Thomas erinnerte sich an die einzelnen Strohhalme in ihren zerzausten Haaren …

„Seine Haut war ein bisschen heller als meine, aber er hatte mit niemanden Ähnlichkeit. Es war mein Sohn, nur meiner!" Sie schniefte heftig, und Emba reichte ihr ein Tuch.

„Ich hielt ihn im Arm, und er hatte Hunger. Dann kamen Master Springston und George Flemming. Sie rissen mir den Jungen aus dem Arm und stritten, wer der Vater ist. Der Kleine war wütend, dass man ihn bei der Mahlzeit störte. Er schrie und schlug mit seinen kleinen Fäusten um sich." Sie versuchte ein stolzes Lächeln zwischen ihren Tränen. „Master Springston meinte, er wolle keinen Bastard, egal von wem, und er sagte zu George, er solle sich darum kümmern. Dann ging er." Ihr Körper bebte, und Bessy drückte sie dicht an sich wie eine Mutter. „Dann .... dann legte er seine Hand um Mund und Nase des Jungen und hielt sie so lange drauf, bis er sich nicht mehr bewegt hat."

„Dieser George hat den Kleinen einfach umgebracht?", fuhr Elaih fassungslos hoch, „wie barbarisch können Menschen sein? Ein kleines, wehrloses Baby zu ermorden!"

Thomas konnte nur bestürzt den Kopf schütteln. Er hatte schon vieles gehört, aber das war bei weitem das Grausamste. Ein wehrloses Baby? Wie konnte ein Mensch einem anderen so etwas antun? Emba schniefte nun ebenfalls und trocknete sich mit einem Tuch die Tränen.

„Oh, er war nicht wehrlos", beharrte Shirin, „er hat tapfer gekämpft!" Sie sah Elaih an. „Du hättest ihn sehen sollen, wie zornig er war, als George ihn hatte!" Stolz schwang in ihrer Stimme mit. „Er hat sich zur Wehr gesetzt. Er wollte leben. Aber er hatte keine Chance. Und ich konnte ihm nicht helfen. Ich habe es versucht, aber ich konnte ihm nicht helfen ..." Ihre Stimme wurde immer lauter vor Verzweiflung. Bessy legte beide Arme um sie und barg sie wie ein Kind, während ihr schmaler Körper von einem unkontrollierten Schluchzen erschüttert wurde. Niemand sagte etwas, alle starrten fassungslos und schockiert vor sich hin. Nur Shirins lautes, durch Bessys massigen Körper gedämpftes Weinen war zu hören. Nach einiger Zeit löste Shirin sich von Bessy und schnäuzte sich.

„Als er sich nicht mehr gerührt hat, hat George ihn grinsend in die Arme gelegt. Während er sich bückte, konnte ich sein Messer greifen. Er trug es immer im rechten Stiefel. Ich wollte es ihm mitten ins Herz stoßen", bitterer Hass klang in ihrer Stimme auf, „aber irgendwie erwischte ich nur seine Schulter. Dennoch, das Messer steckte tief drin, und er hat gebrüllt wie ein Tier. Dann kam Master Springston angerannt. Er griff sich die Reitgerte und schlug auf mich ein, erst mit der Gerte, dann mit den Fäusten, bis ich bewusstlos war. Als ich wieder zu mir kam, sah ich Wyhers über mir."

„Das ist bitter", durchbrach Thomas die Stille.

Shirin hatte aufgehört zu weinen und sah ihn direkt an.

„Ich danke Ihnen, Mr. Greendale, dass ich hier sein darf. Sie sind ein guter Mensch."

Thomas wurde verlegen. „Du kannst dir sicher sein, dass dir hier niemand etwas antun wird, Shirin. Und was deinen Jungen betrifft: Es tut mir wirklich sehr leid. Ich hoffe, du kommst irgendwann darüber hinweg." Er nickte ihr aufmunternd zu.

„Danke", erwiderte sie und brachte ein Lächeln zustande.

***

Elaih saß am Ende des Küchentisches und widmete sich einer älteren Tageszeitung, die er auf einem Stapel neben dem Kamin im Arbeitszimmer entdeckt hatte. Aufmerksam studierte er Seite für Seite und beobachte nebenbei verwundert Emba, die heute ungewohnt schweigsam war und sich öfter verstohlen eine Träne von der Wange wischte. So kannte er sie gar nicht. Was mochte mit ihr los sein? Er senkte die Zeitung und blickte sie fragend an. Sie schüttelte den

Kopf als stille Antwort, dass sie nicht darüber reden wollte. Bessy war indessen dabei, Shirin eine Lehrstunde in der Handhabung von Gewürzen zu erteilen. Plötzlich hämmerte jemand aufgeregt gegen die Eingangstür. Emba, die am nächsten stand, straffte sich und eilte.

„Guten Morgen", grüßte Mr. Fellow, „ich muss sofort mit Mr. Greendale sprechen." Seine Stimme klang beunruhigt.

„Er ist nicht da", erklärte Emba, „er ist in der Stadt." Thomas war gestern Abend in die Stadt gefahren, um mit Christina Jenkens den Ball zu besuchen. Anschließend würde er bei Graham und Mary im Stadthaus übernachten.

„Verdammt", fluchte Mr. Fellow. Erstaunt über die Dringlichkeit, die aus seiner Stimme zu hören war, faltete Elaih die Zeitung zusammen und trat hinter Emba an die Tür.

„Was ist los? Gibt es ein Problem, Sir?"

Mr. Fellow wirkte ein wenig konfus und kratzte sich nervös am Hinterkopf. Ihm war anzusehen, dass er in einem Gewissenskonflikt steckte und nicht wusste, wie er sich verhalten sollte. Alarmiert hakte Elaih nach. Mr. Fellow sah ihn nicht direkt an, sondern stöhnte nur vor sich hin, als würde er überlegen, ob er ihm etwas sagen dürfte.

„Mr. Fellow, mein Bruder ist nicht da, und wenn es ein Problem gibt, müssen Sie es mir sagen! Ich werde mich darum kümmern. Sie wissen, dass er es billigen würde, dass ich sein Vertrauen genieße. Also, was ist passiert?"

„Nun ja ... es ist ... ich meine ... also, hier ist alles in Ordnung, es ist nur ..." Es musste etwas Ernstes sein, das spürte Elaih, er kannte ihn lange genug, um sein

Verhalten zu deuten. Mr. Fellow war ein guter Mann, den er respektierte, er hielt sich genau an seine Anweisungen, und obwohl er Aufseher war, behandelte er die Sklaven menschenwürdig und nie brutal. Er spürte förmlich die Anspannung, die sich angesammelt hatte; ihn selbst erfasste jetzt Unruhe.

„Um ehrlich zu sein", begann er zögerlich, „ich weiß nicht, was ich tun soll. Ich will keinen Ärger, verstehst du? Verdammt, dass er gerade jetzt nicht da ist!"

„Hören Sie, Mr. Fellow, ich verspreche Ihnen, was immer es ist: Ich übernehme die Verantwortung. Sie bekommen keinen Ärger. Also, bitte reden Sie endlich!"

Fellow sah auf Emba und auf Bessy und Shirin, die sich mittlerweile neugierig hinter Elaih versammelt hatten.

„Also gut", sagte er entschieden, „komm mit, es muss nicht gleich jeder hören." Mit diesen Worten drehte er sich um und ging ein paar Schritte voraus. Elaih folgte ihm spannungsgeladen; Angst kroch in ihm empor. Erst jetzt registrierte er, dass es eine ungewöhnliche Uhrzeit war, zu der Fellow auf der Plantage erschienen war. Wenn wirklich etwas Dramatisches geschehen war, wäre es fatal. Sein Herz begann zu rasen, und seine Nerven waren aufs Äußerste strapaziert.

„Es sind Sklavenjäger unterwegs, ein paar Meilen von hier. Ihr Anführer heißt Barku. Ich kenne den Mann, ich hatte mal mit ihm zu tun, ein brutaler Schläger, ohne Gewissen. Wer dem in die Hände fällt, dem Gnade Gott. Barku ist ein unberechenbarer Sadist."

„Sie erzählen mir das nicht ohne Grund", sagte Elaih nervös, „ ist einer unserer Sklaven verschwunden?"

„Nein, nicht von unseren. Aber es sind zwei auf der Flucht, ein junges Paar. Sie halten sich im

Graben versteckt, da, wo sich der Weg an der dicken Ulme gabelt. Der Mann wurde angeschossen und hat bereits viel Blut verloren. Er wird sterben, wenn er nicht bald versorgt wird. Und wenn Barku ihn findet, knallt er ihn eiskalt ab. Der Mann ist ..." Weiter kam er nicht.

„Zu niemandem ein Wort, Mr. Fellow. Ich kümmere mich darum." Elaih rannte zu den Pferden.

„Joe?", brüllte er schon von weitem, „Joe, wo steckst du, verdammt?" Verschlafen sich die Augen reibend und nur halb bekleidet, taumelte Joe um die Ecke.

„Hilf mir, die kleine Kutsche klarzumachen."

„Die Kutsche? Aber warum denn die Kutsche? Was ist denn ..."

„Halt die Klappe und tu, was ich dir sage", schnauzte Elaih ihn an. Sprachlos über den rüden Ton, den er noch nie von ihm gehört hatte, tat Joe ohne Murren, was ihm angewiesen worden war. So schnell wie möglich trieb Elaih das Tier an, um zu der von Fellow beschriebenen Stelle zu gelangen. Er machte sich keine Gedanken darüber, was er tun sollte, wenn er die entflohenen Sklaven fand. Er wusste nur, dass sie dringend Hilfe benötigten, und er würde seine Leute nicht im Stich lassen. Es war ein schweres Vergehen, entflohenen Sklaven Unterschlupf zu gewähren, das war ihm klar. Doch erst einmal musste er sie vor diesem Barku retten, dann würde man weitersehen … Sein Herz raste vor Aufregung. Hoffentlich kam er nicht zu spät!

Endlich erschien die Weggabelung vor ihm, als er um die scharfe, mit hohen Büschen bewachte Linkskurve bog. Niemand zu sehen. Hart brachte er das Gefährt zum Stehen und sprang ab. War Barku schneller gewesen?

„Hallo?", rief er aufgewühlt, „ist hier jemand?" Keine Antwort. Er lief zu der Stelle, die Fellow beschrieben hatte. Ein blutgetränktes Tuch lag im Gras. Er hob es auf und sah sich um. Außer Bäumen gab es nur ein paar Büsche, hinter dem man sich verstecken konnte.

„Keine Angst, ich will euch helfen", rief er lauter und betete innerlich, dass die Sklaven noch nicht gefasst worden waren. Mit einem Mal hörte er jemanden hinter sich seinen Namen sagen. Geschockt fuhr er herum, das Tuch in seinen Händen glitt zu Boden. Sein Körper zitterte, er war unfähig, sich von der Stelle zu bewegen. Er versuchte etwas zu sagen, doch kein Laut wollte über seine Lippen kommen.

„Elaih! Mein Bruder, es geht ihm schlecht." Die weibliche Stimme klang nach grenzenloser Verzweiflung und Todesangst.

„Raida!" Fassungslos starrte Elaih sie an, unfähig, einen klaren Gedanken zu fassen. Tränen traten in seine Augen.

„Du? Mein Gott!" Langsam begann sein Gehirn wieder zu arbeiten. Er stürzte auf sie zu, riss sie ungestüm in seine Arme und umklammerte sie, so fest er konnte.

„Oh, mein Gott", brachte er hervor, „ich dachte, ich würde dich nie wiedersehen!" Sein Körper wurde von heftigen Schluchzern geschüttelt; wilde, unbeherrschte Küsse verteilte er auf ihrem Gesicht, Hals und Nacken. Seine geliebte Raida! Wann hatte er das letzte Mal geweint? Er konnte sich nicht erinnern, aber er schämte sich seiner Tränen nicht. Ein Röcheln hinter ihnen holte beide auf den Boden der Tatsachen zurück; erschrocken blickten sie in die Richtung, aus der es gekommen war.

„Es hat ihn erwischt", klagte Raida und sah ihn durch einen Tränenschleier hilfesuchend an. Elaih hatte die

Situation schlagartig wieder unter Kontrolle. „Schnell, wir müssen hier sofort weg, es sind Sklavenjäger unterwegs", rief er, während er auf den Busch schräg hinter ihm zustürzte. Der Anblick des Verletzten entsetzte ihn. Ja, es war Ian, Raidas Zwillingsbruder. Er sah noch schlimmer aus, als er angenommen hatte. Sein Hemd war auf der linken Körperseite komplett mit Blut durchtränkt. Aber er war bei Bewusstsein – vielleicht ein gutes Zeichen!

„Ich bin Elaih", stellte er sich vor, „ich bringe euch hier weg." Schreckgeweitete Augen blickten ihn verzweifelt an.

„Hilf meiner Schwester, bitte", stieß Ian schweratmend aus und griff verzweifelt nach seinem Arm. Unglaublich, diese Ähnlichkeit. Ian hatte Raidas Augen, er war ihr Ebenbild, nur als männliche Ausgabe. Elaih wusste, dass die beiden eineiige Zwillinge waren, dennoch verblüffte ihn die vollkommene Gleichheit. Raida kniete zitternd neben ihm und weinte hemmungslos.

„Wir müssen ihn in die Kutsche tragen", befahl Elaih „schnell, hilf mir, Raida, wir haben nicht viel Zeit! Nimm du seine Beine!"

„Nein, bitte, ihr müsst weg, lasst mich hier, ich behindere euch nur", protestiert Ian schwach und stieß einen unterdrückten Schmerzenslaut aus.

„Nein, ich lasse dich nicht zurück, niemals!", beendete Raida seine Einwände brüsk. Kurz bevor sie Ian in die Kutsche laden konnten, verlor er das Bewusstsein. Raida geriet in Panik.

„Nein, bleib bei mir, bitte, bitte!" Sie krallte die Fäuste in sein Hemd. „Ian, bitte ... ", flehte sie, und ihr Ton wurde hysterisch. Elaih fand keine andere Möglichkeit, als sie hart an den Schultern zu packen und zu schütteln.

„Wir müssen hier weg. Sofort! Also bleib ruhig, keinen Mucks!" Es wirkte; Raida nickte stumm und tränenblind. Er konnte ihren Schmerz spüren, die Angst, die sie um ihren Bruder hatte. Wie gern hätte er sie in diesem Moment in die Arme genommen und getröstet, statt sie zurechtzuweisen! Aber es war nicht der rechte Zeitpunkt; jede Minute konnten die Sklavenjäger auftauchen, und dann würde selbst er ihnen nicht mehr helfen können. Adrenalin schoss ihm ins Blut und gab ihm Entschlossenheit. Wer wusste, welchen Weg sie eingeschlagen hatten, nachdem sie Fellow begegnet waren? Vermutlich würden sie weiter nördlich ihre Suche fortsetzen, denn entlaufene Sklaven versuchten meist, sich in den Norden durchzuschlagen. Dann wären sie hier noch relativ sicher. Aber genauso gut war es möglich, dass die bekannten Wege Richtung Norden bereits kontrolliert wurden und man deshalb die anderen Gebiete absuchte … Aus der Ferne sah er plötzlich einen Trupp Reiter den Hügel hinunterreiten. Er zählte sechs Mann.

„Sie kommen", rief er gerade so laut, dass Raida ihn im Inneren der Kutsche hören konnte, „bitte bleib ruhig!"

Seine Stimme bebte, und seine Hände wurden feucht. Er atmete tief durch. Nun hing alles von ihm ab. Seine Gedanken überschlugen sich. Er würde nicht zulassen, dass Barku sie in die Finger bekam. Wenn er Raida jetzt verlor, war es für immer, dann würde er sie niemals wiedersehen. Er würde sie beschützen, notfalls mit seinem Leben. Bloß keine unnötige Aufmerksamkeit erregen, sagte er sich und zwang sich, in normalem Tempo zu fahren und gelassen und gelangweilt zu wirken. Um das Ganze glaubwürdiger erscheinen zu lassen, pfiff er leise vor sich hin und tat, als würde er die Reiter gar nicht bemerken.

„Hey, du da?" Zwei der Reiter waren an seine Seite geritten. „Wo willst du hin?"

Elaih stellte sich absichtlich dumm. „Ich? ... äh … warum? Ich fahre meinen

Herrn nach Hause." Er zwang sich, den passenden gelangweilten Gesichtsausdruck dazu aufzusetzen.

„Hey, Mister, wir suchen fünf entlaufende Sklaven. Könnten Sie mal kurz aussteigen?", rief der zweite Mann und bückte sich auf seinem Pferd zum Fenster der Kutsche hinunter. Elaih glaubte, ihm würde das Herz stehen bleiben und betete, dass niemand seine nervöse Anspannung sah.

„Der Herr schläft tief und fest", gab er stattdessen als Antwort, „war auf dem Ball … Da in der Airlington Street, das große Haus am Ende der Straße. Hat`n bisschen viel gebechert, konnte nicht mehr gerade stehen."

Beide Männer lachten amüsiert.

„Na, da wird er ja einen dicken Schädel haben, wenn er wieder zu sich kommt", witzelte der blonde Mann, der neben Elaihs Pferd wartete.

„Nicht mein Problem", murrte Elaih, zog einen Mundwinkel genervt nach oben und bemühte sich, in lässiger gebückter Haltung dazuhocken. Der andere Mann ritt zu dem Ersten herum.

„Ist dir irgendjemand begegnet?"

„Was? Wer denn?"

Die Reiter tauschten einen genervten Blick.

„Dämlicher Kerl", meinte der Blonde, und der andere lachte schräg und verzog das Gesicht zu einer Grimasse.

„Kann ich jetzt weiter?", fragte Elaih, „ich will den da", er nickte zur Kutsche, „abgeliefert haben, bevor er aufwacht. Der hat immer verdammt üble Laune, wenn er besoffen ist!"

Beide Männer lachten laut auf, es war ein schmieriges Lachen.

„Na dann", meinte der Erste und beugte sich weit über den Hals seines Tieres, „sei aber nett zu deinem Herrn! Ohne ihn würdest du nämlich im Dreck liegen und winseln!" Angewidert musterte er ihn von oben bis unten.

„Was ist denn da los?" Eine dunkle, raue Stimme erklang durchdringend. Ein weiterer Reiter hatte sich aus der Gruppe gelöst und kam langsam auf sie zu. Elaih hielt die Luft an und krampfte die Finger stärker um die Zügel.

„Alles in Ordnung, Boss", rief der Zweite, ein Mann mit leicht rötlichen Haaren und ungepflegtem Vollbart. Beide drehten ihre Pferde und ritten zurück zu den anderen. Elaih zwang sich, trotz seines inneren Verlangens so schnell wie möglich zu verschwinden, scheinbar entspannt seinen Weg fortzusetzen. Bloß keinen Verdacht erregen, rief er sich in Erinnerung und widerstand dem Wunsch, einen Blick in Richtung der Männer zu werfen, um zu sehen, ob sie tatsächlich weiterritten. Noch nie zuvor in seinem Leben hatte er solche Angst verspürt. Er konnte selbst nicht sagen, welche übermenschliche Kraft ihn dazu antrieb, diese Männer an der Nase herumzuführen. Vielleicht war es einfach nur Glück? Zittrig stieß er die Luft aus. Sie hatten junge Männer vorausgeschickt, wahrscheinlich hatten sie noch nicht die Erfahrung. Bei Barku selbst wäre ihm das einfältige Täuschungsmanöver bestimmt nicht geglückt.

Der Rückweg schien um Meilen länger als gewöhnlich. Er dachte daran, welche Ängste Raida in der Kutsche ausgestanden haben musste und zwang sich, stark zu bleiben. Sie würde ihn brauchen und er würde da sein. Er wischte sich die schweißnassen Hände an den Oberschenkeln ab und bemerkte erst jetzt, wie sehr sie zitterten. Gottlob hatte er keine Schweißperlen auf der Stirn bekommen, sie hätten ihn verraten. Er horchte hinter sich, er wagte nicht, sich umzudrehen. Doch er vernahm keine Hufschläge, nur das Rauschen des Windes und Vogelgezwitscher. Wenigstens hatten sie keine Hunde eingesetzt, dachte er, das war ein Punkt für ihn. Was sollte er tun, wenn er Greendale erreicht hatte? Wie lange konnte er die beiden verstecken, ohne Aufsehen zu erregen?

Ganz abgesehen davon brauchte Ian dringend medizinische Hilfe. Bisher war noch keine Zeit gewesen um zu sehen, wo genau ihn die Kugel erwischt hatte. Wahrscheinlich steckte sie noch in seinem Körper, dann musste sie schnellstens entfernt werden, um eine tödliche Infektion zu vermeiden. Hoffentlich würde er das überstehen. Ian erschien ihm schon recht schwach, und sein hoher Blutverlust war auch nicht gerade von Vorteil. Er konnte das nicht allein bewerkstelligen …

Seine Gedanken überschlugen sich. Die schwerste Aufgabe bestand darin, es vor Thomas geheimzuhalten. Er stöhnte; es behagte ihm gar nicht, seinen Bruder anzulügen und ihn zu enttäuschen. Wenigstens befand er sich noch drüben in Suffolk und würde frühestens am Nachmittag zurück sein – genügend Zeit, um sich einen Überblick der Lage zu verschaffen. Nach Minuten, die ihm wie Stunden schienen, erreichte er endlich die breite Einfahrt von Greendale. Erleichtert schloss er kurz die Augen und sandte ein Stoßgebet gen Himmel.

Auf dem Hof stoppte er das Gefährt und sprang hastig vom Kutschbock. Er taumelte und musste sich am Haltegriff der Kutsche festhalten, da er keine Kraft mehr in seinen Beinen verspürte. Seine Knie fühlten sich weich an wie Butter. Die Anspannung fiel von ihm ab, und an deren Stelle bemächtigte ein unkontrolliertes Zittern sich seines Körpers. Er lehnte die Stirn gegen die kühle Wand der Kutsche und versuchte in langen, gleichmäßigen Zügen zu atmen. Die Ader an seinem Hals pochte noch immer wild, und sein Kopf dröhnte wie nach einer durchzechten Nacht.

„Elaih, was ist mit dir? Geht es dir gut?", vernahm er wie durch einen Nebel die besorgte Frage von Joe, den er vorhin angeschnauzt hatte. Joe war ein aufgeweckter Junge von fast dreizehn, er hatte ein gutes Händchen für die Pferde. Deshalb war er zusammen mit anderen Jungen, die für die Feldarbeit zu jung waren, für ihre Versorgung zuständig, was er zuverlässig und mit Liebe erledigte. Ihnen zur Seite stand der alte Hork. Allerdings diente er lediglich noch als Berater. Hork war alt und fast blind, seine Knochen wollen ihm nicht mehr ganz gehorchen, aber an seinem wachen Verstand hatte das nichts ändern können.

„Elaih?"

Er besann sich wieder seine Lage und wandte sich aufmerksam dem Jungen zu. „Kann ich mich auf dich verlassen, Joe?"

Irritiert und mir offenem Mund sah er zu ihm auf. „Äh, ja.. .. natürlich, Elaih."

„Gut, dann stell jetzt keine Fragen. Lauf zum Küchentrakt und hol Bessy. Sag ihr, es ist dringend."

92

Immer noch mit offenem Mund nickte er und wollte losrennen, als Elaih ihn aufhielt und ihn leise anwies: „Sie soll einen Umhang mit Kapuze mitbringen. Und Laken."

„Junge, Junge", jammerte Bessy und schlug die Hände vor ihrem Gesicht zusammen, als sie sah, wen Elaih mitgebracht hatte. „Du steckst mit deinem Arsch ganz schön in Schwierigkeiten!"

„Hätte ich sie vielleicht ihrem Schicksal überlassen sollen?"

„Nein, natürlich nicht", beeilte Bessy sich zu sagen, „aber was willst du jetzt tun?"

„Bessy, hilfst du mir oder nicht?" Auf ein heftiges Nicken hin fuhr er fort. „Gut, ich brauche etwas, um die Kugel aus ihm rauszuholen. Und es muss desinfiziert werden. Ich brauche heißes Wasser, Verbandszeug und Handtücher und ..."

„Ja, ja, ich weiß schon ... Sag du mir nicht, was zu tun ist! Aber Emba und Shirin werden mitbekommen, was los ist. Ich brauche ihre Hilfe." Dann fiel ihr Blick auf die aufgelöst zitternde Raida, die neben dem Eingang stehen geblieben war. „Setz dich, Mädchen, du kippst ja gleich um!" Mit diesen Worten bugsierte sie Raida zu dem klobigen Sessel in der Ecke. „Entspann dich, Mädchen. Wir kümmern uns um deinen Bruder."

Elaihs Blick fiel auf den immer noch entsetzt dreinblickenden Joe und auf Benny, der ihm gefolgt war und der angesichts von so viel Blut kreidebleich geworden war.

„Ein Wort von euch zu irgendjemandem, und ich drehe euch persönlich den Hals um!

Das schwöre ich, habt ihr verstanden?" Seine Stimme klang messerscharf. Beide nickten heftig und einträchtig.

„Elaih, du machst ihnen ja Angst, beruhige dich", mahnte sie, während sie Raida tröstend den Arm tätschelte und zusah, wie Elaih mit einer Schere das Hemd des Verwundeten auftrennte.

„Wie schlimm ist es?"

Ian hatte das Bewusstsein wiedererlangt. Raida sprang auf, um an sein Bett zu eilen. Bessy eilte unterdessen, so schnell sie konnte, hinüber zur Küche.

„Das kriegen wir schon hin, nicht wahr, Elaih?" Flehend um Bestätigung, schaute sie zu ihm empor. Elaih stand über ihr und sah ihre schmerzgepeinigten Augen. Er schaffte es nicht, seine wahren Befürchtungen auszusprechen. Stattdessen nickte er nur kaum merklich und wandte den Blick ab. Raida bemerkte seine Skepsis nicht, und er war erleichtert. Er hatte schon einige Wunden gesehen und wusste, dass es sehr kritisch war. Ian hatte viel Blut verloren; außerdem war offenbar Sand in die Wunde geraten. Dunkle Ränder zeichneten sich um das Einschussloch herum ab. Eisern zwang er sich zur Ruhe und atmete tief durch.

„Es tut mir leid, Raida", hauchte Ian schwach. Raida nahm seine schlaffe Hand und rieb sie an ihrer Wange, während sie verzweifelt versuchte, ihm Mut und Kraft zuzusprechen.

„Nicht weinen", bat Ian stockend und kaum hörbar. Dann erfasste ihn wieder die Ohnmacht. Tränenüberströmt blickte sie zu Elaih hoch.

„Sag ihnen, sie sollen Brandy mitbringen, oder besser noch Whiskey", wies er in ruhigerem Ton Joe an, der geholfen hatte, das blutige Hemd zu entfernen. „Und du, Benny, gehst nach draußen und stehst Schmiere! Sag sofort Bescheid, wenn jemand sich uns nähert!" Dankbar dafür, etwas tun zu können und nicht mehr in der beklemmenden Atmosphäre der Hütte sein zu müssen, lächelte Benny. Er sah so bleich aus, dass Elaih befürchtete, er könnte sich jeden Augenblick übergeben. Noch einen Patienten konnte er nun wirklich nicht gebrauchen! Lieber hätte er ihn fortgeschickt. Doch wagte er nicht, gerade jetzt seinen Stolz zu verletzen.

Ian gab ein gequältes Stöhnen von sich und Elaih lenkte seine Aufmerksamkeit wieder auf ihn Just in diesem Moment kamen Emba und Shirin herein, beladen mit Laken, Handtüchern und Decken. Elaih kannte Emba gut genug, um ihr vertrauen zu können. Was Shirin betraf, ging er ein Risiko ein. Er konnte nur hoffen, dass sie verschwiegen sein würde.

„Ich bin Emba", stellte sie sich mit aufmunterndem Lächeln vor und überreichte Raida

einen Becher dampfenden Kräutertee. Kurz darauf stolperte Joe keuchend herein. „Das ist alles, was ich finden konnte", erklärte er und stellte eine Reihe Karaffen mit alkoholischem Inhalt auf den Küchentisch. Obwohl die Situation dramatisch war, konnte er sich bei Joes Anblick ein Grinsen nicht verkneifen. „Er wird um sich schlagen, wenn du die Kugel rausholst", erklärte Shirin ruhig und sah Elaih an, „meinst du, unsere Kraft reicht, um ihn zu halten?" Sie warf einen flüchtigen Blick auf die anderen. „Aber mit mehr als zwei stehen wir dir im Weg."

Daran hatte Elaih auch schon gedacht. Er konnte nur hoffen, dass Ian lange genug bewusstlos blieb, um so wenig wie möglich von der Sache mitzubekommen.

„Was ist mit Bob?" Elaih hörte Shirin nur noch leise durch den Aufruhr seiner Gedanken hindurch. „Er ist mit den anderen auf den Feldern ..."

„Nein", unterbrach Shirin ihn eindringlich und zog ihn heftig am Ärmel, „er war eben grad bei Joice. Er ist nicht auf dem Feld!"

Elaih blickte von seinen Vorbereitungen auf und sah Shirin an. Bob war sein Freund, er konnte ihm vertrauen. Wenn er tatsächlich in der Nähe war, wäre das ein Segen. Er konnte starke Unterstützung brauchen. Durch ein kurzes Nicken gab er sein Einverständnis, und Shirin eilte davon. Er schloss kurz die Augen, um sich zu konzentrieren. Was, wenn er noch mehr Schaden anrichtete, eine Ader verletzte oder ein Organ? Er hatte keine Ahnung, wie tief die Kugel steckte. Er hätte es keinem der Anwesenden gegenüber eingestanden, aber er hatte Angst. Er sah Raida im alten Sessel seiner Mutter sitzen; mit hochgezogenen Knien stierte sie zu Boden, während sie am Tee nippte. Emba und Bessy kehrten ihm den Rücken zu, angelten sterilisierte Utensilien aus dem dampfendem Wasserkessel und platzierten sie der Reihe nach auf einem sauberen Handtuch, während Joe ihm half, eine Folie unter Ian zu ziehen und für alle Fälle einen Knebel vorzubereiten.

Bob warf einen kritischen Blick auf die Wunde und sah Elaih an. Beiden war klar, was der andere dachte, und so ersparten sie sich die Worte. Bessy entschied, Raida mit hinüber in die Küche des Herrenhauses zu nehmen, damit sie dort etwas essen konnte. Sie sollte die Qualen nicht mit ansehen müssen, wie ihrem Bruder die Kugel entfernt wurde. Es kostete Bessy allerdings einiges an Überredungskunst, das zu bewerkstelligen. Schließlich küsste Raida ihrem Bruder die Stirn, ließ sich von Elaih umarmen und folgte der unnachgiebigen Bessy. Elaih schloss ein letztes Mal die Augen, um sich zu sammeln. Alle verließen sich auf ihn. Er würde tun, was er tun musste. Möge Gott mir beistehen, dachte er.

***

Thomas kehrte mit Erfrischungen für die Damen zurück und reichte eine an seine gute Freundin Mary, die andere an Viola, die Schwester eines Studienbekannten, der am College ein Jahr unter ihm gewesen war. Die Stimmung war ausgelassen, obwohl Thomas nicht allzu viele der Anwesenden kannte. Miles witzelte über Mr. Palmerbrook, den Mathematikprofessor auf dem William-and-Mary-College, und die drei Herren lachten amüsiert. Während Graham und Thomas sich zuprosteten, erklärte der schon angeheiterte Miles seiner Schwester und Mary in allen Einzelheiten und mit dramatischen Gesten die Wesenszüge des alten Professors. Über die Schulter von Viola sah Thomas Christiana im Gespräch mit einem älteren Ehepaar. Sie stand so, dass sie in seine Richtung blicken konnte, und ihre Blicke trafen sich; sie lächelte ihn an. Offenbar hatte sie ihn schon länger beobachtet, wie er an ihrer Reaktion zu erkennen glaubte. Er nippte an seinem Getränk und musterte sie über den Rand seines Glases hinweg. Sie sah hinreißend aus in ihrem leichten himmelblauem Abendkleid. Der Schnitt betonte ihre schmale Taille und brachte ihre Figur optimal zur Geltung. Ihr Dekolleté war tiefer, als er es sonst bei ihr gesehen hatte, und unter der gekräuselten Spitze, die den raffinierten Ausschnitt umrahmte, lugten wohlgeformte Brüste hervor. Die alte Dame schien unentwegt zu schnattern und stieß Christina des Öfteren lachend gegen den Arm, während ihr Gatte, bei dem sie sich eingehakt hatte, geduldig ausharrte.

Thomas konnte ein Grinsen nicht unterdrücken. Verwundert schaute sie zu ihm herüber und schien den Grund für seine Belustigung nicht erkannt zu haben.

„Hey? Was sagst du dazu?" Schelmisch stieß Graham ihm den Ellenbogen in die Seite und sah ihn erwartungsvoll an. Thomas räusperte sich verlegen. Er hatte kein Wort der Unterhaltung mitbekommen. Graham Stevens. Sie hatten sich im ersten Jahr am Collage kennengelernt. Seitdem waren sie die besten Freunde. Sie verstanden sich vom ersten Augenblick an, teilten Interessen und Ansichten und vertrauten einander blind. In Bezug auf das Alter lagen sie nur ein paar Monate auseinander. Sie hatten dieselbe Größe und beinah den gleichen kräftigen Körperbau; lediglich Grahams Haar war um ein paar Nuancen heller und nicht ganz so wellig wie sein eigenes. Im Gegensatz zu Thomas war Graham bereits ein verheirateter Mann. Marys Vater und sein Vater waren Cousins, daher hatte er Mary schon als kleines Mädchen gekannt. Auf einer kleinen privaten Dinnerparty, an der Graham nur zufällig anwesend war, weil er gerade Gast auf Greendale war, hatten Graham und Mary sich kennengelernt und sich ineinander verliebt.

Thomas sah zu Mary, die schweigend neben Graham stand und einen leicht verkniffenen Eindruck machte. Ihr bordeauxrotes Abendkleid bildete einen wundervollen Kontrast zu ihrem dunklen, vollen Haar, das sie nach hinten gekämmt trug und im Nacken zu einer stilvollen Frisur gesteckt hatte. Sie war noch immer eine Schönheit; schon damals hatte sie sich vor Verehrern kaum retten können. Doch sie hatte sich für Graham entschieden. Thomas war seinerzeit Trauzeuge gewesen. Jemand brachte einen Toast aus auf das Verlobungspaar, alle applaudierten. Daraufhin nahm er seine Verlobte in die Arme und küsste sie. Begeistert jubelte die Menge.

Thomas beobachtete die Menschen um ihn herum. Dann fiel sein Blick auf eine Dame, die er nur von hinten sehen konnte. Sie hatte schwarzes langes Haar und ein farbiges Band, passend zu ihrem in mintgrün und cremefarbenen Kleid, war kunstvoll in ihr Haar geflochten. Unwillkürlich stieg ihm Embas schwarzes Haar in den Sinn; von hinten ähnelte die Unbekannte ihr, was Größe und Statur betraf …

„Das ist Sabrina, die Halbschwester des zukünftigen Bräutigams", klärte Graham, der seinen Blick bemerkt hatte, ihn leise feixend auf.

„Hm", machte Thomas nur, der noch immer verwirrt darüber war, dass er plötzlich an Emba denken musste. Er tat nach außen unbeeindruckt, als Graham ihm nun weitere Details berichtete. Als die Paare sich zu einer Quadrille aufstellten und Graham Viola zum Tanz bat, bat er Mary zum Tanz, da Graham unterdessen mit einem Herrn hinter ihm in ein Gespräch vertieft schien.

„Ist alles in Ordnung bei euch?", fragte Thomas besorgt, dem nicht entgangen war, dass zwischen den Eheleuten eine gewisse Spannung herrschte.

„Ja, ja, nicht der Rede wert", wehrte sie ein wenig zu schnell ab und setzte ein charmantes Lächeln auf. Er wollte sie nicht in Verlegenheit bringen und verkniff sich die weitere Frage, die ihm auf der Zunge lag. Stattdessen konzentrierte er sich auf seine Tanzschritte.

Christina tanzte mit einem gutaussehenden Herrn, der ihr förmlich an den Lippen hing und sie anhimmelte wie ein hungriger Wolf. Sie erweckte den Eindruck, als genieße sie die Aufmerksamkeit des offenbar Gut-

betuchten; sie lachte und schäkerte. Merkwürdigerweise amüsierte es Thomas eher, als dass es ihn störte. Verblüfft darüber, machte er einen falschen Schritt, konnte seinen Fehler aber noch halbwegs kaschieren. Zufrieden lächelte Christina in sich hinein. Als erstklassige Tänzerin hatte sie seinen kleinen Stolperer sofort registriert. Er hat es also doch bemerkt und es scheint ihn zu stören, dass ein anderer Verehrer mir Aufmerksamkeit schenkt, dachte sie, erfreut über ihre kleine List. Dass Thomas nach dem Tanz auf sie zukam, bestätigte sie in ihrer Vermutung. In einem Nebenraum wurde das Büfett eröffnet, und die Gästeschar bewegte sich schwatzend auf die aufgetürmten Köstlichkeiten zu. Ein
paar Sklaven waren mit letzten Handgriffen beschäftigt, wieder andere schenkten Kaffee aus großen, schweren Kannen aus.

Christina hatte sich bei ihm eingehakt, und Thomas bot ihr, ganz Gentleman, an, ihr ein paar Leckereien zu besorgen. Sie sah ihn mit kokettem Augenaufschlag an und wollte gerade zu einer Erwiderung ansetzen, als zwei jungen Damen sie albern und kichernd zur Seite zogen und ihr anscheinend etwas überaus Wichtiges mitzuteilen hatten. Sie machte ein lachendes, bedauerndes Gesicht der Entschuldigung und widmete sich den beiden aufgeregten Balldamen, deren jüngere er auf höchstens Sechzehn schätzte. Amüsiert verzog er die Mundwinkel in einer übertriebenen Geste gespielter Enttäuschung, bevor sie aus seinem Blickfeld verschwand.

„Sie müssen unbedingt die Gänseleberpastete probieren", erklärte ein dickbäuchiger Herr neben ihm schmatzend, der fälschlicherweise angenommen hatte, er könne sich nicht entscheiden, da er noch immer den leeren Teller in der Hand hielt. Unaufgefordert folgte er Thomas mit seinem noch halbvollen Teller die Reihe der dargebotenen Speisen entlang.

„Wenn meine Frau mich sieht, kann ich mir wieder einen Vortrag anhören", erklärte er. „Sie meint immer, das Zeug sei ungesund für mich", lachend strich er sich über seinen gewölbten Bauch. „Sehe ich etwa aus, als ginge es mir schlecht?" Er lachte herzlich.

Thomas konnte sich ein Lachen ebenfalls nicht verkneifen. Der Mann, der etwa Mitte vierzig sein musste, hatte eine sympathische, natürliche Art. Er war Politiker und Mitglied im Repräsentantenhaus, wie er während der weiteren Unterhaltung erfuhr. Ehe er es sich versah, waren sie in ein reges Gespräch vertieft. Sabrina ging an ihnen vorüber, und er musterte sie eine Spur zu intensiv, wie er zu spät feststellte. Sie bemerkte seine Aufmerksamkeit und lächelte ihn offen und direkt an. Ihm fielen sofort ihre Augen auf. Sie waren von einem tiefen, dunklen Braun und wirkten bei dem gedämpften Licht schwarz und undurchdringlich. Enttäuschung machte sich in ihm breit, ohne dass er sagen konnte, warum. Sie war hübsch, wenn auch ihre Gesichtszüge etwas kantig wirkten und ihre Stirn sehr hoch.

Im Saal wurden unterdessen Geschichten und Anekdoten zum Besten gegeben; die Gäste lauschten den Vorträgen und lachten und klatschten. Thomas hatte Christina an der Seite einer älteren Witwe entdeckt und war zu ihr geeilt, bevor sie ihm erneut entwischen konnte. Er betrachtete sie eingehend von der Seite und flüsterte ihr Komplimente ins Ohr, worauf sie zart errötete. Nachdenklich betrachtete er in ihr feines Gesicht. Ihre Augen haben einen Hauch von grün, stellte er nebenbei fest, sie hatte heute etwas Rouge aufgetragen, dadurch wirkte ihr Teint lebendiger.

„Der nächste Tanz gehört mir", flüsterte er ihr bestimmend zu, und seine Lippen berührten wie unbeabsichtigt ihr Ohr. Er spürte, wie sie erschauderte und nahm es mit wissendem Grinsen zur Kenntnis. Eigentlich fühlte er sich, als wäre er noch auf dem College und würde zu seinem Vergnügen die Reaktionen der Damen auf ihn testen, dabei verfolgte er bei Christina doch ganz andere Absichten. Irgendwie verlief der Abend nicht so, wie er es erhofft hatte. Zerknirscht sah er sich um und entdeckte Mary, die von drei jungen Männern umgeben wurde, die eifrig um sie herumscharwenzelten. Sie gehörte nicht zu den albernen, kichernden Frauenzimmern. Anmutig stand sie da und schien die Aufmerksamkeit ohne Aufhebens hinzunehmen, als wären ihr die Hintergründe solcher Schmeicheleien nicht bewusst.

Was war nur mit Graham los? Wo war er eigentlich? Suchend blickte Thomas sich um, konnte ihn aber nirgendwo entdecken. Warum kümmerte er sich nicht um seine bezaubernde Frau? Das war gar nicht seine Art; fast könnte man meinen, er würde sie nicht kennen. Thomas verstand es nicht. Angestrengt bemühte er sich, dem Unterhaltungsprogramm, das ihn nicht wirklich interessierte, zu folgen. Gerade noch rechtzeitig, bevor er sich zu langweilen begann, setzte die Kapelle wieder ein, und Thomas drehte sich mit Christina zu den Klängen der Musik. Da anscheinend viele Gäste die Pause genutzt hatten, um neue Kräfte zu sammeln, wurde das Parkett recht voll; so fiel es weniger auf, dass er Christina enger an sich zog, als es der Anstand gebot. Sie wehrte sich nicht, im Gegenteil, sie lag geschmeidig in seinen Armen, hielt aber den Blick gesenkt, sodass er ihre Augen nicht sehen konnte. Ob sie wohl rot geworden war, überlegte er und schmunzelte. Er musste an Isabell denken, die er ebenfalls beim Tanz kennen gelernt hatte – allerdings in einer Gaststube, die Tanzveranstaltungen anbot, da sie in günstiger Lage zum College lag. Er mochte Isabell und pflegte einige Monate ein intimes Verhältnis mit ihr, aber sie klammerte sich zu sehr an ihn und hatte ein allzu hitziges Temperament. So machte sie jedes Mal eine Szene, sobald er eine andere Frau auch nur ansah. Im Bett allerdings liebte er ihr ungezügeltes Temperament und erlebte heiße und aufregende Stunden mit ihr. Aber außerhalb dessen konnte ihr Verhalten peinlich werden. Das wurde ihm irgendwann zu viel, und er beendete die Beziehung. Er wusste, dass er ihr das Herz gebrochen hatte.

Der Tanz endete, und Christina blickte ihn verträumt an. Ihr Gesicht hatte unabhängig von ihrem Rouge eine rosige Farbe bekommen. Für einen Moment sahen sie sich tief in die Augen, bevor ihnen gewahr wurde, wo sie sich befanden. Thomas bugsierte sie unauffällig zur Seite, wo eine Tür in den Garten führte. Die Erinnerung an die feurige Isabell hatte ihn mehr aufgewühlt, als er sich selber eingestehen wollte, und so nahm er einen tiefen Zug frische Luft, um seine Erregung niederzukämpfen. Christina lehnte sich gegen ihn, und er legte langsam den Arm um ihre Taille, während sie schweigend nebeneinander standen.

„Gehen wir ein Stückchen?", schlug er vor und sah sie fragend an.

„Gern", seufzte sie und strahlte.

Sie gingen schweigend ein paar Schritte den Weg entlang, weg aus dem Schein der Lichter. Es war eine sternklare Nacht, der fast volle Mond spendete fahles Licht, und die Bäume warfen gespenstische Schatten auf den Rasen.

„Ist dir kalt?", fragte er fürsorglich, weil er nicht wusste, was er sonst sagen sollte, um die gespannte Stille zu durchbrechen. Sie blieb stehen und sah ihn an. Ihren Ausdruck konnte er nicht genau deuten, da ihr Gesicht im Schatten lag, dennoch verstand er es als Aufforderung und legte beide Arme um sie, um sie näher an sich zu ziehen. Zuerst berührten sie einander Wange an Wange, dann gab er ihr einen leichten Kuss auf die Wange, und ganz langsam suchte er den Weg zu ihrem Mund. Zärtlich küsste er sie, zaghaft und ein wenig schüchtern erwiderte sie den Kuss. Ihr süßes Parfüm stieg ihm in die Nase; er versuchte es zu ignorieren. Demnächst würde er ihr etwas Passenderes zum Geschenk machen, entschied er, während er sie eng an sich zog und den Kuss vertiefte. Sie schmiegte sich dicht an ihn und öffnete bereitwillig die Lippen.

„Du bist eine tolle Frau, Christina", hauchte er ihr ins Ohr.

„Und du bist ein sehr aufregender Mann, Thomas."

„So? Bin ich das?", fragte er lachend und streichelte ihren Rücken.

„Das weißt du genau", konterte sie kokett und verlegen. Noch einmal küsste er sie lange. Er griff nach ihrem Haar, wollte die goldenen Locken berühren, die kringelnd ihr Gesicht umfingen, aber sie hinderte ihn daran.

„Nicht, Thomas ... wir sollten zurückgehen, bevor die Leute einen Grund finden zu reden."

Er räusperte sich. „Ja, vielleicht hast du recht."

Wieder entstand die gespannte Stille, und sie schlenderten wortlos zurück zum Ballsaal. Noch einmal blieb er stehen, blickte hinauf zum Himmel und sog tief die frische, klare Luft ein. Eigentlich war es eine romantische Nacht, selten schien der Himmel so klar und die Sterne so leuchtend. Er spürte ihren Arm, der in seiner Ellenbeuge ruhte und blickte sie an. Was sie wohl dachte? War er zu forsch gewesen? Ihre Reaktion allerdings zeigte etwas anderes.

Thomas fühlte sich eigenartig. Er konnte es selbst nicht genau in Worte fassen. Im Grunde hatte er erreicht, was er wollte. Er hatte beabsichtigt, Christina heute Abend zu küssen, trotzdem fühlte er sich merkwürdig ruhelos. Die Küsse waren angenehm gewesen, dennoch erschien es ihm irgendwie nüchtern und unbefriedigend. Was hatte

er erwartet? Eine Frau wie Christina hatte nicht die Erfahrung ihrer Vorgängerinnen, das war ihm von Anfang an klar gewesen. Aber das war es nicht. Gewiss war sie noch Jungfrau, das würde er selbstverständlich erwarten, aber irgendetwas stimmte nicht …

Sie betraten den Ballsaal. Christina wurde sogleich von ihrer Cousine überschwänglich in Beschlag genommen, und er brauchte erst einmal etwas Stärkeres zu trinken. Er entdeckte Graham und ging mit seinem Drink auf ihn zu. Graham schien schon recht tief ins Glas geschaut zu haben, was sein unsicherer Gang bezeugte, trotzdem bewahrte er Haltung. Mary hingegen konnte er nirgends entdecken.

„Sie hat mal wieder Migräne", stöhnte er, der Thomas unausgesprochene Frage verstanden hatte. „Sie ist schon nach Hause gefahren. Komm, alter Freund, du siehst aus, als könntest du einen kräftigen Drink vertragen!" Er legte den Arm um die Schulter des Freundes und zog ihn mit sich. „Die Frauen können einem Mann schon das Leben schwer machen", nuschelte er.

„Graham, was ist eigentlich los bei euch? Willst du darüber reden?"

Er kippte den Inhalt seines Glases in einem Zug hinunter und starrte gedankenverloren und schwankend geradeaus.

„Du würdest es nicht verstehen, mein Freund." Die Art, wie er den Satz aussprach, verlieh ihm unsagbar viel Gewicht und einen tiefen Schmerz.

„Ich bin dein Freund, verdammt!"

Graham sah ihn aus glasigen Augen an. „Ich weiß, und dafür danke ich dir." Aufstöhnend fuhr er mit der Hand durch sein dunkles volles Haar und brachte es ziemlich in Unordnung. „Verdammt, ich bin betrunken!" Wie zur Unterstützung des Gesagten entfuhr ihm ein lautes Rülpsen.

„Du hast genug für heute", entschied Thomas und nahm ihm das leere Glas aus den Händen. „Wir werden uns höflich verabschieden, und dann bringe ich dich nach Hause!"

„Jawohl, Sir!" Graham wollte einen militärischen Gruß vollführen, musste sich aber an der Fensterbank festhalten, um nicht zu fallen. Da die Aktion recht komisch aussah, musste Thomas lachen. Er selbst würde wie vereinbart bei ihnen im Stadthaus übernachten, aber er würde schon nach dem Frühstück aufbrechen und nicht wie geplant den Tag mit den beiden verbringen. Graham würde einen dicken Kopf haben und wahrscheinlich nicht vor Mittag aus dem Bett kommen, und da der Haussegen ohnehin bereits schief hing, war es wohl besser, die beiden allein zu lassen.

***

„Glaubst du, dass er durchkommt?", fragte Raida ängstlich und sah auf ihren Bruder, der so bleich war wie das Bettlaken unter ihm.

„Ich weiß es nicht, mein Liebes", antwortete Elaih ehrlich und drückte sie in seine Arme, während er nachdenklich ihre Stirn küsste. Er hatte die Kugel mit Bobs Hilfe entfernt, und die Frauen hatten die Wunde mehrfach gesäubert und desinfiziert, bevor man ihn verbunden hatte. Die Wunde blutete nicht mehr. Ian hatte während der gesamten Zeit das Bewusstsein nicht wiedererlangt, und dafür war er dankbar. Er wollte ihm nicht noch mehr Schmerzen zufügen. Jetzt allerdings konnte er nur hoffen, dass er erwachte. Er sah zu Ian hinüber, sein Atem ging gleichmäßig. Schweigen herrschte im Raum. Elaih und Raida standen da und umarmten sich stumm, Bob lehnte sich gegen die Wand und sah nachdenklich aus, Emba hockte am Bett und fühlte zum wiederholten Male seinen Puls, Bessy saß erschöpft und schweratmend in dem Sessel in der Ecke, und Shirin hockte an die Wand gelehnt auf dem Fußboden. Jeder hing seinen Gedanken nach. Nur Joe war beschäftigt; er versuchte die Blutflecke vom Boden zu entfernen und beseitigte die blutbesudelten Tücher.

„Sie sind da!" Ohne zu klopfen, stürzte Benny mit schreckgeweiteten Augen herein. Alle fuhren zusammen.

„Wer ist da?", wollte Bob erschrocken wissen.

„Keine Ahnung! Sechs weiße Männer auf ihren Pferden!"

„Verdammte Scheiße", fluchte Elaih, „das sind sie!"

„Nein, nein, nein", weinte Raida verzweifelt und zerrte panisch an Elaihs Hemdaufschlägen. Panik brach aus; alle redeten durcheinander. Was, wenn sie die Hütten durchsuchten? Thomas war nicht da, um sie daran zu hindern. Sie hatten keine Chance!

„Wir haben Blutflecke an unserer Kleidung", bemerkte Bob, als wenn die Lage noch nicht fatal genug wäre. „Das macht uns verdächtig."

„Mich dürfen sie nicht sehen", erklärte Elaih, „sie kennen mich."

„Versteck dich im Schrank", schlug Emba vor und schob die verstörte Raida in die Richtung.

„Sie werden noch misstrauischer werden, wenn niemand sie empfängt", murmelte Elaih und fasste Bessy an den Schultern.

„Geh und wimmle sie ab!"

„Was? Ich?" Schockiert sah sie Elaih an. „Oh Gott, wie denn?" Ihre Stimme bebte. Aus dem Hinterzimmer, wo Emba Raida in den Schrank zu sperren versuchte, drang Gepolter.

„Lass dir was einfallen, Bess, du bist doch sonst nicht auf den Kopf gefallen!",

wies er sie streng an und nannte sie bewusst bei ihrem richtigen Namen: Bess.

„Ich kann nicht raus", jammerte Shirin und deutete auf ihre Arme. Sie hatte die Wunde abgedrückt, nachdem die Kugel entfernt worden war, und dabei hatten ihre Ärmel sich mit Blut vollgesogen. Hektisch vor sich hin betend verließ Bessy Elaihs Behausung, die zu allem Übel noch die erste der Unterkünfte war. Die Männer hatten inzwischen abgesessen und sahen sich um. Noch einmal atmete Bessy tief durch und hoffte, man würde ihr nicht ansehen, wieviel Angst sie hatte.

„Hey, du da", rief einer der Männer, „wo sind denn hier alle?"

Bessy sah die Männer verwundert an und sagte in ihrer typisch schroffen Art: „Na, auf dem Feld natürlich, wo sollten sie sonst sein?"

„Wo ist dein Herr, Mütterchen", witzelte einer der Jüngeren.

„Keine Ahnung, habe ihn heut noch nicht gesehen. Kann sein, dass er noch schläft", antwortete Bessy und hoffte, dass es überzeugend klang.

„Es ist beinah Mittag", kam die Stimme von dem bedrohlich wirkenden Mann in der Mitte.

„Normalerweise ist er auch schon auf. Aber der Herr war gestern aus, da kann das schon mal vorkommen! Und jetzt muss ich in die Küche, sonst bekomme ich Ärger. Tut mir leid, sie müssen später wiederkommen, wenn Sie den Herrn sehen wollen." Mit diesen Worten wollte Bessy sich an den Männern vorbeischleichen. Doch einer hielt sie auf.

„Glaubst du, wir haben den ganzen Tag Zeit?", knurrte er verärgert. „Wir suchen entlaufene Sklaven und haben Grund zur Annahme, dass sie sich hier verstecken!"

„Pah, wer wäre so dämlich, sich ausgerechnet auf einer Plantage zu verstecken?" Bob erschien hinter ihnen, getarnt mit einem Arm voller Feuerholz. Bessy war dankbar für die Unterstützung. Bob tat gelangweilt.

„Wenn ich auf der Flucht wäre, würde ich versuchen in den Norden zu kommen, um frei zu sein und nicht auf eine Plantage flüchten, wo ich gleich in der nächsten Scheiße stecken würde. So blöd wäre niemand."

Im Grund klang Bob recht überzeugend, doch noch ehe er reagieren konnte, versetzte ihm der Mann einen heftigen Schlag, sodass er zu Boden ging und die Scheite über ihm zusammenschlugen. Bessy kreischte vor Schreck auf. Elaih beobachtete die Lage verstohlen hinter dem Vorhang am Fenster und spürte Gefahr heraufziehen. Die Ablenkung mit Bob hatte nicht funktioniert. Was geredet wurde, konnte er allerdings auf die Entfernung hin nicht verstehen.

„Wir täuschen eine Geburt vor", schlug Shirin, einer plötzlichen Eingebung folgend, vor, „das hält sie vielleicht davon ab, hier reinzukommen und die Hütte zu untersuchen ..."

„Und es würde auch das da erklären", ergänzte Emba, von dem Vorschlag angetan. Sie wies auf den Wasserkessel und die Utensilien sowie den Berg an Handtüchern. Elaih stöhnte verzweifelt. Ihm dröhnte der Kopf. Nicht ganz überzeugt sah er die Frauen an, aber einen besseren Vorschlag hatte er nicht anzubieten.

„Tut mir leid, dass ich euch da mit reingezogen habe." Er klang traurig und erschöpft. Emba legte ihre Hand auf seinen Arm und sah ihn aufmunternd an. Elaih musste schlucken und kniff die Lippen zu einer schmalen Linie zusammen. Mit einem Nicken verständigten die beiden Frauen sich stumm.

„So, du weckst jetzt sofort deinen Herrn", fuhr der andere Bessy scharf an, „oder ich überlege mir, was ich mit dir mache, Alte!" Die anderen lachten schmierig.

„Genug jetzt", schnauzte der große Mann in der Mitte, „ich habe keine Zeit für Spielchen! Wenn der noble Herr sein Bett nicht verlassen will, dann helfen wir uns eben selbst. Los, durchsucht die Hütten!", brüllte er wutschnaubend seine Männer an, die augenblicklich verstummen und sich anschickten, dem Befehl Folge zu leisten.

„Sie durchsuchen die Hütten!" Elaih hatte ihn gehört und wies die Frauen an, sich bereitzuhalten, während er insgeheim betete. Shirin wurde kreidebleich. „Das ist Barku!"

Elaih sah sie verblüfft an. „Ja, der Anführer heißt Barku. Du kennst ihn …?"

Shirin warf Emba das Kissen zu, während sie aus dem Bett sprang. „Du musst die Gebärende spielen! Falls Baku hier reinkommt weiß er, dass ich nicht schwanger bin", sie senkte traurig den Kopf, „nicht mehr!"

„Was geht hier vor?", grollte eine Stimme über den Tumult hinweg.

„Wir durchsuchen die Sklavenunterkünfte!"

„Mit welchem Recht? Wer hat hier das Sagen?"

„Ich, Sir. Mein Name ist Barku. Wir sind auf der Suche nach entflohenen Sklaven."

„Hier? Auf der Plantage? Pfeifen sie sofort Ihre Männer zurück! Sie haben nicht das Recht, ungebeten auf meinem Grund und Boden herumzuschnüffeln."

„Äh, darf ich fragen, wer Sie sind, Sir?"

„Mein Name ist Thomas Greendale, und ich bin der Eigentümer hier!" Wütend sah Thomas auf die sechs Männer vor ihm, während er langsam vom Pferd stieg, ohne die Männer aus den Augen zu lassen. „Ich verstecke hier ganz bestimmt keine entflohenen Sklaven, also wie kommen Sie auf die absurde Idee, ausgerechnet hier zu suchen?"

Barku grinste anzüglich. „Aha, der Herr ist endlich wach, den Kater wohl für einen Ausritt genutzt, was?" Thomas, der sich keinen Reim auf die unverschämte Äußerung machen konnte, zog verwirrt die Stirn in Falten. Was ging hier vor?

„Ich warte, Mister Barku", erwiderte Thomas drohend, wobei er das „Mister" extra scharf betonte. Das Grinsen wich aus Bakus Gesicht.

„Verzeihung, Sir ... äh ... Mr. Greendale. Ja, wir suchen entflohene Sklaven. Insgesamt waren es fünf. Einen haben wir erwischt, er ist tot. Ein weiterer wurde wahrscheinlich angeschossen. Wir fanden etwa eine Meile von hier Blut, was unsere Vermutung bestätigt, dass sie sich noch in der Nähe aufhalten."

„Und das, meinen Sie, gibt ihnen das Recht, mein Anwesen zu stürmen und meine Sklaven von der Arbeit fernzuhalten?" Thomas´ Blick fiel auf Bob, der sich vom Boden aufrappelte und dessen rechte Wange sich dunkel färbte. Warum hatte er Feuerholz getragen? Wofür?

„Statt Ihre Zeit zu verplempern, sollten Sie sich lieber auf die Suche nach ihren Sklaven machen, bevor sie über alle Berge sind! Hier sind sie jedenfalls nicht. Und nun möchte ich Sie bitten, mein Grundstück zu verlassen."

„Ein Missverständnis. Es tut uns leid, Sir. Darf ich Sie trotzdem fragen, ob Ihnen etwas aufgefallen ist während Ihres Ritts?"

„Nein, ich habe allerdings auch nicht darauf geachtet", antwortete Thomas wahrheitsgemäß und wunderte sich noch immer. Er spürte, dass etwas hier ganz und gar nicht stimmte. Er wartete, bis er sah, dass die Männer sein Grundstück verlassen hatten. Dann führte er sein Pferd in den Stall. Wo steckte Joe? Auch Benny war nirgends zu entdecken, und wie es schien, waren die Pferde noch nicht gefüttert worden. Aufgebracht stürmte er ins Haus. Bessy stand allein in der Küche und vermied es, ihn anzusehen.

„Was geht hier vor?", fragte er erregt.

112

„Äh ... diese Männer sind plötzlich hier aufgetaucht."

„Bessy? Du weißt doch etwas? Ich sehe doch, wie aufgebracht du bist!"

„Ich hatte Angst!" Das war zumindest nicht gelogen.

„Verdammt", zischte er. Er musste sich erst einmal beruhigen, zielstrebig steuerte er sein Arbeitszimmer an. Es war zwar noch zu früh für einen Brandy, aber nach der Aufregung konnte er einen gebrauchen. Er hielt mitten in der Bewegung inne. Wo war die Karaffe mit dem Brandy? Sie war weg, außerdem stand die Klappe offen und die anderen Flaschen fehlten ebenfalls. Fassungslos starrte er in den leeren Schrank. Alles war ausgeräumt.

Nur Elaih wusste außer ihm davon. Wer würde sonst sein Arbeitszimmer betreten und sich an seinen Getränken vergreifen? Elaih hatte zugegeben, dass er schon einmal

Brandy getrunken hatte. Hieß das, dass er sich heimlich daran zu schaffen machte? Sollte er seinen Bruder so falsch eingeschätzt haben? Er stützte sich zu beiden Seiten des Schränkchens ab und bemühte sich um Ruhe. Nein, da musste etwas anderes dahinter stecken! Auf jeden Fall schuldete Elaih ihm eine Erklärung. Wo steckte er eigentlich? Er stürmte nach draußen; er musste endlich wissen, was hier los war. Er ignorierte Bessys aufgebrachtes Rufen hinter sich.

„Wir sollten jetzt lieber gehen, Elaih", sagte Emba gerade, „kommst du allein zurecht?"

Elaih öffnete den Mund, um zu antworten, als die Tür so heftig aufgerissen wurde, dass sie mit lautem Knall gegen die Wand flog.

„Niemand geht hier", sagte er grollend. Mit gespreizten Beinen stand Thomas im Türrahmen und sah auf die kleine Gruppe vor ihm, die ihn erschrocken anblickte.

„Oh, da ist ja sogar mein Brandy." Seine Stimme triefte vor Sarkasmus. „Wohl eine kleine Privatparty hier, was?" Er sah sie nacheinander an. Shirin blickte scheu zu Boden und hielt ihre Hände ineinander verkeilt, Emba sah ihn mit einem eigenartigen Ausdruck an, einen Moment zu lang hielt er ihren Blick, bis er registrierte, dass Elaih seitlich neben ihr sich aus seiner Hocke vom Fußboden erhob.

„Thomas, ich verstehe, dass du sauer bist, aber ..."

„Sauer?", schrie er seinen Bruder an, „ich bin verdammt wütend! Ich komme hier an, und sechs dunkle Gestalten machen sich hier breit. Und alles, was ich mitbekomme, sind Geheimniskrämereien meiner Sklaven. Wohl zu dumm, dass ich eher als erwartet nach Hause gekommen bin, was?" Angriffsbereit baute er sich vor ihm auf.

„Nein, Tom, bitte ..." sagte Elaih matt und sah ihn traurig an. Gespanntes Schweigen herrschte. Unbemerkt hatte Emba ein Glas mit Brandy gefüllt und hielt es mit gestrecktem Arm mutig zwischen die Brüder, wobei sie Thomas aufmerksam betrachtete. Überrascht und ein wenig aus dem Konzept gebracht, starrte er sie an, bevor er wortlos das Glas entgegennahm und es in einem einzigen Zug leerte. Keuchend erschien Bessy in der offenen Tür. Sie war augenscheinlich gerannt; nach Luft ringend krampfte sie sich am Türrahmen fest. Bob erschien hinter ihr mit gesenktem Kopf.

„Oh, haben wir jetzt alle Verschwörer beisammen?", giftete Thomas.

„Du bist wütend, das verstehe ich", sagte Elaih etwas schärfer, „aber bitte richte deine Wut nur auf mich!

Die anderen haben nichts damit zu tun. Ich habe sie lediglich um Hilfe gebeten. Sie trifft keine Schuld. Ich allein bin für alles verantwortlich."

„Und für was genau bist du verantwortlich, Elaih?" Thomas´ Stimme war gefährlich leise, und er betonte jedes einzelne Wort. Zögernd ging er in den angrenzenden Schlafraum, wo Ian noch immer in tiefer Bewusstlosigkeit lag. Thomas verschlug es die Sprache. Die entflohenen Sklaven! Sein Bruder versteckte entflohene Sklaven! Schlagartig wurde ihm das gesamte Ausmaß der Geschichte klar. Er ging zum Bett und schlug die Decke zurück. Ein breiter, sich langsam rot färbender Verband zierte den nackten Oberkörper des jungen Mannes.

„Oh Gott, die Wunde blutet wieder", rief Bessy hinter ihm erschrocken auf und schlug sich entsetzt die Hand vor dem Mund. Der Mann konnte höchstens fünfundzwanzig sein, schätzte Thomas. Er sah ihn genauer an. Er sah fahl aus, aber dennoch kam er ihm merkwürdig bekannt vor.

„Wir haben ihm eine Kugel entfernt", erklärte Elaih kraftlos.

Ein Geräusch schräg hinter ihm ließ beide herumfahren. Thomas blieb vor Überraschung der Mund offen stehen, als er sah, wie Emba einer jungen Frau half, aus dem Schrank zu klettern. Er schritt auf die Unbekannte zu, die nun mit gesenktem Kopf neben Emba stand und vor Angst zitterte. Er griff forsch unter ihr Kinn und zwang sie, ihn anzusehen, wodurch seine Verwirrung sich noch steigerte. Vollkommen perplex schaute er immer wieder zum Bett und dann zurück in das Gesicht vor ihm.

„Ich kenne dich doch! Du bist … du bist eine Sklavin von Justin Barns!"

115

Elaih stellte sich besitzergreifend hinter sie und umarmte sie liebevoll. „Thomas, das hier ist Raida!"

Thomas klappte den Mund auf und gleich wieder zu. In seinem Kopf überschlugen sich die Gedanken. Die entflohenen Sklaven stammten aus dem Besitz von Justin Barns! Er erinnerte sich wieder an das, was er gesehen hatte, als er dort gewesen war und Justin Barns einen Besuch abgestattet hatte.

„Du hast sie entführt, Elaih?", durchfuhr ihn ein entsetzlicher Gedanke.

„Was? Nein! Nein, ehrlich! Es war Zufall, ich wusste nicht, dass sie es waren. Ich schwöre!"

„Wo sind die anderen? Baku sagte, es seien fünf?" Suchend sah er sich um, als erwarte er, dass noch von irgendwoher jemand aus seinem Versteck gekrochen kam.

„Ich weiß es nicht. Die anderen zwei sind weg. Sie waren nicht mehr dort, als ich ankam."

Thomas wurde hellhörig. „Es war also ein abgekartertes Spiel? Du wusstest von der Flucht?"

„Äh, nein, ich meine ja ... das heißt ... ich ...", stammelte er irritiert.

„Es war der Aufseher, Mr. Fellow", mischte Bessy sich erklärend ein, die endlich ihr Keuchen unter Kontrolle hatte. „Er hat die beiden gefunden und wusste nicht, was

er tun sollte. Er wollte dich sprechen, Thomas, aber du warst nicht da." Verständnisheischend sah sie ihn an.

„Elaih hat ihn lediglich zum Reden gebracht. Und dann ist er los und hat sie hierhergebracht, das ist alles. Gott ist mein Zeuge!"

Betretenes Schweigen. Thomas sah sie alle der Reihe nach an, als überlege er, ob er das Gehörte glauben sollte oder nicht.

116

„Junge, was hätte er denn tun sollen? Sie einfach liegenlassen und zur Tagesordnung übergehen? Das entspricht ganz und gar nicht seinem Wesen, und das weißt du!" Bessy hatte ihren gewohnten Ton wiedergefunden. „Verdammt, Thomas! Jetzt hör mal zu, ich habe dir schon als kleinem Jungen den Hintern abgewischt, und ich kenne dich besser, als du denkst, du alter Sturkopf. Du bist doch nur ..."

„Es reicht, Bess!", fuhr er gereizt herum und Bessy musste schlucken. Es war schon das zweite Mal, dass man sie heute Bess nannte. Thomas kehrte den anderen den Rücken und trat zu dem kleinen Fenster. Nachdenklich rieb er sich mit Daumen und Zeigefinger die Nasenwurzel und atmete mit geschlossenen Augen. Wenn er ehrlich war, konnte er seinem Bruder sein Verhalten nicht verübeln. Er hatte lediglich helfen wollen, und dann hatte er feststellen müssen, dass sich unter ihnen die Frau befand, die er offensichtlich liebte. Andererseits durfte er auch nicht ermutigt werden, seine Tat zu wiederholen. Immerhin war es ein Strafbestand, entflohene Sklaven zu verstecken, und nicht nur er würde Probleme bekommen. Er stöhnte gequält auf, unsicher, wie er sich verhalten sollte. Er drehte sich herum. Erst jetzt fiel ihm auf, wie erschöpft und müde Elaih aussah. Mitgefühl regte sich in ihm. Verdammt, Elaih hatte Mist gebaut, und das musste er seinem Bruder und allen, die ihm geholfen hatten, in aller Deutlichkeit klarmachen! Doch im Augenblick hatten sie ein anderes Problem. Er ging zurück zum Bett und blickte auf die reglos daliegende Gestalt.

„Wer weiß noch von der Sache? Bob, du sorgst dafür, dass die beiden Jungs nicht reden", entschied er. „Aber vorher hilfst du Elaih, den Verletzten rüber ins

Haus zu schaffen! Da ist es sicherer für alle." Er machte eine Pause. „Aber glaubt bloß nicht, dass die Angelegenheit für euch damit schon erledigt ist!"

Thomas zog sich für ein paar Stunden zurück, um nachzudenken. Zu vieles ging ihm im Kopf herum. Es betraf nicht nur die Ereignisse auf der Plantage während seiner Abwesenheit, auch die Beziehung zwischen Graham Mary ließ ihm keine Ruhe – und nicht zuletzt Christina. Er hatte den Abend als angenehm empfunden, sich gefreut über ansprechende Gesellschaft, interessante Gespräche und schöne Frauen, obwohl er nicht unbedingt ein exzellenter Tänzer war, im Gegensatz zu Graham. Doch das eigenartige Gefühl, das ihn schon am Abend beschlichen hatte, ließ ihn nicht los. Lag er bei Christina in seiner Einschätzung doch daneben? Ihn störten gewisse Details, die er nicht in Worte fassen konnte, es war mehr ein Gefühl … Konnte es sein, dass sie zu perfekt war? Gab es das überhaupt? War es das, was er wollte? Für nächste Woche hatten Christina und ihr Vater ihn zum Dinner eingeladen. Wahrscheinlich wäre ein privater Rahmen geeigneter …

Es klopfte zaghaft. Nach seinen zerstreuten „Herein", lugte Emba um die Ecke. In ihren Armen trug sie die Karaffen und Flaschen. Er beeilte sich, ihr beim Abstellen behilflich zu sein, da es den Anschein hatte, sie würden gleich ihren Armen entschlüpfen.

„Wie geht es unserem Patienten", fragte er neugierig.

„Wir haben den Verband noch einmal erneuert. Er war kurz bei Bewusstsein, seine Schwester ist bei ihm. Elaih hat sich endlich hingelegt, nachdem Bessy ihn mit dem Kochlöffel gedroht hat." Sie lächelte abwesend. Thomas bemühte sich, nicht auf ihre Grübchen zu starren.

„Der Arme war vollkommen fertig mit den Nerven", erzählte Emba weiter, „was er ausgestanden hat, war wirklich schlimm! Ich habe ihn noch nie so erlebt. Aus Ian die Kugel rauszuholen, hat ihn mehr Kraft gekostet, als er zugeben würde, und die Angst, die er gehabt haben muss, dass er unter seinen Händen stirbt, und doch hat er es getan, und ..."

„Ja, ja, es ist schon gut" beendete Thomas ihren Redefluss, dem es einen schmerzlichen Stich versetzte, sie so schwärmerisch reden zu hören. Erschrocken sah sie zu ihm auf, und ihre Blicke versanken sekundenlang ineinander. Er spürte, wie sein Herz schneller zu schlagen begann, wie sehr ihn diese Augen faszinierten …

„Verzeihung", murmelte sie mit feucht werdenden Augen; dann rannte sie aus dem Raum. Was war das, was hatte er getan? Kopfschüttelnd sah er auf die Tür, die hinter ihr ins Schloss gefallen war.

Leise betrat er den kleinen Raum, er hatte Stimmen gehört. Von der Tür her bemerkte er bereits, dass Ian sich unruhig bewegte. Seine Schwester saß auf einem Stuhl neben dem Bett. Sie lag mit den Armen auf der Matratze und hatte ihren Kopf darauf gebettet. Sie schien tief und fest zu schlafen. Er betrachtete sie kurz, dann ging er zur anderen Seite des Bettes und warf einen Blick auf Ian, der Unverständliches murmelte und den Kopf hin- und herwarf. Er befühlte seine Stirn; sie war glühend heiß. Er schien hohes Fieber zu haben. Ian stöhnte auf, und Raida fuhr erschrocken hoch und sah angstvoll erst auf ihren Bruder, dann auf ihn.

„Keine Angst", beruhigte er sie sanft, „ich werde dir nichts tun! Aber dein Bruder hat Fieber." Er sah nackte Panik in ihr aufsteigen und wünschte, er könnte irgendetwas Beruhigendes sagen. Aber da gab es nichts.

„Wir werden kalte Umschläge brauchen", sagte er nur und machte sich auf den Weg zu Bessy.

***

„Komm ins Bett, meine Liebe", flüsterte Elaih liebevoll und sah sie voll Zärtlichkeit an.

„Ich werde noch einmal nach Ian sehen", gab sie mit einem sorgenvollen Seufzer von sich und löste sich vorsichtig aus seiner Umarmung.

„Raida, ich komme gerade von ihm, alles ist unverändert. Emba und Shirin haben noch einmal das Bettzeug gewechselt. Er schläft, du kannst nichts tun." Raida hörte den Rest des Satzes nicht mehr, denn sie befand sich schon auf halbem Wege zu Ian. Seit Ian im Herrenhaus untergebracht war, war auch er dort eingezogen und hatte seine Hütte lediglich zum Wechseln der Kleidung betreten. Er bewohnte zusammen mit Raida das Zimmer direkt neben Ian, das eine Verbindungstür zu seinem Zimmer hatte. So waren sie jederzeit in seiner Nähe und seine Pflege blieb unauffällig. Die anderen Sklaven bekamen nicht mit, was im Herrenhaus vor sich ging. Je weniger davon wussten, umso besser. Auf Bobs Verschwiegenheit konnte man zählen, und Joe und Benny wurde unmissverständlich klargemacht, was ihnen blühte, wenn sie den Mund aufmachen sollten. Joe allerdings hatte bereits an jenem Tag bewiesen, dass er, obwohl nur wenig älter, schon mehr Reife besaß.

Seit Tagen lag Ian im Delirium. Er wälzte sich im Bett, schrie urplötzlich auf oder redete wirres Zeug. Das Fieber hatte ihn fest im Griff. Bessy hatte ihm etwas eingeflößt, was sie hoffen ließ, dass er die

Nacht einigermaßen ruhig schlafen würde. Die Nächte mit Raida waren, was den Schlaf anging, nicht wirklich erholsam, und am Tage fühlte er sich wie gerädert. Nur der starke Kaffee, den Bessy ihm brühte, schaffte es, ihn einigermaßen wachzubekommen. Es war nicht nur Ian, der ihn den Schlaf raubte, auch die Sorge, wie alles weitergehen sollte, lastete auf seiner Seele. Aber er war dankbar, dass sie bei ihm war, hatte er doch schon geglaubt, sie niemals wiederzusehen. Raida jede Nacht in seinen Armen zu halten, sie zu spüren und zu lieben, gab ihm Kraft und Hoffnung, wenn sein ängstlicher Verstand versuchte, ihm Gefahren und Probleme vorzugaukeln. Wie sehr er diese Frau liebte! Nie wieder würde er sie loslassen. Sie war die Frau, mit der er leben wollte. Eine Familie, Kinder … Er stöhnte schmerzvoll; es war noch ein so langer Weg bis dorthin. Er fühlte sich hilflos. Er sah sie leiden, bangen

um ihren Bruder und konnte nichts tun, um ihren Schmerz und ihre Angst zu lindern. Fünf Tage schon kämpfte Ian gegen das Fieber. Wie lange würde er noch Kraft haben? Mit jedem Tag sank die Hoffnung. Er wurde immer schwächer, aber Raida glaubte fest, dass ihr geliebter Bruder es schaffen würde. Er wünschte, er könnte ihren Glauben teilen, aber er sah das Ganze realistischer, und ihm war klar, wenn nicht bald ein Wunder geschah, würde Ian sterben. Jedes Mal, wenn er Ian ansah, war es, als läge Raida dort im Bett. Die unübersehbare Ähnlichkeit machte es ihm schwer. Ian war ein Teil von ihr. Konnte man einem Menschen näher sein, als seinem eigenen Zwilling?

Raida sah blass aus, stellte er fest, als sie wieder zu ihm zurückkam. Eine Tränenspur zeichnete ihre Wangen. Es brach ihm das Herz, sie so zu sehen.

Er nahm sie in die Arme und hielt sie fest, bis ihr lautloser Tränenfluss versiegt war. Er küsste ihre Augen und flüsterte ihr Worte der Liebe ins Ohr. Alles, was er tun konnte, war, sie zu trösten, und das würde er mit allen ihm zur Verfügung stehenden Mitteln tun. Wenigstens für ein paar kurze Augenblicke sollte sie ihre Sorgen vergessen! Er wünschte, er könnte ihr Hoffnung machen, aber das wagte er nicht, so lange die Chancen nicht besser aussahen. Allmählich entspannte sie sich, ihr Atem ging gleichmäßiger. Sie hatte sich eng an ihn gekuschelt, er spürte die Wärme ihres nackten Körpers und versuchte angestrengt, an etwas Belangloses zu denken, um seine wachsende Erregung zu bekämpfen. Wie konnte er jetzt nur an so etwas denken? Behutsam küsste er ihre Stirn und strich ihr eine Strähne von der Wange.

Endlich schlief sie – und er würde wieder keinen Schlaf finden. Er war hellwach. Vorsichtig rückte er ein Stückchen von ihr ab und beobachtete, wie friedlich sie aussah und wie wunderschön. Er wünschte sich, für den Rest seines Lebens jede Nacht neben ihr zu liegen, jeden Morgen neben ihr aufzuwachen … Er stöhnte und verließ fluchtartig das wohlig warme Bett, um sich an dem kleinen Tisch an der gegenüberliegenden Wand niederzulassen. In der Bibliothek hatte er eine Karte von Virginia gefunden, die er nun genau studierte. Alle wichtigen Verkehrsstraßen und Wege waren dort verzeichnet. Die Karte war nur drei Jahre alt und noch recht aktuell. Er machte sich auf einem Bogen Papier Notizen. Die meisten Sklaven, die auf der Flucht waren, benutzten abgeschiedene Wege oder versuchten, durch offenes Gebiet zu entkommen, wo sie leider umso leichter Sklavenjägern in die Hände fielen. Er war so vertieft, dass er nicht bemerkte, wie es allmählich hell wurde. Raidas Hände auf seinen Schultern ließen ihn zusammenzucken.

„Was tust du da?", fragte sie verschlafen.

„Ich entwerfe einen Plan, wie wir für immer zusammen sein können, meine Liebe."

Sie runzelte die Stirn und blickte auf die Papiere, die er über den Tisch gebreitet hatte. Da sie nicht lesen und schreiben konnte, zeigte und erklärte er ihr sein Vorhaben.

„Wir bleiben auf den Hauptstraßen, da ist es schwieriger, uns ausfindig zu machen, aber was wichtiger ist: Wir fallen weniger auf. Hier siehst du ...", er fuhr mit dem Finger eine Linie auf der Karte nach, „das ist der Weg, den wir nehmen müssen. Immer Richtung Norden."

„Auf der Karte sieht alles so winzig aus", meinte sie verständnislos, „ich kann darauf gar nichts erkennen."

„Aber ich. Das musst du im Verhältnis sehen, hier unten steht zum Beispiel, wie du..." Als er ihren verwirrten Gesichtsausdruck sah, lächelte er. „Vertrau mir!"

Sie schlang die Arme um seinen Hals und küsste seine Wange.

„Ja, ich weiß, gewisse Dinge werde ich nie verstehen. Aber dafür habe ich ja dich."

„Genau!", erklärte er in gespielter Arroganz und zog sie mit einem raffinierten Griff auf seinen Schoß; sie kicherte. Wie süß das klang! Er wollte dieses süße Kichern noch einmal hören und begann sie zu kitzeln. Sie hielt die Luft an und japste. „Du bist ja eiskalt, Elaih!" Er grinste frech, während er eine Spur von Küssen von ihrer Brust hinauf zu ihrem Hals setzte.

„Dafür bist du schön warm."

Langsam glitt seine Hand an ihrem Bein entlang und unter ihr Nachtgewand. Sie versuchte aufzukreischen, doch er erstickte ihren Einwand mit einem Kuss.

„Ich weiß, wo es noch schön warm ist", murmelte er zwischen zwei Küssen, hob sie auf seinen Arm und steuerte auf das Bett zu.

Wider Erwarten fand er nach der Liebe mit Raida doch noch ein paar Stunden Schlaf. Sorgfältig versteckte er die Karte und seine Notizen, bevor er das Zimmer verließ. Er würde mit Raida fliehen müssen. Es war die einzige Möglichkeit, und das musste gründlich geplant und durchdacht werden. Ihm war nicht ganz wohl bei der Sache, aber es musste sein. Nur im Norden konnte er mit Raida in Frieden leben, das wusste er. Dennoch empfand er unendliche Traurigkeit. Er musste Greendale verlassen und er würde Thomas vielleicht nie wiedersehen. Sein Bruder hatte schon viel für ihn riskiert, indem er zuließ, dass Raida und Ian sich hier versteckten. Er durfte ihn nicht noch mehr in Gefahr bringen. Ein Kloß bildete sich in seinem Hals. Wie würde Thomas reagieren, wenn er feststellte, dass er fort war? Würde er wütend sein oder nur enttäuscht? Verdammt, er wollte ihn nicht enttäuschen! Doch er wusste genau, dass er es nie fertigbringen würde, sich von ihm zu verabschieden. Er hatte keine Wahl. Raida (und vielleicht auch Ian, wenn er überlebte, er kniff gequält die Lippen zusammen) konnten sich nicht ewig hier versteckt halten.

Sie gehörten Justin Barns. Er ballte die Fäuste. Verdammt, lieber Gott, hilf mir! Er musste Thomas einen ausführlichen Brief schreiben und ihm alles erklären. Er konnte nur hoffen, dass er es verstand. Nie hätte er es für möglich gehalten, dass er sich einmal zwischen den beiden liebsten Menschen, die er auf der Welt besaß, entscheiden müsste. Die letzten Tage würden schmerzvoll werden. Er würde noch einmal bewusst alle Eindrücke in sich aufnehmen und sie für immer in seinem Herzen bewahren. Er atmete zittrig aus, als er sich daran erinnerte, wie Thomas und er Kinder gewesen waren ... Ihre kleine Höhle, die sie sich aus Ästen und Sträuchern gebaut hatten, sie waren so stolz auf ihr Werk und hockten fast den ganzen Tag darin, bis Thomas den juckenden Ausschlag bekam ... Oder die Stelle, an der er seine ersten Buchstaben gelernt hatte ... Er schmunzelte traurig. Nie würde er seinen Kindern diesen Ort zeigen können! Tränen sammelten sich in seinen Augen und er versuchte sie weg zublinzeln. Er war hier immer glücklich gewesen. Er war hier geboren. Er liebte alles hier. Aber um mit Raida zusammen zu sein, musste er alles hinter sich lassen und einen anderen, unbekannten Weg einschlagen. Niemand würde ihm Raida je wieder nehmen. Dafür würde er kämpfen.

***

„Kindchen, du musst aber etwas essen", erklärte Bessy in mütterlicher Sorge und versuchte Raida die Mahlzeit schmackhaft zu reden. Elaih starrte ebenfalls lustlos auf sein Essen, er brachte keinen Bissen hinunter. Seine Kehle war wie zugeschnürt. Thomas erschien in der Tür und signalisierte ihm mit Handzeichen, dass er ihn zu sprechen wünschte. Matt erhob er sich und ging hinter ihm her ins Arbeitszimmer. Thomas musterte ihn streng.

„Du siehst schlecht aus, Elaih."

Elaih zog die Schultern hoch und erwiderte nichts.

Zögerlich begann Thomas. „Ich denke, uns ist beiden klar, dass Ian es nicht schaffen wird ..."

„Ich weiß", bestätigte Elaih leise, „und ich weiß nicht, wie ich das Raida klarmachen soll. Sie ist überzeugt, dass er es schafft ..."

„Hm ..." Nachdenklich starte Thomas aus dem Fenster. „Ich denke, das ist eine normale Reaktion." Beide schwiegen betroffen.

„Du liebst sie sehr, nicht wahr?", fragte Thomas nach einer Weile leise und in einem Tonfall, der ihn überraschte. Verblüfft starrte er ihn an und war plötzlich nicht mehr in der Lage zu sprechen. Damit hatte er nicht gerechnet. Seine Lippen begannen zu
zittern, und er musste sich auf die Unterlippe beißen.

„Ja", presste er nach einer Weile hervor.

„Verstehe!" Es kam so leise, dass Elaih es fast nicht gehört hätte. Wieder starrte Thomas aus dem Fenster, und das Schweigen zog sich in die Länge. Schließlich klopfte es; Emba steckte den Kopf zur Tür herein.

„Entschuldigung, da ist ein Mr. Kilian. Er sagt, er müsste Sie in einer wichtigen Angelegenheit sprechen?"

„Äh ... ja." Thomas war irritiert und blickte zur Uhr auf dem Kaminsims. Er hatte ihn erst in zwei Stunden erwartet. Das konnte eigentlich nur bedeuten, dass er interessante Neuigkeiten hatte.

„Ja, in Ordnung, schicken Sie ihn bitte herein." Er sah entschuldigend auf Elaih, der nur nickte. Er legte kurz den Arm auf seine Schulter. „Sei für sie da. Sie braucht dich." Kurz trafen ihre Blicke sich, und sie nickten einander stumm zu, bevor die Tür aufging und ein schlanker, gutgekleideter Mann den Raum betrat.

„Verzeihung, dass ich etwas zu früh erscheine", begann Mr. Kilian, „ich war gerade in der Nähe."

„Ich bitte Sie, das ist doch kein Problem", erklärte Thomas freundlich und bat ihn Platz zu nehmen. Mr.

Kilian fingerte einen Stapel Unterlagen aus seiner braunen Aktentasche, sortierte sie kurz und rückte seine Brille zurecht.

„Sie hatten Recht, Mr. Greendale, schon ein merkwürdiger Mann, dieser Mr. Barns." Erst jetzt sah er auf und überreichte seinem Gegenüber die Papiere. Er blieb mit stocksteifen Rücken auf dem Stuhl sitzen, als befürchte er, die Lehne könne unter seinem Gewicht brechen. Seine Hände allerdings waren dauerhaft in Bewegung.

„Barns führt ein Leben weit über seine Verhältnisse, während seine Schulden immense Ausmaße annehmen. Im Grunde ist der Mann erledigt. Seine Gläubiger stehen Schlange, und er ist nicht in der Lage, sie auszuzahlen."

Thomas blätterte konzentriert die Aufzeichnungen des Mannes durch. Er war zufrieden. Er hatte etwas in dieser Richtung vermutet. Dass es allerdings schon so schlimm stand, schockierte ihn. Fassungslos blähte er die Wangen und stieß die Luft wieder aus. Das hier hatte er nicht erwartet. Für sein Vorhaben jedoch konnte ihm dieses Wissen sehr dienlich sein. Zufrieden nickend sah er auf. Der Detektiv, den man ihm empfohlen hatte, hatte ausgezeichnete Arbeit geleistet, ein Tipp, für den er sich bei nächster Gelegenheit bedanken musste.

„In erster Linie handelt es sich um Spielschulden", erklärte Kilian weiter und wies auf einen weiter unten liegenden Zettel, auf dem Zahlenkolonnen standen. Thomas riss die Augen auf und schüttelte verständnislos den Kopf. Der Mann war ein Versager, durch und durch. Wie konnte er nur alles verspielen? Wenn das der arme Edward wüsste, er würde sich im Grabe umdrehen!

„Was ist das hier?", wollte Thomas wissen und hielt ihm einen Zettel entgegen, der diverse Randnotizen aufwies.

„Ah, das ..." er rückte erneut seine Brille zurecht. „Ein Anwalt ist an der Sache dran. Wie ich herausgefunden habe, wurde er von der verstorbenen Mrs. Barns, der Baronin, engagiert. Sie hat versucht, ihren verschwenderischen Enkel zu enteignen. Der Besitz sollte nachträglich auf ihren Neffen Geoffrey Barns übertragen werden, sobald sie Beweise erbringen würde, dass ihr Enkel Justin Barns nicht in der Lage ist, die Plantage ordnungsgemäß zu führen. Leider hat sie nicht lange genug gelebt, um ihr Ziel zu erreichen. Aber der Anwalt ist noch dran. Geoffrey Barns führt eine ertragreiche Zuckerrohrplantage, während seine beiden Söhne sich auf Baumwolle spezialisiert haben."

Mr. Kilian hatte die Angewohnheit, so schnell zu reden, dass man vermutete, dass er sich mit seinen Worten gleich überschlug. Eine kleine, bedeutungsvolle Pause entstand. „Wenn es allerdings so weitergeht, wird von dem Besitz bald nichts mehr übrig sein, was es zu vererben gibt. Selbst die Sklaven ergreifen schon die Flucht, nachdem einige Aufseher gekündigt haben, nachdem sie kein Gehalt mehr bekommen haben."

„Hm..." machte Thomas und sah kurz auf, „Sie haben hier die 400 Pfund Spielschulden, betreffend eines Kapitän Willson, rot unterstrichen." Es klang eher wie eine Feststellung.

„Ja", ereiferte Kilian sich, während er auf dem Stuhl hin- und herrutschte, „das ist im Augenblick der energischste der Gläubiger, ein Engländer. Hat Barns beim Kartenspiel um besagte 400 Pfund erleichtert und

128

besteht auf sofortiger Zahlung, da sein Schiff auslaufbereit im Hafen von Norfork liegt. Er ist Barns hartnäckig mit mehreren Männern bis hierher gefolgt – recht furchteinflößende Kerle. Zurzeit campiert er in einer heruntergekommenen Pension am Stadtrand. Sie nennt sich Lucys House."

Thomas zog eine anerkennende Miene. „Das alles haben Sie in der Kürze der Zeit herausgefunden? Beindruckend, Mr. Kilian!"

Mr. Kilian strahlte über das ganze Gesicht und wehrte verlegen ab, während er an seiner Aktentasche auf dem Schoß herumfummelte. Thomas verkniff sich ein Grinsen. Ein ungewöhnlicher Mann, dachte er, hektisch und immer irgendwie in Bewegung. Vielleicht ist er deshalb so erfolgreich in seinem Beruf?

„Können Sie diesem Kapitän Willson eine Nachricht von mir überbringen?"

Kilian wirkte im ersten Augenblick verwirrt, nickte dann jedoch zustimmend.

„Gut", erklärte Thomas und zog einen leeren Bogen Papier aus der Schublade, „ich werde sie sofort verfassen. Kann ich Ihnen in der Zwischenzeit etwas anbieten? Haben Sie Hunger, soll ich einen kleinen Imbiss richten lassen?

„Nein, vielen Dank, ich habe heute schon gegessen."

„Einen Kaffee vielleicht?"

„Schon eher einen Tee, wenn es möglich wäre."

„Natürlich." Er ging zur Tür und rief in den Flur hinein. Shirin schaute erschrocken mit aufgerissenen Augen um die Ecke.

„Könnten wir einen Tee bekommen?"

„Äh,... ja, selbstverständlich, Sir." Er verzog sein Gesicht zu einem schiefen Grinsen. Sie hatte sich in der Zeit, seit sie hier war, sehr gefangen, doch hatte sie immer noch unsichere Momente, in denen sie ihm in gehemmter Zurückhaltung begegnete.

„Es läuft besser, als ich dachte", freute Thomas sich. Nachdem Mr. Kilian gegangen war, verschränkte er die Hände am Hinterkopf, lehnte sich im Schreibtischstuhl zurück und ließ seine Gedanken spielen. Jetzt musste er nur noch diesen Kapitän Willson von seinem Plan überzeugen. Wenn er wirklich so heiß darauf war, so schnell wie möglich an sein Geld zu kommen, wäre das die Lösung. In seinem Schreiben hatte er Kapitän Willson um eine dringende Unterredung in Bezug auf Mr. Barns gebeten. 400 Pfund waren eine Menge Geld, aber es war die Investition wert, da war er sicher. Jetzt konnte er nur beten, dass alles so lief, wie er es sich vorstellte. Sicherheitshalber sollte er sich auf jeden Fall einen Alternativplan zurechtlegen … Gutgelaunt widmete er sich anderen Angelegenheiten, stellte Berechnungen auf, machte Notizen und sortierte die Post. Der Tag verging schneller als gedacht.

Bevor er am Abend hinauf ins Schlafzimmer ging, hielt er kurz an der Treppe inne, wendete und schlug dann den Weg zu Ians Zimmer ein. Elaih, der nur in seiner Hose bekleidet, barfüßig neben dem Bett stand, sah ihn erstaunt an. Im Flüsterton erklärte er, dass Raida endlich eingeschlafen war. Dass er an der gezielten Ausarbeitung seiner Fluchtpläne gesessen hatte, verschwieg er. Ians Lage war unverändert. Schweigend blickten sie nachdenklich auf die blasse Gestalt.

„Versuche, auch ein wenig zu schlafen, Elaih", mahnte Thomas, bevor er, eine gute Nacht wünschend, das Zimmer verließ. Auf dem Rückweg begegnete er Emba. Sie hatte geweint, stellte er besorgt fest. Sie war

130

sichtlich überrascht, ihn in diesem Bereich des Hauses anzutreffen, versuchte jedoch ein kleines trauriges Lächeln, als sie begriff, dass er nach Ian gesehen hatte.

„Warum hast du geweint?", fragte er ohne Umschweife.

„Ich … ähm ... ich habe nicht ge ...", wollte sie verneinen, entschied dann jedoch, dass es unsinnig wäre, es zu leugnen. „Es ist alles so traurig ... Ian, die arme Raida ... Und es … gibt nichts Tröstendes, das man sagen könnte ...", stammelte sie und senkte den Blick. „Und auch Elaih ... er schläft kaum noch ... Und Bessy meint, dass … dass ..." Sie schniefte leise.

Er legte beruhigend seinen Arm um sie und zog sie leicht zu sich. Sie ließ sich gegen seine Brust sinken; mitfühlend hauchte er einen Kuss auf ihren Haaransatz an der Stirn. Eine Weile standen sie so da, bis sie sich von ihm löste und zu ihm aufschaute. Er löste seinen ins Nichts gerichteten Blick und sah in ihre Augen. Mit der freien Hand streichelte er ihre Wange, ohne seine Augen von ihren abzuwenden. Wie in Trance fand sein Mund ihre Lippen. Er berührte sie sanft und zärtlich, schmeckte das Salz ihrer Tränen; als würde er erst in diesem Moment registrieren, dass er sie küsste, sah er sie erstaunt an. Was hatte sie nur an sich, dass er sich bei ihr so vergaß? Er sah auf ihren wunderschönen Mund und in ihre unvergleichlichen Augen; sein Atem beschleunigte sich. Ihre linke Hand lag flach auf seiner Brust, er fühlte ihre Wärme durch den festen Stoff seines Hemdes hindurch. Beinahe ehrfürchtig streichelte seine Hand über ihre Wange, während seine Fingerspitzen in ihr Haar tauchten. Er folgte mit den Augen den Bewegungen seiner Finger, bis er spürte, dass sie ihre Wange gegen seine Hand schmiegte. Ihre Augen trafen sich erneut. Ihm wurde schwindlig vor Verlangen. Er bemerkte, dass auch ihr Herz schneller schlug; er fühlte es unter seinem kleinen Finger an ihrem Hals. Er war nicht in der Lage etwas zu sagen; er zog sie enger an sich, wollte sie nur noch spüren. Er küsste ihren schmalen Hals bis hinauf zu ihrem Ohrläppchen. Dabei vernahm er einen wohligen Seufzer, und ein Stöhnen entrang sich ihm, während er ihren Mund suchte, um mit ihr in einem langen, intensiven Kuss zu versinken.

„Emba", raunte er ihr ins Ohr „Emba, ich ... ich ..." sein Atem ging zu schnell und er konnte nicht mehr klar denken. Unvermittelt platzte er mit dem heraus, was er eigentlich in anderen Worten sagen wollte.

„Ich will dich!"

Sie sah ihn mit so viel Gefühl an, dass es ihn überwältigte. Er griff nach ihrer Hand.

„Komm!"

Verlegen blickte sie den Flur entlang, in dem sich ihr Zimmer befand und sah ihn verdutzt an, als er sie in die andere Richtung zog. Er musste über ihre Reaktion lachen.

„Mein Bett ist breiter", flüsterte er ihr mit vielsagendem Zwinkern zu, während er

sie die Treppe hinaufführte. Ihre Mimik ist köstlich, dachte er hingerissen, nachdem er die Tür hinter ihnen geschlossen hatte. Lachend nahm er sie ihn die Arme.

„Was ist, magst du mein Bett nicht?", scherzte er über ihre Verlegenheit. Er wusste, was sie dachte: Die weißen Männer, die sich mit ihren Sklavinnen vergnügten, taten es für gewöhnlich nicht in ihrem eigenen Bett, sondern dort, wo sie anschließend schnell wieder verschwinden konnten. Aber er dachte nicht in dieser Form. Er wurde ernst. Verdammt, es sollte eine einmalige Sache bleiben, hatte er sich geschworen, und nun stand er hier, mit ihr in seinem Schlafzimmer, weil er zu schwach war, seine Instinkte zu beherrschen. Mit einem Aufstöhnen bekämpfte er sein schlechtes Gewissen. Dafür war noch später Zeit … Beim nächsten Kuss hatte er seine Bedenken bereits ins hinterste Stübchen seines Gehirns verbannt.

***

„Elaih, Elaih ... wach auf!"
Raida rüttelte ihn heftig. Langsam hob er den Kopf und blinzelte, bis seine Augen sich an das Licht gewöhnt hatten. Er stöhnte; er hatte kaum zwei Stunden geschlafen, und sein Kopf dröhnte.
„Ian, etwas stimmt nicht mit ihm!" Die Verzweiflung in ihrer Stimme ließ ihn hochschnellen. Taumelnd folgte er Raida zum Bett ihres Bruders.
„Das Fieber scheint weniger geworden zu sein", erklärte Raida, während sie seine Stirn befühlte, „aber was ist mit ihm?"
Elaih besah sich den Patienten aufmerksam, der von heftigen Zuckungen geplagt wurde. Er wagte nicht, seine Befürchtungen zu äußern. Er sah ihre schreckgeweiteten Augen und nahm sie wortlos in die Arme. Mit einem Mal endete Ians Zittern schlagartig, und er riss schreckhaft die Augen auf.
„Ian, Ian …", flehte Raida, die sich von Elaih losgerissen hatte, auf der Bettkante saß und seine Hand fest umklammerte, „ich bin hier, Ian, Ian, hörst du mich? ... Ich bin es, Raida!"
Elaih konnte ihn nicht sehen, da Raida sich weit über ihn beugte. Er wusste nicht, ob Ian sie angesehen hatte. Ohne Vorwarnung fiel sein Kopf plötzlich kraftlos

zur Seite, und er lag ruhig und friedlich da. Elaih biss sich gequält auf die Unterlippe und schloss die Augen. Es war vorbei. Ian, Raidas geliebter Bruder, war tot.

Es dauerte unfassbar lange, bis Raida begriffen hatte, was geschehen war. Ihr greller

Schrei traf ihn bis ins Mark. Er versuchte sie vom Bett hochzuziehen, aber sie wehrte sich heftig und er versuchte mit aller Kraft, sie an seine Brust zu ziehen, um ihre Schreie zu dämpfen. Die Tür wurde aufgerissen und Shirin erschien mit der kleinen Joice auf dem Arm. Erschrocken schlug sie die Hand vor den Mund, als sie die Situation erfasst hatte. Auch Bessy war von den Schreien hochgefahren und stand nun desorientiert und fahrig hinter Shirin.

„Kümmere du dich um das Baby", wies Bessy sie an, „und sag Emba Bescheid!" Bewegt ging sie auf Raida zu und strich ihr tröstend über das Haar. „Wir werden ihr etwas zur Beruhigung geben müssen", flüsterte sie mehr zu sich selbst. Ihre Hand zitterte.

„Emba ist nicht da", gab Shirin aufgebracht zurück. Bessy und Elaih sahen sie verwundert an.

„Vielleicht ist sie schon in der Küche", vermutete Bessy, nachdem sie ihre Sprache wiedergefunden hatte.

„Nein, ihr Bett ist unberührt. Sie ist nicht da."

Bessy war nun doch besorgt. „Also gut, ich werde mich anziehen und äh ... ja ..." Verblüfft starrte sie Elaih an, der lediglich die Schultern hochzog. Nachdem Raida sich etwas gefasst hatte, ließ er ihr Zeit, sich von ihrem Bruder zu verabschieden. Erst jetzt merkte er, wie mitgenommen er selbst war. Erschöpft sank er in einen Sessel und barg das Gesicht in den Händen. Obwohl ihm im Grunde seit Tagen klar war, dass Ian sterben würde, musste er sich eingestehen,

134

dass er doch innigst gehofft hatte, er möge es allem Anschein zum Trotz schaffen. Jetzt war es vorbei. Er fühlte sich leer und kraftlos. Hatte er wirklich alles getan?

***

Thomas lag entspannt in seinem Bett. Raidas Wärme und ihr Geruch hüllten ihn wohlig ein. Er drehte den Kopf ein wenig, damit er sie ansehen konnte. Sie schlief seelenruhig. Wie entzückend sie aussah, wenn sie schlief! Er konnte ihr stundenlang zusehen und fühlte dabei einen tiefen inneren Frieden, den er so noch nie gespürt hatte. Sie lag auf dem Bauch, den Kopf in seine Richtung gedreht, ihr Arm ruhte angewinkelt neben ihrem Kopf, und ihr dunkles Haar lag wild verteilt und bildete einen herrlichen Kontrast zu dem weißen Kissen. Er wusste nicht, wie lange er sie so angesehen hatte, bis sie verschlafen die Augen öffnete.

„Guten Morgen, meine Süße", begrüßte er sie. Sie sah verdutzt aus, als wüsste sie nicht, wo sie war. Dann lächelte sie.

„Guten Morgen", grüßte sie verlegen und hob den Kopf. Er konnte nicht anders, als sie fortwährend anzulächeln.

„Du hast mich beobachtet?", stellte sie verlegen fest, „habe ich gegrunzt oder gesabbert?"

„Was? Nein!" Er lachte schallend auf. „Du hast ausgesehen wie ein Engel!"

„Engel sind aber weiß."

„Ansichtssache!" Ihre Blicke trafen sich. „Komm her" befahl er sanft und hob seinen Arm, damit sie sich in seine Armbeuge kuscheln konnte. Zufrieden atmete er tief ein und aus. Eigenartig, dachte er, sonst, wenn eine Frau bei ihm geschlafen hatte, war er froh gewesen, wenn sie am Morgen verschwand und er in Ruhe noch etwas dösen konnte. Was war hier so anders? Hier in Greendale House hatte er noch nicht mit einer Frau das Bett geteilt, aber während seiner Zeit am College war es öfter vorgekommen. Selbst in der Zeit, während er mit Isabel liiert war, hielt ihm am Morgen nicht viel im Bett, es sei denn, es gab eine Wiederholung der Aktivitäten der vorherigen Nacht ... Was stimmte mit ihm nicht? Er spürte, wie sie scheinbar unbeabsichtigt seine Brust streichelte. Er schloss die Augen und genoss ihre zarten Berührungen, ihre Nähe.

„Warum schläfst du mit mir?", fragte sie plötzlich. Es war wie ein Schlag ins Gesicht. Völlig von der gelassen gestellten Frage aus dem Konzept gebracht, starrte Thomas sie an. Warum fragte sie ihn das? Und warum klang es so eigenartig?

„Du reizt mich, das weißt du doch ... " Er wusste nicht recht, was er antworten sollte. Er wusste es ja selbst nicht genau. Er spürte ihre Enttäuschung und beeilte sich zu sagen: „Ich finde dich wunderschön, und ich habe dich sehr gern." Er hoffte, ihre Frage damit beantwortet zu haben. Er hörte, wie sie einmal tief durchatmete und dann ihr Streicheln wieder aufnahm. Ein lautes Klopfen an der Tür beendete die romantische Idylle. Gereizt fragte er nach dem Grund der frühen Störung.

„Thomas, hier ist Bessy! Tschuldigung, dass ich dich wecke. Ich wollte dir nur sagen, Ian ist vor wenigen Minuten gestorben", rief sie durch die geschlossene Tür. Verdammt!

„Ja, ich komme gleich! Danke, Bessy."

***

136

Nachdenklich stand Thomas am Küchenfenster mit einer Kaffeetasse in der Hand und starrte auf den Hof, während Bessy am Kopf des Tisches saß und Gemüse putzte. Sie redete ununterbrochen, aber er war mit seinen Gedanken im Nirgendwo, er hörte ihr nicht zu. Erst als Elaih hereintrat, wandte er den Blick vom Fenster. Dunkle Ringe, sichtbares Zeugnis von zu wenig Schlaf und zu vielen Sorgen, zeichneten seine Augen. Sein Haar standen in alle Richtungen, er trug noch immer die gleichen Sachen wie am Vortag, und sein Hemd stand halb offen. Gewöhnlich lief er nicht so herum, es sei denn, er war mit einer schweißtreibenden Arbeit beschäftigt. Erschöpft ließ er sich auf einen Stuhl fallen, und Bessy schenkte ihm Kaffee ein. Elaih schien ihn gar nicht zu bemerken. Thomas starrte mürrisch in seinen Kaffee und stellte den halbvollen Becher auf den Küchentisch. Der Kaffee war grausam!

Erst jetzt sah Elaih auf, die Brüder blickten sich wortlos an. Noch nie hatte er eine solche Traurigkeit in seinen Augen gesehen. Thomas spürte es beinah körperlich und es bedrückte ihn mehr, als er hätte ausdrücken können. Er schluckte. Mit gesenktem Kopf sagte er: „Ich habe … ich habe ein paar wichtige Geschäfte in der Stadt zu erledigen. Und danach muss ich zu den Jenkens zum Dinner. Also wartet nicht mit dem Essen auf mich. Es könnte spät werden." Er blickte auf seinen Bruder, der den Kopf senkte und wie geistesabwesend in seinen Kaffee starrte.

„Kommst du klar, Elaih?" Elaih wartete, bis Bessy, die etwas aus dem Keller holen ging, den Raum verlassen hatte.

„Ja, mach dir keine Gedanken. Ich habe alles im Griff."

Thomas sah ihn zweifelnd an; Elaih hatte größte Mühe, nach außen hin Gelassenheit zur Schau zu stellen, während er innerlich zerrissen war. Die Stunde des Abschieds war da. Aber das wusste Thomas nicht.

„Ich werde alles wieder in Ordnung bringen. Das verspreche ich dir."

Thomas zog die Stirn in Falten; das Beben in seiner Stimme war ihm nicht entgangen. Fragend sah er Elaih an. Da er nichts weiter sagte, ging er fälschlicherweise davon aus, dass er die Beerdigung von Ian meinte.

„Ja, das wäre nett, wenn du das tust", sagte er. „Ich muss jetzt los, die Geschäfte warten nicht." Besorgt sah er Elaih an. „Tut mir Leid ... wir reden morgen, ja?"

„Ja", presste er mühsam beherrscht hervor und vermied es, ihn anzusehen. Morgen werde ich nicht mehr da sein, verzeih mir, mein Bruder! Thomas ging um den Tisch und legte mitfühlend die Hand auf seine Schulter. Er spürte, wie sein Bruder zitterte.

„Ruh dich aus, Elaih. Verdammt, leg dich wenigstens ein wenig hin, versprich es mir!"

Elaih nickte stumm. Thomas schritt zum Ausgang.

„Verzeih mir, mein Bruder!"

Thomas stoppte abrupt und sah ihn verdutzt an. Er glaubte, dass Elaih sich peinlich berührt fühlte durch seine momentane Schwäche und sich deshalb entschuldigte. Um ihn nicht weiter in Verlegenheit zu bringen, setzte er wortlos seinen Weg fort.

Thomas ritt gemächlich und tief in Gedanken versunken; die Nacht mit Emba lebte noch in ihm, und die süße Erinnerung daran entlockte ihm immer wieder

138

ein selbstvergessenes Lächeln. Er zuckte zusammen, als aus dem Busch, den er eben passierte, ein Schwarm Vögel hochstob und sein Pferd zu tänzeln begann. Beruhigend strich er dem Tier den Hals entlang.

Mit einem flauen Gefühl im Magen band er es kurze Zeit später vor der Pension Lucys House an und betrat das alte Gebäude. Alles wirkte kahl und keineswegs einladend. Ein Spinnennetz zierte den gewölbten Türbogen. Die wenigen Möbel im Eingang schienen wild zusammen gewürfelt, und die Polster waren zerschlissen. Es gab weder eine Tischdecke noch Gardienen an dem einzigen Fenster. Eine ältere Frau mit ungepflegter Erscheinung kam um die Ecke gewatschelt und musterte ihn misstrauisch von oben bis unten.

„Verzeihung, ich möchte zu Kapitän Willson."

„Hinten, Nummer vier", erklärte sie kurz angebunden mit einer Stimme, die genausogut von einem Mann hätte stammen können.

Thomas klopfte, und der Gesuchte öffnete nach kurzer Wartezeit vor einer schäbigen Tür. Kapitän Willson war das, was man als einen Schrank von Kerl bezeichnen konnte: groß, breitschultrig, schwer. Unter seinen aufgekrempelten Hemdsärmeln schauten Muskeln hervor, die von schwerer Arbeit zeugten. Zudem war er etwa einen halben Kopf größer als Thomas und wirkte etwas furchteinflößend. Willson musterte ihn ebenso misstrauisch wie zuvor die eigenartige Wirtin.

„Sie wollten mich sprechen, Mr. Greendale? Bitte." Er wies auf den einzigen leeren Stuhl und nahm selbst auf einem klapprigen Hocker Platz. Thomas eröffnete ihm sein Anliegen. Willson hörte mit unbeweglicher Miene zu.

„Hm...", machte er, als er geendet hatte. „Warum, glauben Sie, sollte ich auf Ihren merkwürdigen Vorschlag eingehen?"

„Ganz einfach: Weil Sie ihr Geld haben wollen, 400 Pfund".

Willson sah ihn mit gefurchter Stirn an, während er nachdenklich an den Ecken seines graudurchsetzten Bartes zwirbelte.

„Wer sagt mir eigentlich, dass ich Ihnen trauen kann, Mister? Vielleicht wollen Sie mich übers Ohr hauen und sind in Wirklichkeit ein guter Freund von diesem Würstchen Barns?"

„Ich gebe Ihnen mein Wort, Kapitän, dass dem nicht so ist. Ich ..."

„Ihr Wort? Das Wort eines Sklaventreibers? Was ist das wohl wert?", fiel er Thomas erregt ins Wort, erhob sich von seinem Hocker und ging im Zimmer auf und ab. Thomas war erschrocken über die Reaktion, ließ sich jedoch nichts anmerken.

„Sie besitzen doch Sklaven, nicht wahr?", fragte er im barscheren Ton weiter. Bevor Thomas antworten konnte, erklärte er lauter: „Ich bin Engländer!" Aufgebracht sah er ihm in die Augen. „Ich halte nichts von Leuten, die sich Menschen halten wie Haustiere!"

Verdammt, darüber hatte er nicht nachgedacht! Willson war ein Gegner der Sklaverei! Aber so schnell gab Thomas sich nicht geschlagen. Mutig blickte er seinem Gegenüber in die Augen.

„Ich führe eine Baumwollplantage, und ja, ich besitze Sklaven. Wie alle hier im Süden." Er beobachtete Willson genau. „Aber ich bin nicht hier, um mit Ihnen über Politik und Lebensart unseres Landes zu diskutieren. Sondern um Ihnen ein Geschäft anzubieten. Ein Geschäft, von dem wir beide profitieren können."

Entschlossen, noch einen Schritt weiter zu gehen, holte er die Unterlagen hervor, die er von Mr. Kilian bekommen hatte.

„Sehen Sie selbst: Wenn Sie darauf warten, von Barns ihr Geld zu bekommen, müssen Sie sich in viel Geduld üben." Wieder etwas Mut schöpfend, als er in das fassungslose Gesicht des Mannes sah, während er die Papiere studierte, fügte er mit schiefem Grinsen an: „Und ich weiß zufällig, dass ihr Schiff im Hafen liegt und nur darauf wartet auszulaufen."

Willson gab ein grunzendes Geräusch von sich, ließ die Papiere achtlos auf den Tisch sinken und setzte stattdessen die Musterung seiner Person fort.

„Warum genau wollen Sie gerade diese beiden Urkunden?", hakte er etwas freundlicher nach. Thomas wusste, dass es seine letzte Chance war, den Mann zu überzeugen. Er atmete einmal tief durch.

„Hören Sie, Kapitän Willson, ich will ehrlich zu Ihnen sein. Die Lage ist die ..." er räusperte sich kurz, wohlwissend, dass er sich auf gefährliches Terrain wagte. „Die beiden sind geflohen. Mein Halbbruder hat sie versteckt und sich in die Frau verliebt. Der junge Mann ist zwischenzeitlich leider an seiner Schussverletzung gestorben ..."

„Warum gehen Sie nicht direkt zu Barns und schlagen ihm das Geschäft vor?"

„Ganz einfach: Dann müsste ich zugeben, dass sich die beiden ... äh, ich meine, die Frau, auf meinem Grund versteckt hält."

„Verstehe. Und entflohene Sklaven zu verstecken ist illegal." Zum ersten Mal zeigte der Mann Anzeichen eines Lächelns.

„So könnte man sagen", bestätigte Thomas.

„Ich warne Sie: Falls sie mich benutzen wollen, um sich auf diese Weise eine Schwarze als Freudenmädchen heranzuziehen, werden sie mich kennenlernen!"

„Sir, ich muss doch sehr bitten!" Schockiert erhob Thomas sich. „Wenn ich das beabsichtigen würde, hätte ich auf meiner Plantage genügend Frauen zur Verfügung. Ich kann Ihnen versichern, dass ich meine Leute mit Respekt behandle. Davon können Sie sich gern persönlich überzeugen."

„Beruhigen Sie sich, Mr. Greendale. Ich wollte nur Ihre Reaktion sehen." Schmunzelnd zwirbelte er erneut an seinem Bart.

„Tut mir leid, aber ich finde das gar nicht lustig. Es gibt genügend Frauen, die von ihren Besitzern missbraucht werden. Dafür habe ich keinerlei Verständnis, auch wenn sie wahrscheinlich alle Sklavenhalter in einen Topf werfen." Thomas war wütend.

Willson sah ihn eine Weile wortlos an.

„Also gut. Sie versichern mir, dass Sie mir die 400 Pfund zahlen, sobald ich die beiden Besitzurkunden des Zwillingspärchens an sie aushändige?"

„Korrekt."

„Und was, wenn Barns sich auf dieses Geschäft nicht einlässt?"

„Hm", machte Thomas, „ich habe ihre Männer gesehen. Ich denke, das wäre ein überzeugendes Argument. Im Übrigen hat Barns gar keine Wahl, denke ich."

„Er weiß, dass ich Engländer bin. Er wird stutzig werden, wenn ich behaupte, ich hätte das Pärchen in meiner Gewalt", dachte Willson laut nach und rieb sich das Kinn.

„Sie wollen Ihr Geld. Versuchen Sie ihm klarzumachen, dass Sie die beiden verkaufen wollen. Er wird

Sie für einen kompletten Idioten halten, weil er weiß, dass sie nie 400 Pfund dafür bekommen werden. Er wird Ihnen also mit Freuden die Urkunden aushändigen, nur um seinen Schuldschein in die Finger zu bekommen. Die Sklaven sind für ihn ohnehin schon weg."

„Ich verlange einen Vorschuss von zweihundert."

„Hundert höchstens. Wer garantiert mir, dass Sie mich nicht übers Ohr hauen und mit meinem Geld verschwinden?"

Willson holte tief Luft und setzte zu einer erbosten Erwiderung an, überlegte es sich dann jedoch anders.

„Also gut, hundert Vorschuss und der Rest bei Besitzübergabe."

„Kommen Sie um 20 Uhr wieder und bringen Sie den Rest mit."

Die beiden Männer gaben sich die Hand.

***

Es war noch etwa Zeit bis zum Dinner bei den Jenkens. Thomas kehrte in einen kleinen Pub ein, der weiter stadteinwärts lag und von außen einen passablen Eindruck machte. Er nahm an der Theke Platz und bestellte sich ein Bier. Obwohl es erst später Nachmittag war, war das Lokal schon gut gefüllt; außer ihm saßen noch zwei weitere Männer am Tresen. An dem runden Tisch in der Ecke spielten Männer Karten, eingehüllt in den Rauch ihrer Zigarren. Eine junge Frau schleppte Bierkrüge zu den Kartenspielern, was diese mit Gegröle begrüßten; im Vorübergehen warf sie ihm ein strahlendes Lächeln zu. Er musterte sie unauffällig. Sie hatte eine gute Figur und eine stattliche Oberweite, wie ihr Kleid deutlich zeigte; ihr dunkles Haar trug sie am Hinterkopf zu einem lockeren Zopf gebunden, der bei jedem ihrer Schritte auf-

und niederwippte. Sie schien ein fröhliches Gemüt zu haben, deshalb erwiderte er das Lächeln, als sie auf dem Rückweg erneut an seinem Platz vorbei kam.

„Dich hab ich hier noch nie gesehen. Bist du auf der Durchreise?", fragte sie ihn leichthin.

„Nein, ich habe nur etwas freie Zeit bis zu meinem nächsten Termin", antwortete er ausweichend.

„Ich bin Nina", stellte sie sich vor, „eigentlich Katharina, aber alle nennen mich nur Nina."

Er fand sie sympathisch und unterhielt sich mit ihr, soweit ihre Arbeit es zuließ. Sie hätte zu den Mädchen gehört, die er während seiner Collegezeit mit Sicherheit umgarnt hätte. Warum eigentlich nicht, dachte er bei sich, immerhin war er ein ungebundener Mann und konnte sich vergnügen mit wem er wollte. Warum sollte er sich nicht eine kleine Freundin zulegen, die er ab und an besuchte?

Die Männer an den hinteren beiden Tischen zahlten und verließen das Lokal, das verschaffte Nina mehr Gelegenheit, sich ihm zuzuwenden. Sie nahm neben ihm Platz. Sie war die Nichte des Besitzers und half gelegentlich aus, erfuhr er. Ihre Augen hatten ein helles Braun und sie hatte lange, dichte Wimpern. Ihre Haut wies auf den Wangen kleine Unebenheiten auf, wie er bei näherer Betrachtung feststellte, was sie mit ein wenig Rouge geschickt zu verbergen versucht hatte. Obwohl sie bewusst seinen Kontakt suchte, wirkte sie keineswegs aufdringlich, wie so viele der Frauen, die in Pubs und Bars arbeiteten und die sich den Männern regelrecht anboten.

Trotz ihrer direkten Art erkannte er eine Spur Zurückhaltung in ihrem Wesen. Für eine Weile vergaß er die Probleme und Sorgen, die ihn plagten. Die Zeit verstrich schneller als erwartet, was er angesichts der angenehmen Gesellschaft bedauerte, aber er würde die quirlige Nina wiedersehen.

Auf die letzte Minute erreichte er das stattliche Anwesen der Jenkens. Alles sah gehegt und gepflegt aus. Farbenprächtige Blumenbeete säumten die sauber geharkte Auffahrt. Für einen kurzen Moment erinnerte er sich daran, dass auf Greendale früher, zu Zeiten seiner Mutter, ebenso Blumen geblüht hatten; nach ihrem Fortgang allerdings waren sie eingegangen, und jetzt wuchs dort schlichter Rasen. Seine Mutter hatte Rosen über alles geliebt und spezielle Züchtungen besessen, auf die sie stolz gewesen war. Neben dem Haupteingang hatten sich ihrerzeit rosafarbene, duftende Kletterrosen emporgewunden. Sein Vater hatte sich nie Gedanken darüber gemacht, alles freundlich zu gestalten. Das war Frauensache, und er selbst hatte bisher auch keine Zeit gefunden, sich Gedanken darüber zu machen. Gegen ein paar Blumenbeete hatte er nichts einzuwenden, aber man konnte es auch übertreiben. Er sah sich um. Blumen in allen Sorten und Farben erstrahlten fein aufeinander abgestimmt; das alles bedeutete eine Menge Arbeit und Pflege. Ob sie wohl einen Gärtner dafür hatten? Der Rasen lag ebenmäßig im satten Grün wie ein Teppich. Die gesamte Ansicht wirkte auf ihn wie ein Gemälde.

Er schritt die Freitreppe hinauf. Ein schwarzer Butler öffnete und nahm seinen Mantel. Anton Jenkens erschien und begrüßte ihn. Er wirkte ein wenig blass; in seiner Linken hielt er einen Spazierstock, auf den gestützt er sich fortbewegte.

„Nein, nein, mein Lieber, an manchen Tagen geht es mir nicht so gut. Es ist ein auf und ab. So ist es, wenn man älter wird", wehrte er seine besorgte Frage betreffend seiner Gesundheit ab.

„Thomas, wie schön, dass du kommen konntest", begrüßte Christina ihn freudestrahlend. Sie trug ein elegantes pfirsichfarbenes Kleid; der weit schwingende Rock setzte erst an der Hüfte an, sodass ihre schlanke Taille vorteilhaft zur Geltung kam. Ihr Haar war kunstvoll emporgesteckt, und eine feine, weiße Perlenschnur durchzog ihre Frisur. Sie war eine Frau, die es verstand, Aufsehen zu wecken.

Das Dinner war vortrefflich; es wurde Wild serviert. Es war außerordentlich schmackhaft, zart und raffiniert gewürzt. Dennoch fühlte Thomas eine eigenartige Unruhe in sich, die er nicht erklären konnte. Es kostete ihn Mühe, sich auf die Konversation zu konzentrieren. Vielleicht lag es daran, dass ihm das zweite Treffend mit Willson noch bevorstand? Aber er verwarf den Gedanken sogleich wieder. Im Grunde hegte er keinen Zweifel daran, dass Willson Erfolg haben würde.

Der Mann besaß eine kraftstrotzende Aura, die Barns nicht unterschätzen würde. Trotzdem, das eigenartige Gefühl ließ ihn nicht los und machte ihn nervös. Drei Sklavinnen beschäftigen sich mit gesenkten Köpfen damit, das benutzte Geschirr abzutragen. Einer von ihnen, die auf seiner Seite hantierte, passierte ein kleines Malheur: Ein großer Klecks Bratensoße landete auf der blütenweißen Tischdecke und verfehlte seinen Ärmel nur knapp.

„Aysha, kannst du nicht aufpassen? Ich habe es dir oft genug erklärt!" Schockiert war Christina aufgesprungen und sah die Sklavin vorwurfsvoll an.

„Tut mir leid, tut mit wirklich leid", jammerte sie. Tränen rannen über ihre Wangen.

„Ist nicht so schlimm", versuchte Thomas die Situation zu beschwichtigen, „es ist nur auf der Decke ge-

146

landet, ich habe nichts abbekommen. Alles in Ordnung." Ein dankbares Lächeln huschte über Ayshas tränennasses Gesicht.

„In Ordnung? Nichts ist in Ordnung! Wie sieht der Tisch nun aus? Ich habe mir solche Mühe gegeben, es schön zu gestalten!", klagte Christina.

„Verzeihung, Miss Jenkens, tut mir sehr leid", jammerte die eingeschüchterte Sklavin. Anton Jenkens blieb gelassen und legte beruhigend die Hand auf den Unterarm seiner Tochter, während sein Blick eine deutliche Warnung enthielt. Thomas war die Situation unangenehm. Die ängstliche Aysha tat ihm Leid, betreten senkte er den Blick. Aysha verließ fast fluchtartig den Speiseraum, und Christina nahm wieder Platz. Sie schien gegen Tränen anzukämpfen.

Anton rettete die peinliche Situation, indem er ein belangloses Thema anschnitt, auf das Thomas dankbar einging. Erst jetzt nahm er die kunstvollen Blumengestecke in der Mitte der Tafel und die akkurate Dekoration wahr. Christina hatte offenbar nur um seinetwegen so liebevoll die Tischdekoration arrangiert, und er hatte es mit keinem Wort belobigend erwähnt. Wo blieben nur seine Manieren? Er stöhnte innerlich und hoffte, der Abend würde schnell vorüber sein, dabei hatte er sich wirklich darauf gefreut. Es musste an den leidigen Vorfällen in Greendale liegen, dass er nicht ganz bei der Sache war. Um ehrlich zu sein, hätte er jetzt lieber ein vertrauliches Gespräch mit seinem Bruder geführt, der im Moment so bedrückt schien. Schuldgefühle stiegen in ihm empor. Elaih brauchte seelische Unterstützung. Es ging ihm schlecht, und er überließ ihn seinem Schicksal und amüsierte sich bei einem Dinner. Wäre nicht die Angelegenheit mit Mr. Willson gewesen, hätte er Christina ohnehin eine

Nachricht geschickt und sie gebeten, ein anderes Datum festzulegen. Wegen Willson musste er jedoch ohnehin in die Stadt und … Anton unterbrach seine Gedankengänge.

„Ich muss mich entschuldigen", versuchte er zu beschwichtigen, „ich war abgelenkt. Es gibt Vorfälle auf der Plantage, die es zu klären gilt und das beansprucht leider meine Aufmerksamkeit zu Ihrem Nachteil. Bitte nehmen Sie es nicht persönlich."

„Ich bitte Sie, Thomas! Ich weiß, Sie haben viel Arbeit, und Sie sind ein Mensch, der gern alles korrekt machen will ..." Dabei lächelte Jenkens seine Tochter vielsagend an. Korrekt, dachte er enttäuscht, nichts ist korrekt, Chaos wäre eine weitaus bessere Umschreibung der Dinge!

„Ich werde mich um das Dessert kümmern", erklärte Christina und erhob sich.

„Kommen Sie, Thomas, unterhalten wir uns so lange in der Bibliothek. Ein kleiner Brandy gefällig?"

Ja, den konnte er jetzt gut vertragen; dankbar nahm er das Angebot an.

„Ich wollte ohnehin mit Ihnen reden, Thomas", begann Jenkens zögerlich und räusperte sich verlegen. „Sie sind meiner Tochter sehr ähnlich, wissen Sie das?" Schmunzelnd musterte er ihn.

Thomas zog fragend die Stirn kraus, während er einen Schluck Brandy nahm und verstohlen die Uhr auf dem Kaminsims musterte.

„Sie will auch immer alles korrekt machen." Jenkens machte eine kleine Pause und schwenkte nachdenklich sein Brandyglas. Dann stellte er es entschlossen auf dem kleinen runden Rollwagen neben sich ab und sah ihn durchdringend an.

„Ich bin nicht mehr der Jüngste, Thomas, Gott weiß, wie viel Zeit mir noch bleibt ...“ Thomas wollte einen Einwand vorbringen, doch Jenkens stoppte ihn mit einer Handbewegung. „Ich bin leider nicht so gesund, wie es vielleicht scheint. Mein Arzt sagt ... nun, lassen wir das. Christina weiß es nicht, sie soll sich keine Sorgen machen. Sie tut ohnehin schon so viel für mich. Aber sie ist jung und soll ihr Leben genießen. Ich liebe meine Tochter sehr, müssen sie wissen, und bevor ich aus dieser Welt gehe, möchte ich sie versorgt wissen.“

Thomas spürte neuerliches Unbehagen und trank den Rest seines Glases in einem Zug aus.

„Nicht, dass sie nicht versorgt wäre, aber ich meine ... ähm … nun, Sie wissen schon ... jemand, der sich um sie kümmert. Ich spreche von einem Ehemann.“ Erwartungsvoll sah er Thomas an.

Thomas musste schlucken und hatte plötzlich das Gefühl, sein Halstuch sei zu eng gebunden. Damit hatte er nicht gerechnet, und er wusste nicht, wie er darauf reagieren sollte. Er brauchte noch einen Brandy. Verdammt, sein Glas war leer.

„Nehmen Sie ruhig noch einen Brandy, das ist ein ganz besonderer“, hörte er Anton wie durch einen Nebel sagen. Ohne zu zögern goss er sein Glas nach.

„Verstehen Sie mich nicht falsch. Ich liebe meine Tochter über alles, und ich würde sie nicht jedem dahergelaufenen Kerl anvertrauen. Ich weiß, dass sie Sie mag, Thomas. Und ich weiß, dass Sie ein anständiger Mann sind. Ihr Vater hätte dem gern zugestimmt.“

Warum hatte Thomas nur das Gefühl, ein Stahlring lege sich um seine Brust? Er hatte doch selbst schon über diese Möglichkeit nachgedacht! Es aber aus Jenkens Mund zu hören, war etwas ganz anderes. Er musste sich räuspern und wollte gerade zu einer Erwiderung ansetzen, als Jenkens schon weitersprach.

„Es würde … es würde Ihr Schaden nicht sein. Meine Tochter wird genügend eigenes Geld zur Verfügung haben. Sie müssen sich diesbezüglich keinerlei Sorgen machen."

„Es hat nichts mit Geld zu tun." Thomas fühlte sich durch diese Aussage fast beleidigt, und offenbar war es aus seinem Tonfall auch herauszuhören, denn Jenkens lächelte zufrieden.

„Ich weiß, Thomas, und ich bin froh darüber. Viele Gentleman würden gewiss anders denken, und ich sorge mich, dass Christina irgendwann an den Falschen gerät."

Einen Augenblick schwiegen beide.

„Oder gibt es da eine andere Frau?", fragte Jenkens mit einem Mal erschrocken und atmete erleichtert aus, als Thomas verneinte.

„Tut mir leid, wenn ich Sie damit ein wenig überfalle. Denken Sie in aller Ruhe darüber nach. Sie müssen mir heute keine Antwort geben, Thomas. Christina wird Ihnen eine gute und liebevolle Ehefrau sein, ich habe stets für Ihre Erziehung gesorgt. Und die Liebe kommt schon mit der Zeit, glauben Sie mir."

Eine Sklavin trat nach kurzem Klopfen ein und verkündete, dass das Dessert serviert werden könne. Dankbar für die Unterbrechung, die ihm einer Antwort enthob, atmete Thomas aus. Ihm war nicht bewusst, dass er augenscheinlich die Luft angehalten hatte. Er sollte noch irgendetwas sagen, bevor er den Raum verließ, schoss es ihm blitzartig durch den Kopf. Bisher hatte er nur wie ein Trottel dagestanden.

„Ich danke Ihnen sehr für Ihr Vertrauen", begann er vorsichtig, „und ich muss gestehen, ich mag Christina, auch wenn ich bisher über die Institution Ehe noch nicht nachgedacht habe", flunkerte er.

Jenkens klopfte ihm freundschaftlich auf die Schulter. „Kommen Sie, sehen wir mal, was es Köstliches zum Dessert gibt!" Sie folgten der Sklavin zurück in den Speiseraum. „Und bitte: Über unsere kleine Unterredung kein Wort zu Christina. Sie würde mir eine Predigt halten."

Es gab schokoladenüberzogene Banane in Mandel-Krokant-Soße. Christina erteilte letzte Anweisungen an ihre Sklavin, während Anton eine lockere Unterhaltung in Gang zu bringen versuchte. Verstohlen zog Thomas seine Taschenuhr hervor und warf einen Blick darauf. Es würde notwendig sein, die Jenkens unmittelbar nach dem Dessert zu verlassen, um pünktlich in Lucy`s House zu sein. Das Dessert war hervorragend, dennoch würgte er jeden Bissen hinunter; seine Kehle fühlte sich an wie zugeschnürt. Anton Jenkens könnte seinen plötzlichen Aufbruch als Flucht auslegen, und das wollte er keineswegs riskieren. Egal wie er es drehte: Er hatte keine Wahl. Es wäre unklug, Willson warten zu lassen. Um nicht zu überstürzt zu klingen, entschied er, das Thema schon während des Desserts anzuschneiden. Sichtbar enttäuscht schaute Christina ihn an; er fühlte sich beschämt. Er war unhöflich, das wusste er.

„Geschäfte? Um diese Uhrzeit", fragte Jenkens mit hochgezogener Augenbraue.

„Ja, der Mann ist leider nur noch heute in der Stadt. Deshalb bleibt mir leider nicht viel Spielraum", erwiderte Thomas und bemühte sich, eine unbewegliche Miene aufzusetzen, während er sich mit der Serviette den Mund abtupfte. Die Antwort kam der Wahrheit wenigstens relativ nahe. Er verließ das Haus der Jenkens nicht, ohne als Entschuldigung für seinen zeitigen Aufbruch eine Gegeneinladung für die folgende Woche auszusprechen, bei der auch Graham und seine Frau Mary anwesend sein würden. Auf diese Weise konnte er sich revanchieren und durch die Anwesenheit zweier weiterer Gäste die Atmosphäre etwas auflockern, so hoffte er. Mit lautem Stöhnen stieß er die Luft aus, bevor er seinen Hengst bestieg. Warum verlief ein Abend mit Christina nie so, wie er erwartet hatte?

Er traf fast zur selben Uhrzeit wie Mr. Willson bei Lucy`s House ein. Seine Anspannung stieg; er spürte seine Ader am Hals heftig pochen. Willson machte nicht viele Worte und bedeutete ihm lediglich mit einem Nicken, ihm in sein Quartier zu folgen.

„Nun, Mr. Greendale, ich muss sagen, dass Mr. Barns schon recht verwundert erschien und zunächst an einen Scherz glaubte, als ich ihm mein Angebot unterbreitete", begann Willson ohne erkennbare Regung und sah ihn ernst an. Thomas befürchtete gerade, dass sein Plan doch fehlgeschlagen war, als Willson ein breites Grinsen aufsetzte.

„Aber dann war es doch genau, wie Sie gesagt haben, Mr. Greendale."

„Demnach hat er Ihnen die Besitzurkunden der beiden Sklaven ausgehändigt?" Willson griff in die Innentasche seiner abgetragenen Lederweste und zog zwei Dokumentrollen heraus.

„Wenn Sie schauen wollen …" Thomas warf einen Blick darauf und nickte zufrieden.

„Es war mir ein Vergnügen, mit Ihnen Geschäfte zu machen, Kapitän Willson." Mit diesen Worten zog er ein Bündel Scheine heraus und überreichte sie dem Kapitän. „Wenn Sie bitte nachzählen wollen."

Anerkennend nahm Willson die Scheine zur Hand und zählte langsam und sorgfältig. Dann nickte er zufrieden.

„Trinken Sie mit mir einen Whiskey?", fragte er anschließend und setzte hinzu: „Ist vielleicht nicht so `n edles Zeug, was Sie gewohnt sind, Sir, aber er ist genießbar."

Genießbar war ein anderer Begriff, es war ein billiger Fusel. Aber Thomas verzog keine Miene und kippte den Inhalt des Glases in sich hinein. Er hatte es geschafft, Raida gehörte ihm. Sie war seine Sklavin. Er freute sich schon auf Elaihs überraschtes Gesicht. Auch wenn er bedauerlicherweise einen toten Sklaven gekauft hatte, aber um keinen Verdacht zu erregen, hatte es sein müssen. Er verzog die Mundwinkel. 400 Pfund für eine einzige Sklavin! Wenn er das jemanden erzählte, würde er denken, er habe den Verstand verloren. Doch hier ging es nicht um Geld, es ging um das Glück seines Bruders. Er liebte Elaih und könnte sich keinen besseren Bruder wünschen. Sein Vater war immer ein vielbeschäftigter Mann gewesen und hatte nie viel Zeit für ihn gehabt, und seine Mutter hatte sich mehr und mehr zurückgezogen. Bevor er die University of William und Mary gehabt hatte, war sein einziger Halt im Leben Elaih gewesen, mit dem er auf der Plantage herumgestreunt war. Dad war nie besonders streng mit ihm, er ließ ihn einfach nur Kind sein, und dafür war er ihm dankbar. Elaih konnte er seine Probleme erzählen; er hörte ihm zu und lachte ihn niemals aus. Er war nicht nur sein Bruder, sondern auch sein Freund. Während der Zeit am College, als er nur noch selten nach Greendale gekommen war, hatten sie sich einander etwas entfremdet. Er hatte Elaih nie erzählt, wie sehr er ihn damals vermisst hatte, aber er hatte lernen müssen, seinen Platz unter den Weißen zu finden und dort Freundschaften schließen, die er schließlich in Graham fand, genau wie Elaih unter anderem in Bob. Und er musste lernen, dass andere nicht so viel Sympathie und Verständnis für Schwarze empfanden wie er. Schon oft hatte er darüber nachgedacht, wie er geworden wäre, hätte es nicht die Zeit mit Elaih gegeben. Wäre er auch zu einem skrupellosen und unmenschlichen Sklavenbesitzer geworden, so wie sich einige seiner Landsleute gebärdeten?

***

Elaih saß schon geraume Zeit im Arbeitszimmer, an dem großen, massiven Schreibtisch, und starrte unentschlossen auf die dunkelgraue Geldkassette, die er aus der unteren der drei Schubladen hervorgeholt hatte. Sie würden Bargeld benötigen; er selbst besaß kein Geld, also musste er es nehmen. Er war gezwungen, seinen Bruder zu bestehlen. Es brach ihm das Herz. Seine Finger zitterten, als er zögerlich die Geldscheine in die Hand nahm. Wie viel würden sie brauchen? Wie viel könnte er entnehmen, ohne seinem Bruder großen finanziellen Schaden zuzufügen? Schweißperlen standen ihm auf der Stirn. Die Kassette enthielt ohnehin weniger, als er vermutet hatte. Wenn er im Norden eine Arbeit gefunden hatte, würde er seinem Bruder das Geld ersetzen, schwor Elaih sich; trotzdem kostete es ihn unmenschliche Überwindung, der Kassette Geld zu entnehmen. Er fühlte sich wie ein gemeiner Dieb, nein, er war ein Dieb! „Verzeih mir, Bruder!", schrieb er auf eine kleine Karte, die er an-

154

stelle des entwendeten Geldes hineinlegte, bevor er sie wieder in der Schublade verstaute. Unter der Kassette lag der Passierschein, den er sorgsam gefälscht hatte, für Notfälle, falls man sie erwischte. Er faltete ihn zusammen und steckte ihn ein. Bloß nicht näher darüber nachdenken, was ich hier tue, ermahnte er sich und kniff die Lippen zu einem dünnen Strich zusammen. Er sah sich noch einmal um, bevor er den Raum verließ.

Es war soweit: Er würde mit Raida Greendale für immer verlassen und in eine unsichere Zukunft starten. Er hatte Raida erklärt, er habe alles im Griff und sie solle sich keine Sorgen machen. Sie hatte Angst, aber sie vertraute ihm. Er vermittelte ihr mehr Sicherheit, als er selbst empfand. Es handelte sich keineswegs um einen harmlosen Ausflug, sondern unendlich viele Gefahren warteten auf sie, und er war sich keineswegs sicher, dass alles so gelingen würde, wie er hoffte und wie er es Raida weiszumachen versuchte. Sie hatten sich beide vorher gut satt gegessen, auch Raida, dafür hatte er gesorgt.

Sie hatten es zusätzlich geschafft, sich einige Sandwiches als Reiseproviant zu schmieren. Elaih hatte zudem haltbare Lebensmittel für die nächsten Tage zusammengepackt, außerdem Wasserflaschen, Decken und einen Koffer mit Kleidung. Er hatte sich entschlossen, den kleinen Planwagen zu nehmen. Unter ihm konnte Raida sich versteckt halten, und nachts konnten sie darin schlafen. Nach der inzwischen vergangenen Zeit würde man vielleicht nicht mehr intensiv nach Raida suchen, aber es war möglich, dass andere Sklaven auf der Flucht waren und Sklavenjäger sie jagten. Raida war noch immer durch den Tod ihres Bruders traumatisiert und nicht in der Lage klar zu denken; deshalb hatte er Szenen, die passieren konnten, mit ihr durchgespielt und ihr genau erklärt, was sie sagen sollte und wie sie sich zu verhalten hatte. Elaih wollte nichts dem Zufall überlassen. Ein falsches Wort konnte die Aufmerksamkeit der falschen Leute auf sie lenken. Er hoffte, dass Raida in der Lage war, sich daran zu erinnern, was sie geprobt hatten. Er wusste, dass er viel von ihr verlangte, aber er wollte mir ihr zusammen sein, und bis dahin war es noch ein langer Weg …

Er verstaute die letzten Sachen in einem Rucksack und schaute voller Mitleid auf Raida, die auf dem Bett saß und wie ein Häufchen Elend wirkte. Hoffentlich war sie alldem gewachsen. Er wollte sich nicht ausmalen, was wäre, wenn er sie verlor. Mit einem Seufzer ging er zu ihr hinüber. Sie schaute ihn mit tränenfeuchten Augen an und griff nach seiner Hand.

„Ich habe Angst, Elaih. Ich habe meinen Bruder auf der Flucht verloren. Ich würde es nicht ertragen, dich auch noch zu verlieren. Dann will ich nicht mehr leben, dann habe ich niemanden mehr." Eine dicke Träne löste sich aus ihrem linken Auge.

Elaih schluckte. Ihr Schmerz berührte ihn tief. Er zwang sich zu einem Lächeln und sagte beruhigend: „Das wird nicht passieren, Raida. Keine Angst, ich kann auf mich aufpassen".

„Hm", antwortete Raida, es klang böse, „das Gleiche hat Ian auch gesagt. Und nun ist er tot."

„Raida, du musst Vertrauen haben! Im Übrigen sind wir weitaus besser organisiert als ihr es ward. Aber du musst jetzt tun, was ich dir sage. Verlass dich auf mich."

Sie erhob sich und ließ sich von ihm zärtlich in den Arm nehmen.

„Du bist frei, Elaih, und du gehst meinetwegen ein solches Risiko ein. Ich bin eine Gefahr für dich. Ich liebe dich und ..." Er erstickte weitere Worte in einem Kuss.

„Ich liebe dich, und genau deshalb tue ich, was ich tue." Er drückte sie fest an sich. „Komm, wir müssen los, bevor mein Bruder zurückkommt. Geh vor zu den Ställen, ich komme gleich nach."

Er wartete ein paar Minuten. Dann nahm er die Kiste mit den Lebensmitteln, es war die größte Kiste, und er hatte sie vorher nicht unbemerkt herausschmuggeln können. Na, dann los, sagte er sich, wuchtete sie auf die Schultern und verließ das Zimmer, in dem er das erste Mal mit Raida geschlafen hatte. Mit einem Seufzer schloss er die Tür hinter sich. Er war so in Gedanken und Erinnerungen vertieft, dass er zu spät bemerkte, das er nicht allein war, als er den Weg durch die Küche nehmen wollte.

„Was in aller Welt hast du vor?" Schockiert sah Emba ihn an, dann entdeckte sie die Vorräte und begriff schlagartig.

„Ihr wollt fliehen, du und Raida?" Mit geöffnetem Mund starrte sie ihn an. Elaih brauchte einen Moment, bis er sich von dem Schrecken erholt hatte. Er hatte angenommen, dass alle friedlich in ihren Betten lagen und schliefen.

„Ich schätze, ich kann es nicht leugnen", antwortete er resigniert.

„Elaih, nein, das darfst du nicht! Denk doch, was alles passieren kann! Bitte sei doch vernünftig", flehte sie. Elaih stellte den Korb auf dem Küchentisch ab und sah sie eindringlich an. „Emba, es muss sein. Raida kann nicht länger hierbleiben. Im Übrigen bin ich nicht arglos. Ich habe alles genau geplant. Bitte mach mir keine Probleme, Emba."

„Elaih, rede mit Thomas! Er kann euch bestimmt helfen!"

Elaih spürte einen Stich im Herzen und atmete tief durch. Er wunderte sich, dass sie „Thomas" sagte und nicht „dein Bruder" oder „Mr. Greendale". Aber es war keine Zeit, darauf einzugehen. Er nahm ihr Gesicht in beide Hände und zwang sie, ihn anzusehen.

„Hör mir zu, Emba: Thomas hat schon zu viel auf sich genommen. Ich habe ihn genügend in Schwierigkeiten gebracht. Damit muss jetzt Schluss sein, verstehst du? Ich habe ihm einen Brief hinterlegt. Er wird ihn finden, wenn er zu Bett geht. Sag ihm, ich liebe ihn." Er nahm die Kiste wieder auf und verließ die Küche.

„Nein, Elaih, du machst einen Fehler! Bitte tu es nicht, bleib hier, bitte!"

Wütend drehte Elaih sich um. „Es reicht, Emba, es ist meine Entscheidung", fuhr er sie an. „Wenn du noch etwas zu sagen hast, wie wäre es mit viel Glück?"

Emba war verzweifelt. Sie hatte Angst. Sie kannte Elaih, seit sie hierhergekommen war. Er war für sie wie ein großer Bruder. Auch wenn sie von schlimmen Dingen bisher verschont geblieben war, war sie doch nicht so naiv zu glauben, dass das, was Elaih vorhatte, einfach sein würde. Was sollte sie tun? Sie weinte und hielt sich am Rahmen der Küchentür fest. Sie hatte das Gefühl, ihre Beine würden unter ihrem Körper wegsacken. Wenn nur Thomas hier wäre! Thomas, mein Liebling, wo bist du? Sie sah in der Dämmerung, wie ein Planwagen Richtung Ausfahrt gelenkt wurde. Verzweifelt sank sie in die Knie und weinte. Einen Moment dachte sie daran, Bessy zu rufen, aber es war zu spät. Bis sie aus ihrer Kammer hier sein würde, wäre Elaih längst über alle Berge.

Elaih sagte Raida nichts von seiner Begegnung mit Emba, um sie nicht zu beunruhigen. Er hatte Emba nicht so hart anfahren wollen, aber er war nervös und gereizt. Traurig blickte er zurück. Der Abend war milde, der Mond bildete eine leuchtend gelbe Sichel und warf ein letztes Licht auf Greendale House. Deutlich waren die vier hohen, weißen Säulen des Eingangsportals zu erkennen. Er schluckte und spürte, wie Raida ihre Hand tröstend auf seinen Arm legte. Er presste die Lippen aufeinander und hoffte, dass Raida nicht ahnte, wie schmerzhaft der Abschied für ihn war. Zweifel schlichen sich in seine Gedanken. Hatte Emba vielleicht doch Recht? Machte er einen Fehler? Er war so verbissen dabei gewesen, einen Plan zu entwerfen,

dass er gar keine andere Möglichkeit in Betracht gezogen hatte. Hätte er doch mit Thomas reden sollen? Mit seiner Hilfe wäre es vielleicht einfacher gewesen, nach Norden zu kommen. Niemand hielt einen Weißen an, der mit zwei Sklaven unterwegs war. Aber hätte er so etwas von ihm verlangen können? Im Übrigen hatte er seine eigenen Sorgen: Gerade erst die Plantage übernommen und gleich eine Reihe von Problemen, an denen er, Elaih, nicht ganz unschuldig war. Raida war nun einmal eine entflohene Sklavin und konnte nicht länger in Greendale bleiben, daran war nichts zu ändern, früher oder später wäre es aufgefallen. Hätten sie in ständiger Angst leben sollen? Ganz zu schweigen von den Unannehmlichkeiten, die Thomas bekommen würde … Nein, es war die einzige Möglichkeit, Greendale zu verlassen, versuchte er seine angespannten Nerven zu beruhigen. Er war ein freier Mann, er konnte gehen, wohin er wollte, und Raida war nicht Thomas´ Sklavin, also hatte er keine Handhabe, sie an der Flucht zu hindern …

Raida hatte ihren Arm bei ihm eingehakt, den Kopf an seine Schulter gelehnt und schien ihren Gedanken nachzuhängen. Er ließ sie, war er doch dankbar, im Augenblick nicht reden zu müssen. Er schlug ein angemessenes Tempo an und hielt sich, bis sie die Stadt erreicht hatten, nicht direkt auf den Hauptwegen. Die sechsjährige Stute war nicht das beste Tier im Stall, sie war ein ruhiges und friedvolles Pferd, aber kräftig genug, den kleinen Planwagen zu ziehen. Natürlich wären sie auf einem Pferd schneller gewesen, aber Raida konnte nicht reiten, deshalb hätten sie beide zusammen auf einem Pferd reiten müssen, was zweifelsohne sofort Verdacht erregt hätte. Daher war er auf die Idee mit dem alten Planwagen gekommen. So konnten sie sich im Getümmel der Städte unauffällig, aber leider nicht allzu schnell fortbewegen. Raida rekelte sich neben ihm und rückte näher heran.

„Ist dir kalt? Willst du eine Decke?", fragte er besorgt.

„Nein, es ist alles in Ordnung." Sie schmiegte den Kopf wohlig seufzend an seine Schulter. Elaih atmete einmal tief ein und aus und betrachtet eingehend den Himmel, als hätte er ihn nie zuvor gesehen. Nur der leichte Wind, der in den Bäumen und Büschen raschelte und das gleichmäßige Rumpeln der Wagenräder war zu hören.

„Ich weiß, dass du dir Sorgen machst, auch wenn du mir gegenüber tust, als sei alles kein Problem. Du willst mich nur in Sicherheit wiegen, ich spüre das."

„Raida.." „Nein, bitte, du musst nichts sagen. Ich weiß, dass es so ist. Aber ich danke dir trotzdem."

Liebevoll sah er sie von der Seite an und schmunzelte. Anscheinend konnte er ihr nichts vormachen.

***

Es war ein aufregender Tag gewesen. Mit Willson war alles so gelaufen, wie Thomas es gehofft hatte, seine Aufregung war umsonst gewesen. Er zog die Stirn in Falten. Das eigenartige Gefühl, das ihn den gesamten Abend gequält hatte, lag vielleicht an der Offenbarung, die Jenkens ihm gemacht hatte. Es war ihm sehr unangenehm gewesen, dass er gleich nach dem Dinner hatte gehen müssen; er konnte nur hoffen, dass Jenkens daraus keine übereilten Schlüsse zog. Und was Christina anbetraf: Er würde ihre Enttäuschung wieder wettmachen, ganz bestimmt. Ja, er würde darüber nachdenken, was Anton gesagt hatte. Jetzt, wo er die Plantage führte, trug er Verantwortung, und eine Familie im Hintergrund wäre gar nicht so übel. Trotzdem empfand er das unangenehme Gefühl, als lege man ihn in Ketten. Er musste sich wohl wirklich erst mit dem Gedanken anfreunden, sich fest zu binden, also zu heiraten …

Es war ja nicht so, dass er grundsätzlich abgeneigt wäre. Allerdings machte er sich auch nicht allzu große Illusionen, was die Ehe betraf. Es war wichtig, dass man gut miteinander auskam: Vertrauen, gegenseitige Achtung, das Gefühl innerer Verbundenheit. Natürlich wünschte er sich keine Ehe wie seine Eltern sie geführt hatten. Zuneigung sollte man schon füreinander empfinden, und die war zwischen ihm und Christina wohl vorhanden. Sein Vater hatte seine Frau stets mit Respekt und Freundlichkeit behandelt, aber sie schien es nie gewürdigt zu haben. Ob sie überhaupt je glücklich miteinander gewesen waren, fragte er sich plötzlich und dachte eine Weile darüber nach. Christina war nicht wie seine Mutter, also musste er sich diesbezüglich keine Sorgen machen. Was das Thema Liebe anging, war er kein Träumer. Wo gab es schon die wahre Liebe? Sagte man nicht, sie würde ohnehin nach einer Weile wie eine Seifenblase zerplatzen? Er stöhnte innerlich. Tief in seinem Herzen keimte schon einmal der Wunschtraum nach der romantische Liebe auf, wie sie in den Büchern beschrieben wurde, aber er glaubte nicht daran, dass ihm so etwas je widerfahren würde. Deshalb verbannte er diesen Gedanken und beschränkte sich auf die Realität. Graham fiel ihm ein. Er hatte Mary aus Liebe geheiratet, wie er ihm oft genug beteuert hatte, und was war nun mit ihnen passiert? Sie hatten auf dem Ball keineswegs wie ein verliebtes Paar ausgesehen …

Das Geräusch eines Wagens riss ihn aus seinen Grübeleien; angestrengt blickte er in die betreffende Richtung. Im Schein des Mondes konnte er einen kleinen Planwagen ausmachen, der auf der schmalen Nebenstrecke entlangholperte. Wahrscheinlich jemand von den kleinen Höfen hier in der Gegend, dachte er und schüttelte den Kopf. Diese Strecken in der Dunkelheit zu fahren, da lief man schnell Gefahr, sich ein Rad zu brechen, wenn man kein erfahrener Kutscher war! Er war so in Gedanken versunken, dass er kaum mitbekam, dass er schon Greendale erreicht hatte. „Braves Tier."

Er tätschelte seinem Hengst, der den Weg nachhause offenbar im Blut hatte, den Hals. In aller Ruhe führte er das Pferd in den Stall und verwöhnte ihn mit Streicheleinheiten.

Im Küchentrakt brannte noch Licht. Also nahm er diesen Weg, statt den seitlichen Eingang, den er sonst wählte, wenn er spät kam. Emba lag mit dem Kopf auf ihren verschränkten Unterarmen auf dem Küchentisch, wie er schon durch das Fenster sehen konnte. Sofort erfasste ihn wieder diese Unruhe. Er spürte instinktiv, dass etwas nicht stimmte. Emba fuhr erschrocken hoch, als er eintrat. Sie hatte rote, verquollene Augen. Noch bevor er nach dem Grund fragen konnte, lief sie auf ihn zu und warf sich schluchzend in seine Arme. Von der Situation überfordert, ließ er die Satteltasche achtlos zu Boden fallen und schloss zögerlich seine Arme um sie. Er brauchte einen Moment, um wieder einen normalen Gedanken fassen zu können.

„Emba, was ist passiert?", fragte er. Seine Stimme klang schrill.

Sie schaut zu ihm auf und stammelte wirres Zeug, auf das er sich keinen Reim machen konnte. Sie war offenbar voller Angst und Sorge. Was war nur geschehen? Er hielt sie auf Armeslänge von sich und sah sie streng an. Er sah, dass sie mit sich kämpfte und versuchte es mit einem sanfteren Ton.

„Emba, bitte, ich verstehe kein Wort. Was ist denn passiert?"

Zärtlich streichelte er ihre Wange. Ihr Kummer berührte ihn mehr, als er sich eingestand. Er musste ihr das Gefühl geben, dass er sie verstand und zu ihr stand, wenn er etwas erfahren wollte.

„Ihr Parfum ist eklig. Es ist einfach viel zu süß."

Er erstarrte. Das war keineswegs das, was er hatte hören wollen. Trotzdem hatte sie recht: Christinas Parfum war zu süß. Roch er wirklich schon danach? Er hatte sie nur kurz zum Abschied umarmt. Für einen

Augenblick vergaß er, warum er hier mit ihr stand. Er hüstelte, um seine Verwirrtheit zu überspielen, bevor er Emba wieder ansah.

„Ich weiß nicht, ob es richtig ist, wenn ich es tue", begann sie zaghaft. Er musste sich zusammenreißen, um sie nicht zu schütteln, um schneller an Informationen zu kommen.

„Ich bin keine Verräterin." Mit einem Blick, der ihn bis ins Innerste traf, sah sie ihn an. Er musste schlucken und sie beruhigen; sanft strich er über ihren Rücken.

„Ich habe solche Angst, dass ihnen etwas passiert …" Aufs Schärfste alarmiert, schüttelte er sie nun doch ein wenig. „Emba, ist jemand geflohen?" Er wartete. „Emba, wer?"

Mit neuen Tränen sah sie ihn an.

„Er wird mich auf ewig hassen, wenn ich ihn verrate! Aber ich mache mir solche Sorgen um sie. Ich habe versucht sie aufzuhalten, aber er wollte nicht auf mich hören. Er sagte, er hätte dir schon zu viel Unannehmlichkeiten gemacht." Sie schniefte und holte zittrig Luft. „Ich soll dir ausrichten, dass er dich liebt und er hat dir einen Brief hinterlassen. In deinem Schlafzimmer."

„Elaih …," flüsterte Thomas fassungslos und erblasste. Er war froh, dass er Emba im Arm hielt, sonst wäre er vermutlich ins Taumeln geraten. Elaih war fort, ohne Abschied, einfach so! Trauer, Wut und Enttäuschung übermannten ihn.

„So sein verdammter Idiot", fluchte er laut.

„Bitte, versuch ihn zu verstehen, Thomas! Er war verzweifelt, er wusste keinen anderen Ausweg! Sie wollen nach Norden, weil er nur dort mit Raida leben kann. Er liebt sie."

Thomas hatte sich von Emba gelöst und stand mit geballten Fäusten da wie eine Statue. Er versuchte zu begreifen. Wütend schlug er mit der Faust gegen die Vertäfelung neben der Tür, die dies mit einem ächzenden Rumpeln quittierte.

„Unsinn", schrie er erbost, „sie hätten hier in Frieden leben können!"

Er zerrte die Papiere aus seiner Brusttasche. „Ich habe Raida gekauft, und sogar den toten Ian, für ihn! Er hätte nur einmal mit mir reden müssen, der verdammte Idiot!"

Aufgebracht gestikulierte er mit den Armen. Er war unglaublich wütend. Er hätte schreien mögen, jemanden verprügeln. Gleichzeitig war er so entsetzlich traurig, dass er hätte heulen können oder die ganze Karaffe Brandy in sich hineinkippen ohne abzusetzen. Er wollte allein sein. Niemand sollte ihn in dieser Verfassung sehen. Er kämpfte mit seiner Selbstbeherrschung. Emba stellte sich ihm in den Weg, aber er wollte nur raus, weg. Verdammt, sie ließ ihn nicht! Sie schien zu spüren, wie es in ihm aussah, und nun war sie es, die versuchte ihn zu trösten, die beruhigend auf ihn einredete und die ihn im Arm hielt. Tränen traten ihm in die Augen. Es war ihm peinlich, er wollte sie wegschieben, sie hielt ihn jedoch so fest, dass er Gewalt hätte anwenden müssen. So tat er das einzig mögliche: Er presste sie an sich. Eigentlich hätte sie kaum noch Luft bekommen können, so fest, wie er sie umklammerte. Aber sie wehrte sich nicht. Sie küsste seine Wange, seinen Hals, fuhr mit der Hand immer wieder durch sein Haar, und tatsächlich schaffte sie es, dass er langsam wieder ruhiger wurde.

„Wenn das wahr ist, Thomas", flüstere sie ihm ins Ohr, „dann geh und hol ihn zurück!"

Er lockerte die Umarmung und blickte ihr wortlos in die Augen.

„Du bist verletzt, Thomas. Vergiss deinen Stolz, er braucht dich!" Liebevoll und zärtlich streichelte sie sein Gesicht. „Er ist dein Bruder, und du liebst ihn ebenso wie er dich!"

Sie hatte es tatsächlich geschafft. Er war jetzt ruhig. Ungläubig schloss er die Augen und atmete einmal tief durch. Eine Träne stahl sich unter seinen Wimpern hervor. Emba streckte sich und küsste sie fort, oh Gott, war das peinlich, er schämte sich. Dann spürte er wieder ihren warmen Körper, der sich auffordernd gegen den seinen drückte; stürmisch riss er sie zurück in seine Arme und küsste sie, ihre Wangen, ihre Augen, er schmeckte ihre Tränen. Mit einem Mal spürte er eine nie gekannte Zärtlichkeit in sich aufsteigen, die ihn überwältigte und gefangen nahm.

„Ich werde ihn finden", sagte er mit Überzeugung und brachte ein Lächeln zustande. Er küsste sie erneut zärtlich und innig.

„Danke, Emba."

Hastig durchstöberte er das Zimmer, in dem Elaih mit Raida gewohnt hatte. In einer Schublade des Nachtschränkchens fand er Zeitungsausschnitte. Elaih hatte sich über die Abolitionisten informiert, eine Bewegung, die sich für die Abschaffung der Sklaverei einsetzte und damit für Unruhe und Wirbel sorgte. Sie fand immer mehr Anhänger. Verdammt, er musste sich beeilen!

Wenn Elaih tatsächlich Kontakt zu einem von ihnen aufnahm, würde er ihn bestimmt nie wiedersehen! Diese Leute halfen entflohenen Sklaven auf der Flucht. Auf einem leeren Zettel fand er Durchdrucke, die von Notizen stammten, die Elaih auf dem darüberliegendem Blatt gemacht hatte. Er stürmte in sein Arbeitszimmer und versuchte, mit einem weichen Bleistift die Spuren der Schrift sichtbar zu machen. Es war offenbar ein Teil seiner geplanten Route. Thomas grinste zufrieden; gut gedacht, mein Bruder! Er beschloss sofort zu reiten.

„Emba, wann sind sie los?"

Sie überlegte.

„Zwei Stunden etwa, ich weiß es nicht genau. Aber sie können nicht so schnell sein. Sie sind mit dem Planwagen unterwegs."

„Was?" Der Planwagen, den er gesehen hatte, war das etwa Elaih gewesen? Seine Gedanken überschlugen sich. Bevor er die Tür nach draußen öffnete, drehte er sich noch einmal um, nahm Embas Gesicht in beide Hände und gab ihr einen harten Kuss auf den Mund.

„Danke! Und jetzt geh ins Bett und schlaf!" Er lächelte ihr zu. Er hielt den Sattel schon in der Hand, um seinen Hengst zu satteln, als ihm bewusst wurde, dass das Tier für heute genug bewegt worden war. Hm, er konnte den Fuchswallach nehmen, aber der war nicht schnell genug. Die Stute war trächtig ... und die andere ... aha, Elaih hatte also dieses Pferd genommen! Der Braune musste noch beschlagen werden. Blieb nur der Hengst seines Vaters. Thomas schluckte. Dann schüttelte er energisch den Kopf.

Unsinn, es war ein Unfall gewesen. Jetzt war keine Zeit für Aberglauben. Ohne weiter nachzudenken, sattelte er das Pferd und ritt los.

Wolken hatten sich vor den Mond geschoben; es war dunkler geworden und Wind kam auf. Thomas ritt den schmalen Weg entlang, wo er den Planwagen, seinen Planwagen, zuletzt gesehen hatte. Keine Spur von ihm! Wie weit konnten sie gekommen sein? Hielten sie sich bis zum Morgen vielleicht irgendwo versteckt? Er suchte die Gegend ab, ritt querfeldein, was bei der Dunkelheit nicht ungefährlich war, suchte hinter Büschen, nichts! Stundenlang suchte er, er war müde und fror allmählich, aber er weigerte sich aufzugeben.

Es wurde langsam hell; er schlug den Weg nach Sufolk ein. Nur wenige Menschen waren so früh schon auf den Beinen, fahrende Händler, Marktfrauen. Nach zwei weiteren erfolglosen Stunden Suche war er todmüde. Er brauchte einen Kaffee und Schlaf. Aber der würde warten müssen …

„Hallo, Sie sind doch Thomas, nicht wahr?"

Überrascht drehte er sich um. Vor ihm stand Nina, sie trug einen Korb mit Gemüse vor sich. Thomas stieg langsam vom Sattel und begrüßte sie freundlich.

„Sie sehen müde aus", bemerkte sie wenig schmeichelhaft. Er versuchte ein Lächeln, aber er war zu müde, um sich eine Ausrede einfallen zu lassen. Deshalb antworte er direkt.

„Ich war die ganze Nacht unterwegs. Zwei meiner Sklaven sind verschwunden, und ich suche sie überall."

„Oh", machte sie nur und musterte ihn, „haben Sie Lust auf einen Kaffee? Ich habe eben frischen aufgebrüht. Ich wohne gleich dort." Sie wies auf das dreistöckige, weißgetünchte Gebäude hinter sich. Ja, jetzt einen Kaffee, der würde seine Lebensgeister wieder wecken! So nahm er dankbar an.

„Was werden Sie tun, wenn sie ihre Sklaven wiedergefunden haben?", fragte sie besorgt, während sie ihm einschenkte. „Sie werden sie doch hoffentlich nicht zu hart bestrafen?"

Er verstand, was sie meinte und erklärte ihr die Angelegenheit ein wenig genauer, wobei er die besonderen Umstände in Bezug auf Raida ausließ. Er sah, wie sie erleichtert ausatmete. Er lächelte; sie hatte also ein gutes Herz. Durch ein Räuspern versuchte er, ein Gähnen zu unterdrücken. Nina wohnte in einem kleinen, aber gemütlichen Appartement. Die Küche war so winzig, dass sich nur eine Person in ihr bewegen konnte. Der kleine Salon enthielt einen quadratischen Tisch mit zwei Stühlen, an dem sie beide saßen; weiter hinten stand ein gemütlich aussehendes Sofa und ein Regal mit Büchern. Die wenigen Möbel waren liebevoll dekoriert: Auf dem Tisch eine Decke mit Stickereien, eine Vase mit frischen Blumen, Bilder an den Wänden, Kissen auf dem Sofa, ein Wandregal mit Sammelstücken. Alles war sauber und akkurat. Thomas hätte sich gern länger dort aufgehalten, doch er musste weiter. Er bedanke sich höflich und gab ihr einen Kuss auf die Wange, worauf sie errötete. Er musste schmunzeln. Sie war also doch nicht so selbstbewusst, wie sie auftrat. Er liebte es, wenn Frauen erröteten.

„Immer noch der alte Weiberheld! Hast du etwa die ganze Nacht bei der hübschen Dunkelhaarigen verbracht?"

Thomas, der gerade aufsitzen wollte, fuhr irritiert herum. Neben ihm, auf seinem Braunen, stand Graham und blickte ihn mit breitem Grinsen an. Thomas, der im Augenblick etwas langsam im Denken war, verstand die anzügliche Bemerkung nicht sofort. Graham pfiff anerkennend.

„Muss ja heiß gewesen sein. Siehst richtig fertig aus!"
Er lachte feixend auf.

„Es ist nicht so, wie du denkst."

„Nein, natürlich nicht." Grahams Grinsen wurde noch breiter, und Thomas wurde langsam wütend. In scharfem Ton erklärte er in wenigen Worten die Ereignisse. Graham wurde ernst und sah ihn durchdringend an.

„Verstehe, entschuldige bitte."

„Mir ist vorhin ein Planwagen entgegengekommen, stadtauswärts. Könnte dein Bruder gewesen sein. Aber ich habe nicht so genau darauf geachtet. Hab ihn schließlich erst nur ein paar Mal gesehen."

Graham bot seinem Freund ohne zu überlegen Hilfe an bei der Suche nach Elaih. Er wusste, wie wichtig ihm sein Halbbruder war. Es gab zwei Wege, die er am Stadtrand eingeschlagen haben konnte. Graham schlug vor, sich zu trennen und sich anschließend an der nächsten Poststation wieder zu treffen. So geschah es.

Ein paar Meilen weiter entdeckte Graham den Planwagen. Er gab seinem Pferd die Sporen und brachte es vor dem Gefährt zum Stehen, so dass Elaih gezwungen war anzuhalten.

„Bist du Elaih?", fragte er und sah den Mann genau an, der es vermied, ihn anzusehen. „Mein Name ist Graham Stevens. Ich bin ein Freund von Thomas."

„Ich weiß, wer sie sind", kam nüchtern die Antwort.

„Umso besser. Hör zu, Thomas sucht dich seit Stunden, und er sieht verdammt fertig aus, wenn man das so sagen kann." Er musterte ihn und sah, wie Elaih verbissen die Lippen aufeinanderpresste, aber immer noch teilnahmslos geradeaus blickte. Wenn man genauer hinsah, konnte man wirklich eine Ähnlichkeit zwischen beiden feststellen.

„Ich treffe ihn an der Postverladestation an der Cover Road. Er ist den anderen Weg geritten, da wir nicht wussten, für welchen du dich entscheiden würdest." Er machte eine kleine Pause. „Komm mit mir dorthin, Elaih."

„Ich kann nicht."

„Doch du kannst! Du musst nicht fliehen. Deine Raida gehört jetzt Thomas. Er hat sie für dich gekauft. Verstehst du?"

Elaih starrte ihn mit offenem Mund an und wollte nicht glauben, was er hörte. Konnte das stimmen? Graham war Thomas´ bester Freund, er würde ihn doch nicht anlügen, oder? Thomas hatte Raida von Barns gekauft? Wie war das möglich? Hinter sich bemerkte er, wie jetzt Raida unter der Plane hervorkroch und den Fremden vorsichtig in Augenschein nahm.

„Elaih, hast du mich verstanden?", fragte Graham erneut und eindringlicher nach.

„Ist das wirklich wahr?"

Graham lächelte. „Ja, es ist wahr! Und jetzt komm, ab nach Hause, bevor Thomas mir vor Müdigkeit noch vom Pferd fällt!" Zu spät bemerkte Graham, dass die letzte Bemerkung nicht sehr angebracht war, wenn man bedachte, wie sein Vater gestorben war, deshalb setzte er schnell hinzu: „Thomas wird froh sein, dich endlich gefunden zu haben."

Sie waren ein paar Minuten vor Thomas an dem Treffpunkt. Graham musterte das verliebte Paar vor ihm, die Arm in Arm auf dem Kutschbock saßen. Er hat die gleiche Mimik wie Thomas, stellte er erstaunt fest, und die gleiche Form der Augen, wenn auch nicht dieselbe Farbe. Offenbar hatten beide viel von ihrem Vater geerbt. Elaih fühlte sich nicht ganz wohl in seiner Haut. Wie würde sein Bruder reagieren? Wusste er schon, dass er ihn bestohlen hatte? Mit

Sicherheit hatte er den Brief gelesen. Wie sonst hatte er gewusst, was er vorhatte? Elaih schämte sich zutiefst. Würde er ihm in die Augen sehen können? Würde Thomas ihm je verzeihen? Jetzt näherte sich ein Pferd. Aus den Augenwinkeln sah er, wie Thomas vom Sattel stieg. Er spürte den Stoß, den Raida ihm in die Rippen versetzte, stieg langsam vom Wagen und trat seinem Bruder mit gesenktem Haupt entgegen.

„Du alter Idiot, ich sollte dir wirklich eine reinschlagen!" Seine Stimme klang scharf.

„Verzeih mir." Elaih schaffte es nicht aufzublicken.

„Ich war die ganze Nacht unterwegs und bin hundemüde. Warum hast du nicht mit mir geredet? Nein, einfach feige abhauen, ich begreife es nicht!"

„Hast du den Brief nicht gelesen? Ich habe versucht, dir alles zu erklären …"

„Was für einen Brief?", fragte Thomas entrüstet. Dann jedoch fiel ihm ein, dass Emba so etwas erwähnt hatte. „Nein, ich hatte gar keine Zeit dazu ..."

„Diskutieren und Schuld zuweisen könnt ihr später", mischte Graham sich ein, „jetzt gebt euch die Hand, ihr beiden Dickköpfe!"

Stumm und unentschlossen standen sich die beiden gegenüber.

„Du hast auch nicht mit mir geredet, Thomas", verteidigte Elaih sich leise, und das erste Mal musste Thomas zugeben, dass Elaih damit Recht hatte: Er hatte ihn in seine Pläne ebenso wenig eingeweiht wie Elaih ihn in seine.

„Komm Nachhause, Elaih, du und Raida!"

„Wenn ich darf, nach alledem …", entgegnete Elaih matt.

„Verdammter Idiot", schimpfte Thomas, bevor sich beide in den Arm fielen und sich fest umklammert

172

hielten. Graham spannte währenddessen die Stute aus und setzte an ihrer Stelle sein Pferd vor den Wagen, das sich wegen des ungewohnten Geschirrs anfangs sträubte. Dann band er die Stute und Thomas´ Hengst hinter dem Wagen fest.

„Was tust du da?", fragte Thomas verwundert.

„So, rauf mit euch auf den Wagen. Ich fahre."

Thomas riss den Mund auf, um etwas zu erwidern, scheiterte aber an Grahams Entschlossenheit, und so kletterte er auf den Wagen. Während der Rückfahrt erzählte Thomas die Geschichte, wie er zu Raida gekommen war. Er sah seinen Bruder an. Sie hatten noch einiges miteinander zu klären, aber fürs Erste war er glücklich, ihn wiedergefunden zu haben.

„Lauf und sag in der Küche Bescheid, dass hier vier Halbverhungerte etwas zu Essen haben wollen", wies er die vollkommen verdutzte Benny an, und zu Joe und dem anderen Jungen, der noch bei ihm war und dessen Name ihm im Moment nicht einfiel, sagte er: „Ihr kümmert euch um die Pferde! Und tragt die Sachen vom Anhänger ins Haus!"

Sie saßen zusammen in der Küche; selbst Graham ließ sich dort nieder, als sei es völlig normal. Thomas war beinahe dreißig Stunden auf den Beinen gewesen, aber er spürte keine Müdigkeit mehr. Bessy empfing Elaih sogleich mit wüsten Beschimpfungen, und Thomas musste mit lauter Stimme für Ruhe sorgen. Aus den Augenwinkeln sah er, wie Emba ihn anstrahlte. Er schenkte ihr ein unauffälliges Lächeln.

„Hier!" Elaih kramte etwas aus seiner Weste und reichte es seinem Bruder.

„Was ist das?"

„Das Geld, das ich aus der Kassette in deinem Arbeitszimmer genommen habe. Es ist noch alles da. Es war für Notfälle gedacht, ich wollte es dir zurückschicken, sobald ich Arbeit gefunden hätte." Er wurde während des Redens immer leiser.

Thomas nahm die Scheine wortlos entgegen und sah ihn nur an. Elaih musste zugeben, dass ihm eine scharfe Rüge lieber gewesen wäre. Shirin kam in die Küche und trug die kleine Joice auf den Arm, die putzmunter mit ihren Ärmchen fuchtelte. Kurz war die gesamte Aufmerksamkeit auf das Mädchen gerichtet.

„Man sollte meinen, dass du in der Zeit, seit du verheiratet bist, es auch schon hättest schaffen können, Vater zu werden", platzte Thomas unbedacht heraus.

„Tja", sagte Graham, „wenn meine liebe Frau nicht 365 Tage im Jahr Gründe für irgendeine Unpässlichkeit erfinden würde, wäre es durchaus möglich!" Thomas hörte auf zu kauen und sah ihn überrascht an.

„Zurzeit ist sie bei ihrer Cousine in Richmond. Die ist verheiratet und hat zwei Kinder. Ich kann nur hoffen, dass die ihr ein wenig den Kopf zurechtrückt. Habe Mary seit dem Ball nicht mehr gesehen. Als ich am nächsten Tag aufwachte, war sie abgereist."

„Das tut mir leid, Graham", brachte Thomas betroffen heraus. Graham sprach es so leicht aus, als rede er über das Wetter, aber Thomas kannte ihn gut genug, um zu wissen, dass er es nicht so unbekümmert hinnahm, wie er tat. Graham stöhnte und nahm einen kräftigen Schluck Kaffee. „Ja, es ist eine Sache, wie alles nach außen hin erscheint, aber hinter verschlossenen Türen sieht die Welt anders aus. Ich habe ihr klar gesagt, dass ich nicht länger bereit bin, gegenüber der Gesellschaft die heile Welt zu spielen." Graham verzog das Gesicht zu einem schiefen Grinsen und versuchte Gleichgültigkeit zur Schau zu stellen. „Was dir auf dem Ball ja nicht entgangen sein dürfte."

Thomas war betroffen und wusste nicht, wie er reagieren sollte. „Lass uns ins Arbeitszimmer gehen und da in Ruhe reden", schlug er vor.

Graham lachte auf, aber es klang nicht echt. „Nein, vielen Dank, aber mehr gibt es dazu nicht zu sagen." Er griff nach einem kleinen Stück von Bessys köstlicher Pastete und verschlang sie genüsslich.

„Werdet ihr denn die Einladung nächste Woche ..."

„Ja, natürlich. Mary wird sich hüten, noch mehr Aufmerksamkeit zu erregen." Er lachte, während er das Wort „Aufmerksamkeit" mit in die Luft gezeichneten Gänsefüßchen kommentierte. Da sie nicht allein waren, beschloss Thomas, im Augenblick nicht näher darauf einzugehen.

„Anton und Christina werden auch da sein", erklärte er. Vielleicht hätte er diese Bemerkung doch besser unterlassen, dachte er später.

„Habe gehört, dass sich da was anbahnt zwischen euch beiden?", feixte Graham. Thomas warf verstohlen einen Blick zu Emba und sah gerade noch, wie sie sich schnell abwandte. Ein Gähnen bemächtigte sich gerade noch zur rechten Zeit seiner und enthob ihn einer Antwort, von der er ohnehin nicht wusste, wie er sie hätte formulieren sollen. Er brauchte dringend ein paar Stunden Schlaf!

***

Elaih saß auf einem alten Baumstamm und schnitzte gedankenverloren mit einem Messer an einem Stückchen Holz, ohne einen Plan zu haben, was er schnitzen wollte. Er sah sich um, sein Zuhause. Hatte er doch gedacht, er würde dies alles nie mehr wiedersehen. Er war voller Zufriedenheit und fühlte sich glücklich. Seine Kinder würden hier leben und aufwachsen – etwas, das er vor Tagen noch für unmöglich gehalten hatte.

Raida arbeitete mit Bessy, Emba und Shirin in der Küche und musste sich endlich nicht mehr verstecken. Sie war jetzt einfach eine Neue, genau wie Shirin, und konnte sich überall frei bewegen. Thomas hatte ihm die Genehmigung einer Heirat erteilt; Raida würde bald seine Frau werden. Elaih plante, seine Hütte komfortabler einzurichten, er konnte endlich wieder Pläne schmieden, und dafür war er dankbar. Die Last, nicht zu wissen, ob er Raida überhaupt ernähren konnte, war von ihm abgefallen. Darüber musste er nicht länger nachdenken.

Das schlechte Gewissen seinem Bruder gegenüber wurde in einem langen Gespräch aus der Welt geräumt. Thomas hatte es anfangs abgelehnt, über das Ganze zu sprechen und gemeint, es sei erledigt, aber für ihn war es das nicht. Er beharrte darauf und es tat ihm gut, offen mit ihm zu sprechen. Thomas hatte seinen Brief nicht gelesen, sondern ihn in seinem Beisein ungeöffnet in den Kamin geworfen. Thomas war heute geschäftlich in der Stadt; anschließend wollte er mit Christina ins Theater. Er verbrachte jetzt auffallend viel Zeit mit ihr, umwarb sie regelrecht. Elaih wünschte seinem Bruder, dass er mit ihr ebenso glücklich werden würde wie er mit Raida. Er dachte über Christina nach. War sie die richtige Frau für Thomas? Er hatte Zweifel. Bisher waren ihm keinerlei Anzeichen von Verliebtheit bei Thomas aufgefallen; es schien eher so, als würde er die Verbindung als eine Art Geschäft ansehen. Ihm persönlich war Christina ein wenig suspekt. Er konnte sie nicht recht einordnen, vor allem gefiel ihm ihr gebieterischer Ton nicht. Sie besaß ein sehr selbstbewusstes Auftreten und scheuchte die Sklaven erbarmungslos herum. Nun, andererseits, war es an dem Tag der Beisetzung sehr hektisch zugegangen. Es galt viele Personen zu bedienen und zu beköstigen. Er, Elaih, würde sie eingehend beobachten, vor allem im Umgang mit Sklaven. Er würde herausfinden, ob sie Thomas wirklich ihr wahres Gesicht zeigte. Auch interessierte es ihn, wie sie sich verhielt und vor allem, wie sie redete, wenn Thomas nicht in der Nähe war …

***

Das Dinner war im Speiseraum serviert und bereits wieder abgetragen worden. In der Küche hatten sie ebenfalls das Essen hinter sich gebracht. Viele Leckereien waren übriggeblieben, so kamen die Sklaven ebenfalls in den Genuss der Speisen, wenn man vom reichlichem Naschen und Probieren vor dem Auftragen absah.

Bessy saß stöhnend am Küchentisch, den Ellenbogen des linken Armes auf den Tisch abgestützt und den Kopf auf ihre Hand gebettet. Stress machte ihr zu schaffen. Solange alles wie gewohnt ablief, war es in Ordnung, aber sobald Gäste ins Haus kamen, bemächtigte sich ihrer eine Unruhe. Früher hatte ihr das nichts ausgemacht, hatten Gäste sie sogar beflügelt, aber sie war eben nicht mehr die Jüngste. Obwohl mit Shirin und Raida nun mehr Hilfe zur Verfügung stand, fühlte sie sich dennoch für alles verantwortlich. Das Bedienen übernahm Emba zusammen mit Raida, die dies von den Barns gewohnt war. Shirin, die damit noch keine Erfahrung hatte, blieb in der Küche und half beim Anrichten. Emba und Raida spülten das letzte Geschirr, und Shirin fütterte Joice. Die Kleine schlief inzwischen meistens die Nacht durch, und Shirin brachte sie nach ihrer letzten Mahlzeit hinüber zu Bobs Hütte, damit er noch etwas Zeit mit seiner Tochter verbringen konnte.

Da Gäste im Haus waren und es sein konnte, dass zu späterer Stunde noch etwas gewünscht wurde, zog man sich noch nicht zurück. Elaih schlug vor, eine Geschichte vorzulesen. Für Shirin war das Vorlesen neu, doch die anderen kannten es bereits – hatte Elaih ihnen doch schon so manche Schwänke vorgelesen. Raida schaute ihn bewundernd an. Ein paar Gedichte und Verse hatte sie schon von ihm gehört, eine richtige Geschichte aber war eine Premiere. So rückten sie alle enger zusammen und waren aufgeregt; nur Emba schien ein wenig abwesend und mit den Gedanken woanders.

„Also", begann Elaih, „der Roman heißt Don Quijote, geschrieben von Miguel de Cervantes, einem Spanier." Er erklärte zum besseren Verständnis kurz die Hintergründe. „Da ist dieser Alonso Quijano, ein kleiner Landadeliger, der irgendwo in Mancha in Spanien lebt. Er ist ein eifriger Liebhaber von Ritterromanen und hat alles darüber gelesen, was es gibt. Eines Tages entgleitet ihm vor lauter Lesen die Wirklichkeit so weit, dass er selbst ein Ritter sein will. Er ändert seinen Namen um in Don Quijote, und seinen alten, dürren Gaul nennt er Rosinante." Elaih betonte den Namen so, das alle um ihn herum auflachten. „Alles, was ihm begegnet, bringt er nun mit dem Rittertum in Verbindung, obwohl dieses schon seit Generationen erloschen ist."

„Oh, ich schätze mal, der Mann ist nicht ganz helle und bezieht einige Prügel", begeisterte Shirin sich. Elaih lachte auf. „Oh ja, das kannst du laut sagen, das hat er wirklich! Dann verbrennen der Barbier und der

Dorfpfarrer alle seine Ritterromane, aber Don Quijote macht weiter. Er ernennt einen armen Bauern zu seinem Stallmeister. Er nennt ihn Sancho Panza, und der ist in jeder Beziehung das genaue Gegenteil von Don Quijote!"

„Also, er war doch kein solcher Dummkopf, oder wie meintest du das?", fragte Raida.

„Das bezieht sich eher auf Äußerlichkeiten", erklang eine Stimme vom Flur und alle blickten überrascht auf. Graham Stevens trat näher.

„Panza heißt übersetzt so viel wie Bauch. Sancho war nämlich klein und dick, zwar mit einem gesunden Menschenverstand gesegnet, aber ängstlich. Und Don Quijote war lang und dürr und ein furchtloser Träumer."

„Die müssen ja lustig zusammen ausgesehen haben", kicherte Shirin und die anderen begannen ebenfalls zu lachen.

„Wünschen Sie etwas, Mr. Stevens", fragte Emba erschrocken und erhob sich eilig.

„Nein, nein", wehrte Graham ab, „ich hörte nur gerade den Namen Don Quijote und war etwas überrascht." Er sah Elaih grinsend an, der noch immer stumm dasaß. „Ich wusste ja schon, dass du lesen und schreiben kannst, Elaih, aber es überrascht mich, dass du dich mit solchen Werken auskennst! Ich muss gestehen, ich dachte eher, dass du mühselig ein paar Zeilen entziffern kannst und in krakeligen Buchstaben deinen Namen schreiben gelernt hast."

„Sie meinen, weil ich schwarz bin?" Eine angespannte Stille trat ein. Grahams Gesichtsausdruck wurde ernst.

„Nein, das habe ich damit nicht sagen wollen."

Die beiden Männer sahen sich schweigend an.

„Ich habe auch noch andere Werke gelesen, anspruchsvollere", erwiderte Elaih trocken. „Meine Mutter liebte die Dramen von Shakespeare. Ich persönlich bevorzuge Daniel Defoe mit Robinson Crusoe, oder Jonathan Swift, Gullivers Reisen. Ein Buch in vier Teilen, wie Sie bestimmt wissen." Elaih zeigte keine Regung, während er sprach. Er hätte seine Lektüre mit Stolz erwähnen können, aber es hörte sich banal an, als sei es das Selbstverständlichste von der Welt oder als würde er einen Kommentar zum Wetter vorbringen. Graham sah ihn überrascht an, was dadurch unterstrichen wurde, dass er die Augenbrauen hob.

„Nicht übel", meinte Graham nach einer Weile, und Anerkennung war aus seiner Stimme zu hören, „ich lese gerade etwas von Sir Walter Scott, einem schottischen Dichter, ein Schöpfer und Meister des historischen Romans."

„Keine schlechte Wahl", stimmte Elaih zu, „was genau lesen sie von ihm, Mr. Stevens? Ivenhoe? Ein sehr schönes Buch. Ich würde ihnen aber eher Waverley oder Quentin Durward empfehlen."

Jetzt hatte Elaih es geschafft. Graham stand sprachlos da, starrte ihn mit geöffnetem Mund an und wusste offensichtlich nicht, was er sagen sollte.

„Im Übrigen hat er auch sehr schöne deutsche Balladen ins Englische übersetzt. Kennen sie vielleicht den Götz von Berlichingen oder den Erlkönig von Goethe?"

„Schon gut", lachte Graham, „ich habe verstanden. Sie sind ein Mann, der jeder literarischen Konversation standhalten kann. Ich bin beeindruckt." Er zeigte eine anerkennende Miene und seine Worte klangen durchaus ehrlich.

„Hier steckst du also", hörte man Thomas plötzlich neben ihm sagen.

„Ja, ich wurde gerade Zeuge einer sehr interessanten Lesevorführung."

Thomas erblickte das Buch in Elaihs Händen und erwiderte lapidar: „Ach so!" Er grinste wissend, blickte in die Runde und verweilte auf Emba. Ein eigenartiges Gefühl überfiel ihn; ihr Blick war irgendwie leer ... Er wusste nicht, warum und zwang sich, ihrem Blick auszuweichen.

„Die Damen unterhalten sich gerade über irgendwelche neumodischen Hüte in einem Modemagazin, nicht ganz mein Thema", erklärte er lachend gegenüber Graham, der darauf die Augen verdrehte. Eine Weile wurde weiter geplänkelt, bis schließlich Mary erschien und sich schmeichelnd an ihren Mann wandte, der darauf einen Schritt zurückwich. Thomas war es entgangen. „Wir sollten Christina und Anton nicht so lange allein lassen", mahnte er.

„Christina bringt gerade ihren Vater auf sein Zimmer. Für den alten Herrn war es genug für heute. Er wirkte ein wenig erschöpft. Hoffentlich ist er nicht krank", bemerkte Mary.

„Ja, lasst uns wieder in den Salon gehen", bestimmte Thomas. Zur Küche gewandt, meinte er lächelnd: „Ihr könnt ins Bett gehen oder natürlich weiter Geschichten hören."

Elaih blickte noch immer in Richtung Küchentür. Graham hatte ihn überrascht, und er musste zugeben, dass er ihn keineswegs unsympathisch fand. Er wirkte locker,
unbefangen und vor allem tatsächlich belesen, das gab es nicht oft. Thomas hatte in den vergangenen Jahren oft versucht, sie einander vorzustellen, aber Elaih

hatte es stets abgelehnt, aus Trotz, weil er eifersüchtig auf diese Freundschaft war. Doch mittlerweile konnte er dieses Gefühl als albern und kindisch abtun. Nach einem langgezogenen Seufzer widmete er sich wieder dem Buch und begann vorzulesen.

Im Salon spielte man unterdessen eine Partie Whist, wie Raida berichtete, die noch einen leichten Wein für die Damen gereicht hatte. Mary schlug vor, sich nach dem Spiel ebenfalls zurückziehen. Graham war davon wenig begeistert, überspielte es aber geschickt und gab sich geschlagen, da er spürte, dass Thomas und Christina offenbar ein paar Minuten für sich allein sein wollten. Schließlich hatte er nicht vor, seinem Freund ein Störenfried zu sein.

Die Luft im Salon hatte sich aufgeheizt, deshalb gingen sie ein paar Schritte hinaus auf die Terrasse. Fürsorglich legte Thomas Christina den Schal um die Schulter, eine gute Gelegenheit, gleich seinen Arm dort zu belassen. Strahlend lächelte sie ihn an.

„Ein wunderbarer Abend heute, nicht wahr?"

„Ja, finde ich auch." Er lächelte, während er sie langsam zu sich drehte, ohne den Blick von ihrem Gesicht zu nehmen. Sie wehrte sich nicht, als er sie näher an sich zog, obwohl sie unsicher ihre Hände auf seine Brust legte. Einen Augenblick standen sie so da, während ihm unzählige Gedanken durch den Kopf gingen. Würde es so sein, wenn sie miteinander verheiratet wären? Würden sie am Abend gemeinsam auf der Terrasse stehen, nachdem die Gäste zu Bett gegangen waren und den Abend ausklingen lassen, indem sie den Sternenhimmel betrachteten? Er schloss die Augen und träumte; er spürte, wie ihre Arme allmählich nach oben wanderten und sich um seinen Hals schlossen. Er gab sich der Empfindung hin und suchte mit hauchzarten Küssen ihren Mund; dann versanken sie in einem tiefen, innigen Kuss. Christina war recht groß, sodass er seinen Kopf kaum merklich senken musste; er fühlte, wie sie sich an ihn schmiegte und wurde forscher in seinen Bemühungen, obwohl seine Erregung sich in Grenzen hielt. Seine Finger tauchten in das Haar ihres Nackens, befühlten es …

„Vorsicht", wehrte sie ab und kicherte, „sonst fallen die Haarnadeln heraus."

Thomas empfand es wie eine kalte Dusche und räusperte sich. Er kämpfte darum, sich seine Reaktion nicht anmerken zu lassen.

„Was wäre so schlimm daran? Wir sind allein. Alle sind schon im Bett." Trotz des schwachen Lichtes auf der Terrasse konnte er sehen, dass ihr Gesicht vor Verlegenheit glühte. Ihm wurde bewusst, dass er nicht unbedingt taktvoll war. „Ich würde dich gern mit offenem Haar sehen", versuchte er die Wahrheit in einen Scherz zu verpacken und wartete gespannt, wie sie sich verhalten würde.

„Offenes Haar ist doch langweilig", kam die Antwort.

 Thomas fiel in den amüsierten Ton ein. „Nein, durchaus nicht! Wenn du mal verheiratet bist, wirst du sicher nicht mit einem Haufen Nadeln im Haar zu deinem Gemahl kommen." Er musste krampfhaft die Lippen zusammenkneifen, um nicht lauthals loszuprustern. Als er ihre entsetzte Miene sah, konnte er ein Grunzen nicht unterdrücken. Er wusste, dass er sich nicht wie ein Gentleman benahm, aber die Situation fing an ihn zu amüsieren.

„Du bist unmöglich, Thomas", rügte sie und stieß lachend mit der Hand gegen seine Brust.

„Warum?", feixte er und zog sie wieder enger an sich. Sein Spieltrieb war erwacht; wie weit konnte er bei ihr wohl gehen? Er beschloss, sie noch ein wenig herauszufordern. Er küsste sie erneut, diesmal jedoch mehr aus spielerischem Impuls, um ihre Reaktionen zu testen, um sie aus der Fassung zu bringen, sie geschmeidig zu machen. Er war wieder der alte Charmeur. Damit sie sich nicht erkältete, gingen sie zurück in den Salon. Schmunzelnd beobachtete er, wie sie versuchte ihre Verlegenheit zu überspielen, als er vorschlug, es sich ein wenig auf der kleinen Couch neben dem Kamin bequem zu machen. Er bot ihr ein weiteres Glas Wein an und ging ebenfalls zum Wein über, während er sich neben ihr niederließ. Sie trank ihr Glas zügig aus und ließ sich sogleich nachschenken. Ihr Gesicht hatte einen rötlichen Schimmer bekommen; offensichtlich hatte sie bereits einen Schwips, und Thomas warnte sie, lieber nicht mehr so viel zu trinken. Bessys grauenhafter Trank fiel ihm ein, den Emba ihm verabreicht hatte, als er seinen Kater gehabt hatte. Er verzog das Gesicht zu einem Schmunzeln, während seine Gedanken träumerisch abschweiften. Im gleichen Augenblick schmiegte sich Christina, offenbar mutiger geworden, in seine Umarmung; ihr Kopf ruhte an seiner Schulter, und ihr Arm umfing seinen Körper, während sie zufrieden seufzend in die Flammen sah. Thomas blickte auf die Frau in seinen Armen und vergewisserte sich enttäuscht, dass ihr Haar tatsächlich blond und nicht schwarz war. Er stöhnte auf, worauf Christina sich erneut wohlig rekelte. Thomas starrte in die Flammen. Was war nur los mit ihm?

„Ist es nicht herrlich gemütlich", schwärmte Christina, „ich finde es so romantisch: das knisternde Feuer, die Wärme und du ..."

Hoppla, dachte Thomas mit innerlichem Grinsen und verdrängte gewaltsam die Gedanken, die ihn beherrschten. Er streichelte mit der freien Hand ihren Arm, bis er sie schließlich um ihre Taille gleiten ließ. Während er sie küsste, fuhr seine Hand an ihr hinauf und hinunter und schließlich bis zu ihrem Oberschenkel hinab. Sie klammerte sich an ihn, erwiderte begierig seine Küsse und begann über seine Brust und seine Seite zu streicheln. Langsam löste er sich und betrachtete sie verwundert.

„Ich denke, es ist besser, wenn ich dich jetzt nach oben geleite", erklärte er mit ruhiger Stimme, „du hast ein wenig zu viel getrunken." Er überreichte ihr ein Glas Wasser. „Hier, trink das! Du wirst sonst morgen Kopfschmerzen haben!"

Sie protestierte, trank aber das Wasser und er goss ihr nach. Leicht schwankend erhob sie sich. Gemeinsam gingen sie hinauf.

„Schlaf gut", sagte Thomas, als sie vor ihrem Zimmer angekommen waren. Er küsste sie noch einmal kurz zum Abschied.

„Komm doch", forderte sie ihn auf, nachdem sie die Tür geöffnet hatte. Ihm verschlug es die Sprache; er konnte sie nur anstarren. War sie noch betrunkener, als er angenommen hatte?

„Du wolltest doch sehen, wie ich ohne Haarnadeln aussehe", lachte Christina und zog ihn ins Zimmer. Widerstrebend folgte er ihr, ohne zu bemerken, dass Emba auf halber Höhe der Treppe stand und ihn beobachtete. Die Tür schloss sich. Christina zog zwei oder drei Nadeln aus ihrem Haar und fixierte ihn lachend.

„Lass mich das tun", bat er und machte sich genießerisch daran, eine Nadel nach der anderen herauszuziehen, bis ihr Haar schließlich offen herabfiel. Es war nicht so lang, wie er vermutet hatte, nur wenig mehr als handbreit über ihre Schulter hinaus. Er zog sie wieder in seine Arme, küsste sie und fuhr mit den Händen durch ihr Haar. Dann drängte er sie zurück, bis sie mit dem Rücken gegen die Wand neben der Tür stieß und presste sich gegen sie; sie stöhnte. Er spürte, dass er in diesem Augenblick alles mit ihr hätte machen können … Der Gedanke brachte ihn wieder zur Vernunft, sie hatte zu viel getrunken.

„Geh jetzt ins Bett, Christina, es ist schon spät." Ruhig sah er sie an. „Brauchst du Hilfe mit deinem Kleid?" fragte er fürsorglich und ohne Hintergedanken, da er gesehen hatte, dass sich drei Knöpfe am Rückenteil ihres dunkelgrünen Samtkleides befanden. Kichernd drehte sie ihm den Rücken zu, und er öffnete mit geübten Fingern die Verschlüsse. Dann hauchte er einen Kuss auf ihre entblößte Schulter und entfernte sich diskret.

„Gute Nacht", murmelte er, bevor er die Tür hinter sich zuzog.

***

Emba musste wissen, wie der Abend ablaufen würde, es ließ ihr keine Ruhe. Deshalb hatte sie die beiden heimlich beobachtet, hatte gesehen, wie sie nach oben gegangen

waren und war ihnen gefolgt. Elaih musste schließlich erfahren, was sich abspielte, und er konnte sich kaum bei den Gästezimmern blicken lassen, das wäre aufgefallen, er hatte dort nichts verloren. Verfluchter Elaih, schimpfte Emba und kniff die Lippen zusammen. Wütend lief sie zurück. Diese hinterhältige Schlange hatte ihn doch tatsächlich in ihr Zimmer gelockt! Es tat so entsetzlich weh, ihr war zum Schreien zumute, sie wollte weinen und nie mehr aufhören. Es tat so weh, aber sie war zu wütend, um zu weinen.

„Was ist passiert", fragte Shirin, die gerade in ihre Kammer gehen wollte, als Emba ihr entgegenstürmte.

„Die Frage ist, was jetzt gerade passiert", giftete Emba. „Er ist bei dieser Christina im Zimmer!" Dann schlug sie die Tür ihrer Kammer hinter sich zu. Vor ihr lag eine lange, qualvolle Nacht. Shirin, die aufgrund ihrer Erfahrung bei ihrem früheren Besitzer wenig Skrupel hatte, wollte es genauer wissen. Passierte da wirklich etwas? Ein kurzes Horchen an der Tür würde ihr Aufschluss geben. Neugierig schlich sie zu den Gästezimmern und konnte gerade noch unbemerkt in die Wäschekammer flüchten, als Thomas plötzlich aus Christinas Zimmer trat. Puh, das war knapp! Ihr Puls schnellte in die Höhe. Wie hätte sie ihren Aufenthalt dort um diese Uhrzeit erklären sollen? Thomas wirkte entspannt und war nach wie vor korrekt gekleidet. Da konnte in der Kürze der Zeit unmöglich etwas geschehen sein, stellte Shirin fest, während sie ihn durch den geöffneten Türspalt hindurch beobachtete. Sie wollte sich gerade wieder auf den Rückweg machen, als sie erregte Stimmen aus dem Zimmer auf der anderen Seite der Treppe vernahm. Das war doch das Zimmer, in dem das Ehepaar Stevens nächtigte?

„Ein Baumstamm ist erotischer als du", beschwerte Graham sich aufgebracht.

„Was verlangst du? Ich lass dich doch gewähren, was denn noch?", weinte sie.

„Mich gewähren lassen?", höhnte er, „das ist es ja gerade! Kannst du mir bitte erklären, wie ich es genießen soll, wenn du daliegst wie ein Eisblock und nur darauf wartest, es hinter dir zu haben?" Seine Stimme wurde lauter. „Nein, danke, kein Interesse! Ich wünsche dir eine gute Nacht, Eisprinzessin!" Noch ehe Shirin eine Chance hatte, sich zu verstecken, wurde die Tür aufgerissen und Graham stürmte heraus, nur in seiner Unterhose, die restlichen Sachen trug er auf dem Arm. Einen Moment sahen beide sich erschrocken an. Graham fand als erster seine Stimme wieder.

„Gibt es noch ein freies Gästezimmer hier?", fragte er leise, aber man hörte deutlich unterdrückte Wut aus seinen Worten.

„Äh … ja … ganz hinten ist noch ein kleines Zimmer, aber es ist nicht hergerichtet."

„Egal, bevor ich auf dem Fußboden schlafen muss", erwiderte er niedergeschlagen und

folgte Shirin. Der Mann besaß einen faszinierenden Oberkörper, stellte Shirin fest, während sie auf die Schnelle das Bett richtete. Sie hatte viele weiße Männer gesehen auf den Partys, die Mr. Springston für seine Gäste gab, und die meisten von ihnen waren nicht so muskulös und wohlgebaut wie dieser, im Gegenteil, sie neigten aufgrund ihres Wohllebens zu Fettleibigkeit, trugen dicke Bäuche und Speckfalten. Sie musterte Graham von der Seite und stellte fest, dass er sie ebenfalls musterte.

„Ich weiß, dass die Situation komisch aussehen muss", versuchte Graham sich zu verteidigen, obwohl er ihr keine Erklärung schuldete. „Ich hatte gerade eine kleine Meinungsverschiedenheit mit meiner Frau."

„War nicht zu überhören", platzte Shirin heraus und bereute ihre Worte sofort.

„Du hast gehört, worum es ging?", fragte Graham neugierig und hob die Brauen.

„Ihre Frau ist unpässlich?" Den Begriff hatte sie sich aus dem Gespräch in der Küche gemerkt.

„Ja", knurrte er, „wie immer. Ist nichts Neues. Sie kann nicht verstehen, dass man als Mann bestimmte Bedürfnisse hat", er machte seinem Ärger Luft. „Ich kann nicht Nacht für Nacht neben einer Frau liegen, ohne ... na ja ... das hält doch keiner aus!" Er fuhr sich mit der Hand durchs Haar und stöhnte. Shirin war mit dem Beziehen des Bettes fertig und betrachtete ihn ungeniert.

„Also, wenn ich Ihre Frau wäre, ich würde Sie niemals zurückweisen. Sie sind ein sehr attraktiver Mann mit einem wunderschönen Körper." Sie schaute bewundernd auf seine ausgeprägten Brustmuskeln und seine kräftigen Oberarme. Sie mochte gut gebaute Körper.

„Das solltest du keinem überreiztem Mann erzählen", hörte sie ihn leise antworten. Sie wagte es kaum aufzuschauen, da sie spürte, dass er sie ansah.

„Ich würde mich … ich würde mich immer Ihrer Bedürfnisse annehmen", hörte sie sich zu ihrem eigenen Schrecken sagen und registrierte, dass er näher kam.

„Mädchen", warnte er, „wenn du nicht willst, dass ich gleich über dich herfalle, solltest du jetzt besser gehen!" Er hatte seine Sachen auf das Bett geworfen, hielt sie an den Schultern und sah sie an. Langsam sah sie auf und hielt seinen Blick.

„Ich möchte nur nie wieder vergewaltigt werden", erklärte sie mit Bestimmtheit. Irritiert schaute er sie an. „Entschuldige, aber ich würde dich niemals vergewaltigen. So etwas würde ich keiner Frau antun."

„Ich weiß." Sie sah Verwirrung in seinen Augen, aber auch die Glut, die dahinter verborgen lag. Sie wollte diesen Mann. Sie berührte seine nackte Brust und hörte, wie er zischend die Luft einsog. Seine Brust war stahlhart, aber seine Haut warm und weich.

„Hör zu, trotz allem liebe ich meine Frau", erklärte er glaubwürdig.

„Ja, ich weiß." Sie fühlte, wie seine Muskeln sich unter ihren Fingern anspannten.

„Du weißt, dass das, was du da gerade tust, Konsequenzen hat?", fragte er unsinnigerweise, während sich seine Atmung beschleunigte. Sie nickte nur, und er konnte sich nicht länger zurückhalten. Er war auch nur ein Mann. Er würde nicht darüber nachdenken, er brauchte dringend Erleichterung, zu lange schon wies Mary ihn ab, es nagte an seinem Verstand. Er hatte sie nie betrügen wollen, aber sie forderte es geradezu heraus. Er konnte nicht ständig abstinent leben, und er wollte es auch nicht. Hier bot sich die Gelegenheit in Form einer willigen Sklavin mit guter Figur und annehmbarem Äußeren. Vielleicht war es nicht so schlimm, als wenn er sich das, was er brauchte, bei einer Weißen holte? Graham war ausgehungert nach körperlicher Nähe – wie sehr, spürte er in dieser Nacht, in der Shirin ihm klar machte, dass er noch immer ein Mann war. Während der fast zweieinhalbjährigen Ehe hatte er schon an sich gezweifelt, aber diese Nacht bestätigte ihm, dass es nicht an ihm lag.
***

Thomas und Graham waren die ersten, die sich beim Frühstück einfanden. Graham hatte ausgesprochen gute Laune und versuchte Thomas aus der Reserve zu locken, was Christina betraf. Als sie gerade zur Hälfte mit dem Frühstück fertig waren, erschienen Christina und Mary. Christina wirkte blass und verlangte nach

Kaffee, der ihr flaues Gefühl im Magen vertreiben sollte.

„Kannst du nicht vorsichtiger sein?", fuhr sie Emba gereizt an, weil diese ihre Tasse zu voll gegossen hatte. „Wie soll ich daraus trinken, ohne mich zu bekleckern?"

„Dann müssen Sie eben aufpassen!", fuhr Emba sie im selben Ton an. Die Gespräche am Tisch verstummten abrupt; alles schaute schockiert und sprachlos auf Christina und Emba.

„Bring mir sofort eine neue Tasse und gieß sie diesmal nicht so voll", sagte Christina streng und herablassend, während sie sich stöhnend an die Stirn griff. Emba kochte. Am liebsten hätte sie dieser Schlange den Kaffee ins Gesicht geschüttet!

„Hast du nicht gehört? Gib mir eine neue Tasse und gieß mir ein!"

Emba kniff die Lippen zusammen und schaute sie eine Weile tatenlos an. Dann knallte sie mit voller Wucht die Kanne auf den Tisch, sodass ein Stoß Kaffee herausschwappte und sich auf der weißen Tischdecke verbreitete.

„Gießen Sie sich Ihren Kaffee doch selbst ein!" Damit stürmte Emba blindlings aus dem Speisezimmer. Thomas war fassungslos. Ein derart rüdes Verhalten hatte Emba noch niemals gezeigt. Was war nur in sie gefahren? Hatte sie den Verstand verloren? Christina setzte eine Mitleidsmiene auf und sagte theatralisch: „Entschuldige bitte, ich habe ein wenig Kopfschmerzen."

Thomas starrte immer noch auf die Tür, durch die Emba entschwunden war. Nein, so etwas konnte er nicht dulden. Emba war zu weit gegangen. Er stand auf und ging in großen Schritten zur Küche.

„Was sollte das? Bist du völlig überschnappt?", brüllte er sie an. Bessy, Shirin und Elaih sahen ihn sprachlos an. Raida, die die Szene mitbekommen hatte, stand
mit gesenktem Kopf in der Tür. „Du wirst dich bei
Christina für dein respektloses Verhalten entschuldigen, hast du mich verstanden?" Er packte sie und
drehte sie wutschnaubend herum. „Ob du das verstanden hast?" Er schüttelte die weinende Emba heftig.
Elaih war aufgestanden und stellte sich neben
Thomas. Er legte die Hand auf seine Schulter und
versuchte ihn zu beruhigen. „Du hast mich vor meinen
Gästen lächerlich gemacht. Was ist nur in dich gefahren?", brüllte Thomas weiter. Elaih griff ein, und Emba lief laut weinend davon, sobald sie frei war.
Thomas schnaufte wütend und wehrte sich gegen
Elaihs festen Griff.

„Komm runter, Mann!", drängte Elaih mit scharfer
Stimme, „siehst du nicht, dass Emba völlig fertig ist?
Was ist los mit dir?"
Thomas bemühte sich, seine Atmung unter Kontrolle
zu bringen und Elaih ließ ihn los.

„Du wirst meine Gäste allein bedienen", erklärte er im
Befehlston an Raida gewandt. Elaih sah seinen Bruder
mit gefurchter Stirn hinterher.

„Ich werde nach der Kleinen sehen", erklärte Bessy,
deren mütterlicher Instinkt erwacht war.

„Emba hatte schon gestern eine ziemliche Wut im
Bauch, als sie gesehen hat, dass Mr. Greendale zu
Miss Jenkens ins Zimmer gegangen ist", erklärte Shi-
rin und seufzte.

„Aber er war gar nicht lange da ..." Shirin kaute wie
schuldbewusst an ihrer Unterlippe, „vielleicht hätte
ich ihr das sagen sollen ... "

Elaih sah sie perplex an, während seine Gedanken sich überschlugen. Allmählich klärte sich das Rätsel. Emba hatte ihn Thomas genannt, was sonst nur Bessy tat, und sie war nicht in ihrem Zimmer gewesen in der Nacht, als Ian starb. Er schloss die Augen. Warum war ihm das nicht früher aufgefallen? Offenbar schlief Thomas mit ihr. Kein Wunder, dass sie traurig und in sich gekehrt wirkte! War sie nicht ständig den Tränen nahe gewesen, als Thomas auf dem Ball gewesen war? Arme Emba, sie war eifersüchtig! Und Thomas war blind und bemerkte davon nichts. Nachdenklich starrte Elaih aus dem Fenster und nippte an seinem mittlerweile kalten Kaffee. Er musste mit Thomas reden. Er hatte damals geschworen zu schweigen und er hielt seinen Schwur, aber alle Beteiligten waren inzwischen gestorben; er war nicht mehr daran gebunden. Thomas musste die Wahrheit erfahren. Aber er war noch nicht so weit, noch nicht.

***

Anton und Christina brachen nach dem Mittagsessen auf, da Anton noch einen Termin bei seinem Arzt wahrnehmen musste. Graham entschied sich, noch ein paar Tage zu bleiben. So fuhr Mary, ein wenig geknickt, zusammen mit Anton und Christina zurück Nachhause. Die Stimmung auf Greendale war verhalten. Emba war nirgendwo aufzufinden, und Thomas machte sich allmählich Sorgen, wollte sich dies aber keinesfalls anmerken lassen. Er verstand selbst nicht, warum er so aus der Fassung geraten war. Er hätte gern ein paar Worte mit Emba geredet; ihr heftiges Weinen krampfte ihm das Herz zusammen. Wenn er jetzt nüchtern über die Situation nachdachte, fand er Christinas Verhalten ebenfalls nicht gerade höflich.

Ja, sie hatte Emba herausgefordert. Ihr Gebaren am Morgen missfiel ihm durchaus. Sie hatte vielleicht unter Kopfschmerzen gelitten, dennoch war das kein Grund gewesen, es an seinen Sklaven auszulassen. Doch sein Anstand verbot es ihm, Christina zu rügen. Hatte sich dadurch seine Wut auf Emba übertragen? Christina hatte sich später bei ihm mit liebenswürdigen Worten entschuldigt, und er war bereit, es als aufrichtig einzustufen – allerdings hatte er ebenso bemerkt, dass Anton sie zur Seite gezogen hatte. Wahrscheinlich hatte er ihr eine Standpauke gehalten. Was stimmte hier nicht? Er wusste, dass Anton eine Verbindung zwischen ihnen wünschte, aber wie weit würden die beiden dafür gehen? Ein eigenartiges Gefühl bemächtigte sich seiner. War Christinas Auftreten, waren ihre Gefühle echt? Andererseits hatte er ausreichend Erfahrung mit Frauen und traute ihr eigentlich kein hinterhältiges Spiel zu. Wenigstens hatte er gestern seinen Verstand noch beisammen gehabt und hatte die Situation nicht ausgenutzt. Hätte er sie zu sehr kompromittiert, hätte er sie möglicherweise heiraten müssen …

Schweiß brach ihm aus; es sollte immerhin noch seine freie Entscheidung bleiben! Grahams gute Laune ging ihm ebenfalls auf die Nerven. Sollte er nicht bedrückt sein, dass Mary allein nach Hause fuhr?

Er hatte versucht, mit Graham über seine Eheprobleme zu reden, aber er war ihm ausgewichen – eine Eigenart, die er sonst nicht von ihm kannte. So beschränkten sie sich auf Allgemeines, Unverfängliches, und es geschah sogar, dass Thomas ein wenig von seinen wüsten Gedankengängen abgelenkt wurde. Graham schlug einen Ausritt vor. Er liebte Pferde und hatte in der Stadt nicht viele Möglichkeiten zu einem ausgedehnten Ritt. Er war gern in der Natur, mochte frische Luft, die Gerüche des Grüns der Wiesen und Felder. Graham war kein Plantagenbesitzer; er befasste sich vorwiegend mit Politik, fungierte als Berater von Ministern, entwarf Pläne, stellte Berechnungen auf, dokumentierte Fakten und Vorschläge für Gesetzesgrundlagen und führte Vorverhandlungen mit Staatsmännern und ihren Vertretern. In erster Linie war er mit Einwanderungspolitik und dem Handel mit Europa betraut; er kannte sich jedoch auch mit der Indianerpolitik aus. Obwohl Graham und Thomas ein sehr unterschiedliches Leben führten, waren sie die besten Freunde. Vielleicht lag es daran, dass sie sich vom Wesen her ähnlich waren.

Graham war im Norden geboren worden und kam erst nach dem Tod des Vaters nach Virginia, als er acht Jahre alt war, mit seiner Mutter, die aus dem Süden stammte. Drei Jahre später heiratete sie erneut.

„Wer als erster dort hinten auf dem Hügel ist", schlug Graham lachend vor.

„Du willst ein Wettrennen?" Thomas grinste. „Du weißt, dass du gegen mich keine Chance hast!"

Thomas ritt seinen schwarzen Hengst, Graham ritt den Hengst seines Vaters, ein Pferd, das, was Schnelligkeit anbetraf, es durchaus mit seinem Pferd aufnehmen konnte – vorausgesetzt, es hatte einen guten Reiter.

„Da drüben, wo die Buschreihe anfängt", schlug Thomas vor.

„Okay, wie du willst!"

Beide spornten ihre Pferde zu Höchstleistungen an. Graham schlug sich ausgezeichnet, dennoch war Thomas um eine Pferdelänge schneller; triumphierend genoss er den Sieg.

„Hab ich dir doch gesagt, du hast keine Chance!", stichelte Thomas, und beide alberten wie die Kinder. Sie saßen ab, um den schnaufenden Pferden eine Pause zu gönnen und sie an dem Wasserloch zu tränken.

„Was ist denn das für einer?", fragte Graham und wies auf einen Reiter, der in einiger Entfernung stand und sie offenbar beobachtete.

Thomas zuckte mit den Schultern. „Keine Ahnung. Vielleicht hält er uns für entflohene Sklaven", witzelte er. Der Reiter jedoch war zu weit entfernt, um ihn erkennen zu können. Graham wurde ernst und nachdenklich.

„Der war vorhin auch schon da. Ich hab ihn gesehen, bevor wir unser Rennen gestartet haben. Da hat er auch nur dagestanden, als würde er uns beobachten."

Beide sahen zu dem einsamen Reiter, ein schlanker, augenscheinlich junger Mann. Er trug den Hut tief ins Gesicht gezogen, sodass sein Gesicht halb verdeckt war. Er ritt langsam voran und hielt den Blick beständig in ihre Richtung.

„Merkwürdig", murmelte Thomas verwundert, „aber wenn er was will, wird er schon zu uns rüberkommen." Der Reiter verschwand um die nächste Biegung und damit aus ihrem Blickfeld. Die Pferde grasten friedlich; Graham hielt das Gesicht der Sonne entgegen und genoss die Wärme.

„Manchmal wünschte ich, ich könnte auch hier draußen leben. Eine Plantage führen. Mein eigener Herr sein, so wie du."

„Ist nicht so leicht, wie es klingt. Es hat alles seine Schattenseiten."

Beide hingen ihren Gedanken nach. „Ist es dir eigentlich ernst mit Christina?", fragte Graham plötzlich ohne Vorwarnung.

Thomas brauchte einen Moment, bis er antwortete.

„Ich dachte, es ...“

Graham, der sich ins Gras gelegt hatte, erhob sich wieder in die Sitzposition und sah den Freund verdutzt an.

„Was heißt, du dachtest?“

Thomas stöhnte und spielte mit einem Grashalm. „Ich weiß auch nicht. Ich dachte, sie ist die Geeignetste. Sie ist attraktiv und ...“

„Liebst du sie?“

Thomas dachte nach und kaute auf seiner Unterlippe. „Darüber habe ich noch nie nachgedacht“, gestand er nach einer Weile, „ich glaube, wenn es Liebe gibt, dann wird sie mit der Zeit schon wachsen.“

Graham starrte ihn fassungslos an und konnte nicht glauben, was er hörte. „Was ist denn das für ein Unsinn? Entweder liebst du sie oder nicht!“

Thomas schwieg und zerlegte den Grashalm sorgfältig in einzelne Schichten. „Ich glaube eigentlich nicht direkt daran“, gab er nach einer Zeit des Schweigens zu. Graham verscheuchte fluchend ein paar Mücken.

„Liebe ist, wenn sie deine Gedanken und Träume beherrscht. Wenn du an nichts anderes mehr denken kannst. Dein Puls schlägt schneller, sobald du sie nur ansiehst, allein ihre Nähe erregt dich, du bist gefesselt von ihrem Anblick. Sie ist das erste, was du morgens siehst, wenn du erwachst, ihr Haar ausgebreitet auf dem Kissen neben dir und das stolze Gefühl, dass sie die Deine ist, “ schwärmte Graham und sog tief und genießerisch die klare Luft ein.

„Ja, ja“, knurrte Thomas, „und was ist aus deiner Liebe zu Mary geworden?“

Graham stand eilig auf; seine Gesichtszüge verhärteten sich.

„Wir haben im Moment ein paar Probleme. Aber wir werden das schon wieder

hinkriegen“, erklärte er wenig überzeugend, während er seine Hose ausklopfte und seine Kleidung richtete. Thomas musterte seinen Freund nachdenklich.

„Graham, ich habe dir gesagt ...“

„Ja, ich weiß“, unterbrach er ihn, „aber lass es gut sein, bitte!“

„Wir sollten zurückreiten“, sagte Thomas nach einem Aufseufzen und erhob sich ebenfalls. Zurück ritten sie im leichten Trapp, wie zuvor abseits der breiten Wege, und witzelten über ihre Zeit am College. Sie ritten gerade hinunter in offenes Gelände, als sie auf dem kleineren Hügel schräg links vor ihnen wieder den einsamen Reiter entdeckten. Graham konnte später nicht mehr sagen, ob Thomas, der ein paar Meter vor ihm ritt, ihn im gleichen Augenblick entdeckt hatte wie er, zumindest, als er die Warnung brüllen wollte, war es bereits zu spät. Ein ohrenbetäubender Knall durchdrang die Stille; Vögel stoben aus den Büschen in die Luft.

Graham hatte Mühe, seinen verängstigten, sich aufbäumenden Hengst unter Kontrolle zu bringen und im Sattel zu bleiben. Dann entdeckte er zu seiner Rechten den eilig davon preschenden Hengst seines Freundes. Thomas lag stöhnend am Boden.

„Bist du in Ordnung?“, brüllte er hinüber und sah, wie Thomas leicht seinen linken Arm hob. Der abschüssige Hügel war zwar größtenteils mit Grün bewachsen, dennoch war der Boden relativ hart und abseits der Trampelpfade teilweise felsig.

„Den Mistkerl schnapp ich mir“, rief Graham entschlossen und feuerte sein Pferd an. Der Angreifer hatte es anfangs offenbar nicht eilig zu entkommen, erst, als er Graham auf sich zurasen sah, spornte er sein Pferd an und versuchte zu fliehen. Die alte Mähre hatte keine Chance gegen den kräftigen Hengst, und so waren sie schon bald auf gleicher Höhe.

„Was sollte das, du Mistkerl? Was haben wir dir getan?", brüllte Graham wutschnaubend und versuchte die Zügel des fremden Pferdes zu greifen. Der Unbekannte wehrte sich heftig und trat um sich, wovon sein Hengst gar nicht begeistert war; deshalb konzentrierte er sich darauf, den Angreifer aus dem Sattel zu ziehen, was ihm schließlich auch gelang. Graham sprang eilig vom Pferd, bevor der Unbekannte sich vom Boden aufrappeln konnte. Er hatte beim Sturz den Hut verloren, Graham konnte sein Gesicht sehen. Er nutzte die Chance, seine Faust mit kräftigem Schlag in die Visage des Fremden sausen zu lassen. Der wesentlich schmächtigere Mann flog zurück und landete auf dem Hinterteil; mit mordlüsternem Blick wischte er sich mit dem Handrücken das Blut ab, während er seinen Gegner nicht aus den Augen ließ.

„Was sollte das, will ich wissen?", insistierte Graham und sah zu, wie sich der Mann allmählich mit einem widerlichen Grinsen erhob. Ohne Vorwarnung ging der Fremde mit einem irren Schrei zum Angriff über – zu überraschend für Graham, der zu Boden ging und manches einstecken musste. Gerade, als Graham den Schrecken überwunden hatte und dabei war, wieder Oberhand zu gewinnen, spürte er einen heftigen Schlag auf den Hinterkopf. Der Schmerz fuhr wie ein Schwert durch seinen Körper und machte ihn halb benommen; er kämpfte verzweifelt darum, nicht das Bewusstsein zu verlieren. Aus den Augenwinkeln sah er noch, wie der Unbekannte die Gelegenheit beim Schopfe packte und die Flucht ergriff. Verdammt noch mal, schimpfte er mit sich selbst, wie konnte er sich von dem Idioten nur so übertölpeln lassen? Stöhnend erhob er sich langsam, gegen den aufsteigenden Schwindel ankämpfend. Er befühlte vorsichtig seinen Hinterkopf, es war warm und feucht. Graham stöhnte auf. Suchend sah er sich nach seinem Pferd um und entdeckte es ein paar Meter entfernt friedlich auf der Wiese. Er wischte seine blutigen Finger fluchend an der Hose ab und versuchte sich aufzurichten. Er musste dringend zurück, um nach Thomas sehen; der Freund war recht hart vom Pferd gestürzt, vielleicht hatte er sich etwas gebrochen? Bei den ersten Schritten taumelte er, dann hatte er alles im Griff.

Thomas lag bewegungslos im Gras, genau an der Stelle, an der er vorhin gesessen hatte. Angst erfasste ihn, war er doch schwer verletzt?

„Los, komm schon", spornte er den Hengst an, während er auf ihn zuritt und seinen Namen rief. Keine Antwort. Hastig sprang er vom Pferd, was sein Kopf sogleich mit einem heftigen Schmerz quittierte.

Gott sei Dank, Thomas war bei Bewusstsein! Graham wurde leichenblass, als er auf der rechten Seite den riesigen Blutfleck entdeckte, der sich unter der offenen Weste auf dem cremefarbenen Hemd gebildet hatte. Erschüttert sank er neben ihm auf die Knie.

„Thomas, verdammt, warum hast du nicht gesagt, dass du getroffen wurdest?" Seine Stimme zitterte, als er die Weste zur Seite schob.

„Hast du ihn erwischt?", fragte Thomas leise und abgehackt.

„Nein, der Mistkerl hat mich niedergeschlagen! Thomas, ich muss dich schleunigst nach Hause bringen, aber ich bezweifle, dass ich dich in diesem Zustand allein auf ein Pferd bekomme, ganz abgesehen davon, dass wir nur noch meins haben." Graham dachte fieberhaft nach. Er konnte schnellstens zur Plantage reiten und Hilfe holen. Andererseits mochte er Thomas nicht noch einmal allein lassen. Er musste versuchen, ihn auf sein Pferd zu hieven und hoffen, dass Thomas noch zu ein wenig Mitarbeit fähig war. Sie würden beide auf einem Pferd reiten müssen, und er konnte nur hoffen, dass das Tier während des Aufsitzens ruhig blieb. Da es nicht sein eigenes Pferd war, konnte er nicht genau einschätzen, wie geduldig der Hengst sich verhalten würde. Aber

ihm blieb keine Wahl – er musste es versuchen. Die Gefahr, seinem Freund eventuell erneut Schmerzen zuzufügen, quälte ihn.

„Thomas, hey, bleib bei mir", stieß er hervor, als er ihm ins blasse Gesicht sah und feststellte, dass er nicht weit von einer Ohnmacht entfernt war. „Hör zu, du musst ein wenig mithelfen. Meinst du, du kriegst das irgendwie hin, aufzusitzen? Wir müssen hier weg! Ich helfe dir!"

Thomas erwiderte eine gestöhnte Zustimmung. Graham spürte, dass seine Kräfte nachließen und versuchte ruhig und couragiert zu wirken, was einen starken Gegensatz zu seinen Gefühlen bildete.

„Vorsicht, und langsam", wies Graham ihn an, während er ihm in die Sitzposition half.

„Warte, da kommt ein Reiter", bemerkte er schockiert. Sein Puls raste; sollte der Kerl es wagen, zurückzukehren? Verdammt, sie boten hier eine exzellente Zielscheibe! Erschrocken sahen die zwei sich an. Graham blickte sich hektisch um: Die Büsche, die ein Versteck boten, lagen Meter hinter ihnen, zu weit, um Schutz zu suchen. Seine Gedanken überschlugen sich, und sein Kopf dröhnte. Der Reiter kam zügig näher.

„Das ist er nicht." Erleichtert stieß Graham die Luft aus. „Das ist jemand anderer".

Graham stand auf und winkte dem Reiter zu.

„Hallo, hier sind wir, wir brauchen Hilfe!"

Er registrierte, wie der Reiter sein Pferd stoppte und es dann anspornte, um in ihre Richtung zu reiten. Gott sei Dank, jemand würde ihnen helfen! Er blickte zu Thomas und stellte erschrocken fest, dass er das Bewusstsein verloren hatte. Sofort hatte er den Reiter vergessen, kniete sich neben den Freund und fühlte seinen Puls.

„Um Gottes Willen, was ist denn hier passiert?", erklang hinter ihm eine aufgeregte, aber bekannte Stimme. Graham fuhr herum.

„Elaih?!"

„Arthus kam allein nach Hause. Die Jungs haben mich alarmiert, er war völlig schweißnass und total verängstigt." Er kniete sich sorgenvoll neben seinen Bruder und begutachtete behutsam und fassungslos seine Verletzung.

„Mann, bin ich froh, dich zu sehen, Elaih!", stöhnte Graham, und es kam aus tiefstem Herzen. „Ich dachte schon, dieser Kerl kommt zurück!"

Elaih sah ihn fragend an. „Welcher Kerl? Haben Sie ihn gesehen?"

„Ja, wie man sehen kann", erwiderte er zerknirscht, „aber er ist mir entwischt!"

„Elaih?" Thomas war halbwegs wieder bei Bewusstsein.

„Helfen Sie mir, ihn auf mein Pferd zu setzen", befahl Elaih an Graham
gewandt.

„Ich werde mit ihm zusammen reiten." Elaih sah ihn besorgt an.

„Was ist mit Ihnen? Sind Sie denn in der Lage zu reiten? Sie sehen auch nicht gerade gut aus."

Graham wehrte ab und versuchte, sich besser zu stellen als er sich fühlte. „Mein Kopf dröhnt, aber sonst bin ich in Ordnung."

Thomas stöhnte vor Schmerz, aber er blieb bei Bewusstsein. Um jede Erschütterung zu vermeiden, ließ Elaih das Pferd ruhig vor sich hintraben.

„Ich reite voraus und gebe Bescheid, was passiert ist", entschied Graham.

„Seien Sie vorsichtig wegen Ihrer Kopfwunde!"

Sie standen bereits neben der Hofeinfahrt, als Elaih mit seinem Bruder hereinritt. Bessy betete laut vor sich hin. Emba kam auf sie zugerannt, ein kurzer Schrei entfuhr ihr, und sie brach in Tränen aus, nachdem sie das Blut auf seinem Hemd erblickt hatte. Emba, sie war wieder da, und wieder weinte sie! Er schloss die Augen.

„Kein Grund zum Weinen", versuchte Thomas zu scherzen, „ich lebe ja noch."

„Das ist nicht witzig!", beschwerte Emba sich unter Tränen. Er wollte ihr ein Lächeln schenken, aber daraus wurde ein gequälter Schmerzenslaut, weil Graham und Elaih ihn langsam vom Pferd zogen. Joe hielt das Tier an den Zügeln und starrte mit geöffnetem Mund auf seinen verletzten Herrn. Ein paar andere Sklaven versammelten sich und beobachteten fassungslos die Szene; erschrockenes Gemurmel und Getuschel war zu hören.

„Jemand muss Dr. Mathew holen", sagte Elaih wie zu sich selbst, als er zusammen mit Graham Thomas aus seinen blutigen Sachen schälte.

„Und den Sheriff", ergänzte Graham, „ich werde reiten!" Er erhob sich rasch.

„Nein! Das werden sie nicht!", kam eine messerscharfe Antwort, die keinen Widerspruch zuließ. Es klang so hart, dass vor Schreck sogar Bessy, die gerade mit einem Fläschchen Jod zurückkehrte, in ihrer Bewegung innehielt. Graham drehte sich verdutzt um. „Sie sind verletzt!", erinnerte Elaih ihn, „und außerdem haben Sie sein Gesicht gesehen. Er ist vielleicht noch da draußen und wartet auf Sie. Es wäre purer Leichtsinn, jetzt zu reiten!"

Beide Männer fixierten sich abschätzend. Bessy sah verblüfft von einem zum anderen.

„Verdammt, jetzt ist keine Zeit für einen Hahnenkampf!" Sie wandte sich Graham zu. „Er hat recht, Mister, Sie sind verletzt."

Elaih erhob sich entschlossen. „Ein Aufseher kann das erledigen. Ich sage ihm sofort Bescheid."

„Werden sie denn auf dich hören?", wollte Graham verwundert wissen. Elaih sah ihn erneut mit stechendem Blick an, und da sie sich mittlerweile gegenüber standen, wirkte die Szene noch bedrohlich, wie zwei Gegner vor dem Kampf.

„Entschuldige", knurrte Graham schließlich ungehalten, „ich kenne deinen Status hier nicht."

Ohne etwas zu erwidern, verließ Elaih das Zimmer. Graham gab ein entnervtes Schnauben von sich.

„Sie dürfen ihm nicht böse sein, Mr. Stevens, er macht sich nur Sorgen", versuchte Bessy zu schlichten, „er ist ein guter Mann."

„Sie hatten wirklich Glück, dass ich gerade in der Nähe war", brummte Dr. Mathew, während er die Wunde untersuchte, „der junge Mr. Fellow erwischte mich auf dem Rückweg von den Carringtons. Ein glücklicher Zufall."

Dr. Mathew übte seit mehr als zwei Jahrzehnten den Beruf des Arztes aus und galt als sehr erfahren, eine Leuchte auf seinem Gebiet. Er hatte manches gesehen, und sein umfangreiches Wissen machte ihn für viele fast zu einem Heiligen. Mathew war kleiner als die meisten Männer und konnte, was Körpergröße betraf, eher mit einer Frau verglichen werden. Da er oft Schwierigkeiten hatte, ohne Hilfe in den Sattel zu steigen, war er in der Regel mit einem kleinen Einspänner unterwegs, obwohl er reiten konnte. Sein mittlerweile von grauen Strähnen durchzogenes, schwarzes Haar trug er seit Jahren auf dieselbe Art: mit einem Seitenscheitel auf seiner linken Seite und zur Rechten herübergekämmt. Seine von Natur aus etwas hängenden Mundwinkel verliehen ihm den Anschein ständiger Konzentration.

Graham und Elaih standen ein paar Meter vom Bett entfernt, um nicht im Wege zu stehen. Schweigend verfolgten sie das Tun des Arztes. Die anderen waren von Dr. Mathew energisch hinausbeordert worden, nur Emba hatte sich strikt geweigert, das Zimmer zu verlassen, und so stand sie zitternd vor Elaih, der sie an den Schultern festhielt. Thomas sank zwischendurch immer wieder in kurzen Schlaf und registrierte offenbar nur am Rande, was mit ihm geschah.

„Er hat großes Glück gehabt, dass es nur die Schulter erwischt hat", erklärte Dr. Mathew nach einer kurzen Weile, die jedem wie eine Ewigkeit erschien. „Die Schusswunde ist nicht lebensgefährlich. Aber durch den Sturz hat er sich den Arm gebrochen. Gott sei Dank ein glatter Bruch. Und er hat eine Gehirnerschütterung. Er muss mindestens eine Woche strenge Bettruhe halten. Außerdem müssen die Verbände regelmäßig gewechselt werden, um eine Infektion zu vermeiden. Dennoch kann es sein, dass er Fieber bekommt. Schwindelanfälle und Übelkeit können durch die Gehirnerschütterung dazukommen." Er sah sich zu den drei wartenden Personen um und ging auf Graham zu.

„Lassen Sie mich mal ihre Kopfwunde ansehen." Graham wollte abwinken, doch Dr. Mathew ließ sich nicht beirren. „Mit Kopfwunden ist nicht zu spaßen, mein Herr", mahnte er und besah sich den Hinterkopf. „Die Wunde selbst ist nicht schlimm. Wie ich sehe, hat schon jemand etwas zur Desinfektion hineingeträufelt. Das sollte nachher allerdings noch einmal wiederholt werden. Dennoch ist es möglich, dass auch sie eine leichte Gehirnerschütterung davongetragen haben. Sie sollten sich heute Ruhe gönnen, Sir. Keine Anstrengungen mehr!" Dann sah er auf Elaih, der ihm wohlbekannt war, und bat ihn zu sich.

„Ich muss seinen Arm richten, damit er wieder gerade zusammenwachsen kann. Fühlst du dich in der Lage, mir dabei zu helfen?"

Elaih sog scharf die Luft ein und nickte stumm und ein wenig zögerlich. Emba schlug entsetzt beide Hände vors Gesicht und wagte kaum zu atmen.

Thomas stieß einen Schrei aus und sank in die Kissen zurück. „Das war es schon", beruhigte Dr. Mathew. Elaih ließ langsam seine Atemluft entweichen. „Ich werde ihm jetzt eine Schiene anlegen und ihn verbinden."

Graham hatte Emba, die zusammenzubrechen drohte, zu einem Sessel in der Ecke des Zimmers bugsiert. Eigenartig, wie sehr sie das Ganze mitnahm, weit mehr als die anderen Sklaven, wunderte Graham sich. Vermutlich hypersensibel, die Kleine. Nachdenklich musterte er die zitternde Emba. Ein Klopfen an der

Tür unterbrach seine Gedanken. Er öffnete; es war Shirin, die erst überrascht, dann mit Mitleidsmiene sein Gesicht betrachtete. Ihm wurde wieder bewusst, dass er furchtbar aussehen musste. Abgesehen davon, dass seine Kleidung durch den Kampf verschmutzt war, fühlte er, dass sein Auge allmählich zuschwoll, und gewiss hatte er noch getrocknetes Blut im Gesicht. Er räusperte sich, um Shirin von ihrer Musterung abzulenken und sie daran zu erinnern, weshalb sie geklopft hatte.

„Verzeihung, der Sheriff ist da!"

„Ja, lassen Sie ihn eintreten", rief Dr. Mathew vom Bett her, ohne von seiner Arbeit aufzublicken. Graham trat zur Seite. Sheriff John Heyden, ein großer, breitschultriger Mann von etwa Ende Vierzig, trat ein. Seine eindrucksvolle Ausstrahlung wurde dem eines Gesetzmannes gerecht. Nach dem Austausch der üblichen Höflichkeitsfloskeln klärte Dr. Mathew ihn über den Zustand des Patienten auf. Heyden nickte.

„Gibt es Zeugen?"

„Ja, ich war dabei. Ich ritt nur wenige Meter hinter ihm, als der Schuss fiel."

„Ihr Name?"

„Graham Stevens, Sir." Sheriff Heyden notierte alles, ohne dabei aufzusehen.

Offenbar kein Mann vieler Worte.

„Können wir uns irgendwo ungestört unterhalten?"

„Selbstverständlich." An Shirin gewandt: „Wir gehen in den Salon, wenn das in Ordnung ist." Er warf einen Seitenblick auf Emba und flüsterte Shirin zu: „Kümmere dich um sie!" Dann schritt er mit Sheriff Heyden in den Salon, wo er ihm das Geschehen in allen Details berichtete. Heyden hörte aufmerksam zu und unterbrach ihn nicht. Als er geendet hatte, sah er ihn eindringlich an.

„Und Sie kennen den Mann wirklich nicht?"

„Nein! Aber ich würde ihn jederzeit wiedererkennen. Im Übrigen dürfte er ebenfalls ein ramponiertes Gesicht haben."

„Hm", machte Heyden, „Sie sind Politiker nicht wahr?" Graham zog verwundert die Stirn in Falten und fragte sich, was das damit zu tun haben sollte. Doch bevor er fragen konnte, redete Heyden weiter.

„Nur so ein Gedanke. Der Mann postiert sich weit genug entfernt, um nicht erkannt zu werden. Das heißt, dass er ein ausgezeichneter Schütze ist. Sie und Mr. Greendale sehen sich recht ähnlich: gleiche Größe und Statur. Wäre es denkbar, dass der Angriff ihnen gegolten hat und der Schütze sie aus der Entfernung verwechselte?"

Graham sah den Mann einen Augenblick lang sprachlos an. Diese Möglichkeit hatte er noch gar nicht in Betracht gezogen. Er dachte kurz nach, dann schüttelte er energisch den Kopf.

„Nein, das kann ich mir nicht vorstellen. Der Mann hat uns genau beobachtet. Er hätte uns anhand der unterschiedlichen Kleidung auseinanderhalten können. Nein, das glaube ich nicht. Außerdem ritt Thomas einige Meter vor mir. Ich glaube nicht an ein Versehen. Der Mann hatte es ganz gezielt auf ihn abgesehen."

„Hat Mr. Greendale Feinde?"

„Nicht, dass ich wüsste. Das muss ein Irrer gewesen sein. Er hatte so einen stechenden Blick."

„Ich muss natürlich noch mit Mr. Greendale sprechen, sobald er vernehmungsfähig ist. Dann werde ich sehen, was ich tun kann."

„Das klingt nicht gerade danach, als wenn Sie sehr bemüht wären, den Täter schnell zu fassen. Hören Sie, er hat versucht, meinen Freund eiskalt zu erschießen!", erregte sich Graham. Heyden blickte von seinen Notizen auf und musterte sein Gegenüber.

„Was glauben Sie eigentlich, was ich zu tun habe?", fragte er seelenruhig, aber mit verärgertem Unterton. „Ich habe Überfälle auf Reisekutschen aufzuklären, vorwiegend in der beginnenden Dämmerung, die Fahrgäste wurden um Schmuck und Bargeld erleichtert. Ich habe eine Kneipenschlägerei mit einem Toten aufzuklären, eine Messerstecherei mit einem Schwerverletzten und einen Bankraub, eine brutale Vergewaltigung einer Schankmagd, einem Gentleman ist seine Frau abhandengekommen, geflüchtet oder entführt, dann mehrere Diebstahldelikte, illegale Pokerrunden, ein immer wieder ausartender Streit um einen Besitzanspruch sowie einen tätliche Angriff auf eine höhergestellte Persönlichkeit. Und täglich kommt etwas Neues dazu. Und jetzt sagen Sie mir, Mr. Stevens, wie das ein Einziger bewältigen soll."

Graham, der seinen Ausspruch längst bereute, setzte zu einer Antwort an, doch Sheriff Heyden sprach mit lauter Stimme weiter und übertönte seinen Einwand.

„Da im Übrigen die Zahl der europäischen Zuwanderer in den letzten Jahren deutlich gestiegen ist, wird mein Zuständigkeitsbereich immer größer. Aber nicht nur das, auch die Kriminalität steigt an. Und was unternehmt ihr Politiker dagegen? Als Sheriff bin ich offiziell nicht einmal befugt, Hilfsleute anzuheuern, da diese von Rechts wegen keine Festnahmen durchführen dürfen. Lediglich interne Ermittlungen und Zeugenbefragungen werden ihnen zugebilligt. Dazu kommt, dass man kaum qualifizierte und vertrauenswürdige Leute findet. Und obendrein sieht die Bezahlung auch nicht gerade verlockend aus. Es ist ein Notstand, über den sich die Herren Abgeordneten keine Gedanken machen. Es wird nur erwartet, dass der Distrikt von menschlichem Ungeziefer sauber gehalten wird. Ich kann aber nicht überall gleichzeitig sein. Mein Job beansprucht bereits 24 Stunden am Tag, und es bleibt kaum noch ein Privatleben."

Graham schluckte betroffen und murmelte eine Entschuldigung.

„Hören Sie", begann Graham nach einer Pause, „ich danke Ihnen für ihre Ausführungen, und ich verspreche Ihnen, mich der Sache anzunehmen und einen entsprechenden Antrag zu verfassen, der dem Senat vorgelegt werden kann. Darauf, wie anschließend darüber abgestimmt wird, habe ich aber keinen Einfluss. Aber da, wie Sie erwähnten, die Zahl der Zuwanderer stetig ansteigt, denke ich, dass wir gute Chancen haben, in diesem Punkt ein zufriedenstellendes Ergebnis zu erzielen. Es ist gewiss an der Zeit, die Gesetzesorgane der wachsenden Bevölkerung und der zunehmenden Ausbreitung der Plantagenwirtschaft anzupassen."

Heyden stieß ein grunzendes Geräusch aus, das nach einer verblüfften Überraschung klang. Einen Augenblick herrschte Schweigen.

„Ja, das ist wohl wahr, Mr. Stevens. Wir können nur froh sein, dass uns bisher noch kein Ärger mit den Indianerstämmen droht, seit Präsident Jackson das Gesetz zur Umsiedlung der Indianer, den, wie heißt er noch gleich ... den Indian Removal Act, unterzeichnet hat."

„Hm", machte Graham, „bis dahin können noch Jahre ins Land gehen. Soweit mir bekannt ist, betrifft es in

erster Linie den Staat Mississippi und die dort lebenden Choctaws, die aus den, östlich des Mississippi
liegenden Gebiete, in die Gebiete westlich vom Fluss
umgesiedelt werden sollen. Aber noch ist man sich
nicht ganz einig. Aber es ist davon auszugehen, dass
der Vertrag in den nächsten zwei Monaten unterzeichnet wird."

„Ich habe in der Zeitung gelesen, dass der Missionar
Jeremiah Evarts gegen den Erlass vorgeht und für
allerlei Aufregung sorgt."

„Ja, immerhin gab es bei der Abstimmung am 24.
April zahlreiche Gegenstimmen, 102 zu 97 Stimmen,
und die Gegenstimmen kamen vorwiegend von Abgeordneten aus dem Norden. Das sollte man nicht vergessen."

Heyden sah auf seine Taschenuhr und zog die Augenbrauen überrascht hoch. „Welche Rolle spielt die BIA,
das Amt für indianische Angelegenheiten? Immerhin
besteht es bereits seit 1824, wenn ich mich nicht irre."

„Die BIA ist immer noch dem Kriegsministerium der
Vereinigten Staaten unterstellt ..."

Emba trat nach kurzem Anklopfen ein. Sie trug ein
Tablett mit zwei vollen Kaffeetassen, dazu ein Känn-
chen Milch und eine Schale Zucker.

„Ich hoffe, Sie trinken Kaffee, Sheriff?", fragte sie,
während sie jedem eine Tasse reichte.

„Eigentlich habe ich keine Zeit dafür. Aber er riecht
köstlich", bedankte sich Heyden freundlich und sah
erneut auf seine Taschenuhr.

„Dr. Mathew ist gerade gegangen. Thom ... äh, Mr.
Greendale hat ein Mittel gegen die Schmerzen bekommen und schläft jetzt, bat er mich Ihnen auszu-
richten, Sheriff."

„Hm", machte Sheriff Heyden, „habe ich mir fast gedacht, dass ich ihn heute noch nicht befragen kann. Ich werde dann morgen gegen Abend jemanden vorbeischicken. Aber falls er wach sein sollte, " er wandte sich zu Graham, „dann sagen Sie ihm bitte, ich benötige eine Liste aller Personen, denen er eine solche Tat zutrauen würde beziehungsweise, die ihm gedroht haben oder mit dem er sonst irgendwie Streit hatte."

Graham nickte, während er Zucker in seinen Kaffee rührte.

„Gut, ich informiere Sie, sobald ich etwas höre", verabschiedete sich Heyden eine Viertelstunde später. „Und was Sie betrifft, Mr. Stevens: Seien sie vorsichtig. Nicht nur Sie kennen den Täter, der Täter kennt vor allem Sie. Vergessen Sie das nicht", mahnte er.

„Warten Sie, Sheriff ..."

Erstaunt drehten sich beide um und sahen, wie Emba auf sie zugerannt kam. „Entschuldigen Sie, Sheriff, Sie sagten vorhin, sie müssten wissen, ob ihn jemand bedroht hätte ..." Sie senkte den Blick. „Da gab es jemanden."

Sheriff Heyden sah sie mit gefurchter Stirn an. Es war nicht üblich, dass eine Sklavin sich ungefragt in das Gespräch weißer Personen mischte.

„Sein Name ist Steve Humpten, er war hier Aufseher. Mr. Greendale hat ihn rausgeworfen, weil er Sklavinnen vergewaltigt hat. Steve hat ihn grob beschimpft und gedroht, dass er es noch bereuen würde und so, und er hat behauptet, Mr. Greendale hätte ihm die Nase gebrochen." Emba wagte nicht aufzuschauen.

„Verhaften Sie diesen Mann, Sheriff", durchbrach Graham die Stille.

„Es ist wahr, was sie sagt!" Elaih stand am Ende des Flurs und kam langsam näher. Immer noch verdutzt räusperte sich Heyden.

„Ähm, ja ... die Sache ist die: Ich kann keinen ehrenwerten Bürger nur aufgrund der Aussage einer Sklavin verhaften ... da würde ja jeder..."

„Hören Sie, Sheriff", fiel Graham ihm ins Wort, „ich bin zwar sein Freund, aber hier nur Gast. Die Sklaven leben hier. Sie wissen, was vor sich geht, und wenn sie sagen, dass es diesen Streit gab, dann wird es so sein."

Heyden sah noch immer unentschlossen aus. „Das mag ja alles sein, Sir, aber ..."

„Machen Sie diesen Humpten ausfindig. Und wenn er aussieht, als hätte er kürzlich eine aufs Maul bekommen, informieren sie mich, und ich werde sehen, ob es unser Mann ist." Um jeglichem Widerspruch aus dem Weg zu gehen, fügte er hinzu: „Ich übernehme die Verantwortung. Sie sagen, Sie könnten nicht aufgrund der Aussage einer Sklavin hin handeln. Dann sage ich Ihnen hiermit offiziell, dass Steve Humpten meinen Freund Thomas Greendale Rache geschworen hat, Rache für seinen Rauswurf."

Heyden stöhnte. „Also gut, wie Sie wünschen, Sir. Ich werde dem nachgehen." Kopfschüttelnd verließ er das Anwesen.

Graham drehte sich herum und begann plötzlich zu taumeln; sofort war Elaih bei ihm und stützte ihn.

„Es geht schon wieder, vielen Dank", wehrte er verlegen ab.

„Sie sollten sich jetzt hinlegen, Mr. Stevens, Anweisung von Dr. Mathew. Ich begleite Sie zu ihrem Zimmer, da können Sie sich frisch machen. Und ich werde noch einmal nach ihrer Kopfwunde schauen."

„Das hat ihre ... das ... äh, das hat die Köchin schon getan, bevor der Arzt kam, " stammelte er. Dennoch ließ er sich von Elaih heraufführen, denn wenn er ehrlich war,

dröhnte sein Kopf außerordentlich, und er fühlte sich völlig erschöpft.

„Ich hatte diesen Dreckskerl schon", schimpfte Graham, während Elaih die Wunde erneut desinfizierte, „wie konnte er mir nur entwischen? Ich habe ihn unterschätzt! Er griff mich an, als ich nicht mehr damit rechnete." Er saß auf dem Bett, die Arme auf den Oberschenkeln abgestützt. „So ein dummer Fehler! Lasse ich mich von so einem Hänfling austricksen!"

„Es ist nicht Ihre Schuld", versuchte Elaih ihn zu beruhigen.

Graham fuhr hoch und taumelte erneut. „Würdest du das auch sagen, wenn es dir passiert wäre? Was ist, wenn der Kerl es bei nächster Gelegenheit erneut versucht – und dann vielleicht genauer trifft?"

Elaih konnte nachempfinden, wie Graham sich fühlte. Er gab sich die Schuld; dasselbe hätte er an seiner Stelle vermutlich auch getan. Er konnte nur hoffen, dass der Schütze bald gefasst wurde.

„Ich werde mit den anderen Aufsehern sprechen, dass sie die Augen aufhalten. Wenn es Steve war, werden wir ihn kriegen", versicherte er mit mehr Überzeugung als er fühlte.

„Wir haben den Vorteil, dass Sie sein Gesicht gesehen haben. So können wir mit Sicherheit sagen, ob er es war."

„Und wenn er gar nicht unser Mann ist?", hakte Graham matt nach.

 Elaih stöhnte. „Schlafen sie jetzt ein wenig!" Graham rieb sich die Stirn und fühlte sich im Moment zu niedergeschlagen, um Einwände zu erheben. Wie schön wäre es, wenn Mary jetzt bei ihm wäre! Er vermisste sie und wünschte, er könnte sie einfach nur im Arm halten. Dabei war er genau aus diesem Grund aus dem gemeinsamen Schlafzimmer ausgezogen, weil er glaubte, er könnte nicht einfach so neben ihr liegen und sie lediglich umarmen. Er hätte nie gedacht, dass er sich genau das einmal ersehnen würde, seine Mary. Dann schlief er ein.

***

In Windeseile sprach sich unter den Sklaven herum, dass Thomas Greendale niedergeschossen worden war. Elaih wurde von allen Seiten mit Fragen bombardiert, kaum dass er den Hof betreten hatte. Sein Bruder, wie blass er gewesen war! Wenn es Steve war, dann Gnade ihm Gott! Er würde ihn eigenhändig töten, wenn er ihn in die Finger bekäme, das schwor er …

Wut und Mordlust packten ihn, aber auch Angst und Sorge um Thomas. Raida hielt sich den ganzen Tag über im Hintergrund. Zu frisch war die Sache mit ihrem Bruder, was natürlich auch an ihm nicht spurlos vorübergegangen war …

Schnurstracks ging Elaih in Thomas´ Arbeitszimmer, nachdem er von den Sklavenunterkünften zurückgekehrt war, und bediente sich dort an seinem Brandy. Bessy hatte belegte Schnittchen vorbereitet und auf einem Tablett angerichtet, das sie nun herumreichte – in weiser Voraussicht, das niemand die Ruhe fand, sich an einen Tisch zu setzen. Emba hatte sich einen Stuhl an Thomas´ Bett gezogen, dort saß sie mit gestrecktem Rücken und hielt seine Hand, die sie sogleich freigab, als sie Elaih bemerkte. Die Situation erinnerte ihn schmerzlich an Raida, wie sie Stunden am Bett ihres Bruders verbracht hatte, und es lief ihm kalt den den Rücken hinunter. Er musste tief durchatmen, um sich zu beruhigen, bevor er auf Emba zuging. Thomas lag auf dem Rücken, den Oberkörper etwas höher gebettet. Er schlief tief und fest. Vorsichtig befühlte Elaih seine Stirn. Sie fühlte sich normal an.

„Glaubst du, er bekommt Fieber?", fragte Emba und sah besorgt zu ihm auf. Zu nah war noch die Erinnerung an den langen Fieberkampf des armen Ian.

„Durchaus möglich. Du hast gehört, was Dr. Mathew gesagt hat", erklärte er ruhig.

„Wie kannst du nur so gelassen sein, Elaih?", empörte Emba sich, „er ist dein Bruder, und jemand hat versucht ihn umzubringen!" Ihre Stimme drohte zu ersticken.

„Ich bin keineswegs gelassen, Emba, das solltest du wissen. Ich versuche nur ruhig zu bleiben. Panik hilft niemanden." Gekränkt sah er sie von der Seite an.

„Ruh dich aus, Emba. Es ist spät, du kannst im Moment nichts tun. Geh schlafen."

Hatte er nicht fast dasselbe damals zu Raida gesagt? Er versuchte seine fahrigen Gedankengänge zu verdrängen und zuversichtlich zu wirken, doch Emba bemerkte das leichte Zittern seiner Hände.

„Entschuldigte, ich habe es nicht so gemeint ... ich ... äh ..."

„Ich weiß, komm jetzt", erwiderte er kaum hörbar, und Emba erhob sich widerstrebend. Kurz drückte er sie tröstend an sich. Raida sah ihn besorgt an, als er mit gesenktem Kopf zurückkehrte. Schweigend ging sie auf ihn zu und umarmte ihn stumm; sie wusste, wie er sich fühlte. Die Schusswunde hatte wieder zu bluten begonnen; ein immer größer werdender roter Fleck bildete sich auf dem weißen Laken. Elaih versuchte verzweifelt, die Wunde zuzudrücken, aber es wollte nicht aufhören zu bluten. Sein Bruder schrie vor Schmerzen, und er konnte ihm nicht helfen. Wo blieb nur Dr. Mathew? Thomas hatte hohes Fieber und wälzte sich im Bett. Er wollte nicht still liegen bleiben. Alles war voller Blut; sein Bruder würde sterben, er sah auf seine Hände, sie waren rot ... Jemand rief seinen Namen. Aber er konnte nicht aufhören. Er musste seinen Bruder retten...

„Elaih!" Raida versuchte ihn fortzuzerren. Warum tat sie das?

„Elaih!" Die Rufe wurden lauter, und Thomas Gesicht verschwamm vor seinen Augen. Er spürte, wie sie ihn schüttelte und gleichzeitig umarmte und küsste.

„Wach auf, Elaih! Es war nur ein Traum! Alles ist gut!"

Elaih saß kerzengerade im Bett. Er keuchte, als wäre er einmal um die ganze Plantage gerannt, nur stückweise nahm er seine Umgebung wahr. Er befand sich im Herrenhaus, im Trakt der Hausklaven. Neben ihm lag Raida, es war tatsächlich nur ein böser Traum gewesen. Er versuchte sich zu beruhigen und schämte sich.

„Ich muss nach Thomas sehen", murmelte er, als er sich wieder unter Kontrolle hatte. Er küsste seine Liebste zärtlich und schlüpfte in seine Hosen. Ja, er musste sich vergewissern, dass es seinem Bruder gutging! Gedankenversunken schritt er hinüber zu Thomas´ Privaträumen. Es war tiefe Nacht; alles schien ruhig und friedlich. Er drückte behutsam die Klinke, um keinen Lärm zu machen. Aufatmend blieb er am Fußende des Bettes stehen. Offenbar hatte sich noch jemand große Sorgen gemacht …

Suchend blickte er sich im Zimmer um und entdeckte eine zweite Decke, die jemand auf der Wäschetruhe abgelegt hatte. Er ergriff sie lautlos und deckte behutsam die schlafende Emba zu, die sich schlafend an Thomas gekuschelt hatte. Sie trug noch die gleichen Kleider wie tagsüber, doch ihr Haar war von seinen Bändern befreit und breitete sich offen neben ihr aus. Emba und Thomas wären ein schönes Paar, fiel ihm ein, und er betrachtete die beiden versonnen. Emba war eine liebreizende, schöne Frau – klar, dass das seinem Bruder nicht entgangen war. Es wirkte beruhigend auf ihn, die beiden seelenruhig Schlafenden zu betrachten. Er mochte sich kaum von dem Anblick losreißen, doch seine Müdigkeit, die sich mit tiefem Gähnen anmeldete, erinnerte ihn daran, dass auch er schlafen sollte.

So leise wie er gekommen war, ging er. Thomas war in guten Händen, das wusste er jetzt. Er musste sich einen Moment lang sammeln, bevor er die Schlafkammer, wo Raida auf ihn wartete, betrat. Bilder des verwundeten Ian bestürmten unvermutet seinen Geist. Wie gern hätte er ihren Bruder kennengelernt, sich mit ihm ausgetauscht, gelacht und gescherzt! Er bedauerte aus tiefstem Herzen, dass er dazu keine Chance bekommen hatte. Die meiste Zeit hatte er ihn in tiefer Bewusstlosigkeit erlebt, und das schmerzte ihn mehr, als er sich eingestehen wollte. Er hatte versucht, für Raida stark zu sein und keine Gefühle zugelassen; stattdessen hatte er sich verbissen um Fluchtpläne gekümmert.

Und was war das Ergebnis? Grüblerisch lehnte er sich gegen die kahle Wand neben der Tür und wagte es nicht, hineinzugehen. Als Ian im Sterben lag, hatte er nur daran gedacht, einen Weg zu finden, um für immer mit Raida zusammen zu sein. Wie egoistisch von ihm; er schämte sich. Wie konnte er nur so herzlos und selbstsüchtig sein? Lag es daran, dass ihm längst klar gewesen war, dass Ian den Kampf am Ende verlieren würde? Hatte er sich mit seinem Tod bereits abgefunden, als er noch lebte? Raida dagegen wollte bis zum letzten Moment daran glauben, dass ihr geliebter Bruder überlebte.

Er dachte an Thomas. Er, Elaih, würde genauso reagieren, er würde ebenfalls bis zuletzt hoffen. Er schluckte. Im Gegensatz zu Ian waren Thomas´ Verletzungen bei weitem nicht so schwerwiegend, dennoch saß seine Sorge um ihn tief. Thomas würde überleben, aber Ian, hatte er überhaupt je eine Chance gehabt? War es das, was er zu verdrängen versuchte? Er war kein Arzt, aber er hatte alles versucht, er hatte sein Möglichstes getan. Das hatte er doch, oder etwa nicht? Nicht zum ersten Mal nagten Zweifel an ihm, die er bislang eisern niedergekämpft hatte. Doch nun, da sein Bruder mit einer Schusswunde daniederlag, stieg das Verbannte in ihm empor. Er liebte Raida, er liebte sie so sehr, und ihre Trauer schmerzte seiner Seele. Thomas´ Zustand bestätigte ihm, dass es nichts mehr zu tun gab und Beten das einzige blieb; trotzdem quälte es ihn. Zu gern hätte er Raida ihren Bruder zurückgebracht. Begriff Raida, wie es in ihm aussah? Oder fühlte sie sich von ihm vernachlässigt in dieser schweren Zeit? Fehlte es ihr an seinem Beistand?

***

Thomas erwachte allmählich. Sein Kopf fühlte sich an wie nach einer Kollision mit einem Felsbrocken, und seine Schulter brannte wie Feuer. Aber da war noch etwas anderes: Irgendetwas kitzelte ihn am Kinn … Vorsichtig öffnete er die Augen und schloss sie gleich darauf wieder mit zufriedenem Seufzen. Sie lag neben ihm, Emba! Er atmete tief ein und spürte sogleich einen stechenden Schmerz in der Schulter; erschrocken riss er die Augen auf. Warum war seine Schulter verbunden? Langsam bahnte die Erinnerung sich einen Weg durch lähmenden Kopfschmerz. Er war angeschossen worden! Er musste durch die Erkenntnis wohl hastiger geatmet haben, denn Emba schnellte blitzartig empor und blickte ihn verängstigt an.

„Guten Morgen, meine Liebe", flüsterte er und merkte, wie trocken sein Mund sich anfühlte und wie fremd seine Stimme klang. „Du hättest auch zu mir unter die Decke kommen können."

Überrascht sah Emba an sich herunter und bemerkte die Decke, die jemand über sie gebreitet haben musste. Ihr Gesicht verriet Verlegenheit. Thomas hätte lachen mögen, hätte er sich nicht so elendig gefühlt. Er stöhnte und ihm war übel. Er schloss die Augen und atmete in kurzen, heftigen Stößen. Emba hatte unterdessen eine Schüssel unter dem Bett hervorgezogen, die er jedoch nicht benötigte – vorerst.

„Du hast eine Gehirnerschütterung", erklärte Emba sanft und strich ihm eine Strähne aus dem Gesicht. Er sah sie liebevoll an, wie sie da auf seinem Bett saß, ihr offenes Haar, das ihr über die Schulter fiel, auf der Seite zerzaust, ihre schlaftrunkenen Augen …

Gab es einen schöneren Anblick? Mit Bestürzung registrierte er, dass anscheinend auch ein gewisser Teil seiner Anatomie dieser Ansicht war … Wenn ihm bloß nicht so verdammt übel gewesen wäre! Es wäre ihm zutiefst peinlich gewesen, sich in Embas Gegenwart zu erbrechen, deshalb gab er ihr zu verstehen,

dass er allein sein wollte. Zärtlich strich sie mit ihrer Hand über seine Wange und ging leise und wortlos.
***

Graham saß schon seit geraumer Zeit im Speisezimmer und notierte etwas in einem kleinen, in schwarzes Leder gehülltes Notizbuch. Er fühlte sich deutlich besser. Leichter Kopfschmerz und ein zugeschwollenes Auge erinnerten allerdings noch an das Geschehen.

Shirin trat ein, gefolgt von einem jungen Gentleman. Sie teilte ihm mit, dass dieser eine wichtige Nachricht für ihn habe. Eine Stunde zuvor war ein Gehilfe des Sheriffs erschienen und hatte ihnen ausgerichtet, dass Steve Humpten verschwunden sei und man ihn suche.

„Ich muss leider reiten, eine wichtige geschäftliche Angelegenheit", erklärte Graham und steckte den Kopf kurz in die Küche, „ich bin hoffentlich bis übermorgen Abend zurück, ansonsten Tags darauf. Ich habe gerade mit Thomas gesprochen, er weiß Bescheid. Wo ist Elaih?"

„Er ist zu den Feldern geritten. Die Sklaven fangen mit der Baumwollernte an", erklärte Raida.

„Hm", nachdenklich rieb er sich das Kinn. Dann ging er und kehrte kurz darauf mit einem Schreiben in der Hand zurück. „Wenn irgendetwas mit Thomas ist, während ich weg bin: Hier steht alles drin, wie und wo man mich im Notfall erreichen kann. Gib das Elaih!" Mit diesen Worten übergab er Raida das Schriftstück. Bessy und Shirin erinnerten ihn eindringlich daran, dass der hinterhältige Schurke noch nicht gefasst worden war und er größte Vorsicht walten lassen sollte. Es rührte ihn, wie besorgt die Sklaven sich ihm gegenüber zeigten, obwohl sie ihn kaum kannten.

Dr. Mathew schaute am späten Nachmittag zu einem Krankenbesuch herein. Er war mit dem Befinden seines Patienten zufrieden, auch wenn seine Körpertemperatur mittlerweile leicht gestiegen war. Thomas war es nicht gewohnt, den gesamten Tag über im Bett zu liegen. Dr. Mathews Medizin half ein wenig gegen die Übelkeit, und solange er still und ruhig lag, waren die Schmerzen erträglich. Den ganzen Tag über war er immer wieder in kurze Schlafphasen gefallen, nun aber fühlte er sich hellwach und ihm wurde langweilig. Bessy hatte immer wieder versucht, ihm etwas zu essen anzubieten, aber danach stand ihm der Sinn nun wirklich nicht – nicht einmal nach ihrer leichten Hühnerbrühe. Elaih verbrachte viel Zeit an seinem Bett. Um Thomas abzulenken, erstattete er ihm Bericht über den Verlauf des ersten Erntetages und berichtete, dass die Entkörnungsmaschine einwandfrei arbeitete. Die Cotton Gin, wie die Maschine genannt wurde, hatte seinerzeit sein Vater William Greendale angeschafft, da durch sie das arbeitsintensive Rupfen der Baumwolle entfiel und die Sklaven auf den Feldern effektiver als Pflücker eingesetzt werden konnten. Die Maschine trennte die Baumwollfasern von den Samenkapseln und den klebrigen Samen.

„Du siehst erschöpft aus", meinte Elaih schließlich und musterte ihn eindringlich, während er seine Stirn befühlte. „Außerdem hast du Fieber". Er wollte sachlich klingen, aber es gelang ihm nicht sehr überzeugend. „Versuch doch zu schlafen."

„Ich kann nicht ständig nur schlafen", murrte Thomas, nickte aber wider Erwarten dann doch ein. Als er die

Augen wieder aufschlug, saß Emba an seiner Seite, und er versuchte ein Lächeln.

„Magst du dich wieder zu mir legen?" Es klang wie eine Mischung aus Frage und Bitte. Sie lächelte sanftmütig, und er war erneut hingerissen von ihren Grübchen …

„Was, wenn jemand kommt?", flüsterte sie und schaute wachsam zur Tür. Er blickte mit schelmischem Grinsen zum Fenster und dann zurück zu Emba.

„Es ist spät und dunkel ..."

Abwartend hob er die Decke zu seiner Linken an. Emba hatte sich umgezogen; sie trug jetzt eine bräunliche Kragenbluse mit grauweißen Kreisen und einen schlichten, dunkelgrauen Rock. Ihr Haar fiel in einem locker gebundenen Zopf ihren Rücken hinab. Sie roch nach Seife. Unendlich langsam und bedachtsam legte sie sich zu ihm, so langsam, dass es ihn nervös machte und er aufseufzte, als sie endlich in seinen Armen lag – die Hitze, die in ihm aufstieg, kam nicht nur vom Fieber. Er liebte ihren Geruch, ihre Nähe, ihre Wärme, und er verfluchte, dass er nur einen freien Arm zur Verfügung hatte. Eng aneinandergeschmiegt lagen sie schweigend da und sahen versonnen empor zu der weißgetünchten Zimmerdecke mit ihren dunklen Balken. Sie malten sich aus, sie würden unter freiem Sternenhimmel schlafen, nur sie beide allein, meilenweit keine Menschenseele, eine einsame Insel, ein Lagerfeuer, darüber ein erlegtes Kaninchen schmorend.... Es bereitete ihm Vergnügen, mit ihr in Fantasiewelten abzuschweifen. Er stellte sich Emba im Schein des Feuers vor, wie sie neben ihm stand, Rußstreifen auf den geröteten Wangen und den Arm voll gesammelten Brennholzes, strahlend zu ihm niederblickend. Er verriet sich mit einem wohligen Kichern, worauf Emba nicht lockerließ und unbedingt erfahren wollte, was ihn so erheiterte. Er versuchte sie aufzuziehen, aber so leicht machte sie ihm die Sache nicht. Er musste all seinen Charme spielen lassen, und sie spielte das Spiel mit, durchschaute seine Taktik. Sie versuchte dann ihrerseits, die Koketterie der feinen Damen der Gesellschaft nachzuahmen und traf mit ihren Imitationen meist genau den Punkt. Wie oft hatte er sich nicht selbst darüber insgeheim amüsiert, aber es nun von Emba dargeboten zu bekommen, war mehr als erheiternd. Ein paar Mal erinnerte seine Schulterwunde ihn schmerzlich an die Realität, doch das zählte in dieser Nacht nicht. Da Emba jedes Mal vor Sorge verging, versuchte er, sich seine plötzlichen Schmerzen nicht anmerken zu lassen. Sie lachten und alberten. Wie vertraut und leicht sich ihr Kichern anhörte! Er hätte nie für möglich gehalten, dass er sich mit einer Frau so wohl und entspannt fühlen konnte. Doch sie sprachen auch über die Schatten der Vergangenheit und manches Erlebnis, ernst, offen und sachlich. Langsam dämmerte der Morgen. Emba gähnte herzhaft und veränderte ihre Liegeposition.

„Du solltest noch ein wenig schlafen, sonst stellt Bessy dir morgen eine Menge unangenehmer Fragen", meine Thomas schmunzelnd und küsste ihre Stirn.

„Heute", berichtigte Emba nuschelnd und gähnte.

„Heute", erkannte er seinen Fehler und musste, von Emba angesteckt, ebenfalls gähnen. Plötzlich pochte es heftig an der Tür, und noch bevor einer von ihnen reagieren konnte, wurde sie bereits geräuschvoll aufgerissen. Elaih stürmte herein.

„Bist du des Wahnsinns?", fluchte Thomas erschrocken, „schon mal was von dem Wörtchen ‘Herein' gehört?"

„Entschuldigt, keine Zeit", grinste Elaih, „und ich denke auch, es wird euch lieber sein, von mir überrascht zu werden als von Miss Jenkens!"

„Waas?" fuhren beide wie aus einem Munde hoch; Thomas wurde sogleich schmerzhaft daran erinnert, dass er nicht umsonst das Bett hüten musste. Vor Schmerz aufstöhnend, fiel er zurück in die Kissen.

„Sie steht im Salon, und Shirin redet sich gerade den Mund staubig, um sie davon abzuhalten, sofort in dein Krankenzimmer zu marschieren."

„Was tut sie hier in aller Herrgottsfrühe?", brummte Thomas gereizt.

„Es ist fast Mittag", berichtigte Elaih.

„Waas?" Dieses Mal kam der fassungslose Ausruf von Emba, während sie so übereilt aus dem Bett sprang, das sie fast über ihre Füße gestolpert wäre. Elaih prustete auf, und fast im gleichen Moment flog ihm ein Kissen ins Gesicht. Wütend funkelte Emba ihn an.

„Und wie soll ich mein Verschlafen Bessy erklären?"

„Sag ich dir gleich, beeil dich jetzt lieber", erklärte er ernster.

„Woher wusste Christina überhaupt Bescheid?", wollte Thomas verstimmt wissen und versuchte, den aufkommenden Schwindel und das flaue Gefühl in seinem Magen niederzukämpfen.

„Ich schätze, das hast du deinem lieben Freund Graham zu verdanken ..."

„Ich bringe ihn um!", schimpfte Thomas.

Elaih grinste zufrieden. Er war also keineswegs hocherfreut, Christina zu sehen, das gefiel ihm. Jetzt musste er erst einmal Emba aus der Schusslinie bringen ...

„Na, meine Liebe, geht es dir besser?", fragte Bessy besorgt, als Emba eine Viertelstunde später in Tageskleidung in der Küche erschien. „Ich habe dir schon meine Kräutermixtur fertig gemacht, das hilft gegen Magenverstimmung." Bessy reichte ihr ein volles Glas mit einem unappetitlich aussehenden Inhalt. „Am besten, du trinkst es gleich in einem Zug leer!" Elaih stand hinter Bessy und unterdrückte krampfhaft einen Lachanfall.

„Na warte", schimpfte Emba in Gedanken und schüttelte sich angeekelt.

„Magenverstimmung", zischte sie später erbost im Vorbeigehen, „ist dir nichts Besseres eingefallen?"

Das schreckhafte Erwachen zeigte ohne Mitleid seine Auswirkungen. Thomas litt unter dumpfem Kopfschmerz, am meisten aber überwog der plötzliche Schwindel, der ihn übermannte und eine unangenehme Übelkeit mit sich brachte. Er fühlte sich nicht in der Lage, Christina zu empfangen, aber es wäre wohl unhöflich gewesen, sie warten zu lassen, da sie seinetwegen den Weg auf sich genommen hatte.

„Thomas, mein Lieber", rauschte sie herein, und ihr Kleid raschelte bei jedem Schritt, „das ist ja schrecklich, was dir widerfahren ist! Wie fühlst du dich?" Bevor er antworten konnte, plapperte sie weiter, wobei ihre Stimme einen schrillen Ton annahm. Stöhnend schloss er die Augen und fühlte einen Augenblick später ihre kühle Hand auf seiner Stirn. Wenigstens das war angenehm.

„Oh Gott, du hast ja Fieber!", fuhr sie auf. „Kümmert man sich denn nicht um dich? Herrje, du benötigst kühlende Wickel!"

Er wollte sie besänftigen, aber sie eilte bereits hektisch zur Tür und erteilte irgendjemandem Anweisungen, die er auf die Entfernung kaum verstehen konnte. Warum konnte sie ihn nicht einfach schlafen lassen?

Er versuchte seine Gedanken zu ordnen und ruhig und gleichmäßig zu atmen. Anscheinend war er dabei eingeschlummert. Er hörte nicht, wie sie zurückkehrte; er spürte nur etwas Kaltes, Feuchtes auf seiner Stirn. Wie durch einen Nebel drang ihre Stimme zu ihm.

„Christina", murmelte er; ihre Hand strich sanft über seine Wange.

„Ich bin bei dir, Thomas. Ich werde dich pflegen." Sie verabreichte ihm einen Löffel von der Medizin, die Dr. Mathew ihm verordnet hatte.

„Das habe ich mir gedacht", sagte Christina spitz, als sie etwas später unerwartet die Küche betrat und die Sklaven schwatzend am Tisch sitzend vorfand. „Euer Herr liegt danieder, und ihr habt offenbar keinerlei Sinn, euch an eure Arbeit zu begeben!" Bessy, Emba, Shirin sowie Elaih und Raida sahen sie verblüfft an.

„Verzeihung, Miss, wir machen sehr wohl unsere Arbeit!", entgegnete Bessy und erhob sich betont langsam. Wer Bessy kannte, dem war klar, dass man sie mit dem Vorwurf zutiefst gekränkt hatte.

„Und warum sitzt ihr dann alle nichtsnutzig hier herum?" Christinas Ton klang herablassend. „Statt faul herumzusitzen könntet ihr ein wenig saubermachen. Die Vorhänge im Salon müssten dringend gelüftet werden, und die Portraits an den Wänden, auch die in den Korridoren, sind von einer dicken Staubschicht bedeckt! Generell könnte es nicht schaden, hier einmal mit dem Staubwedel herumzugehen, Greendale ist schrecklich vernachlässigt. Ich denke, die Bücher in der Bibliothek könnten es ebenso vertragen. Es gibt also ausreichend Arbeit."

„Wo liegt ihr Problem, Miss Jenkens?", fragte Emba bissig und stand anklagend auf. Christina war schockiert von ihrem Benehmen. Das war doch die Sklavin, die sich ihr gegenüber schon beim letzten Mal so respektlos verhalten hatte! Sie ignorierte die Bemerkung.

„Als erstes erwarte ich, dass man für Thomas etwas zu essen vorbereitet. Eine Hühnersuppe vielleicht, die ihm ein wenig Kraft spendet."

„Wenn Sie Ihren gnädigen Blick einmal auf den Herd richten möchten, da steht sie bereits", unterbrach Emba sie. Elaih zupfte sie am Ärmel, um sie zu mäßigen, konnte er doch nachempfinden, wie sie sich fühlen musste.

Christina reckte empört das Kinn.

„Wie dem auch sei: Ich übernehme jetzt Thomas´ Pflege. Offenbar bin ich gerade noch zur rechten Zeit gekommen. Der Arme hat hohes Fieber, und niemanden scheint das zu kümmern. Man überlässt ihn einfach sich selbst, weil er sich im Augenblick nicht wehren kann ..."

„Ich muss doch sehr bitten, Madame!"

Elaih hatte sich schlagartig erhoben und sah Christina finster und bedrohlich an, sodass sie verstummte und erschrocken einen Schritt zurückwich. „Wenn Sie damit andeuten wollen, dass Thomas nicht ausreichend von uns versorgt wurde, dann begehen sie einen schweren Fehler, Miss!" Seine Stimme wurde scharf.

Christina wurde schreckensbleich; dann nahm ihr Gesicht eine rote Farbe an. „Wer bist du, dass du dir diesen unverschämten Ton erlaubst?"

„Mein Name ist Elaih, und ich darf Sie daran erinnern, dass sie hier lediglich Gast sind! Es wäre freundlich von Ihnen, sich entsprechend zu verhalten!"

Christina war entsetzt. Noch nie hatte jemand es gewagt, sie derart rüde zu behandeln. Sie machte sich doch nur Sorgen! Tränen traten ihr in die Augen. Dieser Elaih war ihr unheimlich. Fassungslos drehte sie sich um und lief schnellen Schrittes schniefend davon.

„Der hast du es aber gegeben!", gab Emba kraftvoll von sich.

„Wenn Thomas die heiratet, kommen dunkle Tage auf uns zu", stöhnte Bessy und ließ sich wieder auf ihren Stuhl fallen. Betretene Stille breitete sich aus.

Christina beschloss, sich nicht einschüchtern zu lassen. Die Sklaven auf Greendale kannten offenbar seit Jahren keine Führung mehr. Thomas´ Vater war schon viel zu nachsichtig mit ihnen umgegangen; die Leitung und Führung eines Haushaltes war nun einmal keine Männerangelegenheit. Thomas wusste nicht, wie man mit Haussklaven umging und welche Aufgaben ihnen zufielen. Solange er seine Mahlzeiten serviert bekam, war er zufrieden und glaubte, alles sei Rechtens. Wenn sie erst Mrs. Greendale wäre, würde sie ihnen schon zeigen, dass es keine Zeit gab, müßig herumzusitzen! Ein großes Haus braucht Pflege, es gab immer etwas zu tun. Ihre eigenen Sklaven wussten das, sie waren umsichtig, sahen von selbst, was zu tun war, das hatte sie ihnen beigebracht. Sie sah man niemals herumsitzen und schwatzen. Sie war stolz, dass ihr Heim stets sauber und gepflegt wirkte; ihre verstorbene Mutter wäre stolz auf sie gewesen. Traurigkeit überfiel sie. Sie hatte alles so weitergeführt, wie ihre Mutter es begonnen und erträumt hatte. Als einzige Tochter musste sie schon früh die Führung des Hausstandes übernehmen, eine Aufgabe, zu der sie sich zwar berufen fühlte und in der sie ganz aufging. Aber sie hatte ältere Brüder, und eigentlich war es nicht mehr länger ihre Aufgabe, eine Tatsache, die ihr Vater schon des Öfteren angesprochen hatte. Aber sie wollte nichts davon hören. Es war ihr Verdienst, dass alles blitzte und blinkte und alle Abläufe reibungslos verliefen. Und nun sollte sie das Feld einfach einer anderen überlassen? Gegen diese Vorstellung wehrte sie sich. Tief im Inneren wusste sie, dass ihr Platz längst Annabell gebührte, der Ehefrau ihres ältesten Bruders. Doch sie mochte Annabell nicht sonderlich und es kam andauernd zu Auseinandersetzungen mit ihr, da sie andere Ansichten vertrat.

Mit ihrem Bruder lag sie deshalb im Dauerstreit, da er natürlich zu seiner Ehefrau hielt. Aber das war nichts Neues; sie hatte nie ein inniges Verhältnis zu Leonard gehabt, den alle nur Leo nannten. Es war auch Leo, der Vater auf die Idee brachte, sie zu verheiraten. Man wollte sie abschieben, sie loswerden, nach all dem, was sie für die Familie getan hatte! Wohl in erster Linie deshalb hatte sie sich stets gegen ihren Vater aufgelehnt, sobald er das Thema Heirat anschnitt. Er sprach immer davon, wie schön es für sie wäre, einen lieben Ehemann zu umsorgen statt ihren alten Vater. Sie konnte sich solche Dinge nur schwer vorstellen, bis ihr Vater darauf bestanden hatte, dass sie ihn zu den Greendales begleitete. Er hatte es bewusst darauf angelegt, dass sie Thomas begegnete, und wider Erwarten war sie von dem attraktiven Mann tatsächlich hingerissen. Sie fing an, sich vorzustellen, seine Ehefrau zu sein. Sie wäre dann die Herrin, und niemand könnte ihr diesen Platz jemals streitig machen. Sollte Annabell doch sehen, wie sie klarkam … Doch wer sollte sich um Vater kümmern? Etwa auch Annabell? Vielleicht könnte ihr Vater mit auf Greendale einziehen, es bot immerhin Platz genug. Ob Thomas etwas dagegen hätte, wenn sie ihren Vater umsorgte?

Schließlich war er der beste Freund seines Vaters gewesen …

Anton Jenkens war nicht mehr so kraftvoll wie früher, er brauchte Hilfe, und der plötzliche Tod seines Freundes zog ihn noch tiefer in den Abgrund. Es war ihr nicht entgangen, dass er schwächer wurde, seine Arthritis machte ihm zu schaffen. Sie beschloss, sich gründlich im Herrenhaus umzusehen. Soweit sie wusste, stand seit Jahren leer der gesamte Ostflügel und wurde nur im unteren Bereich teilweise als Gästezimmer genutzt. Die Einrichtung war größtenteils veraltet, hier gab es einiges zu leisten. Es wäre eine Herausforderung, die sie bereit war anzunehmen. Thomas würde staunen, zu was sie fähig war. Er würde es nie bereuen, sie zur Frau genommen zu haben. Aus der faden, lieblos wirkenden Plantage würde sie ein hervorstechendes, beachtliches und prächtiges Anwesen zaubern! In Gedanken stellte sie sich vor, Mrs. Greendale zu sein. Sie spazierte durch das umgestaltete prachtvolle Herrenhaus, vorbei an Sklavinnen, die eifrig mit ihrer Arbeit beschäftigt waren, alles erstrahlte in neuem Glanz, und es wäre ihr Zuhause.

Sie seufzte verträumt und trat zu einem Fenster. Alles draußen sah kahl und trostlos aus, Rasenflächen und staubige Wege, nur vom Eingangsportal war ein kurzer Pfad mit Kieselsteinen angelegt. Spaliere an den Wänden zeugten davon, dass hier einst Rosen oder Clematis hatten blühen dürfen, aber das war gewiss lange her; jetzt wirkten die Rankgitter verwittert und zerfallen. Sie würde sie erneuern, und sie würde prächtige Blumenbeete anlegen lassen, wie sie es zu Hause getan hatte. Jeder Gast würde entzückt sein und seine Bewunderung ausdrücken …

In dem reinen Männerhaushalt, in dem sie seit dem Tod ihrer Mutter aufgewachsen war, hatte sie einige Erfahrungen sammeln können, daher wusste sie, wie ein Mann gestrickt war – das glaubte sie zumindest. Von ihren Brüdern hatte sie so manchen

Spruch aufgeschnappt. Männer mochten wohlgeformte Busen und eine schlanke Taille, beides besaß sie. Ein wenig damit kokettieren, und man wickelte den Mann um den Finger. Von den weiblichen Sklaven hatte sie gelernt, dass das Gehirn der Männer sehr schnell von ihrer Männlichkeit geleitet wurde. Vielleicht sollte sie ein wenig waghalsiger sein? Thomas hatte sie bereits geküsst; er begehrte sie offenbar. Sie wusste, wie Männer sich verhielten. Doch wie verhielt sich eine Frau?

Niemand hatte sie darüber aufgeklärt. Ebenso hatte sie keine genaue Vorstellung davon, was eigentlich im Ehebett geschah; so weit gingen die Äußerungen ihrer Brüder denn doch nicht. Sie hatte beobachtet, wie Annabell ihren Mann regelrecht anschmachtete. War es das, was ein Mann wollte, Bewunderung? Verdammt, warum hatte sie nie genauer hingehört? Sie fühlte sich so unwissend in solchen Dingen …

Dazu kam die Peinlichkeit, dass sie leicht errötete. Thomas musste sie für eine dumme, einfältige Gans halten. Vater sagte, ein Mann würde es schätzen, wenn eine Frau auch etwas im Kopf hätte und in der Lage war, Aufgaben selbstständig zu bewältigen. Er würde es auch anerkennen, wenn eine Frau mit Geld wirtschaften konnte, statt es zum Fenster hinauszuwerfen. Was das anbetraf, war sie die perfekte Ehefrau. Wie oft hatte sie mit Händlern nicht um Preise gefeilscht, um etwas kostengünstiger zu kaufen! Aber was machte sie wegen der Sache mit den Sklaven?

Auf der Beerdigung hatte sie einfach das Zepter übernommen, als sie merkte, dass die wenigen Sklaven mit ihren Aufgaben überfordert waren. Da hatte alles wunderbar funktioniert. Doch jetzt schienen sie sich auflehnen zu wollen, und das musste sie schleunigst unterbinden. Sie musste unbedingt erreichen, dass Thomas zu ihr aufblickte, und wie sollte ihr das gelingen, wenn sie nicht einmal eine Handvoll Sklaven zu bändigen imstande war?

Thomas musste zwangsläufig denken, dass sie unfähig sei. Vor allem musste sie an diesem rebellischen Elaih vorbei. Wenn er nicht dabei war, würden die anderen schon parieren … Wer war er überhaupt? Er benahm sich sonderbar, als genieße er einen höheren Status. Er wirkte allzu selbstsicher und zeigte keinerlei Demut. Wieso arbeitete er nicht auf den Feldern, wie die anderen? Sie beschloss, Thomas unbedingt danach zu fragen, ohne dass er auf die Idee käme, dass sie ein Problem mit Elaih hatte. Er sollte sehen, dass sie imstande war, die Aufgaben einer Ehefrau zu erfüllen. Das war es doch, was ein Mann erwartete, nicht wahr? Zuerst jedoch entschied sie, ihn zu umsorgen und ihm damit zu signalisieren, dass sie für ihn da war. Das würde er zu schätzen wissen. Wenn sie sich klug anstellte, blieb Thomas am Ende nichts anderes übrig, als sie zu heiraten.

***

Thomas zwang sich, nicht zu lachen, das tat seiner verwundeten Schulter nicht gut, aber die Vorstellung war einfach zu komisch.

„Du hast gut lachen", maulte Emba gespielt und unterdrückte ihr eigenes Lachen. „Du musstest die grüne Brühe ja nicht trinken!"

„Ach, und wer hat mir damals Bessys Wundertrank serviert?"

„Das war was anderes, da hattest du schließlich einen Kater!"

Bevor Thomas etwas erwidern konnte, schob Emba ihm erneut einen erneuten Löffel Hühnersuppe in den Mund, dabei grinste sie selbstzufrieden. Thomas verschluckte sich, da er sich mehr auf ihre Augen als auf den Löffel konzentrierte. Er musste husten, was seine Schulter sogleich mit einem scharfen Schmerz beantwortete. Er kniff die Augen zusammen.

„Ich werde das übernehmen." Christina war von beiden unbemerkt eingetreten und hatte die Situation missverstanden. „Offenbar bist du dazu nicht in der Lage." Emba kniff die Lippen zusammen, rührte sich aber nicht.

„Es war nicht ihre Schuld", verteidigte Thomas sie, doch Christina wollte sich nicht beeinflussen lassen.

„Na, mach schon", verlieh sie ihrer Aufforderung Nachdruck. Emba erhob sich, stellte die Schale auf das Nachtschränkchen und blickte auf Thomas nieder, bevor sie wortlos den Raum verließ. Thomas sah Schmerz und Traurigkeit in ihren braunen Augen, und es war, als fühlte er ihn selbst. Er schloss kurz die Augen und atmete durch. Der Appetit war ihm gründlich vergangen, er stöhnte. Christina, die das Stöhnen falsch interpretierte, strich ihm sanft über die Wange. Dann griff sie nach der Schale mit der Suppe.

„Christina, du kannst nicht so mit meinen Sklaven reden", ermahnte er sie.

„Aber sie ist unvorsichtig gewesen ..."

234

„Nein", schnitt er ihr das Wort ab, „ich sagte bereits, dass es meine Schuld war, nicht ihre."

Verflucht, es lief nicht so, wie sie gedacht hatte! Warum musste er diese schwachköpfige Sklavin verteidigen? Sie schwieg und überlegte ihre weitere Vorgehensweise, während sie ihm Suppe verabreichte. Sie ahnte nicht, dass er nur aus reiner Höflichkeit drei Löffel der köstlichen Hühnersuppe zu sich nahm. Thomas sah ihr ins Gesicht. Sie wirkte unglücklich und traurig, sie machte sich Sorgen. Sie wich seinem Blick aus und schaute betrübt auf ihre Hände, die unruhig in ihrem Schoß lagen. Da sie zu seiner Rechten saß, wo sein gebrochener Arm ruhte, konnte er nicht nach ihrer Hand greifen, so sah er sie nur schweigend an. Sie trug ein einfaches blaues Tageskleid, in dem sie noch zierlicher und zerbrechlicher wirkte. Die Stille zog sich unangenehm in die Länge; eine eigenartige Spannung lag in der Luft.

Raida klopfte an und teilte mit, dass Sheriff Heyden da sei und Thomas zu sprechen wünsche. Die Unterbrechung schien für beide die beste Lösung zu sein. Sie schenkte ihm ein scheues Lächeln und überließ ihm Sheriff Heyden.

Thomas runzelte die Stirn, während er dem Bericht des Sheriffs folgte. Demnach schien es wirklich Steve Humpten zu sein, der ihn hatte umbringen wollen.

„Wir suchen nach ihm", erklärte Heyden abschließend, „er ist momentan die einzige Spur, die wir in Ihrem Fall haben. Mr. Stevens sagte mir, dass er ihm eine verpasst hätte, und Nachforschungen in seiner Stammkneipe ergaben, dass Humpten tatsächlich von jemanden verprügelt wurde. Allerdings hat er behauptet, es wäre ein Taschendieb gewesen, der versucht habe, ihm seine Uhr und sein Bargeld abzunehmen.

Der Wirt berichtete, er hätte groß damit angeben, dass er dem Dieb den Garaus gemacht hätte."

„Ein Idiot", gab Thomas verständnislos von sich. Heyden nickte bestätigend und fügte hinzu: „Die Nachricht, dass ein Plantagenbesitzer angeschossen wurde, hat sich wie ein Lauffeuer verbreitet. Ich nehme an, danach ist ihm der Boden zu heiß geworden und er ist untergetaucht, was ihn natürlich noch verdächtiger macht. Der Wirt wird sich unverzüglich bei mir melden, falls Humpten dort wieder auftaucht. Das ist für den Moment alles, Mr. Greendale."

„Wünschen Sie einen Kaffee oder eine Erfrischung? Ich werde …"

„Nein", unterbrach Heyden ihn, „danke, ich muss gleich weiter. Wir haben eine neue Spur bei diesen Überfällen auf die Reisekutschen. Aber vielen Dank. Ich melde mich wieder bei Ihnen, sobald ich Neuigkeiten habe. Bis dahin wünsche ich weiterhin gute Genesung, Mr. Greendale."

Die Kopfschmerzen waren nach dem Besuch des Sheriffs wieder schlimmer geworden. Thomas brauchte dringend Ruhe. Seufzend schloss er die Augen und versuchte zu schlafen. Doch es wollte ihm nicht gelingen. Außerdem wusste er nicht mehr, wie er liegen sollte. Jede Position erschien ihm unbequem. Er schob die Beine aus dem Bett und setzte sich aufrecht, doch sogleich drehte sich alles, und er fluchte lautstark. Er hielt sich am Nachtschränkchen fest und stieß dabei gegen die Wasserschale, die Christina benutzt hatte, um ihm Tücher aufzulegen. Mit Geschepper fiel sie zu Boden. Das Geräusch hallte dreifach in seinem Kopf wider. Wut über seine missliche Lage, Wut über den Mann, der ihm das angetan hatte, stieg in ihm empor, und er schimpfte vor sich hin, bis er einen starken

Griff spürte und er vorsichtig, aber bestimmt zurück in sein Bett gedrückt wurde …

„Was machst du nur für einen Unsinn? Du darfst noch gar nicht aufstehen!", hörte er Elaih sagen. Er ging zur Tür, trat einen Schritt in den Flur und rief nach Emba, die besorgt angerannt kam.

„Er hat die Wasserschale runtergeworfen. Kannst du was zum Aufwischen holen?"

Christina eilte um die Ecke. Elaih stöhnte innerlich und zog die Tür zu Thomas´ Zimmer hinter sich zu.

„Was ist passiert?", verlangte sie zu wissen und wollte sich energisch an ihm vorbeidrängen. Doch sie erhielt keine Antwort.

„Ich werde nachsehen, wie es ihm geht."

„Nein, jetzt nicht!" hielt Elaih sie ab. Emba kehrte mit einem Wischmob und einem Eimer zurück, und Elaih ließ sie zu Thomas ins Zimmer.

„Was soll das?", zischte sie aufgebracht, „geh mir sofort aus dem Weg, du Ungetüm!"

„Ich sagte, Sie werden da jetzt nicht hineingehen, haben Sie mich verstanden?" Seine Stimme wurde schärfer. Diese Frau ging ihm gehörig auf die Nerven. Dann hatte er eine Idee.

„Sie wollen ihn doch nicht in peinliche Verlegenheit bringen, oder?"

 Er wusste nicht, was sie sich nach dieser Aussage vorstellte, doch registrierte er mit Genugtuung, dass ihr Gesicht eine tiefrote Farbe annahm und sie es plötzlich sehr eilig hatte. Er sah ihr grinsend nach. Dann schüttelte er den Kopf und ging zurück ins Zimmer seines Bruders. Emba sah ihn fragend an, und er gab ihr wortlos zu verstehen, dass sie in Thomas Gegenwart keine Antwort erhalten würde. Doch ihre

Miene drückte aus, was auch immer er gesagt haben mochte: Sie war dafür dankbar.

„Hier, nimm noch einen Löffel Medizin", bestimmte Elaih, und Thomas unternahm keinen Versuch, sich aufzulehnen, wusste er doch, dass er bei seinem Bruder keine Chance hatte.

„Wusstest du, dass Steve neuerdings für Barns gearbeitet hat?" fragte Thomas matt.

„Nein", antwortete Elaih erstaunt. „Na, wie gut, dass ihm Raida nicht mehr über den Weg gelaufen ist!" Er stieß geräuschvoll die Luft aus bei der Vorstellung und schweifte mit den Gedanken ab.

„Brauchst du noch etwas, Thomas", fragte er besorgt.

„Danke, Elaih. Ich brauche nur Ruhe. Mein Kopf … ich habe das Gefühl, er

zerspringt."

„Kein Wunder nach dem, was passiert ist. Schlafe, damit du bald wieder auf den Beinen bist! Und mach dir keine Sorgen, Bruder. Alles geht seinen gewohnten Gang. Erhol dich!"

Emba hatte inzwischen neues Wasser geholt und legte ihm ein kühles Tuch auf die Stirn. Elaih nickte ihr zu und verließ leise das Zimmer.

„Christina", murmelte Thomas und seufzte.

„Nein, mein Name ist Emba."

Verdammt! Erschrocken riss Thomas die Augen auf und sah, wie ihre Augen sich mit Tränen füllten. Er stöhnte gequält auf. Das hatte er nicht gewollt, aber war es nicht Christina gewesen, die ihm kühle Tücher auf die Stirn gelegt hatte?

„Es tut mir leid, bitte entschuldige, Emba", versuchte er den Schaden zu begrenzen. Sie wischte mit dem Handrücken eine Träne auf ihrer Wange fort.

„Bitte weine nicht, meine Liebe", flehte er. Er konnte es nicht ertragen, nicht jetzt!

„Ich werde dir deine geliebte Christina holen!" Trotzig und schniefend stand sie auf.

„Nein, nicht! Emba, bleib!"

Er wollte sie nicht gehen lassen, um keinen Preis! Verzweifelt griff er nach ihrem Arm, um sie aufzuhalten. In diesem Augenblick durchzuckte ein heftiger Schmerz seine Schulter, und er schrie gepeinigt auf. Erschrocken fuhr sie herum und beugte sich über ihn.

„Oh Gott, das wollte ich nicht, Thomas, das wollte ich nicht", jammerte sie. Sie umfasste mit beiden Händen seinen Kopf und verteilte verzweifelte Küsse auf seinem Gesicht, bis sie spürte, dass sein Arm sich um sie legte. Mit tränennassem Gesicht sah sie ihn an.

„Hör nicht auf, Emba, bitte hör nicht auf!"

Er zog sie zu sich; seine Wangen waren feucht von ihren Tränen. Er suchte ihren Mund, sie versuchte einen Moment, sich zurückzuziehen, dann ergab sie sich und sie versanken in einem innigen Kuss. Er gab alle Hemmungen auf; seine Tränen mischten sich mit ihren. Wild küsste er ihr Gesicht, er verstand sich selbst nicht, er wusste nicht, was mit ihm los war, er wusste nur eines: Sie war seine Emba! Er konnte nicht aufhören sie zu küssen, er schmeckte das Salz ihrer Tränen … oder waren es seine eigenen? So etwas war ihm noch nie zuvor passiert. Es hätte ihm peinlich sein müssen, aber das war es nicht, er schämte sich nicht. Wie sehr er sie doch liebte!

Nichtsdestotrotz schmerzte ihm der Kopf. Erneut legte sie ihm ein kühles Tuch

auf die Stirn und setzte sich so neben ihn, dass sie ihren Arm um seine Schulter legen konnte, er seinen gesunden Arm um ihre Taille und den Kopf an ihre

Seite. Dass dabei ihr Kleid die Nässe des Tuches aufzog, interessierte sie beide nicht. Leise summte sie eine Melodie, die er nicht kannte, es war ruhig und angenehm. So fiel er bald in einen tiefen, erholsamen Schlaf.

***

Am darauffolgenden Tag erschien sein Nachbar Daniel Carrington zum Krankenbesuch. Er hatte ein großes Blumengebinde dabei, welches seine Mutter eigens aus ihrem Garten zusammengestellt hatte; man habe mit Erschrecken von dem Vorfall gehört und überbringe ihm, Thomas, die besten Genesungswünsche.

Thomas war dankbar für ein wenig Abwechslung und angenehme Gesellschaft, hatte er doch Daniel bereits seit einer kleinen Ewigkeit nicht mehr gesehen. Auch Graham kehrte von seinen Geschäften zurück und war erleichtert, Thomas in einer den Umständen entsprechend guten Verfassung vorzufinden. Sein Fieber war gesunken, und auch seine Kopfschmerzen waren auf ein erträgliches Maß zurückgegangen. Nur der Schwindel zeigte sich, sobald er eine schnelle oder unbedachte Bewegung vollführte. Hinzugekommen war, dass sein Arm unter dem dicken Verband zu jucken begann und er keine Möglichkeit sah, für Abhilfe zu sorgen.

Christina schien in ihrem Element. Sie scheuchte die Sklaven umher, sorgte dafür, dass den Gästen rechtzeitig Kaffee und etwas zum Knabbern gereicht wurde und bestimmte, als sie den Vorrat an Backwaren geprüft hatte, dass unverzüglich für Nachschub gesorgt werden müsse. Bessy musste zerknirscht zugeben, dass die Frau in diesem Punkt Recht hatte und begann mürrisch Teig vorzubereiten; Emba half ihr. Abgesehen hatte es Christina jetzt besonders auf Shirin, nachdem ihr zu Ohren gekommen war, dass sie keinerlei Erfahrung im Umgang mit Gästebewirtung aufweisen konnte.

„Das kann auch nur einem Mann passieren", rümpfte sie die Nase und fasste sich theatralisch an die Stirn, „stellt eine Sklavin in die Küche, die noch nie zuvor in der Küche gearbeitet hat, und erwartet, dass sie mit den Anforderungen zurechtkommt! Aber dann noch zu glauben, sie könnte Gäste bewirten, das gibt ein Desaster!"

Bessy schritt sogleich zu Shirins Verteidigung, doch Christina schob sie unverzüglich ins leere Speisezimmer; sie solle dort mit Raida zusammen den Tisch eindecken. In Christinas Augen war Raida die einzige Haussklavin, die halbwegs ihrem Maßstab entsprach. Sie lehnte sich nicht auf und verrichtete ihre Aufgaben still und beflissen.

Thomas würde erfreut sein, sobald er erfahren würde, dass sie Shirin unter ihre Fittiche genommen und sie gelehrt hatte, was sie wissen musste!

„Man langt nicht über den Tisch, man geht um ihn herum", ermahnte sie Shirin und verdrehte die Augen. „Und das Besteck gerade und gleichmäßig neben die Teller legen, das sieht ja aus wie dahingeworfen!" Sie stöhnte gereizt. „Raida, zeig ihr, wie man es richtig macht!"

Raida fühlte sich nicht wohl in ihrer Haut. Wusste sie doch, dass die anderen sie ablehnten. Doch ihr war auch bewusst, dass sie es einzig Thomas Greendale zu verdanken hatte, dass sie hier bei Elaih sein konnte. Und wenn die beiden heiraten würden, wäre sie als dessen Sklavin dieser Frau unterstellt. Also ergab sie sich und setzte eine neutrale Miene auf, signalisierte Shirin aber, dass ihr keine andere Wahl blieb.

Thomas fühlte sich unwohl, nachdem Raida das Mittagsmahl hereingetragen hatte und Christina offenbar mit dem Gedanken spielte, ihn wie ein Kleinkind zu füttern. Mit hochgezogenen Brauen beobachtete er, wie sie geziert ein Stückchen Hühnerfleisch zerteilte, einen Happen auf die Gabel spießte und sie zu seinem Mund führte. Entschlossen griff er nach der Gabel und nahm sie ihr aus der Hand.

„Danke, aber ich schaffe das noch allein! Auch wenn es mit Links vielleicht ein wenig ungeschickt aussieht."

„Ich helfe dir doch gern, mein Lieber", erwiderte Christina so zuckersüß, dass er erneut die Brauen hob und sie verblüfft anblickte.

„Es wäre mir lieber, du würdest Graham beim Essen im Speisezimmer Gesellschaft leisten. Bitte, Christina, sei so nett und schicke meinen Bruder zu mir!"

„Wen?"

Christina glaubte sich verhört zu haben und hätte vor Schreck beinah das Tablett mit dem Teller auf ihrem Schoß zu Boden rutschen lassen. Thomas zog die Stirn kraus und überlegte. Hatte er ihr nichts davon erzählt? Er wusste es nicht mehr; wahrscheinlich, weil er davon ausgegangen war, dass sie bei ihren vergangenen Besuchen längst davon erfahren hatte. „Elaih, meinen Bruder!" Er sah sie aufmerksam an und bemerkte, dass sie kreidebleich wurde, dann überstürzt aufstand, das Tablett abstellte und, etwas Unverständliches murmelnd, hinauseilte. Verdutzt blickte er ihr nach.

„Die Arme war ziemlich blass. Es muss ein Schock für sie gewesen sein", amüsierte sich Elaih, als er wenig später bei seinem Bruder saß und ihm seine Mahlzeit in mundgerechte Stücke zerlegte, sodass er selbstständig mit der linken Hand essen konnte.

„Hätte nie gedacht, dass sie damit ein Problem hat", sagte Thomas nach einer Weile traurig. Elaih sah ihn kurz mit zusammengekniffenen Lippen an.

„Ich fürchte, das kann ich erklären. Sie hat ein Problem mit mir, weil ich sie zurechtgewiesen habe." Thomas hörte vor Überraschung auf zu kauen und sah ihn an. Elaih erzählte von dem Vorfall, der sich in der Küche ereignet hatte.

„Tut mir leid, Thomas, wenn ich zu weit gegangen bin. Aber ich lasse mir von niemanden sagen, dass wir dich deinem Schicksal überlassen würden. Du weißt, dass es nicht so ist!"

Sie sahen sich wortlos an, Thomas nickte stumm.

„Hast du wirklich vor, sie zu heiraten, Thomas?", fragte Elaih leise, nachdem das Essen beendet war.

„Ich ... ich weiß gar nichts mehr", stöhnte er verzweifelt. „Ich dachte, es sei das Richtige. Aber ich bin mir allmählich nicht mehr so sicher. Ich weiß nicht, was ich tun soll."

Elaih nickte mitfühlend. „Und Emba?"

Thomas holte tief Luft und schwieg. Als er schon glaubte, er würde nichts mehr erwidern, sagte er leise: „Es sollte nie passieren. Aber irgendwie bin ich da so reingerutscht."

Verdammt, es wird Zeit, ihm endlich die Wahrheit zu sagen, schoss es Elaih durch den Kopf. Aber in diesem Moment, wo er dringend Ruhe brauchte, wäre es zu viel für ihn. Er würde warten müssen, bis er zumindest die Gehirnerschütterung hinter sich gebracht hatte. Er biss sich auf die Unterlippe.

„Hör auf dein Herz, mein Bruder", antwortete er nur, „schließe die Augen und höre einfach nur auf dein Herz."

***

Graham hatte die aktuelle Tageszeitung mitgebracht und las seinem Freund daraus die wichtigsten Ereignisse vor.

„In Großbritannien soll am 15. September die Eisenbahnlinie von Liverpool nach Manchester eingeweiht werden. Der Herzog von Wellington wird die Feierlichkeiten eröffnen. Man stelle sich vor, sie soll komplett mit Dampflokomotiven betrieben werden und nach festen Fahrplänen verkehren!"

„Ja, die Strecke soll beinah 64 Kilometer lang sein, habe ich gehört. Man wird sehen, ob sie den Erfolg bringen wird, den die Eisenbahngesellschaft sich erhofft. Nicht alle Menschen stehen der neuen Technik aufgeschlossen gegenüber."

„Schon wahr. Aber der Fortschritt ist nun einmal nicht aufzuhalten", erwiderte Graham, während er einen Knick aus der Zeitung entfernte, indem er sie ein wenig höher hielt und schüttelte. „Es ist schon eine beeindruckende ingenieurtechnische Meisterleistung, das darf man nicht vergessen."

„Das ist wahr", nickte Thomas bestätigend, „allein die Durchquerung des Chat Moss. Ich denke, das wird das größte Hindernis gewesen sein: über sieben Kilometer durch das Moor."

„Hm", machte Graham und blätterte eine Seite weiter. „Hier ist noch ein Artikel von Senator Theodore Frelinghuyen zum Indianergesetz!"

„Noch so ein Gegner, wie dieser Jeremaih Evarts", Thomas verzog das Gesicht, während Graham den Text überflog.

„Unten im Süden hat es mehrere kleine Sklavenaufstände gegeben. Die Miliz hat sie niedergeschlagen." Er las den Artikel vor, und sie diskutierten angeregt darüber.

„Möchtest du noch etwas Klatsch und Tratsch hören?", fragte Graham grinsend, als er auf der entsprechenden Seite angelangt war. „Oh, hier: Miss Eileen Wittenborug soll des Öfteren in Begleitung des Millionärssohnes Asthon Cominglaw gesehen worden sein ..."

„War das nicht der, der in diesen Skandal mit dem Freudenmädchen verwickelt war?"

„Ja, genau der!" Beide lachten, wobei Thomas ein Gähnen zu unterdrücken versuchte.

„So, genug für heute, mein Freund", entschied Graham und faltete die Zeitung zusammen. „Ruh dich aus", verabschiedete er sich und verließ das Zimmer. Er war froh und dankbar, dass Thomas sich so gut erholt hatte. Er selbst dachte noch nicht an Ruhe, im Gegenteil, er plante, sich noch ein wenig mit Shirin zu vergnügen …

Thomas war zufrieden, endlich wieder das Bett verlassen zu dürfen. Indes wagte er es noch nicht, die Treppe hinunterzugehen, aus Angst, es könnten doch noch Schwindelanfälle auftreten. Er wollte sich nicht absichtlich in eine peinliche Situation bringen. Christina nutzte die Gelegenheit, mit ihm zusammen zu frühstücken. Sie trug das große, vollbeladene Tablett eigenhändig hinauf und ließ sich von Raida lediglich die Türen öffnen. Zwischen den zwei hohen Fenstern auf der rechten Seite des Zimmers stand ein runder Barocktisch, dazu zwei gepolsterte Stühle, deren dunkelgrüner Samt dem der Vorhänge glich. Die Wand zierte die Landschaft eines unbekannten Malers.

Thomas beäugte argwöhnisch, wie Raida eindeckte. Er hatte sich frischgemacht, so gut er eben konnte.

„Was wird denn das?", fragte er amüsiert, „ein romantisches Frühstück in
meinem Schlafzimmer?"

Christina, die ihn nicht gehört hatte, fuhr erschrocken herum und errötete wegen des anzüglichen Untertons. Er musterte sie herausfordernd und ungeniert von oben bis unten, worauf sich die Rötung den Hals entlang bis zu ihrem Dekolleté ausbreitete. Er konnte sich sein Grinsen beim besten Willen nicht verkneifen. Er wusste, dass er sich schamlos verhielt, aber er gönnte sich das Vergnügen. Ihrem Haar fehlte heute die sonst so künstlerische Form; sie hatte lediglich die Seitenpartien mit einem mit Rosenranken verzierten Kamm am Hinterkopf festgesteckt, wodurch ihr Gesicht noch schmaler wirkte. Christina trug ein helles, cremefarbenes Kleid, das mit weißer Spitze verziert war und das für ein Tageskleid einen recht tiefen, spitz zulaufenden Ausschnitt aufwies. Er fand, dass der Farbton ihren blassen Teint unvorteilhaft zur Geltung brachte und fragte sich plötzlich, wie dieses Kleid wohl Emba stehen würde. Unbewusst lächelte er. Christina, die immer noch versuchte, zu einer normalen Gesichtsfarbe zurückzufinden, missverstand seinen Gesichtsausdruck. Hektisch rückte sie die Frühstücksutensilien zurecht.

„Ich sehe, das Kleid gefällt dir?"
Ohne Vorwarnung steuerte sie blitzartig auf sein Bett zu.

„Ach Gott, ich hab ja ganz vergessen, die Decken zurückgeschlagen."
Thomas blieb auf dem Fleck stehen und beobachtete sie stirnrunzelnd. Als sie sich ihm wieder zuwandte,

hatte ihre Rötung sich weitgehend gelegt. Sie schritt zielbewusst auf ihn zu und blieb vor ihm stehen.

„Entschuldige, du hast mich erschreckt. Dabei wollte ich dir doch eine Freude machen ..." Sie schlug ihre Lider flatternd auf, bevor sie noch näher trat, sodass ihre Körper sich berührten und sie ihm einen Kuss auf die Wange gab. „Guten Morgen", wisperte sie. Bevor sie sich entfernen konnte, hatte er seinen linken Arm um ihre Taille gelegt und sah sie eindringlich an.

„Du willst mich doch nicht etwa verführen?" Erneut errötete sie.

„Ah ... nur zu einem Frühstück."

Er zuckte mit den Augenbrauen.

„Schade." Er beugte sich vor und küsste sie auf den Mund. Er musste es wissen! Sie seufzte und blickte ihn verträumt und sehnsuchtsvoll an. Jetzt war er es, der verlegen wurde. Er musste feststellen, dass der Kuss ihn in keinerlei Hinsicht berührt hatte, obwohl er all sein Können hineingelegt hatte. Irritiert setzte er sich. Was war nur los?

Das Frühstück verlief schweigsam. Warum hatte er gedacht, Christina sei anders? Was hatte ihn an ihr gereizt? Dass sie Anton Jenkens Tochter war? Er hatte Jenkens gegenüber durchblicken lassen, dass er einer Heirat nicht abgeneigt wäre. Die Erinnerung daran bewirkte, dass er sich verschluckte und Christina aufsprang, als ob sie ihm helfen könnte. Er betrachtete sie nachdenklich und lächelte darüber, wie sie den kleinen Finger abspreizte, wenn sie die Tasse zum Mund führte. Sie war eine schöne Frau, aber das waren ihre Vorgängerinnen ebenfalls gewesen. Und doch hatten sie alle schnell ihren Reiz verloren. Er war ein Jäger, der seine Beute umgarnte, und wenn er sie erlegt hatte, verlor sie an Bedeutung.

Bei Christina waren seine Absichten nicht die Jagd gewesen, sondern er wollte sie wirklich. Dennoch verlief alles anders. Hatte er sich etwas vorgemacht? War er nicht reif genug, um als Ehemann zu taugen? Unzählige Fragen wirbelten ihm durch den Kopf, und er bemerkte nicht, dass er schon geraume Zeit auf seinen Teller stierte. Erst, als Christina ihre Hand auf seine legte, schreckte er hoch. Fragend blickte sie ihn an und verlangte offenbar nach einer Antwort. Wovon hatte sie gerade gesprochen? Er nickte zustimmend und hoffte, nichts Schlimmeres angerichtet zu haben.

„Schön, das wäre dann ja geklärt", strahlte sie.

Ahnungslos blickte er sie an. Geklärt? Was war geklärt? Er beschloss, lieber nicht nachzuhaken und eine neutrale Miene aufzusetzen, sodass Christina nichts von der Beklemmung, die ihn beherrschte, mitbekam. Er brauchte dringend frische Luft und Bewegung. Seit Tagen hatte er dieses Zimmer nicht mehr verlassen. Er würde Elaih bitten, ihm beim Ankleiden behilflich zu sein …

***

Elaih hatte Zeit in der Bibliothek zugebracht, um nach einem Buch zu suchen, aus dem er Raida vorlesen könnte – etwas von Liebe und Romantik. Shakespeare war für sie wohl noch zu schwierig. Drei Bücher zog er in die engere Wahl und legte sie auf dem Fensterbrett ab. Später würde er entscheiden, welches er nehmen sollte. In Gedanken noch bei den Geschichten, verließ er die Bibliothek und beschloss, nach seinem Bruder zu sehen. Stimmen im Korridor ließen ihn aufblicken. Er traute seinen Augen kaum.

Einen Moment lang war er unfähig sich zu bewegen und starrte mit offenem Mund auf die Szene vor ihm. Dann trat er leise ein paar Schritte zurück, bis hinter den Mauervorsprung, um nicht gesehen zu werden. Im Gang standen Graham und Shirin. Die Situation war mehr als eindeutig, und die wenigen Worte, die er vernahm, bestätigten seine Befürchtungen. Er war schockiert und empfand Wut und Verachtung für diesen Mann, dem er Respekt und Wohlwollen hatte entgegenbringen wollen. Er wartete, bis Shirin durch die Tür zum Salon verschwunden war. Flugs sprang er aus seiner Deckung und baute sich mit verschränkten Armen im Gang auf bereit diesem Mann den Krieg zu erklären. Als Graham sich herumdrehte und Elaih in seiner Drohgebärde stehen sah, erbleichte er.

„Und ich dachte, Sie wären aus Sorge um Thomas hier! Aber nun sehe ich, dass sie nur zu Ihrem Vergnügen hier sind", begann Elaih. Aus seiner Stimme klang Abneigung und Hass. Verbittert sah er sein Gegenüber an.

„Hör zu, es ist nicht so, wie du denkst ...", begann Graham, doch Elaih fiel ihm ins Wort.

„Halten Sie mich nicht für einen Vollidioten, Mr. Stevens! Sie sind ein verheirateter Mann und Ihre Frau ist eine gute Freundin meines Bruders. Weiß er, was für Spielchen Sie hier treiben?"

Elaih musste sich beherrschen, um ihn nicht anzubrüllen, so aufgebracht war er. Graham verzog verärgert das Gesicht, richtete sich zu voller Größe auf und blickte ihm unerschrocken in die Augen. Ihm war peinlich bewusst, dass er in der Falle saß und es keinen Sinn machte zu leugnen. Auch wenn die Angelegenheit unangenehm war, sah er sich gezwungen, die Fakten auf den Tisch zu legen.

„Gehen wir in die Bibliothek und reden", entgegnete er ebenso scharf.

„Sparen Sie sich Ihre Ausflüchte! Ich will sie gar nicht hören!"

„Bist du ein Mann oder ein aufgeblasener Gockel?", schleuderte Graham ihm entgegen. Beide Männer standen sich bebend gegenüber, zwei gleich starke Gegner.

„Nach Ihnen", zischte Elaih herablassend.

In der Bibliothek stand ein kleiner ovaler Tisch mit einem schweren, mit Schnitzereien verziertem Fuß und ein einfacher Stuhl. Ein weiterer stand an der Wand neben einem Bücherregal. Er war eingestaubt; Elaih wischte ihn mit der Handfläche ab und platzierte ihn mit etwas Abstand gegenüber von Graham. Beide Männer mussten sich erst wieder beruhigen, und so schwiegen sie geraume Zeit.

„Du hast Recht, ich bin ein verheirateter Mann", begann Graham schließlich zögerlich und atmete tief aus. Es fiel ihm nicht leicht, darüber zu reden und das sagte er auch. Er schloss kurz die Augen, um seine Gedanken zu sortieren und sich Mut zu zusprechen. So oder so trug er die Schuld an der Misere. Bislang hatte er noch niemanden davon erzählt – außer das Wenige, das Shirin wusste.

„Du liebst Raida, nicht wahr?"

„Ja, natürlich. Aber darum geht es jetzt nicht", antwortete Elaih gereizt.

„Gut, ich liebe meine Frau auch. Sag mir, Elaih, wie würdest du dich fühlen, wenn die Frau, die du liebst, dich jede Nacht abweist? Die all das, was Mann und Frau im Ehebett gewöhnlich miteinander tun, unanständig und beschämend findet? Die sich nach zweieinhalb Jahren Ehe noch immer im Dunkeln auszieht und dann ihre Decke bis zum Kinn hochzieht?"

Elaih zog erstaunt die Brauen hoch.

„Wollen Sie sagen, Sie haben ihre Frau noch niemals nackt gesehen?"

„Nein, habe ich nicht!" Graham biss sich auf die Lippen und erhob sich; unruhig ging er ein paar Schritte herum. Elaih beobachtete ihn; er spürte die Verzweiflung, die von ihm ausging.

„Tut mir leid", sagte er aufrichtig. Graham setzte sich stöhnend wieder.

„Aber Sie haben ... ich meine … die Ehe wurde doch vollzogen?", hakte Elaih vorsichtig nach.

„Ja, das schon", antwortete Graham leise, ohne aufzublicken. Eine längere Stille entstand.

„Ich weiß, dass Mary ohne Mutter aufwuchs und ihr Vater ein strenger Mann ist, der sie behütet hat wie seinen Augapfel. Sie ist vermutlich von niemanden je aufgeklärt worden. Haben Sie sich denn die Mühe gemacht, mit ihr zu sprechen, ihr alles zu erklären, ihr Zeit gelassen, die Anatomie eines Mannes zu verstehen?"

„Natürlich habe ich das, ich bin doch nicht blöd", beschwerte sich Graham. Langsam beruhigten sich die Gemüter. Elaih erklärte ihm, dass die Schamgrenze der Schwarzen im Allgemeinen weitaus geringer war als die der Weißen. Aufgrund der Enge der Sklavenunterkünfte blieb ihnen oft gar keine andere Wahl. Hier achtete niemand darauf, ob man im Dunkeln die Geräusche eines Liebesspiels hörte oder nicht. Aus Graham brach der gesamte angestaute Unwillen. Er wunderte sich über sich selbst, dass es ihm möglich war, sich in dieser Weise zu öffnen. Vielleicht lag es an Elaihs natürlicher, ungezwungener Art? Oder einfach nur daran, dass er an einem Punkt angelangt war, wo er nicht mehr konnte? Er berichtete ihm offen, warum er aus dem Schlafzimmer seiner Frau ausgezogen war und erzählte ihm alles, bis hin zu dem Tag, an dem er das erste Mal mit Shirin zusammen gekommen war.

Elaih erwies sich als guter, ernsthafter Gesprächspartner. Viele Dinge, die er sagte, brachten Graham zum Nachdenken, und er musste einsehen, dass auch er Fehler gemacht hatte. Elaih zeigte ihm das Ganze aus einer anderen Perspektive. Die Zeit verstrich, ohne dass beide es wahrnahmen.

„Weißt du, dass Thomas sich immer gewünscht hat, dass wir uns verstehen?", fragte Graham. Als er Elaihs verdutzten Gesichtsausdruck sah, fuhr er rasch fort. „Er wollte uns immer miteinander bekannt machen, aber du warst nie aufzufinden, wenn ich hier war. Du hast dich zurückgezogen. Darüber war er unglücklich. Aber irgendwann sagte er sich, dass er deine Entscheidung akzeptieren muss. Besonders in der ersten Zeit am College hat er immer von seinem Bruder geredet. Dass du schwarz bist, musste er zu seiner eigenen Sicherheit verschweigen. Das wusste nur ich."

„Und Carter?"

„Nein, soweit ich weiß, nicht", wunderte Graham sich.

„Als Thomas einmal mit Ihnen und Carter hier war, begegnete ich ihm, als ich mich um sein Pferd kümmerte. Es trug eine Wunde am rechten Vorderlauf. Carter bemerkte mich und meinte, ich sollte meine schwarzen Dreckspfoten von seinem edlen Ross lassen. Ich wies ihn auf die Wunde hin, aber er griff nach der Reitgerte und drohte mir eine überzuziehen, sollte ich es noch einmal wagen, ungefragt den Mund aufzumachen. Er war ein Mistkerl – ein Grund mehr, dass ich seine weißen Freunde gar nicht kennen wollte", erklärte Elaih.

„Verstehe, und du dachtest, ich sei wie er", folgerte Graham.

„Ja, zumindest anfangs", gab Elaih kleinlaut zu. Graham musterte ihn nachdenklich. „Und ein anderer Grund war sicher, dass du eifersüchtig auf unsere Freundschaft warst, hab ich Recht?"

Elaih antwortete nicht. Schuldbewusst starrte er zu Boden. Ja, das war es tatsächlich gewesen, aber noch immer mochte er es nicht eingestehen.

„Dazu gibt es keinerlei Veranlassung", sprach Graham weiter, der mit dieser Reaktion gerechnet hatte, „du bist sein Bruder und Freund. Ich denke, er hat dir bewiesen, wie wichtig du ihm bist. Das Band zwischen euch ist stark und untrennbar. Ich dagegen bin nur sein bester Freund. Wir sind keine Gegner, Elaih."

„Das weiß ich inzwischen auch." Elaih setzte sich aufrechter und schlug die Beine übereinander.

„Was Carter betrifft", Graham schnaubte, „wir haben uns alle in ihm getäuscht. Er war freundlich und zuvorkommend, kam aus reichem Hause. Ein Genie in Mathematik. Er erläuterte Thomas die Anwendung der Formeln und half ihm sie zu verstehen. Andererseits kannte er die gefragtesten Adressen rund ums College. Er redete viel, machte Späßchen, wir hielten ihn für einen gewandten, geselligen und vor allem anständigen Menschen. Dass dem nicht so war, erkannten wir, als er uns zu sich auf sein künftiges Anwesen einlud." Graham schüttelte angewidert den Kopf. „Auf seiner Plantage herrschte blutige Gewalt. Die Sklaven dort hatten nichts zu lachen! Wir wurden Zeuge, wie einer von ihnen grausam ausgepeitscht wurde, sein Rücken war von blutenden Striemen überzogen, er hing ohnmächtig in seinen Ketten. Aber man schlug immer weiter auf ihn ein. Carter feuerte den Aufseher an, jubelte und klatschte. Es war barbarisch. Carter war nicht wiederzuerkennen, ein anderer Mensch, ein kaltschnäuziger Sadist. Ich war geschockt. Thomas hatte einen furchtbaren Streit mit ihm. Beide haben wir uns danach von ihm abgewandt. Hat Thomas dir nie davon erzählt?"

Elaih schüttelte den gesenkten Kopf, während er das Gehörte überdachte. Wie konnte ein Mann zwei so unterschiedliche Charaktere in sich vereinigen? Carter, er sah ihn wieder vor sich. Er war etwa einen halben Kopf kleiner als Thomas und Graham, schmaler gebaut und trug helles, mittelblondes Haar. Er hatte einen auffällig schiefen Eckzahn, das hatte er nicht vergessen, da er bei seinem abscheulichen Grinsen jedes Mal sichtbar wurde. Nein, darüber hatte Thomas nie gesprochen, und er hatte keine Fragen gestellt, war er doch nur froh gewesen, den widerlichen Menschen nicht wiedersehen zu müssen.

Er gab sich einen Moment der Vergangenheit hin. Wie verärgert und enttäuscht er gewesen war, als er gesehen hatte, wen Thomas einen Freund nannte! Im Nachhinein betrachtet musste er freilich auch sich selbst eine gewisse Schuld zusprechen. Er hatte geschwiegen und nichts von dem Vorfall erzählt.

„Schweigen scheint nicht immer die Lösung von Problemen zu sein", bemerkte Elaih trocken und unterbrach die Stille. Graham, der ebenfalls in Gedanken versunken war, hob überrascht den Kopf und schien über die Aussage nachzudenken. Elaih wechselte seine Beinhaltung, indem er sie nun nebeneinander stellte und streckte sich gegen die geflochtene Rückenlehne seines Stuhles, als recke er sich nach einem Tiefschlaf. Dabei sah er sein Gegenüber mit gekrauster Stirn an.

„Warum haben Sie Thomas nie von Ihrem Problem mit Mary erzählt?“

Graham riss die Augen auf und blickte ihn verdutzt an.

„Er würde es nicht verstehen“, erwiderte er langgezogen.

„Warum nennt man sich gegenseitig bester Freund, wenn man die Dinge, die einen belasten und quälen, dem Freund doch nicht anvertrauen will?“

Elaih hatte viel Betonung in die Frage gelegt und ließ seinen Gesprächspartner nicht aus den Augen. Graham stieß hörbar die Luft aus und fuhr sich mit der flachen Hand übers Gesicht.

„Thomas hat mich auf dem Ball gefragt, was mit uns los ist. Ja, er wollte, dass ich mit ihm rede. Er hat mich sogar regelrecht bedrängt. Aber ich konnte es nicht. Ich ... ich ...“ Graham brach ab und fuhr sich erneut mit einem hilflosen Seufzer durchs Haar.

„Eins haben sie beide wenigstens gemeinsam: Jeder denkt, dass der andere sein Problem nicht verstehen kann. Dabei sollte man seinen Freund doch so weit kennen, um zu wissen, wie er denkt und fühlt. Das ist es doch, was Freundschaft ausmacht.“

„Ich würde ihm mein Leben anvertrauen“, widersprach Graham, lauter werdend.

„Ja, aber offenbar ist ihr Innenleben davon ausgeschlossen“, entgegnete Elaih und verzog den Mund zu einem Grinsen.

„Ja, du hast ja Recht“, gab Graham zerknirscht zu und erhob sich. Nervös ging
er ein paar Schritte auf und ab und stoppte dann abrupt. Hinter dem Stuhl stehend und mit beiden Händen die Lehne umklammernd, blickte er Elaih an.

„Moment mal, du sagtest, dass wir beide ... ich meine, dass jeder von uns ...“ Er atmete einmal tief durch. Es schien, als müsste er seinen Satz erst noch wie ein Puzzle zusammenfügen.

„Willst du damit andeuten, dass es etwas gibt, was Thomas mir sagen will, dass er sich aber nicht zu sagen traut, weil er denkt, ich könnte es nicht verstehen?“

Elaih hielt seinen fragenden Blick stand, schwieg aber eisern.

„Verdammt, Elaih“, fluchte Graham, als ihm klar wurde, dass er nicht antworten würde. War er wirklich so mit seinen eigenen Angelegenheiten beschäftigt gewesen, dass er nicht mitbekommen hatte, dass seinen Freund gravierende Probleme plagten? Ihm war nicht das Geringste aufgefallen; ein schöner Freund war er! Schuld machte sich in ihm breit, und er durchforstete seine Erinnerungen nach Anhaltspunkten. Auf dem Ball war er zu betrunken gewesen, um noch klar denken zu können. Dann erinnerte er sich an den Tag, als Thomas angeschossen worden war. Sie hatten über Christina gesprochen...

Er fuhr herum und blickte Elaih unvermittelt an.

„Hat es irgendetwas mit Christina zu tun?“

„Mmpf“, machte Elaih und erhob sich, „ich werde einen Teufel tun und Ihnen erzählen, was er mir anvertraut hat!“

„Elaih, bitte, wenn ...“

Weiter kam er nicht, Elaih unterbrach ihn mit kräftiger Stimme. „Genauso wenig, wie ich Thomas erzählen werde, was Sie mir hier und heute im Vertrauen gesagt haben, werde ich ausplaudern, was er mir anvertraut hat. Ich denke, das versteht sich von selbst!“

Graham hielt inne, erstaunt und erfreut: ein Mann mit Prinzipien! Einen Moment lang war er sprachlos. Dann nickte er zustimmend. „Elaih, ich möchte, dass du mich in Zukunft Graham nennst." Er reichte ihm die ausgestreckte Hand entgegen. Elaih schluckte.

„Ich meine es ernst, Elaih", bekräftigte er. Zögerlich ergriff Elaih seine Hand.

***

„Was ist denn hier los?", wunderte sich Thomas, als er Raida und Emba im Korridor auf einer Leiter erblickte. Die Fenster waren weit geöffnet, die Vorhänge heruntergenommen. Eimer, Klopfer und andere Reinigungsutensilien lagen verstreut auf dem Boden, Vasen und Dekorationsgegenstände standen an der Wand aufgereiht.

„Miss Jenkens sagt, wir sollen alles reinigen", gab Raida Auskunft. Thomas verzog den Mund. Es missfiel ihm, dass Christina sich schon aufführte, als sei sie hier die Herrin. Finster schaute er auf die Staubflusen, die von den Portraits rieselten und musste zerknirscht zugeben, dass die Bilder tatsächlich dringend eine Reinigung nötig hatten. Er hörte plötzlich Christinas Stimme im Salon und schlich sich an; unbemerkt beobachtete er, wie sie im gereizten Ton auf Shirin einredete, die offenbar schon vollkommen eingeschüchtert war und sich mehrfach für vergessene Details entschuldigte.

„Du bist einfach zu dämlich", schnaubte Christina ungehemmt, „ich verstehe nicht, dass man dir überhaupt erlaubt, in der Küche zu arbeiten! Küchensklaven müssen wenigstens die Grundregeln des Anstandes kennen und in der Lage sein, Gäste in Empfang zu nehmen und zu bewirten."

„Christina?"

Sie fuhr erschrocken herum.

„Oh, Thomas ... mein Lieber, wie geht es dir?"

„Shirin, bitte geh und hilf den anderen!", ordnete er an und musste sich bemühen, nicht zu verärgert zu klingen. Was um alles in der Welt tat sie hier? Was wollte sie erreichen? Er hasste es, wenn jemand versuchte sich einzuschmeicheln. Er wartete, bis Shirin gegangen war. Dann wandte er sich an Christina und sah sie streng an.

„Christina, ich bin dir sehr dankbar für deine Fürsorge und Hilfe. Aber das hier, " er machte eine ausschweifende Bewegung mit der Hand, „das hier hat damit nichts zu tun. Ich würde dich bitten, das zu unterlassen."

Verdutzt starrte sie ihn an. „Oh, Thomas, ich wollte nur ..."

„Du bist mein Gast", stellte er unmissverständlich klar.

Um sie nicht weiter maßregeln zu müssen, bot er ihr an, ihn auf einen kleinen Spaziergang zu begleiten. Sie holte ihren Schal, legte ihn sich um die Schulter und hakte sich wortlos bei ihm ein. Sie hat sich nur nützlich machen wollen, sprach ein Teil seines Gewissens zu ihm; der andere jedoch konterte, dass es nicht ihre Aufgabe war und sie sich etwas anmaßte. Schweigend gingen sie nebeneinander her. Manchmal wurde er einfach nicht schlau aus ihr. Er versuchte ein neutrales Thema anzuschneiden, als dies jedoch eintönig verlief, verfielen beide wieder in Schweigen.

„Mein Vater wird morgen zurück sein. Das heißt, ich fahre morgen nach dem Frühstück zurück. Ich will Zuhause sein, wenn er kommt. Ich denke, er wird erschöpft sein", unterbrach Christina schließlich das

Schweigen und sah ihn das erste Mal direkt an, als erwarte sie einen Einwand. Doch Thomas nickte nur und blickte einen flüchtenden Kojoten hinterher. Resigniert kniff sie die Lippen aufeinander. Er fragte nicht einmal, wo ihr Vater gewesen war oder wunderte sich, warum sie es nicht Leo und Annabell überließ, ihn zu empfangen. Fieberhaft überlegte sie, was sie tun könnte, um seine Aufmerksamkeit zu erregen. Die Zeit lief ihr davon. Abrupt blieb sie stehen und setzte einen Mitleidsblick auf. Das hatte sonst immer geholfen.

„Du bist böse auf mich, Thomas, nicht wahr?"

„Wie? Äh, nein, natürlich nicht", redete er sich heraus. „Entschuldige, mir geht zurzeit vieles im Kopf herum." Das war zumindest nicht gelogen.

„Natürlich, das verstehe ich."

Wie dumm von ihr! Natürlich beschäftigte ihn die Frage, warum man ihn angeschossen hatte, und er machte sich Gedanken darüber. Vielleicht musste sie ihm Zeit lassen. Wenn erst der wahnsinnige Schütze gefasst wäre, würde er bestimmt wieder so aufgeschlossen sein wie zuvor.

„Ich bin sicher, der Sheriff tut sein Möglichstes, um den Schützen zu finden. Du darfst dich nicht verrückt machen."

„Wie?" Irritiert blickte er sie an, bevor er begriff, dass sie das Attentat als Grund seiner Zerstreutheit annahm. Erleichtert ging er darauf ein. Er brauchte Zeit, um sich seiner Gefühle klar zu werden. Er war längst nicht mehr davon überzeugt, dass es eine gute Idee wäre, Christina zu heiraten. Sein Verstand sagte ihm, dass es nach wie vor vernünftig sei. Doch sein Herz sagte etwas anderes.

Als er am nächsten Morgen Christina verabschiedete, spürte er dennoch ein schlechtes Gewissen. Sie sah traurig und verletzt aus. Er musste ihr zugutehalten, dass sie alles nur seinetwegen auf sich genommen hatte. Ob sie sich vielleicht in ihn verliebt hatte, fragte er sich zum ersten Male direkt. Gedankenverloren stand er in der Küche, blickte auf das Treiben im Hof und entdeckte Elaih und Raida. Er beobachtete schmunzelnd, wie glücklich die beiden aussahen. Sie hielten sich an den Händen, sahen sich in die Augen, küssten sich, scherzten und lachten. Es war eine Freude, ihnen zuzusehen, und er war erneut glücklich darüber, dass Elaih wieder Zuhause war

„Ich wusste gar nicht, dass du gern Liebespaare beobachtest", erklang hinter ihm eine vertraute, amüsiert klingende Stimme. Er war so vertieft, dass er zusammenschrak.

„Komm her", forderte er sie auf. Emba trat näher, und er legte von hinten den Arm um sie.

„Findest du nicht, dass die beiden ein schönes Paar sind?" Beide blickten kurz auf Elaih und Raida, die sich genau im diesem Augenblick umarmten und küssten. Emba blickte über die Schulter, und ihre Augenpaare trafen sich.

„Genau das würde ich jetzt auch gern tun", flüsterte er bewegt, bevor er seinen Wunsch zielstrebig in die Tat umsetzte. Sie drehte sich vorsichtig zu ihm, und er zog sie mit einem kräftigen Ruck an sich.

„Ich habe Angst, dass ich dir weh tue", keuchte sie und blickte erschrocken auf seinen rechten Arm, den er in einer Schlinge vor dem Körper trug.

„Psst, es ist alles gut", versicherte er und küsste sie erneut. Er hätte wohl nicht so bald von ihr abgelassen, hätte man jetzt nicht Bessys Schnaufen und ihren schlurfenden Gang gehört.

Graham hatte einen Ausritt unternommen und stürmte mit zerzaustem Haar und eiligen Schrittes auf den Seiteneingang zu. Seinen Hengst hatte er am Pfosten vor den Stallungen angebunden. Thomas rief und winkte ihm von der Küchenaußentür her zu, damit er sich den längeren Weg sparte.

„Ich habe einen von Sheriff Heydens Männern getroffen! Er war auf den Weg hierher", rief Graham ihm schon von Weitem zu und schnaufte, „sie haben Humpten gefasst! Ich soll vorbeikommen und sagen, ob er der Kerl war, der geschossen hat!"

Thomas blies vor Überraschung die Wangen auf und ließ die Luft geräuschvoll wieder entweichen, während Graham versuchte, seine Atmung unter Kontrolle zu bringen. Sein muskulöser Brustkorb hob und senkte sich kraftvoll. Elaih hatte mitbekommen, dass sich irgendetwas ereignet hatte und kam schnellen Schrittes herübergerannt.

„Und wo hat man ihn gefasst?", fragte er an Thomas´ Stelle.

„Das ist ja gerade die Überraschung", fuhr Graham fort, „Mr. Justin Barns hat gelogen! Steve Humpten war die ganze Zeit über dort!"

„Waas?", entfuhr es Thomas entsetzt, und eine Flut von Fragen und Vermutungen stürmte auf ihn ein. „Warum hätte er das tun sollen? Das ergibt doch keinen Sinn!" Verständnislos schüttelte er den Kopf und blickte auf Elaih, der ebenso irritiert wirkte.

„Es kommt noch schlimmer", berichtete Graham weiter, „Humpten wurde schwer verwundet! Er soll versucht haben, auf Heyden zu schießen, um der Befragung zu entgehen." Alle sahen fassungslos auf Graham, auch Emba, die hinter Thomas stand und Bessy, die immer noch in der anderen Tür stand.

„Mr. Barns würde sich doch nie mit einem einfachen Aufseher abgeben, der hielt sich immer für eine noble, höhergestellte Persönlichkeit", wunderte sich Raida und trat neben Elaih.

„Ich weiß nicht. Heydens Mann wollte nicht recht heraus mit der Sprache. Ich hatte das Gefühl, dass da noch mehr ist". Graham machte eine Pause.

„Dann reitest du gleich?", wollte Thomas wissen.

„Ja, ich hole nur meine Sachen." Im Vorübergehen legte er kurz die Hand auf die Schulter des Freundes und nickte ihm aufmunternd zu. Von der Plattform des Portals blickte Thomas mit gemischten Gefühlen Graham hinterher, wie er die lange, von knorrigen Eichen gesäumte Allee hinunterritt. Dann ging er hinein

Nachdenklich saß er am Schreibtisch und musste feststellen, dass ihn die Angelegenheit mehr mitgenommen hatte, als er sich eingestehen wollte. Er hatte feuchte Hände bekommen. Zum ersten Mal wurde ihm bewusst, das er hätte tot sein können.

„Geht es dir gut? Du warst plötzlich so blass."

Elaih war leise eingetreten und sah ihn prüfend an, während er sich einen Stuhl heranzog.

„Ich bin froh, wenn der Spuk ein Ende hat."

Elaih nickte zustimmend. „Graham wird sicher so bald wie möglich zurückkehren und berichten, was passiert ist. Und ob es tatsächlich Steve Humpten war."

„Graham?" Thomas schmunzelte. „Ja, ich habe schon gehört, dass ihr beiden euch angefreundet habt."

„Er ist in Ordnung." Beide schmunzelten einander zu.

„Was macht deine Schulter?"

Thomas stieß ein Schnauben aus und blickte auf seinen in der Schlinge ruhenden Arm.

„Ich fühle mich so nutzlos. Ich kann nichts Sinnvolles tun, und die Arbeit häuft sich. Mathew sagt, es dauert mindestens sechs bis acht Wochen, bis der Bruch ganz verheilt ist."

„Ich weiß. Aber du lebst und wirst wieder gesund. Das ist es doch, was zählt, Bruder."

Thomas verzog mürrisch die Mundwinkel und blickte über das Chaos auf seinem Schreitisch.

„Sag mir, was ich tun soll, Thomas. Ab jetzt erledige ich das."

Verwundert blickte Thomas auf. „Was meinst du?"

„Nun, zum Beispiel die Rechnungsbücher. Du wirst deine Hand geraume Zeit nicht zum Schreiben benutzen können, und du kannst nicht wochenlang die Buchführung liegen lassen. Dann endet es im Chaos. Du darfst mir gern über die Schulter schauen, wenn du mir nicht vertraust. Aber lass dir helfen."

„Elaih, das ist sehr nett von dir, aber ..."

„Dickschädel", knurrte Elaih, „vergiss deinen verdammten Stolz!"

„Das hat nichts damit zu tun", entgegnete Thomas gereizt, „ach, verdammt noch Mal ..." Mit einem Stöhnen sprang er auf und fuhr sich mit der Hand durchs Haar. „Ich hasse es einfach, untätig herumzusitzen!"

„Du wurdest angeschossen und hast einen gebrochenen Arm. Schon vergessen?"

„Nein, wie könnte ich? Ich kann mich ja nicht mal allein vernünftig ankleiden, geschweige denn einigermaßen zivilisiert essen und ...", fluchte Thomas lautstark.

Elaih konnte nicht anders und musste über seinen Ausbruch lachen. Thomas stoppte abrupt und blickte seinen Bruder verstört an, dann musste er ebenfalls lachen.

„Entschuldige, du hast ja Recht", gab er kleinlaut zu. Beide starrten eine Weile vor sich hin, bis Thomas etwas heiß in Erinnerung kam.

„Nächste Woche kommt der Pater! Wenn du immer noch vorhast, in den heiligen Stand der Ehe zu treten …?", äußerte er sich übertrieben galant und bemerkte das Strahlen im Gesicht seines Bruders.

„Ich habe meine Meinung nicht geändert", verkündete Elaih stolz und verfiel kurz ins Schwärmen. „Aber es gibt noch ein kleines Problem. Im Moment ist es ein Hin und Her. Raida hat ihre Kammer im Trakt der Hausklaven, ein wenig zu eng für uns beide." Er grinste. „Daher würde ich gern mit ihr in meine Hütte ziehen. Aber dort muss manches getan werden. Das Dach hat ein Leck, bei Regen tropft es in den Vorraum. Ich möchte es, mit deiner Erlaubnis, etwas wohnlicher gestalten. Außerdem ist das Bett kaputt, nur notdürftig mit einem Holzpflock gestützt und ohnehin zu klein für uns beide. Seit Ian hab ich dort nicht mehr geschlafen. Es ist immer noch was von dem Blutfleck zu sehen. Das will ich Raida nicht zumuten."

Es war Elaih unangenehm, seinen Bruder um etwas bitten zu müssen, aber er wollte, dass Raida sich bei ihm geborgen fühlte. Da er den Blick gesenkt hielt, während er sprach, bemerkte er nicht, dass Thomas vor sich hinlächelte. Erst, als er hochsah, weil eine Antwort ausblieb, fiel es ihm auf, und er zog verwundert die Stirn in Falten.

„Bist du fertig mit deiner Aufzählung?", fragte Thomas gelangweilt und begutachtete in übertriebener Weise die Fingernägel seiner Linken. Elaih, der die Geste als Ablehnung deutete, schluckte. Na ja, einen Versuch war es wert gewesen. Immerhin lebte Raida nun auf Greendale, Thomas hatte sie für ihn gekauft, und das war mehr wert als alles andere. Der Rest würde mit der Zeit schon werden …

„Entschuldige, Thomas", murmelte er.

„Eigentlich wollte ich es dir erst am Tag deiner Hochzeit sagen, aber da du schon davon anfängst", begann Thomas gedehnt und beobachtete seinen Bruder lächelnd, „vergiss deine Hütte, Elaih! Im Ostflügel ist genügend Platz. Ein großes Schlafzimmer, Platz für Kinderzimmer, Aufenthaltsraum mit Kamin, alles da. Ich brauche es nicht, es steht seit Jahren leer, und es wird höchste Zeit, dass diese Räume wieder genutzt werden. Ihr könnt es so einrichten, wie ihr wollt, nur sauberhalten müsst ihr es allein. Am Ende des Korridors, wo das große Fenster zum Hof ist, bauen wir eine Tür ein, dann habt ihr euren eigenen, separaten Eingang."

Elaih starrte ihn mit offenem Mund an. Es hatte ihm komplett die Sprache verschlagen. Thomas sprach weiter und zählte die Vorteile auf.

„Das große Gesellschaftszimmer, das den Ostflügel mit dem Haus verbindet, können wir gemeinsam nutzen, wenn wir beide mal unsere großen Familien haben", schloss er seine Ausführung und sah Elaih erwartungsvoll an.

„Meinst du, was du da sagst, oder sind das Nachwirkungen deiner Gehirnerschütterung?", brachte Elaih fassungslos heraus, als er endlich seine Sprache wiedergefunden hatte. Thomas lachte hell auf und verfiel in ein Dauergrinsen.

„Natürlich meine ich es ernst!"

„Damit wäre ich wohl der einzige Schwarze im ganzen Land, der im Herrenhaus wohnt", meinte Elaih, und seine Stimme bekam einen eigenartigen Unterton. Thomas wurde wieder ernst.

„Da hast du wohl Recht. Graham wird es wissen. Ansonsten ist es kein Thema, was die Gesellschaft betrifft. Das sollte klar sein."

„Thomas, mich besuchen auch Sklaven, Bob zum Beispiel, und..."

„Das ist kein Problem. Sobald der Eingang fertig ist, ist euer Heim ein abgeschlossener Bereich. Ihr könnt empfangen, wen ihr wollt, niemand wird davon etwas mitbekommen. Und innen bleibt der Durchgang über den Gesellschaftsraum."

„Da wären noch die Gästezimmer unten im Ostflügel", gab Elaih zu bedenken.

„Die aber wiederum sind nur von dieser Seite aus, über den Korridor, zu erreichen und nicht mit dem Euren verbunden. Das betrifft außerdem nur die drei Zimmer dort. Auf die kann im Übrigen auch verzichtet werden; es gibt ausreichend Gästezimmer im Haus. Ursprünglich waren das gar keine Gästezimmer. Meine Mutter hat sie damals umfunktioniert, als sie den Ostflügel bezog."

Ergriffen blickte Elaih den Bruder an. Erst allmählich wurde ihm die ganze Bedeutung dessen klar, was Thomas ihm angeboten hatte. Er suchte nach den richtigen Worten, aber er war zu überwältigt. Bevor er ansetzen konnte, sprach Thomas weiter.

„Du bist John William Greendales Sohn – genau wie ich. Du bist mein Bruder Elaih, und du sollst nicht länger in einer baufälligen Hütte hausen, schon gar nicht, wo du bald ein verheirateter Mann und", er setzte ein schelmisches Grinsen auf, „vielleicht auch ein stolzer Familienvater sein wirst."

„Das will ich hoffen", grinste Elaih und verfiel ins Träumen. Er dachte zurück an die Zeit, als er nicht wusste, ob er Raida je wiedersehen würde und an die langen Nächte, in denen er ihre gemeinsame Flucht geplant hatte. Vor Sorgen hatte er keinen Schlaf gefunden, weil er sich wieder und wieder gefragt hatte, ob er überhaupt in der Lage sein würde, sie beide und eine künftige Familie zu ernähren. Und nun sollte er sein eigenes Heim im Herrenhaus bekommen! Er schluckte und kämpfte gegen die aufsteigenden Tränen an …

„Ich denke, Christina wird das nicht gefallen", merkte er nach einiger Zeit zweifelnd an.

Thomas Miene verzog sich. Elaih wünschte, er hätte das Thema aussparen können, aber das war unmöglich, und so wartete er gespannt auf Thomas´ Reaktion. Er ließ sich Zeit mit der Antwort; er schien erst ausgiebig nachzudenken.

„Es ist mein Haus!", antwortete er schließlich bestimmt und eine Spur zu scharf, sodass Elaih hellhörig wurde.

„Liebst du sie?"

Es war nicht ganz der richtige Zeitpunkt, das zu fragen, aber es war ihm herausgerutscht.

„Warum will jeder von mir wissen, ob ich sie liebe?", fuhr Thomas gereizt auf und ging unruhig ein paar Schritte auf und ab. Dann blieb er am Fenster stehen und blickte mit starrem Blick hinaus. Elaih konnte ihn nur halb von der Seite beobachten, trotzdem sah er seinen verkniffenen Gesichtsausdruck. Seine Reaktion überraschte ihn keineswegs, es bestätigte ihn lediglich in seiner Annahme. Da das Thema nun bereits angeschnitten war, entschloss er sich, noch einen Schritt weiterzugehen.

„Alle reden davon, dass du sie heiraten willst."

Thomas wandte ihm kurz das Gesicht zu und starrte dann wieder aus dem Fenster.

„Ja, das wollte ich auch." Die Antwort kam so emotionslos, dass es ihn selbst erschreckte.

„Glücklich klingst du gerade nicht ..."

„Und wenn schon", fiel Thomas ihm erregt ins Wort.

„Ich verstehe dich nicht, Thomas. Du scheinst nicht davon überzeugt. Dann lass es. Du musst sie nicht heiraten. Niemand zwingt dich dazu."

Thomas fuhr herum und blieb hinter dem Arbeitsstuhl stehen.

„Das verstehst du nicht", wehrte er ab.

„Dann erklär es mir", beharrte Elaih und sah ihn ernst und herausfordernd an. Thomas stöhnte und fuhr sich fahrig durchs Haar, bevor er sich langsam wieder setzte.

„Nach Vaters Tod habe ich die Verantwortung. Was wird, wenn mir etwas passiert?" Er sah mit höhnischem Schnauben auf seine verwundete Rechte und positionierte seinen Arm direkt in Elaihs Blickfeld. „Es gibt außer mir keinen Greendale mehr, der einmal mein Erbe antreten kann."

„Ach, und deshalb willst du dich in eine lieblose Ehe stürzen?"

Thomas gab ein Grunzen von sich, erhob sich erneut und drehte sich wieder dem Fenster zu.

„Was ist, wenn du sie heiratest und dir passiert in zwei oder drei Jahren etwas? Das wäre die gleiche Situation, selbst wenn du bis dahin einen Sohn hättest.

Er wäre kaum in der Lage, die Plantage zu führen", erwiderte Elaih voll Sarkasmus und fuhr fort, als Thomas nicht reagierte. „Selbst in zehn Jahren! Willst du dir das antun, Bruder? Dein Verantwortungsgefühl in allen Ehren, aber es ist dein Leben, was du dafür opferst!"

„Unsinn! Christina ist eine wunderbare Frau, und mit der Zeit wird unsere Liebe schon reifen", verteidigte Thomas sich nervös.

„Pah", gab Elaih von sich, „so ein Blödsinn! Du glaubst doch selbst nicht, was du da redest. Entweder liebst du jemanden oder nicht."

„Hast du dich etwa mit Graham abgesprochen?"

Einen Augenblick irritiert, schaute Elaih auf, bevor er begriff.

„Also ist er der gleichen Ansicht?"

Thomas knurrte etwas, das wie eine Zustimmung klang.

„Verdammt, ich will doch nur, dass du glücklich wirst! Denk an die Ehe deiner Eltern und daran, wie du dich als Kind gefühlt hast! Willst du das deinen eigenen Kindern wirklich antun?"

„Christina ist nicht wie meine Mutter", wandte Thomas ein.

„Nein, aber sie wird irgendwann begreifen, dass du sie nicht aus Liebe geheiratet hast. Wie, glaubst du, wird sie sich dann fühlen? Gekränkt? Zurückgewiesen? Betrogen? Was wird sie dann tun? Wie wird eure weitere Ehe verlaufen?"

„Hör schon auf, verdammt", fluchte Thomas.

Elaih lehnte sich vor und legte seine Unterarme auf dem Schreibtisch ab. „Wach auf aus deinen Es-wird-schon-alles-werden-Träumen! Es geht nicht um ein paar Wochen oder Monate, sondern um Jahre und

Jahrzehnte, Thomas! Um dein ganzes restliches Leben! Es wird ihr Kopf sein, der auf dem Kissen neben dir ruht, in dessen verschlafenes Gesicht du jeden Morgen sehen wirst, sobald du die Augen öffnest. Ihr Körper, der sich an dich schmiegt, der dich jede Nacht wärmt. Der Körper, den du in deinen Armen hältst, um deinen männlichen Trieben zu folgen!"

Bei dieser mit Inbrunst vorgetragenen Predigt stiegen in Thomas plötzlich intensive Bilder von Emba auf. Er sah ihr Gesicht auf dem Kissen, ihr dunkles Haar, das unter der Decke hervorlugte. Er spürte beinah hautnah ihre Nähe; Hitze stieg in ihm auf. Ihr Körper, ihr Geruch, ihre Leidenschaft … Er stöhnte innerlich und versuchte die Visionen krampfhaft zu verdrängen, versuchte sich Christinas Gesicht auf dem Kissen vorzustellen, aber so sehr er sich auch anstrengte, es wollte ihm nicht gelingen. Er rief sich seine Küsse mit ihr in Erinnerung, aber alles, was ihm in den Sinn kam, war der süßliche Geruch ihres Parfums. Mit resigniertem Stöhnen ließ er sich auf den Stuhl sinken. Wie hatte nur alles so weit kommen können? Er war mit wunderschönen Frauen zusammen gewesen, warum musste er sich ausgerechnet in eine Sklavin verlieben? Warum musste er sich überhaupt verlieben? Er hatte alles doch so schön geplant, warum musste ausgerechnet sein Herz ihm einen Strich durch die Rechnung machen?

Elaih legte die Hand auf seinen linken Unterarm. Thomas schreckte aus seinen Gedanken auf und hob den Kopf. Die Brüder sahen sich an, und Elaih erkannte den Schmerz, der sich in seinen glasigen Augen spiegelte.

„Du liebst Emba, nicht wahr", fragte Elaih tonlos. Thomas konnte nicht antworten, er nickte nur langsam.

„Und sie liebt dich, Thomas. Du hättest sie sehen sollen. Sie ist nicht von deiner Seite gewichen! Sie hat sich zu dir gelegt, sie wollte dich nicht allein lassen."

„Ich weiß, aber sie ist meine Sklavin! Wie soll ... ich weiß nicht, verdammt, ich ..." Er brach mit einem Stöhnen ab und fuhr sich mit der Hand durchs Haar, das inzwischen völlig zerzaust war.

„Tom, als ich begriff, dass ich mich verliebt hatte, wie, glaubst du, habe ich mich gefühlt? Ich bin zwar ein freier Mann, aber sie ist eine Sklavin auf einer anderen Plantage! Es gab Tage, da habe ich gedacht, ich drehe durch. Und jetzt? Jetzt werden wir heiraten! Was ich dir sagen will, " er griff erneut nach seinem Arm und rüttelte ihn, damit er ihn ansah, „verzweifle nicht, mein Bruder. Es wird alles werden!"

„Ich denke, ich soll aus den Es-wird-alles-werden-Träumen aufwachen?", entgegnete Thomas ironisch. Elaih verzog zerknirscht das Gesicht und ärgerte sich über sich selbst. Als er Thomas anblickte, entdeckte er sein schiefes Grinsen und ließ sich davon anstecken.

„Genießt eure Liebe! Sie ist etwas Wunderbares! Niemand schreibt dir vor, diese Christina zu heiraten. Überleg dir, was tu tust. Bitte."

Jetzt war der richtige Zeitpunkt, ihm die Wahrheit zu sagen, dachte Elaih und fühlte sich plötzlich nervös. Wie würde Thomas reagieren? Bestimmt wäre es ein Schock für ihn. Am meisten sorgte er sich, dass Thomas sich von ihm betrogen und verraten fühlen würde. Er wusste die Wahrheit und hatte sie ihm nie erzählt. Er durfte es nicht; er hatte geschworen. Was hätte er tun sollen? Er hatte sich immer schlecht gefühlt, wenn Thomas von seiner Mutter gesprochen hatte. So oft hatte er etwas sagen wollen und hatte dann doch geschwiegen. Vielleicht sollte er einfach weiter schweigen … Aber konnte er das verantworten? Er blickte Thomas nachdenklich an. Sein Bruder hatte den Ellenbogen aufgestützt und rieb sich mit Daumen und Zeigefinger die Nasenwurzel; seine Augen waren geschlossen. Elaih holt einmal tief Luft, um sich Mut zu machen …

Just in diesem Augenblick klopfte es an der Tür. Elaih stieß ein verärgertes Brummen aus, einen noch ungünstigeren Zeitpunkt hätte sie nicht treffen können! Emba, die es offenbar bemerkte, sah ihn mit gefurchter Stirn an. Thomas war so in Gedanken, dass er nichts gehört hatte und nun seinerseits Emba verdutzt ansah.

„Äh, Entschuldigung ... ich … äh, ich wollte nicht stören, aber ...“ stammelte sie verwirrt.

„Schon gut“, wiegelte Thomas ab, „was gibt es?“

Noch immer schwankte ihr Blick verwirrt von einem zum anderen, bevor sie hüstelte und dann wieder ganz Emba war.

„Elaih, Mr. Fellow wartet an der Tür zur Küche. Er sagt, er muss dich dringend sprechen.“

Elaih zog verwundert die Augenbrauen empor.

„Ist was passiert?“

„Ich weiß es nicht. Ich bin gleich los, um dich zu suchen.“

„Gut, ich komme.“

„Ich komme mit.“

Mr. Fellow wartete an der Tür, seinen breitkrempigen Filzhut hielt er in der Hand, während er mit der anderen mit einem Taschentuch sein Gesicht von Schweißperlen befreite.

„Oh, Sie sind wieder auf den Beinen, Mr. Greendale. Das freut mich", sagte er und ließ ein breites Grienen erkennen. „Es ist ein heißer Tag heute, und ich weiß ja, wie Sie dazu stehen, wenn jemand körperlich nicht mehr kann, und deshalb ..."

„Kommen Sie bitte zur Sache", drängte Thomas ungeduldig.

„Gewiss, Sir. Die Sache ist die: Motho ist zusammengebrochen, und Sam ist auch nicht mehr weit davon ab. Diese schwüle Hitze, die Anstrengung – sie sind beide nicht mehr die Jüngsten. Aber Motho, der alte Dickschädel, will sich nicht ausruhen, sondern unbedingt weiterarbeiten. Ich fürchte, sein Herz macht das nicht mehr lange mit. Nun, ich weiß nicht, was ich tun soll, Mr. Greendale. Wir brauchen im Moment zwar jeden Pflücker, Henry ist in diesem Jahr nicht mehr dabei, Cathy ist tot, Dorin schwanger ..." Er kratzte sich am Hinterkopf und setzte den Hut wieder auf.

„Es ist gut. Ich kümmere mich darum", erklärte Elaih und machte sich auf den Weg zu den Ställen.

„Vielen Dank, dass sie reagiert haben, Mr. Fellow", lobte Thomas, „niemanden ist geholfen, wenn jemand tot auf dem Feld liegt."

„Ja Sir, ... ähm ... bei meinem letzten Gespräch mit ihrem Herrn Vater, es ist ja nun auch schon einige Zeit her, hat er mir versichert, dass er vorhabe, ein paar junge, kräftige Männer anzuschaffen ..."

Thomas atmete einmal tief durch.

„Ja, ich habe auch schon darüber nachgedacht. Ich werde mich gelegentlich umschauen."

„Leider hat Ihr Herr Vater sich in den letzten Jahren sehr zurückgezogen. Man bekam ihn ja kaum noch zu

Gesicht ... Wie gesagt, er wollte es, aber darum gekümmert hat er sich am Ende nicht …"

„Ja, ich weiß!" Die direkte Rüge ärgerte ihn, aber er
versuchte sich nichts anmerken zu lassen.

„Haben Sie schon von dem Tornado im Osten gehört,
Sir", wechselte Fellow das Thema, und sie verfielen in
ein kurzes Gespräch darüber.

„Ich glaube, das können Sie jetzt gebrauchen", mischte Bessy sich ein und reichte Mr. Fellow ein Glas eis-
gekühlte Limonade. Fellow strahlte und leerte das
Glas, ohne abzusetzen.

„Vielen Dank. So, jetzt muss ich aber wieder." Er
nickte Bessy und Thomas zum Gruß zu und bestieg
seinen Wallach.

***

Das Wetter sah nicht sehr freundlich aus; dennoch
beschloss Thomas gegen Mittag, in die Stadt zu fahren. Der Sklavenhändler Wyhers musste heute wieder
dort sein, und es konnte nicht schaden, die Augen
offenzuhalten. Es ärgerte ihn, dass er nicht selbst reiten konnte, sondern sich wie ein alter Mann in der
Kutsche fahren lassen musste. Elaih hatte sich noch
köstlich darüber amüsiert. Er schaute kurz bei Dr.
Mathew herein, da es ohnehin auf seinem Weg lag.
Mathew warf einen kennerischen Blick auf die gut
heilende Wunde und nickte dann zufrieden.

„Sie haben großes Glück gehabt. Das sieht alles gut
aus", brummte er wie zu sich selbst, während er den
Bereich abtastete.

„Ich wäre sehr froh, meinen Arm wieder einsetzen zu
können", bemerkte Thomas.

„Ja, da werden sie allerdings noch etwas Geduld haben müssen. Haben sie Schmerzen? Kribbeln in den Fingern?"

Thomas konnte alles verneinen, und Dr. Mathew klopfte ihm aufmunternd auf den Rücken. „Nur Geduld, Mr. Greendale! Seien sie dankbar, dass alles noch relativ glimpflich abgelaufen ist. Bald ist das alles vergessen. Sie sind ja noch jung."

Schmunzelnd trat er wieder auf die Straße und hätte fast eine ältere Dame übersehen, die aus einem der zahlreichen Läden geeilt kam. Er murmelte hastig eine Entschuldigung. Dabei fiel sein Blick auf die Auslagen im Schaufenster, und von einer spontanen Idee bestürmt, betrat er den Verkaufsraum …

Beschwingt eilte er kurze Zeit später zurück zu seiner Kutsche. Das Pferd war ordnungsgemäß angeleint. Er blickte sich um, von Elaih keine Spur. Er verstaute seinen Einkauf unter der Sitzbank und machte sich auf den Weg zum Hinterhof der Markthalle. Eine Windböe schlug ihm ins Gesicht, als er um die Ecke bog. Ein junger Bursche stürmte fluchend seinem Hut hinterher, und eine Frau kreischte auf, als der Wind ihren Umhang erfasste.

Wyhers sah noch mürrischer drein, als er ihn in Erinnerung hatte. Nur zwei einzelne Herren schienen sich heute für seine Sklaven zu interessieren. Der Rechte von ihnen suchte offensichtlich nach einer Köchin, denn Thomas hörte, wie er die drei Frauen mittleren Alters ausführlich nach ihren Kochkünsten befragte. Der andere äußerte sich unzufrieden über das heutige Angebot an Sklaven. Thomas betrachtete die schwarzen Männer und Frauen und trat näher heran. Enttäuscht verzog er die Mundwinkel. In erster Linie hatte Wyhers diesmal Frauen dabei. Zwei von ihnen hatten bereits graues Haar; die jüngste der weiblichen Sklavinnen war etwa Ende zwanzig und eine recht dralle Person. Er blickte die nur vier männlichen Sklaven der Reihe nach an; einzig der Junge käme in Frage, die anderen schienen schon jenseits der fünfzig, und der ganz rechts war sogar deutlich älter. Dennoch war er derjenige, der den stolzesten Eindruck machte. Gerade aufgerichtet wie ein Butler, stand er hocherhobenen Hauptes, hielt den Blick stur geradeaus gerichtet und war von eine kraftvollen Aura umgeben.

Thomas war auf eine eigenartige Weise fasziniert von dem Mann. Als spürte er seinen Blick, richtete er seine Augen auf ihn, ohne dabei kaum merklich den Kopf zu bewegen. Seine Miene blieb vollkommen ausdruckslos; es hatte sogar etwas von Arroganz.

Der andere Mann hatte inzwischen seine zukünftige Köchin gefunden und schloss mit Wyhers den Handel ab. Thomas lenkte sein Augenmerk wieder auf den jungen Burschen. Er fand ihn ein wenig dünn, jedoch war er zweifellos schon ein Mann, etwa achtzehn bis zwanzig Jahre alt.

„Ah, Mister ... äh ... Greendale, nicht wahr?", kam Wyhers auf ihn zu. Thomas trat einen Schritt zurück. Der Mann verströmte einen Körpergeruch, dass er die Nase rümpfen musste.

„Oh, was ist Ihnen denn passiert?", fragte Wyhers neugierig und deutete scheinbar mitleidig auf seinen Arm.

„Unwichtig", knurrte Thomas und ging zu dem jungen Mann, der sichtlich nervös geworden war, nachdem er bemerkte, dass er im Zentrum des Interesses stand.

„Ja, noch nicht viel auf den Rippen, aber schauen Sie, hier, er ist kräftig genug, um zu arbeiten", prahlte

Wyhers, riss ihm den Hemdärmel nach oben und packte ihn mit seiner dickfleischigen Hand so kräftig am Oberarm, das er ins Taumeln geriet. Thomas zeigte sich unbeeindruckt, und Wyhers griff mit seiner anderen Hand zu dessen Mund.

„Hier, gesunde Zähne, schauen Sie mal!" Der junge Mann hatte schreckgeweitete Augen und versuchte sich von Wyhers zu befreien.

„Lassen Sie das", schnauzte Thomas, „ich will doch kein Pferd kaufen!"

Die dralle Sklavin neben ihm begann zu kichern. Er schenkte ihr ein kurzes Lächeln und konnte Wyhers gerade noch davon abhalten, ihr einen Schlag mit der flachen Hand auf den Hinterkopf zu versetzen.

„Versuchen Sie das niemals in meiner Gegenwart", erklärte Thomas bedrohlich und Wyhers schluckte erschrocken und schien sich offenbar zu erinnern, wie sein Gegenüber reagierte, als er damals die blauen Flecke der Sklavin gesehen hatte. Sein Mantel war bei der Aktion von der Schulter gerutscht und flatterte nun im Wind, da er auf der verwundeten Seite nur lose übergelegen hatte. Beherzt griff die Dralle danach und zog ihn so weit hoch, dass er ihn mit seiner linken Hand festhalten konnte.

„Vielen Dank", sagte er erfreut und sah erstaunt, wie sehr sie sich darüber freute.

Er begann mit Wyhers über den jungen Sklaven zu verhandeln, als er aus den Augenwinkeln plötzlich Elaih entdeckte, der allerdings nicht aus der Richtung kam, aus der man gewöhnlich hierher kam, sondern der von schräg links hinter Wyhers und seinen Sklaven auftauchte. Was hatte er dort zu suchen? Verwundert starrte Elaih in seine Richtung, als Wyhers ihn auch schon entdeckt hatte und schnaubend auf ihn zurannte.

„He, was hast du da hinten verloren, Nigger?"

Thomas glaubte, sein Herz bliebe stehen, als er hinter Elaih plötzlich einen Mann mit einem Gewehr entdeckte. Er zielte auf ihn. Alles verlief wie in Trance. Er merkte, dass er seinen Namen schrie und in seine Richtung lief. Dann hörte er den Schuss. Er drängte sich an den Sklaven vorbei, er sah Elaih nicht mehr. Irgendjemand schrie vor Schreck, erschrockene Stimmen erreichten sein Ohr. Er hörte Wyhers fluchen.

Endlich erreichte er ihn. Es erschien ihm wie eine Ewigkeit. Gott sei Dank, er war nicht getroffen! Elaih hatte sich zu Boden geworfen, und der Schuss war ins Leere gegangen. Keuchend stand Thomas neben ihm. Kalte Wut erfasste ihn. Was in aller Welt hatte er dort gemacht? Der Mann mit dem Gewehr gehörte zu Wyhers Aufpassern. Er führte eine lautstarke Debatte mir ihm. Thomas packte den Bruder mit seiner Linken und fuhr ihn wutschnaubend an.

„Bist du vollkommen verrückt geworden?"

Elaih rappelte sich langsam hoch; der Schrecken stand ihm noch ins Gesicht geschrieben.

„Der Nigger hat hier rumgeschnüffelt", verteidigte Wyhers Mann sich. Thomas blickte sich um; der Schuss hatte Passanten angelockt, die neugierig auf die Szene starrten, sich aber schnell zurückzogen, als die ersten Regentropfen fielen.

„Der Mann gehört zu mir!", beendete Thomas die Debatte, erntete aber nur wüste Beschimpfungen von dem Aufseher, den Wyhers Piet nannte. Wyhers scheuchte inzwischen, wild vor sich hin fluchend, die anderen Sklaven zusammen, die sich unter den Dachüberstand drängten.

„Vorsicht, Mister, wenn Sie nicht noch einen Arm in der Schlinge tragen wollen", drohte Piet, als Wyhers zurückkehrte. Dieser versuchte nun, die Situation zu beschwichtigen, da das Geschäft immerhin noch nicht abgeschlossen war und er offenbar um die Gelegenheit fürchtete. Die anderen Sklaven starrten wie gebannt auf den Wortwechsel. Elaih hatte sich wieder in der Gewalt und berichtete seinem Bruder aufgebracht von einem Sklaven, der wie ein Tier in einem Käfig gehalten wurde.

„Wie bist du da überhaupt reingeraten?", schimpfte Thomas, immer noch verärgert. Elaih kniff die Lippen zusammen.

„Erzähl ich dir später."

Sie gingen ein paar Meter zu einer kleinen kurzen Gasse, die überdacht war und Schutz vor dem Regen bot.

„Was ist das für ein Mann, der in einen Käfig gesperrt wurde?", verlangte Thomas von Wyhers zu wissen. Wyhers gab einen knurrenden Laut von sich und blickte Piet und Elaih verärgert an.

„Ein Aufrührer, ziemlich übler Bursche", erklärte er widerwillig. „Macht nur Ärger,
hat versucht, eine Revolte zu provozieren. Er ist bislang von jedem Besitzer geflohen, deshalb will ihn niemand haben, und ich hab den Schweinehund nun an der Backe!" Er spie angewidert zu Boden. „Werde versuchen, ihn in Richmond loszuwerden. Da sind ein paar Herren, die mit solchem Ungeziefer nicht lange fackeln und ihm schon Gehorsam einprügeln werden."

Thomas verzog das Gesicht und sah Elaih von der Seite an. Dieser sah aus, als wollte er sich jeden Moment auf Wyhers stürzen.

„Ich will ihn sehen", bestimmte Thomas unmissverständlich.

Wyhers stammelte entsetzt unzusammenhängende Worte und versuchte ihn von dem Vorhaben abzubringen.

„Er ist kein schlechter Mensch", raunte Elaih ihm zu, „ich habe mit ihm gesprochen, bevor dieser irre Piet auftauchte." Thomas antwortete ihm nicht. Er war immer noch wütend, dass Elaih sich so gedankenlos in Gefahr begeben hatte.

Fassungslos stand Thomas wenige Minuten später vor dem Käfig. Der Insasse musterte ihn herablassend und mit hasserfülltem Blick. Dieser Mann hatte keine guten Erfahrungen mit Weißen gemacht, das zeigte seine Miene überdeutlich. Es tat ihm leid, den Mann so zu sehen, wie ein Tier in einem Käfig, in dem er nicht einmal aufrecht stehen konnte. Er überlegte, wie sein Leben wohl weitergehen würde.

Der Sklave wirkte sehr kräftig: dicke, muskelbepackte Oberarme, mit denen er nicht mithalten konnte. Rundherum ein Kraftpaket, deshalb hatten die Leute offenbar Angst vor ihm und versuchten mit drastischen Maßnahmen, ihn zu bändigen. Kräftige Männer wie ihn konnte er durchaus gebrauchen, aber jemand, der seine Sklaven aufwiegelte, wäre ein Risiko. Auf seinem Rücken waren zahlreich Striemen zu erkennen, ältere, vernarbte und frische, die ihm erst kürzlich zugefügt sein mussten. Thomas fühlte sich in einem Zwiespalt. Sie würden keine Gnade walten lassen gegenüber diesem Mann. Sie würden ihn weiter prügeln und misshandeln. War es nicht seine Pflicht, ihn da rauszuholen? Andererseits fürchtete er Ärger. Dieser Mann zeigte offenkundig seinen Hass. Er war ein Kämpfer und ein stolzer, mutiger Mann, der sich nicht brechen lassen wollte. Obwohl er in einem Stahlkäfig saß, zeigte er keinerlei Demut und schreckte nicht davor zurück, ihm direkt ins Gesicht zu blicken.

Elaih erschien neben ihm. Thomas sah, wie der Mann Elaih ansah, und in seiner Miene war so etwas wie ein erleichtertes Aufatmen zu erkennen. Seine Haltung wirkte für einen Moment versöhnlich, bevor er wieder den harten Ausdruck annahm.

„Sie wollen ihn loswerden, Wyhers?", hörte er sich zu seinem eigenen Erschrecken sagen, und ehe er es sich versah, verhandelte er bereits mit ihm. Wyhers war bereit, jeden Preis zu akzeptieren, um den anstrengenden Aufrührer, vor dem er sichtlich Respekt hatte, loszuwerden. Dennoch warnte er ihn eindringlich vor diesem Sklaven – wohl eher, um sich selbst abzusichern.

„Und was ist mit dem Jungen?", fragte Wyhers gierig.

„Ich dachte, das wäre klar."

„Gewiss, natürlich, Mr. Greendale", ereiferte Wyhers sich und forderte Piet unwirsch auf, den jungen Sklaven zu holen. Piet reagierte mit mürrischem Grunzen und sah abfällig zu Elaih, der ihn seinerseits verächtlich anblickte. Einerseits hätte Thomas zufrieden sein sollen. Er hatte äußerst günstig zwei gute Sklaven erworben. Dennoch wusste er, dass es mit diesem Kraftpaket nicht leicht werden würde. Er trug so viel Hass in sich, dass er sich nicht so einfach unterwerfen würde. Doch offensichtlich schien Elaih einen guten Draht zu ihm zu haben. Er sah, wie sein Bruder ihm aufmunternd zunickte. Vielleicht sollte er es ihm überlassen, diesen Mann (sein Name war Bryan) zu besänftigen? Bryan streckte sich ausgiebig, nachdem er seinem Gefängnis entstiegen war. Thomas warf einen genaueren Blick auf die Striemen auf seinem Rücken.

„Deine Wunden haben sich entzündet. Meine Leute werden dich verarzten, sobald wir angekommen sind", erklärte er und erntete dafür nur einen verachtungsvollen Blick. Er versuchte, sich seine Zweifel nicht anmerken zu lassen. Wenn dieser vor Stolz trotzende Mann kein Dummkopf war, würde er abwarten und sehen, was ihn in seinem neuen Heim erwartete, bevor er einen Fluchtversuch unternahm. Aber er wollte kein Risiko eingehen.

„Du bist für ihn verantwortlich, bis wir zu Hause sind, verstanden?"

Elaih sah ihn, über die Schärfe des Befehls verwundert, sprachlos an. Der andere hieß Jimmy und blickte im Gegensatz zu Bryan recht bedrückt und trübsinnig drein. Er schien jedoch erfreut zu sein, Bryan an seiner Seite zu wissen.

Der Regen hatte endlich nachgelassen, und nach der tagelangen drückenden Hitze war die Luft eine Wohltat. Der Staub hatte sich gelegt, und es roch frisch und klar.

„Was willst du jetzt hören? Dass es mir leid tut?", schimpfte Elaih, als sie bei der Kutsche angekommen waren und Thomas immer noch nicht mit ihm gesprochen hatte.

„Du wärst um ein Haar erschossen worden, du Idiot! Ist dir das eigentlich klar?", schnaubte Thomas und stellte mit Befriedigung fest, dass Elaih schuldbewusst den Kopf senkte.

„Ich weiß", entgegnete er leise und kraulte das über seine Rückkehr sichtlich

282

erfreute Pferd.

„Wie konntest du, verdammt noch Mal, nur so leichtsinnig sein?"

„Es tut mir leid". Elaih holte tief Luft. „Ich hab da etwas aufgeschnappt, bin neugierig geworden und ..."

„Mann, Elaih, das war verdammt knapp!", fiel Thomas ihm ins Wort, noch immer wütend. Doch es machte sich auch Erleichterung in ihm breit, dass Elaih nichts geschehen war.

„Das habe ich bemerkt." Er sah auf. „Ja, ich war unvorsichtig. Verdammt, warum musste dieser Piet auch gleich nach dem Gewehr greifen?" Er ließ von dem Pferd ab und kam auf seinen Bruder zu. „Ich weiß, wenn ich nicht deinen Ruf gehört hätte, dann ... dann ..." Er stockte.

„Dann wärst du jetzt tot", beendete Thomas den Satz. Seine Wut war verraucht. „Und was hätte ich Raida erzählt?", ergänzte er leise. Elaih schloss kurz die Augen und zeigte eine leidvolle Miene.

„Tu das nie wieder!"

„Versprochen!" Sie umarmten sich kurz, wie zur Bestätigung.

„Und du", er wandte sich an Bryan, „er hat viel für dich riskiert. Also enttäusche ihn nicht!"

Kurz entdeckte er Zeichen von Überraschung in den dunklen Augen. Bryan sollte neben Elaih auf dem Bock sitzen, damit Elaih mit ihm reden und ihn aufklären konnte, wie es auf Greendale zuging, beschloss Thomas und hoffte inständig, dass er nicht die Gelegenheit zur Flucht nutzen würde. Jimmy schickte er in die Kutsche und musste über seine Verblüffung grinsen.

Es war spät geworden. Die Dämmerung setzte ein; sie mussten sich beeilen, durch den Regen konnten sich

Pfützen und Schlammlöcher gebildet haben, die in der Dunkelheit schlecht erkennbar waren.

„Du musst dich nicht fürchten", munterte er während der Fahrt den zusammengekauerten Jimmy auf, „ich gestatte meinen Sklaven viele Freiheiten. Du wirst es gut haben."

Langsam wagte Jimmy aufzusehen und setzte sich aufrechter.

„Und was wird mit Bryan?", wagte er sich vor.

„Warum denkst du, habe ich mich entschieden, ihn zu kaufen?"

Jimmy zog verwundert die Stirn kraus. „Weil er stark und kräftig ist und hart arbeiten kann."

Thomas betrachtete den jungen Mann aufmerksam.

„Ja, das auch. Aber was, glaubst du, hätten sie mit ihm gemacht, wenn Wyhers
ihn an einen skrupellosen Besitzer verkauft hätte? Bryan ist ein Kämpfer. Er würde sich auflehnen und ausgepeitscht werden, wahrscheinlich wieder und wieder. Wie lange hält ein Mensch das aus? Auch ein Mann wie Bryan ist irgendwann am Ende."

Jimmy schien intensiv darüber nachzugrübeln.

„Und Sie peitschen Ihre Sklaven nicht aus, Sir?"

Es gab einen kräftigen Ruck in der Kutsche, Thomas hielt sich am Haltegriff fest.

„Nein! Ich verabscheue solche Maßnahmen."

Jimmy atmete erleichtert aus und wirkte jetzt wieder selbstsicherer, fast wie ein Mann.

„Wissen Sie, es war meine Schuld, Sir. Ich habe das Essen gestohlen und sollte zehn Peitschenhiebe bekommen. Aber Bryan hat einfach gesagt, dass er es gewesen ist. Und dann haben sie ihn dafür bestraft. Ich bin schuld, dass sie ihn eingesperrt haben."

„Ein tapferer Mann", kommentierte Thomas den Bericht und sah Bryan plötzlich in einem anderen Licht. Er hatte versucht, einen anderen, Schwächeren, zu beschützen.

„Ich schäme mich dafür, dass ich feige war ..."

„Es ist keine Schande, Angst zu haben", beruhigte Thomas ihn.

Die Kutsche stoppte so abrupt, dass Jimmy fast vom Sitz rutschte und auch Thomas Mühe hatte, sich festzuhalten.

„Was ist passiert?". schrie Thomas, während er bereits dabei war, die Kutschentür zu öffnen. Er sah, wie Elaih heruntersprang und zur anderen Seite lief, dann sah er es auch: Vor ihnen war eine Kutsche in den Graben gerutscht. Sie war Gott sei Dank nicht umgekippt, denn der Graben war nicht allzu tief, dennoch schien sie aus eigener Kraft nicht mehr herauszukommen. Das Zugpferd war verängstigt und bäumte sich wiehernd auf, während das Holz der Karosserie gefährlich ächzte.

„Gibt es Verletzte?", rief er Elaih zu, der schon bei der Kutsche angelangt war, während er zum Pferd eilte und behutsam auf das Tier einredete, damit es sich beruhigte.

„Ja", hörte er Elaih rufen. Während das Pferd sich schnaufend langsam beruhigte, sah er, wie sein Bruder versuchte, einer jungen, weißen Frau aus der Kutsche zu helfen. Jimmy war neugierig geworden und stieg aus.

„Komm her", rief er ihm zu. „Bleib bei dem Tier, es hat Angst. Versuch es ruhig zu halten". Dann lief er auf Elaih zu, der gerade die elegant gekleidete Frau absetzte.

„Was ist geschehen?"

„Wir sind überfallen worden", weinte sie und begann zu zittern. Dann drehte sie sich wieder zur Kutsche. „Meine Zofe? Oh Gott, sie ist aus der Kutsche gestürzt in dem Moment, wo sie in den Graben rutschte", kreischte sie hysterisch und wollte sich auf das Gefährt stürzen. „Hattie? Oh Gott, Hattie?"

Thomas griff nach ihr und musste energisch werden, um sie zu beruhigen, da er aus den Augenwinkeln sah, dass das Pferd auf das Gekreisch unruhig reagierte. Er verfluchte, dass er nicht zwei Arme zur Verfügung hatte, um die verstörte Frau zu schütteln. So musste er sie mit einer Hand umso fester packen, sodass sie bestimmt einen blauen Fleck davontragen würde. Sie war so in Panik, dass sie weiter hysterisch schrie.

„Wo ist Morten? Mein Kutscher, was ist mit ihm?"

„Halten sie endlich die Klappe! Mit Ihrem Gekreische machen sie nur die Pferde wild!"

Bryan stand plötzlich vor ihnen, und angesichts der furchteinflößenden Gestalt und der Drohgebärde riss sie erschrocken die Augen auf und verstummte.

„Ich sehe Ihre Zofe", rief Elaih von der Kutsche, und die Frau wollte auf sie zurennen, doch ein strenger Blick von Bryan genügte, um sie davon abzuhalten. Hattie, die Zofe, war nicht, wie befürchtet, eingeklemmt, sondern schien lediglich ohnmächtig. Mit Bryans Hilfe zog Thomas die junge Sklavin aus dem Graben. Regenwasser war von ihren Kleidern aufgesogen worden. Thomas fühlte ihren Puls und tastete sie vorsichtig ab. Sie schien sich nichts gebrochen zu haben. Eine kleine Blutspur an ihrer Schläfe zeigte jedoch, dass sie sich den Kopf angeschlagen haben musste. Er fühlte eine dicke Beule. Die Frau hatte sich wieder einigermaßen beruhigt und kniete besorgt neben ihnen.

„Ich bin Priscilla Carrington. Wir waren auf dem Weg zur Carrington Plantage. Sie gehört meinem Onkel."

„Thomas Greendale. Das sind noch gut 15 Meilen bis dahin, es ist gefährlich in der Dunkelheit. Warum reisen Sie nicht tagsüber?"

„Der Regen ist Schuld. Wir haben so lange gewartet, bis er vorbei war. Morten meinte ... oh Gott, wo ist er? Haben Sie ihn gesehen?"

„Elaih? Hast du den Kutscher gesehen?", rief er seinem Bruder zu, der mit Bryan versuchte, die Kutsche aus dem Graben zu hieven.

„Ja, er liegt weiter vorne. Er ist tot!"

„Oh nein", schluchzte sie „ Er ist ... er war so ein lieber Mensch. Das hat er nicht verdient."

„Niemand hat das verdient", erklärte Thomas und war gerührt, wie sehr diese
Frau sich um ihre Sklaven sorgte.

„Jimmy", rief Elaih keuchend, „halt das Pferd an den Zügeln! Es wird gleich einen Ruck geben, wenn wir die Kutsche aufrichten!" Thomas eilte zu den beiden und wollte helfen.

„Denk an deinen Arm", mahnte Elaih.

„Einen habe ich noch zur Verfügung", erwiderte er ein wenig gekränkt. Er hasste es, untätig herumzustehen, deshalb ging er nach vorn zu Jimmy, der wahrscheinlich keine Erfahrung mit Pferden hatte und womöglich falsch reagierte. Die Kutsche war von guter Konstruktion und hatte den Ausrutscher fast unbeschadet überstanden. Thomas beschloss, dass Miss Carrington und ihre Zofe die Nacht auf Greendale verbringen sollten. Sie konnten ohnehin nicht weiterreisen, da ihr Kutscher tot war. Trotz Elaihs Protest entschied Thomas, dass er die fremde Kutsche lenkte, Jimmy konnte ihm notfalls assistieren. Es war nur noch ungefähr eine Meile Fahrt. Thomas erinnerte sich an das, was Graham von den Überfällen erzählt hatte, von denen Sheriff Heyden gesprochen hatte. Er war entsetzt, dass sie sich so nah an seinem Anwesen ereigneten. Gleich morgen früh würde er dem Sheriff eine Nachricht schicken.

„Danke für deine Hilfe, Bryan", sagte Thomas, als sie auf Greendale eingetroffen waren, „ohne dich hätten wir das nicht geschafft. Ich bin ja momentan etwas eingeschränkt."

Bryan zeigte keinerlei Regung, aber das störte ihn nicht. Er hoffte, dass er irgendwann vielleicht doch sein Vertrauen gewinnen könnte.

„Du kümmerst dich um Bryan und Jimmy, ich mich um Miss Carrington und ihre Zofe", ordnete Thomas an und wollte sich abwenden. Elaih hielt ihn am Arm fest.

„Du bist also noch immer sauer auf mich."

Thomas senkte den Blick und stöhnte. „Nein", er sah zu Bryan, der neugierig um sich schaute. „Ich trau ihm nicht, behalt ihn im Auge!"

Elaih sah ihn überrascht an. „Aber du hast ihn trotzdem gekauft, worüber ich natürlich erleichtert bin ..."

„Ja, verdammt! Du wusstest genau, dass ich das, was sie ihm angetan haben, nicht gutheißen konnte."

Elaih verstand. „Aha, das ist es also. Deshalb grollst du mir?"

Thomas schwieg und beobachtete Bryan.

„Hör zu, ich werde mit ihm sprechen. Ich kann nichts garantieren, aber ich denke, er ist ohnehin müde. Er hat so viel gekämpft und verloren. Er ist es leid. Er wird sich fügen, wenn er erst sieht, dass wir ihn gut behandeln."

„Hoffen wir, du hast Recht", knurrte Thomas und rief den beiden Neuen zu:

„Elaih wird sich um euch kümmern! Ich habe anderes zu tun!" Er nickte zu den zwei Frauen.

Bessy und Raida halfen Elaih und kümmerten sich sofort um Bryans verletzten Rücken, der die Fürsorge überrascht und betreten annahm. Andere Sklaven gesellten sich zu ihnen; es hatte sich schnell herumgesprochen, dass es Neuankömmlinge gab. Bob zeigte sich fassungslos, als er die Narben auf seinem Rücken sah und konnte nur sprachlos mit dem Kopf schütteln. Die Sklavin Dawn hingegen starrte ihn fasziniert an. Einen Mann mit solchen Muskeln und einem so gestählten Oberkörper hatte sie noch nie gesehen. Bryan war diese Aufmerksamkeit nicht gewohnt und reagierte verlegen, etwas, dass ihm vollkommen neu war. Hilfesuchend sah er zu Elaih, doch der grinste nur.

„Daran musst du dich gewöhnen. Dawn, hör auf zu träumen und gib mir die Schale", lachte Elaih und sah, wie Dawn das Blut in die Wangen schoss. So kannte er Dawn überhaupt nicht, seine Dawn. Die erste Frau in seinem Leben, seine erste Liebe, der er das Herz gebrochen hatte. Er bemerkte, wie auch Bryan Dawn verstohlen musterte. Dawn war eine schöne Frau, noch reifer und weiblicher als zu seiner Zeit. Er hatte wundervolle Stunden mit ihr erlebt. Heute war sie ihm eine gute und liebevolle Freundin.

Emba kümmerte sich um Miss Carrington, zeigte ihr das Gästezimmer und versorgte sie und Thomas anschließend mit einem kleinem Imbiss und einem Becher Früchtetee. Shirin plauderte in der Küche mit der Zofe Hattie, während sie bei der Zubereitung half. Hattie hatte durch den Sturz eine dicke Beule davongetragen, war ansonsten jedoch unverletzt. Thomas ließ sich von seinem Gast den genauen Verlauf des Überfalls schildern und wollte wissen, welche Beute der Dieb errungen hatte. Sein unfreiwilliger Gast erwies sich im Laufe des Abends wider Erwarten als angenehme Gesellschaft. Er hatte getan, als würde er es nicht bemerken, aber ihm war natürlich aufgefallen, dass Emba ihn genau beobachtete. Er wusste nicht, warum ihn das freute, aber es war so.

„Bist du zufrieden mit meinem Verhalten?", fragte er sie grinsend, nachdem er Miss Carrington zu ihrem Zimmer geleitet und ihr eine angenehme Nacht gewünscht hatte.

„Was? Äh … Wieso?", stammelte sie verwirrt, und ihre Wangen färbten sich dunkel. Mit breitem Grinsen trat er näher und zog sie zu sich heran.

„Glaubst du, ich habe es nicht bemerkt?"

Verlegen senkte sie den Blick. Da seine zweite Hand unbrauchbar in der Schlinge weilte und er sie nicht nutzen konnte, um ihr unter das Kinn zu fassen, wartete er geduldig, bis sie ihren Blick wieder hob und ihn ansah. Was er sah, ging wie ein glühender Schwall durch seinen ganzen Körper und erwärmte ihn. Sein Atem beschleunigte sich; dennoch senkte sein Mund sich unendlich langsam auf den ihren. Es schien Ewigkeiten her zu sein, dass er ihre Lippen berührt hatte, und jetzt wollte er nie mehr damit aufhören. Begierig verstärkte er seine Küsse, während er sie gegen die Wand hinter ihnen drängte. Er wollte sie fühlten, sie berühren … Keuchend löste er sich schließlich von ihr.

„Wir sollten woanders hingehen." Er sah sie an, oh Gott, diese Frau machte ihn wahnsinnig, sie raubte ihm den Verstand!

„Bleib bei mir heute Nacht", raunte er in ihr Ohr, und küsste anschließend die empfindliche Stelle dahinter. Er spürte ihr Beben und kämpfte um einen Rest seiner Selbstbeherrschung – zumindest, bis sie in seinem Schlafzimmer angekommen waren.

***

„Vielen Dank, es war sehr freundlich, meiner Cousine beizustehen", bedankte sich Daniel Carrington herzlich. „Ich nehme an, Sheriff Heyden wird im Laufe des Tages bei uns eintreffen. Schlimm, solche Überfälle in unserer Nähe!"

„Das kann man wohl sagen", nickte Thomas zustimmend.

„Ich hoffe, wir haben Ihnen nicht zu viele Umstände bereitet, Mr. Greendale."

„Aber ich bitte Sie, Miss Carrington. Ich bin froh, dass wir helfen konnten."

Hattie weinte, sie hatte Shirin offenbar ins Herz geschlossen.

„Ob Heyden noch hier hereinschaut", sprach Elaih vor sich hin.

„Gut möglich", antwortete Thomas gedankenverloren und lächelte, als Emba an ihnen vorüberging. Elaih beobachtete ihn, wie er ihr mit verklärtem Blick folgte.

„Und wie ist es mit Jimmy und Bryan gelaufen", erkundigte er sich beiläufig.

„Ich denke, sie werden sich eingewöhnen. Jimmy fühlt sich schon ganz wohl hier, und Bryan … nun, er war offenbar überrascht, dass die Sklaven hier so locker und ungezwungen miteinander umgehen. Wir haben noch lange zusammen gesessen und Geschichten erzählt. Das war neu für ihn, so etwas kannte er nicht. War für einige von uns eine kurze Nacht." Er sah seinen Bruder von der Seite an und stellte fest, dass dieser mit seinen Gedanken ganz woanders war.

„Was macht dir Sorgen, Thomas?"

„Vieles", er betrachtete eingehend die Wolkenformation am Himmel, bevor er seinen Bruder wieder ansah und verschmitzt lächelte.

„Diese Miss Carrington hat mich ein wenig an eine andere Frau erinnert, mit der ich ... äh ... ich meine, die ich mal kannte."

„Ach so", er grinste, da er den Versprecher sehr wohl verstanden hatte. Die Brüder grinsten sich wissend an; dann wurde Thomas wieder ernst und machte plötzlich einen verkniffenen Eindruck.

„Das erinnert mich wiederum an Christina. Ich schulde ihr eine Erklärung. Sie glaubt, dass wir heiraten werden. Wer weiß, vielleicht schmiedet sie insgeheim schon Pläne? Ich meine, sie hat sich viel Mühe gegeben, mir zu zeigen, dass sie eine umsichtige Hausherrin abgeben würde ..."

„Dann bist du dir also nicht mehr sicher, dass du sie heiraten willst?"

Als Antwort kam ein schmerzliches Stöhnen.

„Lass uns zu der alten Eiche gehen, wo wir als Kinder immer gesessen haben", schlug Elaih vor, da sie gerade ziellos mitten auf dem Hof stehen geblieben waren. Thomas sah ihn verwundert an. Da er jedoch wegen des gebrochenen Armes ohnehin nichts Sinnvolles tun konnte, stimmte er dem Vorschlag zu.

Drei spielende Kinder rannten an ihnen vorbei, darunter auch das kleine Mädchen, das Joe und Benny einmal bei ihren Männergesprächen belauscht hatte. Sie blieb abrupt stehen und starrte auf seinen Arm.

„Was hast du da?", fragte sie in kindlicher Neugier.

„Der Arm ist gebrochen, und nun darf ich ihn nicht bewegen, damit er heilt", erklärte er dem Mädchen, das erschrocken die Augen aufgerissen hatte.

„Tut das weh?"

„Jetzt nicht mehr", antwortete er und schmunzelte. „So, und nun spielt schön weiter!" Die Kleine nickte und rannte den anderen hinterher. Jemand hatte ihr Haar in kleine Zöpfe geflochten, wodurch sie noch niedlicher wirkte. Von dem gestrigen heftigen Regen war nichts mehr zu spüren. Die Sonne brannte unbarmherzig vom Himmel, und es waren kaum Wölkchen zu erkennen.

„Lange her, dass wir zusammen hier waren", entsann Thomas sich und blieb stehen, als die Viginia-Eiche in ihrem Blickfeld erschien.

„Sie sieht immer noch genauso aus wie früher."

„Ja, sie hat sich nicht verändert. Wir sind es, die sich verändert haben, obwohl wir auch älter geworden sind." Beide betrachteten andächtig den ehrwürdigen Baum, an den sich so viele Erinnerungen knüpften.

„Die letzten Jahre habe ich dort immer allein gesessen ..." Es klang so traurig, dass Thomas ihn verwundert ansah. Aber Elaih sah weiter geradeaus.

„Ich habe mich oft an diesen Ort zurückgewünscht, glaub mir."

Eine Weile schwelgten sie, jeder für sich.

„Na, komm, es ist Zeit", lachte Elaih und knuffte ihn in die Seite.

„Ach, es ist herrlich", freute sich Thomas, nachdem er sich gesetzt hatte. Forschend blickte er in die Baumkrone über ihm.

„Da, siehst du den Ast dort? Von dem bin ich damals abgestürzt, weißt du noch?" Sie lachten und kramten allerlei alte Geschichten hervor. Dann wurde Thomas schlagartig wieder ernst.

„Es ist viel geschehen seitdem. Die Zeit ist nicht stehen geblieben."

„Spuck es aus", mahnte Elaih.

Thomas sah ihn kurz an, zögerte; er schien einen bestimmten Punkt in der Ferne zu fixieren.

„Was würdest du an meiner Stelle tun?"

„Du meinst, wenn ich Besitzer von Greendale wäre und vor der Entscheidungen stehen würde, eine Frau zu heiraten, die zwar hübsch ist, die ich aber nicht liebe oder mein Leben mit einer Frau zu verbringen, die ich über alles liebe, aber nicht heiraten kann?"

Thomas murrte etwas, das nach einen „Ja" klang und zupfte sich umständlich ein paar Grashalme von der Hose. Elaih sog einmal tief die Luft ein. Der Zeitpunkt der Wahrheit war gekommen. Er überlegte, wie er sich am Besten an das sensible Thema heranarbeiten konnte. So oft hatte er es in Gedanken schon getan, doch dass er in diesem Augenblick neben ihm hockte, war etwas ganz anderes.

„Mal ehrlich, Tom, du liebst Christina nicht. Willst du dir das wirklich antun?" Thomas antwortete nicht, und so sprach er weiter. „Du hast es am eigenen Leib erfahren, wie es ist, wenn sich Mann und Frau nichts zu sagen haben. Sollen eines Tages deine Kinder an dieser Stelle sitzen und darüber grübeln, warum sie sich nicht lieb haben?"

Thomas verdrehte die Augen. „Verdammt, das hier hat nichts mit meiner Mutter zu tun!"

„Doch, genau das hat es! Auch wenn du es nicht hören willst, weil er sie nämlich ebenso wenig geliebt hat, wie du Christina liebst. Sie war jung, attraktiv, und er brauchte eine Frau zum Heiraten. Und er brauchte einen Sohn und Erben."

„Das langt, es war ein Fehler!", maulte Thomas und wollte sich erheben.

„Nein!", energisch zog Elaih ihn am Ärmel. „Tut mir leid, wenn die Tatsachen für dich unerträglich sind, aber du wirst dir ..."

Thomas fiel ihm erregt ins Wort. „Vater hat sich stets aufmerksam und liebevoll ihr gegenüber verhalten! Er hat ihr jeden Wunsch erfüllt, ihr teure Geschenke gemacht! Er hat alles für sie getan, sie niemals in ihrem Wirken eingeschränkt, ihr in allen Dingen freie Hand gelassen. Nie hat er das Wort gegen sie erhoben, nicht einmal, wenn sie ihn

provozierte, was sie im Übrigen ständig tat. Ich bin sicher, dass er sie aufrichtig geliebt hat. Denn das vermag ein Mann nur zu ertragen, wenn er eine Frau liebt. Sie war es, die nie zufrieden war. Sie war eine zänkische, unzufriedene, selbstherrliche Person. Christina ist nicht einmal annähernd wie sie. Also erspare mir bitte den Vergleich!" Wütend befreite er seinen Ärmel.

„Verzeih mir", bat Elaih, betroffen von dem Gefühlsausbruch und überrascht, dass Thomas noch immer so viel Verachtung gegenüber seiner Mutter in sich trug. Aber er musste um jeden Preis verhindern, dass er jetzt ging. Eine weitere Gelegenheit würde sich nicht mehr bieten. Thomas musste alles erfahren, auch wenn es seine Welt auf den Kopf stellen würde. Er ließ ihm Zeit, sich wieder zu beruhigen, und auch er musste seine Gedanken ordnen. In Überlegungen versunken, fummelte er an einem vertrockneten Zweig und pulte mit den Fingern die Rinde ab.

„Entschuldige, Elaih, ich wollte dich nicht so anfahren."

„Schon gut." Wieder hüllten sich beide in Schweigen.

„Weißt du, woran ich gerade gedacht habe?", fragte Elaih schließlich und fuhr fort, als Thomas ihn abwartend anschaute.

„Erinnerst du dich noch an Ella?"

„Ella, natürlich erinnere ich mich an sie", er schmunzelte, „wie könnte ich sie jemals vergessen?"

„Ich denke oft an Ella, und ich vermisse sie", bekannte Elaih und bekam einen traurigen Zug um den Mund. „Ich stelle mir immer vor, wie sie wohl heute aussehen würde. Sicher wäre sie ausgesprochen hübsch und würde alle Männer in den Wahnsinn treiben."

Ella. Sie war schon zu jener Zeit, als Kind, eine kleine Schönheit, aber keineswegs auf den Mund gefallen. Sie war klug und raffiniert, konnte es mit jedem aufnehmen und wickelte alle durch ihr Lächeln um den Finger. Sie war ein fröhliches Kind, das gern und viel lachte. Die Jungen in ihrem Alter zollten ihr Respekt, denn andererseits war sie ebenso wagemutig wie frech und kampfeslustig. Öfter nahm sie den Wettstreit mit ihren männlichen Altersgenossen auf. Dennoch gab es niemanden, der sie nicht gern hatte, sie war einfach ein Sonnenschein.

Ella wurde nur sieben Jahre alt. Sie hatte noch ihr ganzes Leben vor sich gehabt, als der Tod nach ihr griff. Ihr Fortgang erschütterte alle zutiefst; ein dramatisches, ein unfassbares Unglück. Ella ertrank in dem kleinen Bach, der sich hinter dem Anwesen regte. Er war nicht einmal besonders tief, aber für ein siebenjähriges Mädchen, das nicht schwimmen konnte, konnte er zur tödlichen Falle werden. Man versuchte alles nur Mögliche, um sie wiederzubeleben, aber es gab keine Rettung mehr. Wie sich später herausstellte, war sie offenbar auf jenen Baum geklettert, der sich weit über den Bach neigte. Von dort musste sie abgerutscht und hinuntergestürzt sein. Ein Fetzen ihres Kleides fand man, zwischen den Ästen flatternd wie eine Abschiedsfahne. Die Kinder berichteten, dass sie zusammen Verstecken gespielt hatten.

Nach Ellas Tod befahl der Vater, dass der Baum gefällt wurde, damit so etwas nie wieder geschehen konnte. Ellas Tod gehörte zweifelsfrei zu den schlimmsten Tragödien, die Greendale je heimgesucht hatten. Tagelang befanden sich alle Sklaven im Schockzustand. Dass so etwas geschehen konnte, war einfach unfassbar. Ellas Mutter brach laut weinend und schreiend zusammen, als man ihr den leblosen Körper brachte. Elaih hatte nur geweint und sich schwere Vorwürfe gemacht, dass er nicht für sie da gewesen war. Es war eine schwere Zeit für ihn gewesen. Thomas erinnerte sich sehr gut an Ella, er mochte sie gern, und sie würde immer einen Platz in seinem Herzen behalten.

„Ja, Ella", seufzte Thomas, „ich vermisse sie auch. Du weißt, ich hatte deine Halbschwester wirklich gern."

Elaih schwieg und seufzte einmal tief, bevor er mit deutlicher Stimme fortfuhr.

„Ella war nicht meine Halbschwester."

„Waas?" Thomas blickte ihn fassungslos an „Was soll das heißen?"

Elaih drehte ihm das Gesicht zu und schaute ihm direkt in die Augen.

„Ich sagte, Ella war nicht meine Halbschwester. Sondern deine!"

Thomas sprang so schnell auf die Füße, dass er fast gestolpert wäre. Mit offenem Mund starrte er auf seinen Bruder. Er wollte etwas sagen, doch in seinem Kopf überschlugen sich die Gedanken, sodass er nicht in der Lage war, einen einzigen vernünftigen Satz herauszubringen. Elaih beobachtete ihn und wandte den Blick nicht von ihm ab. Thomas rieb seine flache Hand über dem Mund und schüttelte immer wieder den Kopf.

„Meine Halbschwester? Elaih, das ist nicht wahr! Ella ist ...“

„Doch, Thomas, es ist wahr. Meine Schwester Ella, sie war auch deine Schwester. So wie ich dein Bruder bin.“

„Nein, nein, nein“, protestierte Thomas, „Allan war Ellas Vater, das wussten alle! Nur, dass er ihre Geburt nicht mehr erlebte!“

„Thomas, das Gerücht hat dein Vater in die Welt gesetzt, um deine Mutter zu schützen! Allan und meine Mutter waren nur Freunde, nie mehr.“

Mit einem Aufstöhnen setzte er sich wieder und sah seinen Bruder vorwurfsvoll an.

„Und warum weiß ich davon nichts?“

„Niemand wusste es, und ich sollte es eigentlich auch nicht wissen. Aber ich habe es zufällig mitbekommen, es war kurz nach Ellas Tod. Ich habe die beiden überrascht und alles mitangehört. Dein Vater war sehr verärgert und hat von Mutter verlangt, mich zum Schweigen zu bringen. Was hätte ich tun sollen?“ Traurig sah er seinen Bruder an. „Mutter hat mich auf Knien gebeten, zu niemanden ein Wort zu sagen. Durch Ellas Tod war sie ohnehin mitgenommen, ein Schatten ihrer selbst. Ich machte mir Sorgen um sie. Natürlich war ich verärgert, aber ich konnte sie nicht

noch zusätzlich leiden lassen. Ich musste ihr schwö-
ren, dass ich schweige. Es war nicht leicht, Thomas,
aber ich konnte dir nichts sagen. Ich hätte sonst meine
eigene Mutter verraten.“

Thomas hörte Traurigkeit aus seinen Worten und
konnte ihn verstehen. Elaih hatte es schon immer sehr
ernst genommen mit Schwüren, das hatte für ihn etwas mit Ehre zu tun. Dennoch war er enttäuscht. Er
hatte eine Schwester gehabt und hatte es nicht gewusst. Er kniff die Lippen zusammen. Schweigend
hockten sie nebeneinander und hingen ihren Gedanken nach. Von weitem waren die Stimmen einiger
Sklaven zu hören, gemischt mit dem vergnügten Krei-
schen spielender Kinder. Eine Sklavin rief nach ihnen
und schien sie zu ermahnen.

„Sie hatte eine Fehlgeburt, bevor Ella geboren wurde“, flüstere Elaih beinahe.

„Lass mich raten: Das Kind wäre auch mein Bruder
oder meine Schwester gewesen?“

Elaih nickte nur und warf den Stock, der mittlerweile
komplett blank und ohne Rinde war, im hohen Bogen
weit weg. Thomas schnaubte nur.

„Warum erzählst du mir das jetzt alles?“

„Sie sind alle tot. Ich bin nicht mehr an meinen
Schwur gebunden“, antwortete er lapidar. Thomas
drehte sich ein wenig weiter herum, um seinen Bruder
besser ansehen zu können. Nachdenklich legte er die
Stirn in Falten und betrachtete ihn, der konzentriert in
die Ferne blickte, als gäbe es dort etwas Aufregendes
zu sehen, das nur er sehen konnte.

„Warum werde ich das Gefühl nicht los, dass das noch
nicht alles ist?“

„Weil du mal wieder Recht hast“, kam die Antwort
ohne das er eine Miene dabei verzog.

„Verdammt, Elaih", fluchte Thomas, „eben habe ich erfahren, dass mein Vater kein treusorgender Ehemann war, dass ich sogar eine Schwester hatte, und nun ..."

„Du wusstest, dass deine Eltern getrennte Schlafzimmer hatten. Glaubst du wirklich, zwischen ihnen lief noch etwas? Und falls du es nicht bemerkt hast: Unser Vater war auch nur ein Mann und kein Mönch".

Thomas gab nur ein abfälliges Grunzen von sich. Natürlich war Vater kein Mönch, auch wenn er nie darüber nachgedacht hatte, aber welcher Sohn machte sich darüber schon Gedanken? Dann fuhr er unerwartet herum, von einer plötzlichen Eingebung gelenkt.

„Meine Mutter? Hat sie davon gewusst? Hat sie gewusst, dass er nach wie vor zu ihr ging?"

Thomas wurde immer hektischer und aufgeregter, während er die Fragen ausstieß. Elaih sah ihn nur an. Er schien vollkommen gelassen, und das machte ihn wahnsinnig. Er hätte ihn schütteln können. Er hatte so viele Fragen! Musste er ihm jedes Wort aus der Nase ziehen? Aufgebracht erhob er sich. Verdammt, wenn sie es wirklich gewusst hatte, wenn sie wusste, dass ihr Ehemann regelmäßig zu seiner Geliebten, seiner Sklavin ging, mit der er bereits einen Sohn hatte, das stellte seine Mutter in ein ganz anderes Licht ...

„Elaih, ich will jetzt von dir die ganze Wahrheit hören!", schnaubte er.

„Wenn du dich beruhigt hast, erzähle ich sie dir. Setz sich!" Elaih konnte stur sein, das wusste er. Wenn er wirklich mehr von ihm erfahren wollte, musste er sich wohl oder übel geschlagen geben und sich wieder setzen, sonst würde er vermutlich keinen Ton mehr hören. Er schluckte und setzte sich neben Elaih zu Boden.

„Thomas, was ich dir jetzt sage, hat mir Mutter erzählt, zwei Tage vor ihrem Tod, als sie wusste, dass sie sterben würde", seine Stimme bebte. „Sie hat dich sehr gern gehabt, und sie wollte, dass du irgendwann die Wahrheit erfährst, wenn die Zeit dafür reif ist ..." Er biss sich auf die Unterlippe und brauchte einen Moment, um sich zu sammeln. Thomas ahnte, was jetzt kommen würde. Auf einmal war er vollkommen ruhig.

„Sie hat es also gewusst." Es klang wie eine Feststellung.

„Ja, sie wusste es." Elaih holte tief Luft. Er war selbst überrascht, wie schwer es ihm fiel darüber zu reden. So viele Gefühle durchwühlten ihn. Jetzt war er es, der sich nervös durchs Haar fuhr, so wie Thomas es sonst tat. Er holte ein weiteres Mal tief Luft, konnte aber nicht verhindern, dass seine Stimme zitterte.

„Ja, Thomas, sie wusste davon. Und sie hat Vater mit ihrer Forderung in den Ohren gelegen, er solle meine Mutter endlich verkaufen und mich gleich mit loswerden, sonst würde sie ihn endgültig verlassen."

Überrascht schaute Thomas ihn an. Nein, wenn Dad das seinerzeit wirklich geplant hatte, das hätte er nie zugelassen. Sich vorzustellen, dass er Shaina und Elaih verkauft hätte! Er wagte es kaum, den Gedanken zu Ende zu denken ...

„Er hat sich geweigert, Mutter und mich zu verkaufen. Sie sollen heftig gestritten
haben deswegen. Er würde sich nicht von seiner Ehefrau erpressen lassen, sagte er. Und dann, eines Tages, hat sie tatsächlich ihre Habseligkeiten gepackt und wollte für immer gehen ..." Elaih zögerte und sah Thomas mit einem eigenartigen Blick an. „Aber sie hat auch deine Sachen gepackt. Sie wollte dich mit-

nehmen. Sie hat dich nicht verlassen. Zumindest nicht freiwillig."

„Was sagst du da?" Bestürzt starrte er Elaih an.

„Vater sagte ihr, sie könne gehen, wohin sie wolle, er gäbe sie frei. Aber seinen Sohn würde sie nicht mitnehmen! Dann soll er ihr gesagt haben, sobald sie an jenem Tag das Tor von Greendale House passiert habe, wolle er sie nie im Leben wiedersehen und gleichzeitig gäbe sie alle Rechte an dir auf. Er hat persönlich deine Koffer wieder abgeladen und eigenhändig ins Haus getragen. Bessy müsste sich noch daran erinnern. Es war ein ziemlicher Aufruhr."

„Er hat sie gezwungen, mich, ihren Sohn, zurückzulassen?"

„Ja. Später soll er ihr eine Art Abfindung gezahlt haben, genügend Geld, damit sie ein sorgenfreies Leben führen und irgendwo neu anfangen konnte."

Thomas schüttelte fassungslos den Kopf. „Warum wusste ich von all dem nichts?"

„Weil man sich Mühe gegeben hat, dass du es nicht erfährst."

„Hm", Thomas dachte nach. Er erinnerte sich deutlich an den Tag, an dem seine Mutter aus seinem Leben verschwunden war. Er hatte gesehen, dass sie damit beschäftigt war, ihre Koffer zu packen und wusste, dass sie für einige Zeit verschwinden würde. Damals war er schon an dem Punkt angelangt, nicht mehr allzu viele Fragen zu stellen. Sie war nervös gewesen und hatte ihm eingeschärft, er solle ja pünktlich zurück sein, daran erinnerte er sich, aber es hatte ihn nicht interessiert. Vater wollte zu einer Pferdeauktion, von der er anscheinend eher als geplant zurückgekehrt sein musste. Er selbst war an dem Vormittag bei den

Barns gewesen. Zu jener Zeit lebte Edward Barns noch, ein guter Freund seines Vaters.

„Mir schwirrt der Kopf", stöhnte Thomas, „alles ein bisschen viel."

„Thomas, Vater hat Shaina geliebt, heimlich! Er hat die ganzen Jahre ein Doppelleben geführt, während er offiziell mit Beatrix verheiratet war. Er hat seine Frau immer geschätzt und, wie du selbst sagst, liebevoll behandelt. Aber nicht, weil er sie innig liebte, sondern weil er sich schuldig fühlte."

„Wusste meine Mutter, dass Ella sein Kind war?", fragte Thomas gedehnt.

Elaih zuckte mit den Achseln. „Ich kann es nicht mit Gewissheit sagen. Ich glaube nicht, aber ... sicher bin ich mir auch nicht. Tut mir leid."

„Ich verstehe nicht, dass ich nie etwas bemerkt habe", zweifelte Thomas.

„Sie waren sehr diskret." Elaih beobachtete das Spiel von Licht und Schatten, das durch die verzweigten Äste auf den Boden fiel.

„Plötzlich kommt es mir vor, als hätte ich Dad nie gekannt", seufzte Thomas. Sein Vater war ein geruhsamer, wortkarger Mensch gewesen, der nach außen wenig Emotionen gezeigt hatte. Durch seine stets neutrale Miene konnte man ihm seine Gefühlsregungen selten ansehen. Er hatte sich unter Kontrolle, wirkte stets gelöst und ungezwungen. Nur wenn er wütend war, zeigte sein Gesicht eine Regung, auch wenn seine Haltung nach wie vor gelassen schien. Auf seiner Stirn aber bildeten sich dann tiefe Falten, und seine Augen verdunkelten sich gefährlich. Sich vorzustellen, dass dieser Mann in inniger und leidenschaftlicher Liebe einer Sklavin verfallen war, fiel ihm schwer. Er versuchte sich zu erinnern. Nein, er hatte sie zu keiner Zeit zusammen gesehen. Wie konnten sie ihre Gefühle füreinander Zeit ihres Lebens vor der ganzen Welt geheimhalten? Es muss unglaublich schwer und belastend gewesen sein. Er musste wohl angestrengt die Stirn in Falten gezogen haben, denn Elaih fragte ihn interessiert, was er gerade dachte. Thomas sprach das eben Gedachte aus. „Mmh", machte Elaih darauf nachdenklich.

„Ich wusste, dass Mutter oft spät am Abend einen Besucher in unserer Hütte empfing, wenn ich schon im Bett lag, aber sie haben immer nur geflüstert. Ich hatte damals keine Ahnung, wer es war. Natürlich war ich neugierig, aber aus meiner Kammer traute ich mich dennoch nicht heraus. Ich habe ein paar Male nachgefragt, aber da wurde sie immer eigenartig und meinte, das sei geheim und ich solle sofort vergessen, dass ich überhaupt etwas gehört hatte. Ich war noch ein Kind, wusste nicht, was das zu bedeuten hatte. Irgendwann hielt ich es nicht mehr für wichtig."

„Das war vielleicht auch besser", meinte Thomas mit schiefem Grinsen.

„Ja, vermutlich". Auch Elaih musste lächeln, dann wurde er wieder ernst und sah seinen Bruder an.

„Mach nicht denselben Fehler, Thomas!"

Thomas öffnete den Mund, um zu antworten, schloss ihn dann jedoch wieder und blickte nachdenklich in die Ferne.

„Verfluchter Bengel, ich zieh dir die Hammelbeine lang!", hörte man einen Sklaven fluchen, und gleich darauf ertönte das lautstarke Gezeter eines kleinen Jungen. Elaih und Thomas, beide aus ihren Gedanken gerissen, sahen sich mit spitzbübischem Grinsen an. Thomas veränderte seine Sitzhaltung ein wenig und fummelte mit verkniffenem Gesicht an seinem verbundenen Arm herum.

„Ich glaube, mein Arm hat mittlerweile Ausdünstungen wie ein Stinktier."

Elaih lachte belustigt auf. „Hab noch gar nichts davon bemerkt."

Thomas verzog das Gesicht. „Du kannst dir nicht vorstellen, wie es juckt."

„Ich bin nur froh, dass du alles so gut überstanden hast. Ich habe mir Sorgen um dich gemacht, mein Bruder."

„Lass uns zurückgehen", schlug Thomas vor und erhob sich. Elaih nickte und stand ebenfalls auf. Schweigend gingen sie nebeneinander her.

„Ich gehe noch kurz zu seinem Grab", entschied Thomas und schlug auch schon die besagte Richtung ein. „Wir sehen uns später bei Tisch."

Eine tiefe Traurigkeit überfiel ihn. Ella war seine Schwester. Zwar hatte er sie immer geliebt wie eine Schwester, aber das war nicht dasselbe. Es gab so viele Geheimnisse, von denen er nichts geahnt hatte; er kam sich vor wie ein dummer Junge. Hätte er nicht etwas bemerken müssen? Elaih wusste seit Jahren davon. Aber er machte ihm keinen Vorwurf, er konnte die Zwickmühle verstehen, in der er sich befunden hatte. Trotzdem machte seine beflissene Geheimniskrämerei ihn traurig. Er hätte gerne noch mehr Antworten gehabt – Antworten, die nur Vater ihm hätte geben können. Hatte er wirklich Shaina geliebt und Beatrix nur geheiratet, um den Schein zu wahren? Wenn du einmal erwachsen bist, wirst du es verstehen, hatte seine Mutter in einem ihrer wenigen Briefe ihm geschrieben. Jetzt ergaben die leeren Worte plötzlich Sinn. Hatte sie ihn geliebt und unter seinem fortwährenden Betrug gelitten? War sie deshalb so geworden? Warum hatte Dad ihm nie die Wahrheit erzählt, nachdem er älter und reifer geworden war? Andererseits, sein Vater und über Gefühle sprechen? Er schüttelte den Kopf, unvorstellbar!

Shainas Tod muss ihm schwer zu schaffen gemacht haben. Sie war vor etwas über drei Jahren an einem Fieber gestorben. Er hatte zu jener Zeit das College besucht und hatte keine Ahnung gehabt, dass sie im Sterben lag. Erst drei Wochen nach ihrem Tod erfuhr er von der Geschichte, als er nach Hause kam. Es war ein Schock, und er empfand tiefe Enttäuschung und Wut auf seinen Vater, dass er ihm keine Mitteilung geschickt hatte. Er hätte für seinen Bruder da sein sollen; er war ganz allein mit der Trauer um den Tod seiner Mutter gewesen. Noch heute quälten ihn Schuldgefühle deshalb. Vielleicht war seine Wut auf Dad der Grund, dass er übersehen hatte, dass dieser selbst einen schweren Verlust betrauerte? Er war seinem Vater damals aus dem Weg gegangen. Er wollte ihn nicht sehen, er konnte ihm nicht verzeihen, dass er ihm nichts von Shainas Zustand geschrieben hatte. Dad wusste, wie nahe ihm Elaih stand. Bessy hatte seinerzeit energisch auf ihn eingeredet, hatte versucht, die verhärteten Fronten zu klären. Das Ende war jedoch, dass Bessy tagelang maulte, weil er ihr schließlich ein paar harte Worte gesagt hatte. Bessy? Ob sie mehr wusste? Immerhin hatte sie schon vor seiner Geburt hier gelebt. Sie muss etwas mitbekommen haben. Er musste sie dringend fragen. Er starrte auf die Grabstelle.

„Welches Geheimnis hast du noch mit ins Grab genommen?", murmelte er, bevor er ein kurzes Gebet sprach und den Friedhof wieder verließ. Plötzlich blieb er abrupt stehen. Es war etwa vor drei Jahren gewesen, als Vater anfing, sich mehr und mehr zurückzuziehen. Oh Gott, sollte Shainas Tod der Auslöser dafür gewesen sein? Hatte er sie so sehr geliebt, dass er ... Er wagte den Gedanken nicht weiterzudenken.

Als er die Außentür zur Küche öffnete, saß dort ein unbekannter Schwarzer, der gerade genüsslich einen Maisfladen vertilgte. Erschrocken erhob er sich und versuchte schnellstmöglich, den Inhalt seines Mundes herunterzuschlucken.

„Das ist Cargo", gab stattdessen Emba Auskunft, „er hat eine Nachricht für dich." Immer noch kauend, zog Cargo einen versiegelten Umschlag aus seiner Umhangtasche und reichte ihn an Thomas weiter. „Das soll ich Ihnen überreichen, Mr. Greendale", gab er kaum verständlich von sich.

„Iss erstmal in Ruhe zu Ende", grinste Thomas, als er die Verlegenheit des jungen Sklaven bemerkte, der kurz vor einem Hustenanfall zu stehen schien. Thomas hatte das Siegel längst erkannt: Es war das Grahams. Er bedankte sich bei dem Boten und begab sich auf den Weg ins Arbeitszimmer. Im Gang begegnete ihm Raida; sie kam gerade aus der Wäschekammer.

„Weißt du, wo Elaih ist?"

„Nein ... äh, vor ein paar Minuten habe ich ihn im Hof gesehen, mit Mr. Fellow und dem Neuen, diesem Bryan. Soll ich ihn holen?"

„Nein, aber wenn er reinkommt, dann schick ihn bitte zu mir ins Arbeitszimmer." Er war, während er redete, schon weitergegangen und hatte jetzt die Tür erreicht. Raida stand noch an der gleichen Stelle und schaute verwirrt.

„Ja, natürlich, Mr. Greendale."

Langsam ließ er sich in den breiten Schreibtischstuhl sinken und starrte eine Weile auf den Umschlag, bevor er entschlossen das Siegel erbrach. Er las die Nachricht dreimal, bis er den Inhalt verinnerlicht hatte. Bildszenen von jenem Tag tauchten vor seinem inneren Auge auf, der Knall, der plötzliche scharfe Schmerz, bruchstückartige, schemenhafte Bilder … Er schloss die Augen und schüttelte heftig den Kopf, als könne er die Erinnerung so verbannen. Anschließend goss er sich einen Whiskey ein und kippte den Inhalt auf einmal hinunter. Dann atmete er tief durch und ging die Nachricht noch einmal sachlich analysierend durch. Es stand fest: Es war tatsächlich Steve Humpten gewesen, der versucht hatte ihn zu töten. Aber jetzt war er es, der getötet worden war. Steve Humpten war am frühen Morgen infolge seiner schweren Verletzungen gestorben.

Ein eigenartiges Gefühl beschlich ihn, einerseits Erleichterung, die Bedrohung war

vorbei! Dennoch: Ein Mensch war getötet worden. Ein Mann, der ihm Rache geschworen hatte, weil er ihn gefeuert hatte und der vielleicht noch leben würde, hätte er ihn nicht von der Plantage gejagt. Es klopfte, Emba lugte herein. Er vergaß seine düsteren Gedanken.

„Entschuldige, Cargo sagte, dass Mr. Stevens ihn geschickt hat. Ist es wegen Steve? Hat dein Freund ihn erkannt?"

Er sah die Besorgnis in ihren Augen und nahm sie liebevoll in seine Arme, bevor er ihr von dem Schreiben berichtete.

„Das ist ja wundervoll“, strahlte sie und hüpfte vor Aufregung auf und ab, „er kann dir nichts mehr tun, oh, danke, Gott!“

„Emba, er ist tot ...“

„Ja, besser er als du!“ Thomas musste über die simple Logik schmunzeln und wirbelte sie einmal im Kreis herum. Ihre Freude wirkte ansteckend. Er spürte ihre Erleichterung; sie war wirklich besorgt um ihn gewesen, und dieses Wissen erwärmte sein Herz. Er zog sie eng in seine Arme und hielt sie einfach nur fest. Ein gekünsteltes Hüsteln schreckte ihn auf.

„Verdammt, Elaih, kannst du nicht anklopfen?“

Elaih setzte ein schiefes Grinsen auf. „Entschuldige, ich habe geklopft. Raida sagte, du wolltest mich sprechen?“

Thomas nickte und gab Emba noch einen Kuss auf die Wange, lächelnd schaute er ihr nach. Dann ging er zum Schreibtisch und reichte Elaih das Schreiben von Graham.

„Also doch, dieser Dreckskerl“, fluchte Elaih. „Wenigstens hat er bekommen, was er verdient!“

„Aber welche Rolle spielt Justin Barnes in dieser Sache? Das verstehe ich nicht!“

„Ich auch nicht“, gab Thomas zu, „irgendwelche Informationen hält Heyden offenbar noch zurück.“

„Kann es etwas mit Raida zu tun haben?“ fragte Elaih plötzlich erschrocken und riss die Augen auf.

„Nein, unmöglich. Barns weiß gar nicht, dass sie hier ist. Ich habe Raida und Ian über einen Mittelsmann gekauft. Also mach dir darüber keine Sorgen!“, beruhigte er ihn schnell, als er seine gekrauste Stirn und seinen ernsten Ausdruck sah. „Aber ich glaube, ich sollte Heyden selbst aufsuchen und mit ihm sprechen. Ich will die ganzen Umstände wissen.“

Einen Moment herrschte Schweigen, dann erinnerte Thomas sich an das, was Raida
gesagt hatte.

„Gibt es Probleme mit Bryan? Du warst vorhin mit ihm und Mr. Fellow auf dem Hof?"

„Ach so, nein, es gibt kein echtes Problem. Bryan wirkt ein wenig furchteinflößend mit seiner Erscheinung, und Fellow macht sich unnötig Sorgen deswegen. Ich habe noch mal mit Bryan gesprochen und ihm klargemacht, das Fellow ihm nichts Böses will, auch wenn er ein Aufseher ist." Er machte eine kurze Pause „Bryan hat nun mal keine guten Erfahrungen mit Aufsehern gemacht. Man kann es ihm nicht verübeln, wenn er Fellow argwöhnisch begegnet."

„Na, Hauptsache, du hast ihn im Griff. Ich will nicht, dass er Ärger macht."

„Er wird keinen Ärger machen. Er merkt, dass es ihm hier besser geht als bei seinen bisherigen Besitzern. Lass ihm ein wenig Zeit. So kritisch, wie ihr alle ihm entgegentretet, genauso kritisch ist er euch gegenüber. Was erwartest du?"

Thomas gab nur ein knurrendes Geräusch von sich. „Trotzdem, es schadet nicht, wenn du ihn im Auge behältst."

Elaih nickte. Er empfand keine Zweifel, was Bryan anbetraf, er hatte vom ersten Moment an eine große Sympathie gespürt und instinktiv gewusst, dass er ein guter und achtbarer Mann war. Er kämpfte für seine Überzeugung, er wehrte sich gegen die Misshandlungen und Demütigungen der Sklaven und versuchte nach Kräften, seine Landsleute zu beschützen und für sie einzutreten.

***

310

Thomas wusste nicht genau, weshalb er erwachte. Er meinte ein Geräusch gehört zu haben, konnte jedoch nicht sagen, ob es real war oder nur in seinem Traum existierte. Wohlige Wärme hüllte ihn ein, er blinzelte. Neben ihm lag Emba, seine Emba. Sie schlief, das süßeste Gesicht, das er je gesehen hatte. Sanft strich er ihr eine Strähne von der Wange und betrachtete ihre weichen, ebenmäßigen Züge. Wie hatte er je glauben können, ein anderes Gesicht am Morgen könnte ihn so erfreuen! An ihr konnte er sich nicht satt sehen, während er bei seinen anderen Geliebten immer den schnellstmöglichen Weg gesucht hatte, sich zu verabschieden. Wie konnte sich alles nur so verändern? Er wollte nicht an die Schwierigkeiten denken, die auf ihn zukommen würden, die diese ungewöhnliche Liebe ihm bereiten würde. Er wusste nur, dass er Emba nicht aufgeben würde, auch wenn er nie offiziell in der Gesellschaft dazu stehen durfte. Er rückte näher an sie heran, und sie rekelte sich seufzend. Sanft küsste er ihren Hals. Wie warm sie war, wie gut sie roch! Seine Hand fuhr wie von selbst die Konturen ihres Körpers nach; er hatte Mühe, sich zu beherrschen.

„Guten Morgen", murmelte sie verschlafen und kuschelte sich mit leichtem Stöhnen enger an ihn.

„Morgen, mein Liebling."

Sie schlug die Augen auf und sah ihn liebevoll an. Es war das erste Mal, dass er sie Liebling nannte. Eine Träne löste sich aus ihrem Augenwinkel und lief in ihr ausgebreitetes Haar. Zärtlich strich er ihre Bahn mit dem Zeigefinger nach. „Nicht weinen", raunte er ihr ins Ohr. Dann gab er es auf, sich weiter zu beherrschen und liebte sie mit allem, was sein Herz ihm befahl. Glücklich und zutiefst zufrieden hielten sie einander engumschlungen in den Armen.

„Warte", fuhr er plötzlich auf, als ein Gedankenblitz ihn erreichte. Er drehte sich ein wenig und angelte nach einem Päckchen, das im offenen Teil der Nachtkommode lagerte.

„Das ist für dich, Emba." Glücklich genoss er ihre Fassungslosigkeit

„Na, mach schon auf", drängelte er ungeduldig, als sie immer noch zögerte.

Vorsichtig zog sie die breite, rot-goldene Schleife auf und öffnete immer noch ungläubig das längliche, weißgemaserte Päckchen. Zum Vorschein kam ein kleiner Handspiegel und eine ovale Haarbürste, beides mit perlmuttfarbenen Griff, mit Ranken und Blüten verziert und in edlem Glanz. Darunter lagen zwei Kämme zum Hochstecken der Haare, ebenfalls aus edlem Material und mit feinen Schnitzereien.

„Ich hoffe, es gefällt dir?", fragte Thomas.

„Für mich?", fragte Emba, immer noch fassungslos. „Aber ich habe noch nie ein Geschenk bekommen!" Tränen liefen nun ungehindert über ihre Wangen, während sie beinahe ehrfürchtig die Konturen der Gegenstände nachfuhr. „Sie sind so wunderschön, viel zu elegant für jemanden wie mich."

„Das ist nicht wahr", widersprach er, „ich wollte dir nur eine kleine Freude machen."

Ein Schluchzer entrang sich ihrer Kehle, und ihr Gesicht war tränennass, als sie ihn anblickte. „Oh, Thomas, ich liebe dich so sehr." Ihr ganzer Körper bebte, als sie jetzt hemmungslos zu weinen begann. Überwältigt zog er sie in die Arme und versuchte sie zu trösten, wobei er selbst Mühe hatte, seine Tränen zurückzuhalten. Mit einer so heftigen Reaktion hatte er nicht gerechnet. Es war doch nur eine Kleinigkeit, nichts Besonderes, er musste schlucken. Eine solche Reaktion hätte er bei einer anderen Frau höchstens mit einem hochkarätigen Diamantkollier erreicht, wenn überhaupt.

„Wenn du jedes Mal weinst, wenn ich dir was schenke, dann haben wir bald eine Überschwemmung", versuchte er zu scherzen.

„Du bist unmöglich", rügte sie ihn schniefend, und er lachte herzhaft.

Am späten Vormittag ging er mit sich zufrieden die Stufen hoch zu seinem Schlafzimmer, um sich ein frisches Hemd anzuziehen. Er hatte sich beschmutzt, als er mit Emba und Shirin den Ostflügel inspiziert hatte. Die Räume mussten alle gründlich gelüftet und gereinigt werden. Unzählige Spinnennetze zierten die Zimmer, insbesondere in den Ecken und an der Decke. Das Sonnenlicht, das durch die verschmutzten Fenster fiel, ließ unzählige Staubpartikel im Raum tanzen. Es roch abgestanden und muffig und beschwor einen Hustenreiz herauf. Sie hatten die schützenden Laken, die über die verbliebenen Möbel ausgebreitet waren, entfernt, und Thomas hatte erklärt, was bleiben und was weggeworfen oder auf den Dachboden untergestellt werden sollte. Er übertrug Emba die Aufsicht über diese Dinge, sie sollte sich die Hilfe einiger fähiger Sklaven holen und die Arbeiten überwachen. Er zweifelte nicht, dass Emba dem gewachsen war, sie machte sogar einen erfreuten Eindruck, dass sie die Verantwortung dafür tragen durfte und schmiedete schon Pläne. Bessy wollte protestieren, dass man ihr Emba und Shirin entzog, aber nachdem Thomas ihr ins Ohr geflüstert hatte, warum er es tat, strahlte sie und verkündete stolz, dass es überhaupt kein Problem sei und sie mit Raida die Aufgaben der Küche selbstverständlich schaffen würde. Schließlich waren sie jahrelang auch nur zu zweit gewesen.

Er fand Elaih in seinem Arbeitszimmer. Es war ein eigenartiges Gefühl, ihn konzentriert an seinem Schreibtisch sitzen zu sehen. Thomas stand an den Kamin gelehnt und betrachtete ihn nachdenklich. Er wirkte fast wie ein professioneller Geschäftsmann.

„So, fertig", sagte Elaih aufblickend und legte den Stift zur Seite, „willst du es dir ansehen?" Er hielt ihm das Rechnungsbuch entgegen. Thomas trat näher, griff zögerlich danach und warf einen Blick hinein. Er konnte nur anerkennend nicken: Die Posten waren sauber und akkurat aufgelistet, die Bilanzen präzise berechnet, es gab nicht das Geringste zu beanstanden.

„Ich würde gern nach dem Mittagsmahl nach Suffolk fahren und mit Sheriff Heyden sprechen. Ich muss wissen, was da los ist. Hast du Zeit, mich zu kutschieren?" Den letzten Satz sprach er mit ironischem Grinsen aus.

„Natürlich, stets zu Diensten, Bruder", scherzte Elaih.

„Ach, übrigens", murmelte Thomas und kramte in seiner Rocktasche, „ich glaube, Vater hätte gewollt, dass du das hier bekommst." Er schob ihm ein kleines, längliches, hölzernes Etwas entgegen. Elaih blickte verdutzt und nahm das Objekt, das Thomas so geheimnisvoll auf den Schreibtisch gesetzt hatte, an sich.

„Ich fand es zwischen Dads persönlichen Sachen", erklärte Thomas leise. Elaih musste schlucken. Das hölzerne Etwas entpuppte sich als kleines Bildnis seiner Mutter, umrandet mit einem dunklen Holzrahmen. Der unbekannte Maler war nicht besonders talentiert gewesen, aber dennoch war eindeutig zu erkennen, dass das Bild Shaina darstellte.

„Er hat sie malen lassen ...“ Elaihs Stimme klang rau.

„Sie war eine schöne Frau.“ Gedankenverloren starrte er das kleine Portrait an. „Danke, Thomas. Das bedeutet mir viel.“

„Ich weiß.“ Thomas war um den Schreibtisch herumgegangen und legte die Hand auf Elaihs Schulter.

„Was ist mit deiner Mutter?“, wollte Elaih wissen, nachdem er sich wieder ein wenig gefangen hatte, „willst du sie nicht besuchen, jetzt, wo du weißt, dass sie dich nicht freiwillig verlassen hat?“

Thomas überlegte einen Moment. Das Gleichgewicht hatte sich verschoben. Vielleicht war sie tatsächlich nicht so schlecht, wie er immer geglaubt hatte. Und Vater war nicht so edel, wie er erschienen war. Aber alles lag so lange zurück.

„Nein, ich denke nicht. Es ist viel Zeit vergangen. Lassen wir die Vergangenheit Vergangenheit sein. Es ist besser so. Außerdem“, fügte er mit schelmischem Grinsen hinzu, „außerdem dürfte sie nicht gerade erbaut sein zu erfahren, dass ihr Sohn den gleichen Geschmack hat, was Frauen angeht!“ Beide verließen lachend das Arbeitszimmer und begaben sich mit knurrenden Mägen in die Küche.

Da sie Sheriff Heyden um wenige Minuten verpasst hatten, sah Thomas sich gezwungen, zuerst die unangenehme Aufgabe zu erledigen. Mit einem großen Blumenbukett machte er sich auf den Weg zum Anwesen der Jenkens, um sich bei Christina für ihre fürsorgliche Pflege zu bedanken. Er fühlte sich unbehaglich und beklommen. Christina freute sich so überschwänglich, ihn zu sehen, dass ihm der Mund trocken wurde und ihm der Besuch das Herz noch enger zusammenschnürte. Anfangs tauschten sie die üblichen Höflichkeitsfloskeln und er entspannte sich ein wenig, dann begann Christina von einer Einladung bei den Houstons zu erzählen. Sie schien seine Begleitung fest eingeplant zu haben. Als er dankend, aber entschieden ablehnte, schaute sie ihn verwundert und enttäuscht an. Thomas begann vorsichtig zu erklären, dass es besser sei, nicht zu oft zusammen in der Öffentlichkeit gesehen zu werden. Dabei könnten einige Mitmenschen auf falsche Gedanken kommen, setzte er stockend hinzu.

„Aber ... aber ... ich dachte, dass wir beide, dass wir ...", stotterte sie und sah ihn totenbleich an. Es war der Punkt, wo die Wahrheit auf den Tisch musste. Er kämpfte gegen Hitzewallungen und hatte das Gefühl, sein Halstuch sei zu eng gebunden.

„Nein, Christina", er nahm ihre eiskalten Hände sanft in seine und sah sie an, „mir ist klargeworden, dass du mir eine liebe Freundin bist, aber es reicht nicht für eine Ehe. Wir würden auf Dauer beide dabei unglücklich. Es tut mir leid, wenn ich dich sehr enttäusche, aber glaube mir, es ist besser so."

Sie entzog ihm erbost ihre Hände und rang mühevoll um Fassung. Er versuchte sie zu trösten, indem er alle ihre Vorzüge und Eigenschaften lobte. Sie saß mit gestrecktem Rücken verkniffen in dem altrosafarbenen Ohrensessel, die Hände züchtig im Schoß gefaltet. Als er geendet hatte, erhob sie sich steif und reichte ihm die Hand.

„Ich denke, es ist das Beste, wenn Sie jetzt gehen, Mr. Greendale", sagte sie förmlich. Dann betätigte sie den Klingelzug und wies die erscheinende Sklavin an, ihn hinauszubegleiten.

Draußen stieß er kraftvoll die Luft aus; er fühlte sich schuldig. Er hatte mit ihren Gefühlen gespielt, gewiss, das gab er vor sich zu. Doch er spürte auch eine große Erleichterung, als nehme jemand eine gewaltige Last von seinen Schultern. Er war nur dankbar, dass er Anton Jenkens nicht hatte gegenübertreten müssen! Der alte Herr hatte sich hingelegt; das Wetter machte ihm zu schaffen.

Nachdem er den unangenehmen Nachgeschmack des Besuches abgeschüttelt hatte, fühlte er sich beschwingt und beflügelt, fast wie damals auf dem College. Elaih, der erwartet hatte, einen zerknirschten, bedrückten Thomas vorzufinden, schaute ihn überrascht an und wusste nicht, wie er sein Verhalten deuten sollte. Höchste Zeit, sich auf den Weg zum Sheriff zu machen. Es passte gut, dass Sheriff Heyden ohnehin für heute Nachmittag Graham zu sich ins Büro gebeten hatte. Sie trafen unmittelbar vor dem Sheriffbüro aufeinander und begrüßten einander herzlich.

„Ich wollte mich nach dem Gespräch mit Heyden auf den Weg zu dir machen, Thomas", erklärte Graham, „aber wie es scheint, konntest du es nicht abwarten."

„Ah, Sie sind beide da! Gut, kommen Sie, der Sheriff erwartet sie!", begrüßte sie ein Gehilfe, der in diesem Moment um die Ecke des Gebäudes geeilt kam.

„Ja, eine ziemlich üble Sache", begann Heyden zögerlich. Er zeigte deutliche Anzeichen von Schlafmangel. Er sah erschöpft und ermattet aus, dunkle Ringe zeichneten seine Augenpartie, wodurch die Augen sehr schmal erschienen. Auf seinem Schreibtisch herrschte Chaos, und zwischen Bergen von Papier und Akten standen schmutzige Becher – ein Hinweis darauf, dass er sich offenbar nur noch mit starkem Kaffee wach hielt.

„Dass Steve Humpten derjenige war, der auf sie geschossen hat, wissen sie ja bereits", erklärte er zu Thomas gewandt, „und dass er verstorben ist, haben sie wahrscheinlich ebenfalls erfahren ..." Er goss sich Kaffee ein und bot Thomas und Graham gleichfalls einen an, den beide dankend ablehnten. „Aber bevor er starb, konnte er uns noch ein paar wertvolle Informationen geben." Er blickte Graham an und nahm einen großen Schluck, bevor er sich setzte. „Ich hatte ihnen ja von den Überfällen auf die Reisekutschen erzählt ..."

Verwundert nickte Graham und fragte sich, was das mit ihrer Sache zu tun haben sollte.

„Tja, Justin Barns war der Drahtzieher der Überfälle! Steve Humpten ging, nachdem Sie ihn rausgeworfen hatten, Mr. Greendale, bei Barns in Stellung und fand dann irgendwie heraus, welches kleine lukrative Nebengeschäft Barns betreibt. Er hat ihn mit seinem Wissen erpresst. Nach dem Schuss auf Sie, Mr. Greendale, und nach der intensiven Suche nach ihm musste Humpten untertauchen. Wir erhielten den Hinweis eines ehemaligen Aufsehers der Barns, dass sich Humpten nach wie vor dort versteckt halten sollte. Wir waren auf dem Weg, um das Anwesen zu kontrollieren, da wir Barns ohnehin schon in Verdacht hatten, uns bisher aber Beweise fehlten. Humpten muss Wind von der Sache bekommen haben und hat versucht, die Beute des letzten Überfalls an sich zu bringen, um damit zu verschwinden. Er wurde aber unglücklicherweise von Justin Barns überrascht und es kam zum Streit, wobei Barns niedergeschlagen wurde. Bevor Humpten endgültig flüchten konnte, hatte sich Barns wieder aufgerappelt und zur Waffe gegriffen, als Humpten gerade auf sein Pferd stieg.

318

Der Schuss war nicht tödlich, hat ihn aber schwer verwundet, so dass meine Männer ihn festnehmen konnten. Den Rest kennen Sie, meine Herren."

Graham und Thomas blickten sich sprachlos an, dann räusperte Thomas sich.

„Ich bin Justin Barns nur ein einziges Mal begegnet. Aber es fällt mir dennoch schwer, mir vorzustellen, dass dieser Dandy zu solchen Taten fähig wäre."

Heyden verzog den Mund und gab ein abfälliges Grunzen von sich. „Justin Barns ist der Spielsucht verfallen. Er hat einiges an Schulden angehäuft. In North Carolina, wo er eine Weile gelebt hat, sitzen seine größten Gläubiger. Die würden einiges dafür geben, ihn in die Finger zu bekommen. Tja, der Druck der Gläubiger und der Versuch,

seinen verschwenderischen Lebensstil beizubehalten, hat ihn wohl zu diesen Verzweiflungstaten getrieben."

„So ein gottverdammter Idiot", schimpfte Thomas, „der Mann hat eine gutgehende Plantage geerbt und alles heruntergewirtschaftet! Er hätte ein gutes Leben führen können, es wurde ihm alles in die Hände gelegt. Mir kann die verstorbene Baronin nur Leid tun."

„Ja, das ist wohl wahr", bestätigte Heyden.

„Was passiert nun weiter?", wollte Graham wissen.

„Nun ja", brummte Heyden, „Barns wird sich wegen schweren Raubes verantworten müssen. Beim letzten Überfall wurde der schwarze Kutscher getötet, wie ihnen ja bekannt ist, Mr. Greendale, aber noch schwerwiegender ist natürlich der Mord an Steve Humpten selbst. Ich denke, man wird ihn dafür hängen."

Betretenes Schweigen herrschte, nur Heydens Schlürfen war zu hören und das gleichmäßige Ticken der kleinen Tischuhr.

„Hätte nie gedacht, dass ich mit diesem aufgeblasenen Gockel mal Mitleid haben könnte", sinnierte Thomas auf der Heimfahrt. Er hatte beschlossen, neben Thomas auf dem Bock zu sitzen statt allein im Inneren der Kutsche.

„Was mich noch beschäftigt, ist die Frage, was aus den ganzen Sklaven wird", antwortete Elaih beunruhigt, während er die Kutsche zur Rechten lenkte, um auf der nicht allzu breiten Pflasterstraße einem entgegenkommenden Bauernkarren Platz zu machen. Thomas antwortete erst, nachdem sie das Gefährt passiert hatten.

„Wer noch nicht geflohen ist, wird wahrscheinlich, verkauft werden, um Barns Schulden zu decken."

Elaih warf ihm nach dieser nüchternen Antwort einen bösen Blick zu.

„Tut mir leid, aber so wird es kommen." Er zuckte die Schultern.

Elaih brummte verärgert und schwieg.

„Ich weiß gar nicht, was ich Raida erzählen soll. Sie kennt die Sklaven dort alle", durchbrach Elaih das Schweigen. Thomas sah ihn von der Seite an, wusste jedoch nicht, wie er auf die traurige Äußerung reagieren sollte und ließ daher nur ein mitfühlendes Stöhnen vernehmen. Als sie freies Gelände erreicht hatten, hatte Elaih sich wieder gefangen. Sie sprachen intensiv über das, was Sheriff Heyden berichtet hatte. Zum ersten Mal berichtete Elaih von seiner ersten Begegnung mit Raida und der Baronin. Thomas war überrascht, dass er sie persönlich kennengelernt hatte.

„Was ist das denn?", rief Thomas verdutzt aus, als sie von der Allee auf den Hof
der Plantage bogen und eine unbekannte Kutsche erblickten.

„Erwartest du jemanden?", fragte Elaih irritiert.

„Nein, nicht, dass mir bekannt ist." Elaih hatte die Kutsche mittlerweile gestoppt und Joe eilte heran, um zu helfen.

„Joe, wem gehört die Kutsche", fragte er im ernsten Ton.

„Einer Mrs. Farmswould, Sir. Sie ist schon geraume Zeit hier."

Farmswould? Thomas durchforstete sein Gedächtnis nach dem Namen, aber er sagte ihm nicht das Geringste. Hilflos fragend sah er Elaih an, aber auch dieser zuckte nur mit den Schultern.

„Hat sie irgendwas gesagt, warum sie gekommen ist?", wandte er sich wieder an Joe. Joe schüttelte heftig den Kopf. „Nein, sie hat mir nur unfreundlich aufgetragen, ich solle ihr Pferd vernünftig versorgen, sonst würde ich Ärger kriegen."

Thomas schnaubte und ging um das Pferd herum, als er auch schon sah, dass Emba aufgeregt auf ihn zugerannt kam.

„Thomas, oh Gott sei Dank, du bist endlich wieder da!", rief sie aufgewühlt, „da ist eine Mrs. Farmswould gekommen. Sie hat bereits das gesamte Haus besichtigt und uns herumkommandiert. Ich wusste nicht, was ich tun sollte ... Bessy sagt, sie ist deine ... äh ..." dann entsann sie sich erschrocken, dass noch Joe anwesend war, der mit Elaih das Pferd der Kutsche ausspannte, und schlug daher einen förmlicheren Ton an.

„Ich meine, dass sie Ihre Mutter ist, Mr. Greendale."

„Waas?" Thomas entgleisten sämtliche Gesichtszüge.

„Meine Mutter? Das kann nur einer dummer Scherz sein!" Fassungslos sah er zu Elaih hinüber und sah, dass er schluckte.

„Hast du etwas damit zu tun?"

„Was", fuhr Elaih herum „wie kommst du auf den Unsinn?" Thomas sah ihn scharf an. „Verdammt, Thomas, glaubst du allen Ernstes, ich sei so hinterrücks?", fragte er beleidigt. „Ich schwöre bei Gott, ich habe nichts damit zu tun!"

Langsam senkte Thomas den Blick.

„Entschuldige."

Nein, er hatte nichts damit zu tun, das fühlte er, nachdem der erste Schock nachgelassen und er seine gekränkte Miene gesehen hatte. Seine Mutter? Was wollte sie? Er spürte nicht die geringste Lust, sie nach all den Jahren wiederzusehen, und dann auch noch unvorbereitet! Verärgerung und Wut stiegen in ihm auf. Hätte sie nicht zumindest eine Nachricht schicken können, wie es der allgemeinen Höflichkeit entsprach? Er hatte sie nicht eingeladen, glaubte sie, sie könne sich jetzt, nach Vaters Tod, hier wieder niederlassen? Farmswould – offenbar war sie neu verheiratet.

„Danke, Emba, dass du mich vorgewarnt hast." Er holte tief Luft. „Wo ist sie jetzt?"

„Sie sitzt im Speisezimmer und wartet darauf, dass Bessy ihr ein spezielles Abendessen nach ihren Wünschen zurechtmacht."

Thomas verdrehte entnervt die Augen.

„Was fällt ihr eigentlich ein? Das glaube ich einfach nicht!" Aufgebracht stürmte er los.

„Ich bevorzugte einen guten Wein zum Abendessen", befahl sie Raida gerade in frostigem Ton, als Thomas das Speisezimmer betrat.

„Welch ungewöhnlicher Gast", begrüßte Thomas sie voller Sarkasmus und stellte mit Genugtuung fest, dass sie erblasste. Sie hatte sich jedoch überraschend schnell wieder gefasst.

„Thomas, mein Liebling!" flötete sie und blickte erschrocken auf seinen rechten Arm. „Was ist denn mit dir passiert?"

„Ein Unfall", wehrte er gereizt ab. Sie ließ es auf sich beruhen und musterte ihn anerkennend von Kopf bis Fuß

„Ach herrje, bist du groß geworden!" Freudestrahlend erhob sie sich und breitete ihre Arme aus. Thomas wich einen Schritt zurück und musterte sie abschätzend.

„Das liegt wohl daran, dass ich kein keiner Junge mehr bin." Er änderte seinen Tonfall nicht und blickte sie kühl und distanziert an. „Was willst du hier?", fragte er schroff und verschränkte die Arme vor der Brust.

„Ich ... ich wollte sehen, wie es dir geht. Und was aus dir geworden ist."

„Gut, das hast du jetzt gesehen. Sonst noch was?"

Sie ließ sich langsam wieder auf ihren Stuhl fallen und seufzte theatralisch. „Ich weiß, ich hätte dir vielleicht eine Nachricht schicken sollen! Aber ich hatte Angst, dass du mich nicht empfangen würdest ..."

„Da hast du vollkommen Recht", fiel er ihr im scharfen Ton ins Wort.

„Herrje, du klingst schon genauso wie dein Vater", maulte sie gekränkt. Raida erschien und hatte offenbar vor, für ihn einzudecken. Er wollte protestieren, aber er konnte nicht leugnen, dass er Hunger verspürte, und so nahm er mürrisch gegenüber seiner Mutter Platz und harrte der Dinge, die da kommen mochten. Er wartete angespannt, bis Raida das Speisezimmer wieder verlassen hatte.

Seine Mutter war immer noch eine attraktive Frau, auch wenn das Alter an ihr nicht spurlos vorüber gegangen war. Kleine Fältchen zeichneten ihre Augen, und ihre Haut schien nicht mehr ganz so straff wie früher. Sie war über die Zeit ein wenig fülliger geworden, was ihr jedoch ausgezeichnet stand. Ihre Kleidung wirkte elegant und geschmackvoll; augenscheinlich verfügte sie über Vermögen, wie die funkelnde Juwelenhalskette betonte.

„Es ist schon spät", nahm er das Gespräch wieder auf, „für heute Nacht kannst du im vorderen Gästezimmer übernachten und morgen, gleich nach dem Frühstück, würde ich dich bitten abzureisen."

Sie sah ihn enttäuscht an.

„Willst du gar nicht wissen, wie es mir ergangen ist, nachdem ich von hier fort bin?"

Thomas lud sich eine von Bessys köstlichen Fleischpasteten auf den Teller.

„Nein, eigentlich nicht."

Beatrix Framswould gab einen undamenhaften Laut von sich und zerlegte geziert eine Scheibe kaltes Bratenfleisch. „Ich verstehe. Dein Vater hat dir sicher Lügen über mich erzählt ..."

„Nein, du irrst dich! Er hat nie ein böses Wort über dich verloren."

Sie hielt auf halben Weg zum Mund, mit der Gabel inne und sah ihn erstaunt an.

„Dann verstehe ich deine Ablehnung nicht."

Thomas ließ das Besteck mit lautem Nachhall auf den Teller sinken. „Du verschwindest einfach und tauchst Jahre später wieder auf! Was erwartest du? Dass alles ist wie früher, nur mit dem Unterschied, dass Vater tot ist?", fuhr er gereizt auf.

„Nein natürlich nicht … Aber ich hatte zumindest gehofft, dass du dich ein wenig freust und ich die Chance bekomme, dir endlich alles zu erklären."

„Erklären, das hättest du vor Jahren tun sollen! Heute ist es dafür –

zu spät!"

Alter, längst vergessen geglaubter Schmerz kehrte zurück an die Oberfläche. Verärgert kniff er die Lippen aufeinander und starrte zur Seite. Eine Weile konzentrierten sich beide auf ihren Teller und aßen schweigend, ohne einander anzusehen. Thomas brach ein Stück Brot ab und nahm sich noch etwas vom Käse. Sein Appetit war ihm längst vergangen, sein Hunger indessen nicht, und so aß er, um das Gefühl zu haben, gesättigt zu sein.

„Ich habe es hier einfach nicht mehr ausgehalten", begann sie, nachdem sie ihren Teller geleert hatte. Ihre Stimme hatte einen traurigen Tonfall angenommen; ernst blickte sie ihn an, als überlege sie, wie viel sie ihm erzählen durfte. Thomas beschloss das Gespräch abzukürzen.

„Ich weiß. Elaih hat es mir erzählt."

„Elaih?", fuhr sie hysterisch auf, „sag mir nicht, dass du immer noch mit diesem schwarzen Bastard Kontakt pflegst!" Hektische rote Flecken zeichneten ihre Haut.

„Er ist mein Bruder! Und ja, ich habe immer noch Kontakt mit ihm! Er lebt hier!" Thomas reichte es allmählich. Sie verstand es wahrhaftig, seine Geduld auf eine harte Probe zu stellen, er hatte Mühe sich zu beherrschen.

Sie warf ihre Serviette verärgert auf den Tisch und schaute ihren Sohn funkelnd an. „Ich dachte, du seiest mittlerweile erwachsen geworden. Er ist nicht dein

Bruder! Er ist lediglich ein Kind, das unglücklicherweise gezeugt wurde, weil dein Vater, wie viele andere Sklavenbesitzer auch, an ihren Sklavinnen ihre niederen Instinkte befriedigt haben." Sie war aufgesprungen und stand ihm gegenüber, die Handflächen auf dem Esstisch abgestützt, und blickte mit purer Verachtung in ihren Augen auf ihren Sohn nieder.

Thomas zog wütend die Stirn in Falten; nur seine guten Manieren verboten es ihm, dieser Frau an die Gurgel zu gehen. Langsam legte er seine Serviette beiseite und hielt stets den starren Blick ihrer Augen. Leise und mit unterdrückter Wut antwortete er: „Ob es dir gefällt oder nicht: Elaih ist und bleibt mein Bruder! Er ist genau wie ich Vaters Sohn." Sein Atem ging schnell und stoßweise, und er fixierte sie messerscharf.

Sie schluckte und wirkte für einen Moment eingeschüchtert. „Niemand, hörst du Thomas, niemand bezeichnet so jemanden als seinen Bruder!"

Jetzt hatte er sich ebenfalls erhoben und nahm die gleiche Haltung ein wie seine Mutter, nur dass er dabei gewaltiger und bedrohlicher wirkte.

„Ich schon!", zischte er gefährlich leise und diesmal war sie tatsächlich eingeschüchtert und ließ sich kraftlos auf ihren Stuhl zurücksinken. Zerknirscht blickte sie zu Boden, und auch Thomas bemühte sich, seinen Zorn zu mäßigen.

„Entschuldige, ich glaube, wir hatten einen vollkommen falschen Start ..." beklagte sie sich.

Thomas blickte sie abwartend und reserviert an.

„In meinen Gedanken bist du immer noch der kleine Junge von damals." Mit feuchten Augen sah sie ihn an. „Ich wollte dich mit mir nehmen! Aber dein Vater kam dazwischen. Er hat es mir verboten. Ich hatte keine Wahl. Ich musste dich zurücklassen, sonst wäre ich nie von hier fortgekommen." Sie schluchzte. „Ich wusste, dass er dich liebte und alles tun würde, damit es dir gutging. Also ging ich darauf ein. Ich habe dich bei ihm gelassen."

„Eine weise Entscheidung", knurrte Thomas

„Thomas, ich weiß, du bist enttäuscht von mir. Aber ich konnte nicht mehr! Ich habe deinen Vater geliebt. Ich wusste von diesem Elaih, bevor ich ihn heiratete, aber ich glaubte, es sei vorbei. Ich habe alles versucht, ihm eine gute Ehefrau zu sein. Aber all mein Bemühen interessierte ihn nicht. Unaufhörlich schlich er sich nachts heimlich zu seiner Sklavin und dachte, ich merke es nicht. Und anschließend legte er sich zu mir ins Bett und schlief. Es war so entwürdigend! Dann zog ich demonstrativ in den Ostflügel. Ich wollte ihn damit zur Einsicht zwingen. Inständig hatte ich gehofft, er würde mich bitten zurückzukehren, es war nie mein Plan, mich langfristig dort einzurichten. Aber meine Rechnung ging nicht auf. Er unternahm keinen einzigen Versuch, mich zurückzuholen. Im Gegenteil, ich hatte ihm anscheinend einen Gefallen getan. Er holte sich fortan Shaina in sein Bett, in unser Ehebett! Ich wollte es einfach nicht glauben. Er hat diese Hure in unser Ehebett genommen. Ich konnte sie oben vom Fenster aus sehen, wie sie in der Dunkelheit heimlich durch den Küchentrakt ins Haus huschte. Ich wollte es immer noch nicht wahrhaben und schlich eines Nachts bis vor die Tür des Schlafzimmers. Es war ekelhaft, ich konnte die beiden hören, laut und deutlich, ihr Geschnaufe und Gestöhne. Hast du eine Vorstellung davon, wie ich mich gefühlt habe?

An jenem Tag ist etwas in mir zerbrochen. Im Grunde bin ich nur noch deinetwegen geblieben, all die Jahre ...“

Thomas' Wut hatte sich gelegt, und er dachte nach. Ja, Vaters Verhalten war niederträchtig gewesen. Er hatte seine Ehefrau tief verletzt und erniedrigt. Er hatte Shaina geliebt und Beatrix nur geheiratet, um den Schein zu wahren, hatte Elaih gesagt. Ob Vater sich je ernsthafte Gedanken über sein Handeln gemacht hatte? Oder hatte er die Konsequenzen eiskalt einkalkuliert? Er wusste es nicht und würde es auch nie erfahren. Hätte Elaih ihm nicht erzählt, wie die Dinge wirklich lagen, hätte er seine Mutter eine hinterhältige Lügnerin genannt.

„Du hast von Vater verlangt, dass er Shaina und Elaih verkauft, stimmt das?“

Überrascht sah sie auf. „Ja, ich hoffte, er würde sich dann wieder darauf besinnen, dass er eine Ehefrau hat! Aber er wollte nichts davon hören. Er wurde nur wütend und meinte, er würde die drei niemals verkaufen ...“ Erschrocken schlug sie die Hand vor den Mund und starrte ihn an, erst geschockt, dann verwundert.

„Du wusstest also von Ella“, stellte er nüchtern fest.

„Natürlich, was glaubst du denn? Ich habe nie daran gezweifelt, auch wenn er stets versuchte mir weiszumachen, dass Allan der Vater ist. Er dachte, ich sei ein naives Dummchen und wüsste nichts von seinen nächtlichen Aktivitäten ...“

„Vielleicht hättest du einfach mal mit ihm reden sollen“, schlug Thomas gedehnt vor.

„Reden? Mit deinem Vater?“ Sie vollführte eine wegwerfende Geste.

„Unmöglich!“

„Bleibt immer noch die Frage, warum du jetzt gekommen bist."

Seine Mutter sah ihn überrascht an. „Ich wollte dich sehen. Dich kennenlernen". Ihre Stimme nahm einen Ausdruck an, als rede sie mit einem kleinen Kind. Thomas zog seine Hand zurück, nach der sie gegriffen hatte. So oft hatte er sich vorgestellt, dass seine Mutter wiederkehrte, aber ihr Wiedersehen hatte er sich anders vorgestellt. Es war ernüchternd. Er spürte keine Freude. Er betrachtete sie von oben bis unten, ihre Erscheinung, ihr vornehmes Gehabe. Es beeindruckte ihn nicht. Er sah ein, dass sie kein leichtes Leben auf Greendale geführt hatte und das tat ihm leid, aber nun, nach Vaters Tod, hier einfach so aufzukreuzen? Wäre sie zur Beerdigung erschienen, hätte er es noch verstanden. Da fiel ihm etwas ein.

„Warst du wenigstens schon an seinem Grab?"

Sie senkte den Blick. „Nein, ich werde morgen zu ihm gehen ..." Schweigend sahen sie einander an; nervös fingerte sie an den Rüschen ihres Ärmels herum.

„Hast du vor, in absehbarer Zeit zu heiraten?", fragte sie plötzlich überraschend.

„Nein", erwiderte er barsch. Er hatte weiß Gott keine Lust, mit ihr über dieses Thema zu sprechen!

„Ich kenne da einige sehr ansprechende, hübsche junge Damen aus gutem Hause. Ich könnte durchaus ein Kennenlernen arrangieren." Begeistert griff sie nach ihrem Fächer und schien in Gedanken bereits bei dessen Planung zu sein.

„Ich habe keinerlei Interesse, und an irgendwelchen Kuppelversuchen erst recht nicht. Außerdem wirst du dafür keine Zeit haben. Denn du wirst morgen abreisen."

Verblüfft starrte sie ihn an. „Aber ich dachte, das wäre nur dein anfänglicher Zorn ... Du meinst es tatsächlich ernst? Du wirfst mich hinaus? Mein eigener Sohn?" Sie blähte sich auf und fächerte sich heftig Luft zu. „Ich bin deine Mutter!"

„Du bist die Frau, die mich geboren hat", erwiderte er frostig.

Sie schnaufte. „Es war nicht meine Schuld, dass alles so gekommen ist! Es war dein Vater! Er hat mich von der Plantage gejagt und mir verboten, dich zu sehen. Alles nur wegen seiner dreckigen Negerhure..."

„Es reicht!", brüllte Thomas. Seine Mutter zuckte erschrocken zusammen.

„Soweit ich weiß, hat er dich großzügig entlohnt", er sah sie herausfordernd an. „Und anscheinend geht es dir gar nicht schlecht damit."

„Ich habe wieder geheiratet", erwiderte sie trotzig, „er war ein paar Jährchen älter, aber ein treusorgender, liebevoller Ehemann. Er starb im letzten Frühjahr. George war ein anständiger Mann. Zumindest trieb er es nicht mit Negerinnen."

„Dein Verlust tut mir leid", brummte er teilnahmslos.

„Wenn du mich hättest sehen wollen, meine liebe Mutter, hättest du ausreichend Gelegenheit dazu gehabt! Vater hat dich der Plantage verwiesen, das stimmt. Aber du wusstest, dass ich nach Williamsburg aufs College gehen würde. Du hättest mich jederzeit besuchen können."

Das Gesicht seiner Mutter färbte sich dunkelrot; er sah förmlich, wie sie hinter ihrer Fassade fieberhaft nach einer plausiblen Erklärung suchte.

„Nun?", hakte er ironisch nach und setzte ein kaltes, schiefes Grinsen auf.

„Weißt du, das ist nicht so einfach zu erklären", stammelte sie, „es hat sich einfach nicht so ergeben, wir waren viel auf Reisen und, na ja, es ..."

„Ich war da nicht nur ein paar Tage oder Wochen. Vergiss es einfach. Ich will deine fadenscheinigen Erklärungen gar nicht hören. Du hast dich selbst verraten."

Sie schluckte und seufzte theatralisch, während sie sich langsam zurücklehnte. „Ich sollte mich nicht so aufregen, ich bekomme so leicht meine Migräne." Leidend befühlte sie ihre Stirn und blickte ihn mitleidheischend an.

„Ich nehme an, du kennst dich hier noch aus. Dort vorne im Gang, erste Tür, befindet sich ein Gästezimmer, das kannst du nutzen. Andere Räumlichkeiten sind für dich tabu. Brauchst du Hilfe? Soll ich dir eine der Sklavinnen schicken oder kommst du allein zurecht?"

„Ich habe Wilma dabei, sie wird mir behilflich sein", erwiderte sie kühl, als ihr klar wurde, dass sie mit Mitleid im Augenblick nichts ausrichten konnte.

„In Ordnung, dann wünsche ich dir eine gute Nacht." Zielstrebig verließ er den Raum. Er hätte es keine Minute länger mit ihr ausgehalten! Sie war eine anstrengende Frau. Was würde sie wohl sagen, wenn er ihr von Emba erzählte? Wahrscheinlich würde sie einen hysterischen Anfall bekommen oder wirkungsvoll in Ohnmacht fallen. Er schüttelte den Kopf; krachend fiel die Tür des Arbeitszimmers hinter ihm ins Schloss. Stöhnend griff er nach dem Brandy, entschied sich dann jedoch für Whiskey und stürzte drei Gläser nacheinander hinunter. Dann erst hatte er das Gefühl, dem Getränk zu schmecken.

Mag sein, dass er ein wenig zu hart zu ihr gewesen war, überlegte er. Immerhin war sie seine Mutter. Aber sie ging ihm einfach auf die Nerven. Er zweifelte keineswegs, dass das Leben an der Seite seines Vaters schwer für sie gewesen war, ebenso wenig konnte er das Verhalten seines Vaters gutheißen. Aber das war eine Angelegenheit, welche die zwei miteinander hätten klären müssen. Er konnte nur von seiner Perspektive aus urteilen, und er war der Überzeugung, dass sie sich als Mutter die Sache zu einfach gemacht hatte. Auf jeden Fall würde er dafür sorgen, dass sie morgen abreisen würde.

Als Kind hätte er sie vielleicht gebraucht, doch heute, als Erwachsener, konnte er auf sie verzichten. Das war ihm heute klar geworden.

Er schlief schlecht und unruhig; daher war er schon früh auf den Beinen. Wie gern hätte er einen Ausritt unternommen und die frische Morgenluft genossen! Aber das musste warten, bis sein Bruch ausgeheilt war. So beschäftigte er sich lediglich eine Weile mit den Pferden und kraulte sie. Als er zurück in die Küche kam, herrschte dort bereits geschäftiges Treiben. Bessy brutzelte Eier in der Pfanne, Raida deckte den Tisch, und Elaih lehnte verschlafen im Türrahmen und schaute ihn so verdutzt an, als hätte er einen Geist gesehen.

„Bist du aus dem Bett gefallen?"

„Ich konnte nicht schlafen." Grinsend sah er Elaih an.

„Da hat wohl noch jemand schlecht geschlafen?"

„Nicht schlecht, nur etwas zu wenig", grinste Elaih zurück und schaute Raida mit vielsagendem Blick an. Sie sah ebenso müde aus und errötete tief.

„Selbst schuld", tadelte Bessy kopfschüttelnd und verschwand in der Speisekammer. Thomas nutzte den

Moment, zog Emba in seine Arme und flüsterte ihr einen liebevollen Morgengruß ins Ohr. Sie sieht heute blass aus, dachte er. Doch bevor er nachfragen konnte, tauchte Bessy wieder auf.

„Ich denke, es wird dauern, bis meine Mutter aufsteht. Ich esse schon eine Kleinigkeit, sonst verhungere ich", entschied er und setzte sich. Bessy schwenkte zum Küchentisch.

„Leckeres Rührei, ganz frisch und schön weich", lobte sie den Inhalt ihrer Bratpfanne und verteilte eine große Portion auf Thomas´ und eine auf Elaihs Teller, den er ihr bereits entgegenhob.

„Für mich nicht", lehnte Raida ab und reichte ihr stattdessen Shirins Teller.

„Was ist mit dir, Emba, möchtest du?" Abwartend schaute Bessy sie an.

„Ist lecker", lobte Elaih zur Aufmunterung, „und glitscht auch nicht mehr."

Statt einer Antwort wurde Emba bleich und rannte, die Hand auf den Mund gepresst, schleunigst aus der Küche.

„Da siehst du, was du angerichtet hast", schimpfte Bessy und sah Elaih böse an, „meine Rühreier sind nie glitschig, verstanden?"

„Tut mir leid, ich ... ich hab doch nur einen Scherz gemacht. Das wollte ich nicht. Es ist sehr lecker, wirklich", stammelte er und war zutiefst bestürzt. Raida und Shirin warfen sich über den Tisch einen Blick zu. Thomas wollte sich erheben, um nach ihr zu sehen, doch Shirin war schneller.

Zwei Stunden später saß Thomas mit seiner Mutter am Frühstückstisch. Sie erhob keinerlei Einwände mehr gegen eine Abreise; es schien sogar, als sei sie erleichtert.

Sie wollte noch ihren Schwager und seine Familie besuchen, erzählte sie. Die alte englische Standuhr in der Ecke schlug zur vollen Stunde; kaum zu glauben, dass ihr Gespräch schon so lange andauerte, auch, wenn es sich in erster Linie so verhielt, dass sie redete und er zuhörte. Er kannte inzwischen jedes kleinste Detail ihrer Anwesens in Richmond, Virginia, und in Maryland.

„Hier hat sich überhaupt nichts verändert in all den Jahren." Ihre Blicke wanderten durch den Raum. „Auf diese Uhr war dein Vater immer besonders stolz." Sie fixierte die über zwei Meter hohe Standuhr aus massiver dunkler Eiche, signiert mit dem Namen des Uhrmachers, George Suggate Halesworth: verglaster Uhrenkopf, Messingzifferblatt mit römischen Zahlen, Sekunden- und Monatsanzeige. Nachdenklich betrachtete sie das gute Stück, als sehe sie es in diesem Moment zum ersten Mal.

„Nein, Vater hat hier kaum etwas verändert. Ich hingegen habe schon so meine Pläne", holte Thomas sie aus ihren Träumereien zurück. Ihre Sklavin Wilma, eine korpulente Frau in mittleren Jahren, die mit dem Kutscher in der Küche gefrühstückt hatte, verkündete, dass sie abreisebereit seien. Thomas atmete auf.

***

„Wie fühlst du dich, jetzt, wo deine Mutter wieder fort ist?", fragte Elaih besorgt, als sie später am Tag auf dem Hof aufeinander trafen.

„Ganz ehrlich? Ich bin erleichtert!" Er stöhnte lachend. „Mir glühen jetzt noch die Ohren!"

Elaih betrachtete ihn zweifelnd von der Seite, während sie den Hof überquerten und die Küche betraten.

„Ich habe eben frischen Kaffee aufgebrüht", begrüßte Emba sie lächelnd. Sie hatte wieder eine normale Gesichtsfarbe, stellte er beruhigt fest, es schien ihr gutzugehen.

„Deinen Namen hat sie übrigens nicht vergessen", erzählte Thomas an Elaih gewandt und ahmte den Tonfall seiner Mutter nach. „Sie war entsetzt, dass ich noch immer Kontakt mit dir pflege."

„Oh je, so schlimm?"

„Schlimmer!", bestätigte Thomas, „weil ich mich mit einem Lächeln bei Raida bedankt habe, hat sie angenommen, dass ich mit ihr schlafe."

Elaih verschluckte sich an seinem Kaffee und begann heftig zu husten. „Tja", fuhr Thomas fort, „und als ich ihr mitteilte, dass sie bald deine Frau sein würde, hat sie nur gemeint, dass du sicher nichts dagegen hättest, wir hätten ja immer alles zusammen geteilt."

„Waas?", fuhr Elaih auf und musste immer noch leicht husten.

„Glaub mir, Bruder, ich würde wirklich alles für dich tun, aber nie würde ich meine Raida mit dir teilen!"

Inzwischen war Raida in die Küche getreten und hatte lediglich den letzten Satz mitanhören können. Sie blickte verblüfft von einem zum anderen, während ihr Gesicht eine tiefdunkle Farbe annahm. Thomas brach in schallendes Gelächter aus und verpasste seinem Bruder einen Rippenstoß, der darauf ebenfalls losprustete.

„Ihr seid unmöglich", tadelte Emba die beiden, konnte sich jedoch selbst das Lachen kaum verkneifen.

„Komm her, Raida", bat Elaih lachend und zog sie mit einem Ruck zu sich auf den Schoss; dabei küsste er sie stürmisch und begierig zwischen den Lachern. „Du bist mein!", bestätigte er unmissverständlich.

Die Aussage wurde zwei Tage später offiziell. Elaih und Raida wurden zu Mann und Frau. Thomas hatte dafür gesorgt, dass das Ereignis mit allen Sklaven gebührend gefeiert werden konnte. Am Vorabend hatten die Feldsklaven bereitwillig zugestimmt, länger zu arbeiten, damit sie am Tag der Hochzeit nur den halben Tag auf dem Feld sein konnten. Grahams Frau Mary hatte ein ausrangiertes Kleid umgeändert, indem sie unten eine Rüschenkante angenäht hatte, damit es in Bezug auf die Länge passte; sie schenkte es Raida zu ihrer Hochzeit. Raida sah darin sehr vornehm und hübsch aus; Elaih verschlug es bei ihrem Anblick die Sprache. Über einer großen Feuerstelle bei den Sklavenquartieren wurde ein Wildschwein am Spieß gegrillt, und Bessy hatte weitere Köstlichkeiten vorbereitet, sodass alle bestens versorgt waren. Die Frauen führten Tänze auf, und die Stimmung war entspannt und fröhlich. Thomas fühlte sich fast wie ein Eindringling und wollte sich gerade stillschweigend entfernen, als Elaih sich von Raida löste und auf ihn zukam.

„Ich danke dir für alles, Bruder! Ohne dich würde ich diesen Tag nicht feiern ..." Seine Stimme klang zittrig; man hörte heraus, wie bewegt er war.

„Ich wünsche euch beiden alles Gute", antwortete Thomas, dem im Augenblick nichts Passenderes einfiel, „werdet glücklich miteinander!" Die Brüder umarmten sich herzlich. Ein paar Sklaven begannen zu klatschen, und immer mehr taten es ihnen gleich.

„Ich bin glücklich", bekräftigte Elaih und sah ihn mit feuchten Augen an. Raida war an seine Seite getreten. Elaih zog sie stürmisch an sich und gab ihr einen laut schmatzenden Kuss, worauf die Menge aufjubelte.

„Und du? Bist du auch glücklich, Raida?"

Verliebt blickte Raida ihren Elaih an. „Ja, sehr, Mr. Greendale", strahlte sie. Dann jedoch huschte ein Schatten über ihr Gesicht

„Ich wünschte nur, mein Bruder könnte das alles miterleben. Er fehlt mir!"

„Ich weiß. Aber ich bin mir sicher, er würde sich für dich freuen und dir seinen Segen geben."

„Ja, das würde er. Danke, Mr. Greendale."

„Raida", ermahnte Thomas sie, „du bist jetzt die Ehefrau meines Bruders! Das heißt, du gehörst zur Familie. Und deshalb wirst du mich ab sofort Thomas nennen."

Raida schluckte und versuchte erfolglos ihre Tränen zurückzuhalten. „Ich ... ich weiß gar nicht, ob ich das kann, Mr. Green ... ähm, Thomas", sie senkte verlegen den Blick. „Ich wusste sofort, als ich Sie das erste Mal gesehen habe, dass Sie ein guter Mensch sind, Mr. Green ... Mr. Thomas."

„Das du ein guter Mensch bist", verbesserte Thomas, und Raida blickte ihn verdutzt an.

„Du wirst es noch lernen", sagte Thomas lachend.

Aus den Augenwinkeln entdeckte er jetzt Bryan und sah, dass er sie genau beobachtete. Er hatte bislang noch keinen Fluchtversuch unternommen, und das beruhigte ihn. Shirin verteilte frisches Maisbrot und schwatzte aufgeregt mit den anderen Sklaven. Bessy kam mit einem Tablett süßer Waffeln zurück und wurde sofort von Kindern umringt; sie erkämpfte sich, ganz Bessy, ihren Weg. Die tanzenden Sklaven bildeten einen großen Kreis und forderten das Brautpaar mit Gesängen und wilden Rhythmen auf, in ihre Mitte zu treten. Lachend folgten Elaih und Raida der Aufforderung.

Zufrieden blickte Thomas sich um. Ja, so hatte er sich seine Plantage vorgestellt: fröhliche, lachende Menschen, Sklaven, die vergessen konnten, dass sie Sklaven waren. Sklaven, die sich wohlfühlten und denen er Glück und Zufriedenheit geben konnte … Plötzlich jedoch überfiel ihn eine tiefe Melancholie. Er suchte nach Emba; sie war nirgendwo zu sehen. Er strich um die wild tanzenden Frauen herum; auch hier war sie nicht. Er fand sie auch bei den anderen nicht, die noch mit Essen beschäftigt waren oder einfach nur schwatzten. Wo war sie?

„Sie ist zum Bach hinuntergegangen", hörte er plötzlich eine Stimme hinter sich. Verwirrt drehte er sich um und stand Bryan gegenüber.

„Sie suchen doch Emba, nehme ich an?"

Woher wusste Bryan davon? Elaih musste es ihm erzählt haben. Thomas war so verwirrt, dass er nicht wusste, wie er reagieren sollte. Er ärgerte sich über sich
selbst.

„Ist das so offensichtlich?", fragte er etwas schärfer als beabsichtigt.

„Nein." Bryan brachte so etwas wie ein Lächeln zustande. „Aber es wäre logisch in dieser Situation, dass sie ihre Nähe suchen, wenn sie es ernst mit ihr meinen."

„In dieser Situation?", hakte Thomas verwirrt nach.

Ein breites Grinsen zierte Bryans Gesicht, wodurch er gleich viel harmloser wirkte. Auch seine Augen blickten schon viel weniger bedrohlich. „Sie wissen schon, Mr. Greendale." Es klang fast etwas anzüglich.

„Ja, gut ... äh … dann werd ich mal schauen." Er räusperte sich. „Hol dir noch was von dem Wildschwein, es ist köstlich", setzte er schnell hinterher, um seine Verlegenheit zu verbergen. Herrgott, war das peinlich, sich von einem Sklaven enttarnen zu lassen!

Er fand Emba tatsächlich unten am Bach. Es versetzte ihm einen Stich, als er sie so einsam und allein dort stehen sah. Er hielt inne und betrachtete sie. Sie zuckte zusammen, als sie durch einen knackenden Ast bemerkte, dass jemand sich ihr näherte. Als sie Thomas sah, lächelte sie scheu.

„Warum bist du nicht bei den anderen", fragte er voller Zärtlichkeit.

Sie ließ sich Zeit mit der Antwort und wich seinem Blick aus. „Ich war auf einmal so traurig", sagte sie leise.

Er ging die letzten Schritte auf sie zu und schlang von hinten seinen Arm um sie.

„Warum denn?" Er küsste sanft ihre Wange; wieder ließ sie sich Zeit.

„Elaih und Raida sind so glücklich. Und mir ist klargeworden, dass dieses Glück mir immer verwehrt bleiben wird ...‟

„Was redest du da?" Überrascht drehte er sie zu sich herum und sah Tränen in ihren Augen. Er atmete tief durch. „Emba, ich dachte, du liebst mich?" Er verstand nicht. „Emba?" Es klang fast verzweifelt. Sie begann zu weinen und es brach ihm das Herz, sie so zu sehen.

„Ich liebe dich mehr als mein Leben, Thomas", schniefte sie, „aber was ist mit dir?"

Verständnislos sah er ihr in die Augen, als läge dort die Antwort.

„Deinetwegen habe ich meine Heiratspläne mit Christina aufgegeben!"

Sie wischte mit dem Handrücken ihre Tränen fort und blinzelte ihn an.

„Liebst du mich, Thomas?"

„Natürlich liebe ich dich, Emba, das weißt du doch." Was war nur los mit ihr?

Sie wischte die letzten Tränen fort, ohne den Blick von ihm zu wenden.

„Aber du hast es nie gesagt!"

„Was? Aber? ..." Er schloss kurz die Augen und schalt sich selbst einen Idioten. Hatte er es ihr wirklich nie gesagt? Verdammt! Er öffnete sie wieder und sah sie voller Gefühl an.

„Verzeih, mein Liebling. Ich habe wohl nicht so viel Übung mit Liebeserklärungen."

Sie lächelte zaghaft und fuhr mit der Hand streichelnd über seine Wange.

„Ich liebe dich, Emba."

Eine gewaltige Woge aus Zärtlichkeit und Liebe überflutete ihn. Er zog sie nah an sich und küsste sie innig. Für keine andere Frau würde er je so viel empfinden wie für Emba! Ja, er liebte sie aus vollem Herzen, er würde sie immer lieben, sie war sein Leben! Vorsichtig löste sie sich aus seiner Umarmung und sah ihn ernst an.

„Wirst du auch unser Kind lieben?"

Sie senkte den Blick und legte die Hand schützend auf ihren Bauch. Thomas schluckte. Ihre Übelkeit ... warum war er nicht gleich darauf gekommen? Er presste die Lippen aufeinander, um die Flut der Gefühle, die ihn übermannten, unter Kontrolle zu halten. Er konnte nur stumm nicken. Er spürte, wie seine Augen feucht wurden. Emba war schwanger. Er würde Vater werden!

„Ich liebe dich, Emba", flüsterte er ergriffen und konnte nicht mehr verhindern, dass Tränen ihm über die Wange liefen, Tränen der Freude.

„Ich liebe dich und unser Kind!" Er küsste sie stürmisch und begierig.

„Und wenn es schwarz ist?" hakte Emba ängstlich nach.

„Egal", versicherte Thomas, „es wird unser Kind sein, Emba, und ich schwöre dir, dass ich ein schwarzes Kind ebenso lieben werde wie ein weißes."

Dann fielen sie in einen tiefen, innigen Kuss, der alles an Gefühlen ausdrückte, das sie füreinander empfanden.

Epilog

„Daddy, Daddy!" Die kleine Luisa war aufgeregt. „Schau mal, ich habe mitgeholfen, den Brotteig zu kneten!" Stolz zeigte sie ihre teigverklebten mehligen Hände vor, während sie auf ihren Vater zurannte.

„Das ist ja großartig, mein Schatz", lobte Thomas sie, nahm seine Tochter in die Arme und wirbelte sie einmal im Kreis herum. Die Kleine quietschte lauthals vor Vergnügen.

„Du wirst Daddy noch ganz mit Mehl besudeln", lachte Emba.

„Habe ich schon", lachte Luisa wenig schuldbewusst und drückte ihre Ärmchen eng um seinen Hals. Mit seiner Tochter auf dem Arm bückte er sich zu seiner Frau hinunter und küsste sie.

„Wenn du nicht aufpasst, wickelt sie dich in ein paar Jahren um den Finger", tadelte Emba mit gespieltem Ernst. Mit einem Lächeln streichelte er der Zweijährigen über den Kopf und drückte ihr einen Kuss auf die Stirn. Dann setzte er eine gespielt hilflose Miene auf.

„Sie hat nun mal deine Augen, Liebling."

Bessy stapfte vom Hof in die Küche und stöhnte.

„Ich glaube, ich werde allmählich zu alt für diesen Unfug."

Thomas und Emba sahen sich mit wissender Vorahnung an.

„Was haben die zwei nun schon wieder angestellt?"

Bessy gab ein Grunzen von sich und schaute ernst von einem zum anderen.

„Kein Wunder, dass wir so wenig Eier haben, wenn Ian und William ständig die armen Hühner quer über den Hof jagen!"

Thomas brach in schallendes Gelächter aus. Langsam setzte er seine Tochter ab und versprach der geknickten Bessy, sich darum zu kümmern. Es war nichts Neues, dass sein Ältester ständig irgendetwas anstellte.

„Nicht mehr nötig", entgegnete sie, „ich hab schon Elaih eine Standpauke gehalten. Schließlich war es Ian, der damit angefangen hat."

„Oh je, der Arme", rutschte es Thomas heraus, worauf er einen bitterbösen Blick erhielt.

„Genau wie du und Elaih früher, in dem Alter", knurrte sie.

„Ach, Bessy", sagte Thomas und legte einen Arm um die massige Bessy, „und trotzdem sind wir anständige Männer geworden, oder?"

Bessy sah zu ihm auf und hatte Mühe, ihr ernstes Gesicht zu wahren. Bevor sie

jedoch antworten konnte, wurde die Küchentür geöffnet und Elaih schob William und Ian hinein.

„Das ist gemein, Dad", maulte Ian, „Mom ist mit Tommy bei den Hundebabys. Du hast versprochen, dass wir da auch hindürfen!"

„Ja", entgegnete Elaih knapp, „aber das war, bevor ihr die Hühner geärgert habt!"

„Haben wir gar nicht", verteidigte William sich. Alle Augen waren auf ihn gerichtet und William freute sich.

„Bessy hat neulich gesagt, die Braune ist sowieso zu fett für den Kochtopf, und ..."

„Und da habt ihr gedacht, dass ihr sie über den Hof jagt, damit sie ein bisschen abnimmt", fiel Thomas seinem Sohn ins Wort und sah ihn streng an.

„Genau", bestätigte Ian an dessen Stelle. Thomas richtete seinen strengen Blick nun auch auf ihn, und beide senkten betreten die Köpfe.

„Komm", sagte William zu Ian, „wir können ja später hingehen." Einträchtig verschwanden die Knaben; man hörte sie den Korridor entlang rennen. Elaih ließ mit einem lauten Stoß die Atemluft entweichen; grinsend sahen die Brüder sich an. Beide hatten sie mittlerweile ihre eigene kleine Familie, und alle zusammen waren sie eine große, glückliche Familie.

Thomas hatte seine Entscheidung nicht bereut. Er liebte Emba wie am ersten Tag, und sein Sohn William und seine Tochter Luisa waren sein ganzer Stolz. William sah ihm sehr ähnlich, und seine Hautfarbe entsprach der eines Weißen; lediglich Luisa hatte einen etwas dunkleren Teint als ihr Bruder. Wer jedoch nicht wusste, dass ihre Mutter eine Mulattin war, würde es vielleicht nicht einmal bemerken.

Nur einen Monat nach William kam Ian, der Sohn von Elaih und Raida, auf die Welt. William und Ian wurden die besten Freunde und unzertrennlich. Während Thomas und Emba als nächstes eine Tochter bekamen, war Elaih und Raida drei Monate zuvor ein weiterer Sohn geschenkt worden, den sie Tommy nannten. Wie Thomas versprochen hatte, war aus dem großen Fenster im Korridor des Ostflügels eine Eingangstür geworden, die Haustür für Elaihs Familie. Dennoch verbrachten alle acht viel Zeit in dem großen Gemeinschaftsraum, der den Ostflügel mit dem Rest des Hauses verband. Dort befand sich ein großer, breiter Kamin, der für Gemütlichkeit sorgte, und an der einen Seite des Raumes hatten die Frauen eine Kinderspielecke eingerichtet.

Oft kamen Graham und Mary zu Besuch, sie hatten inzwischen eine dreijährige Tochter. Nach anfänglichen Schwierigkeiten hatten sie ihre Ehe doch noch in den Griff bekommen. Graham bewies viel Zeit und Geduld mit seiner Frau und wurde letztendlich reich dafür belohnt. Anfangs vergnügte er sich noch einige Male mit Shirin, bis seine Mary ihm das geben konnte, was er sich wünschte, und darüber war er sehr glücklich.

Zunächst war es ihm unangenehm gewesen, mit Thomas über seine Probleme zu sprechen, aber schließlich beherzigte er den Rat von Elaih und vertraute sich seinem besten Freund an. Die neue Vertrautheit schweißte ihre Freundschaft noch enger zusammen, zumal Thomas danach mit der Neuigkeit herausrückte, dass er sich in eine Sklavin verliebt hatte. Graham versprach ihm damals, die Frau an der Seite seines besten Freundes ohne Einschränkung zu akzeptieren, und das bedeutete Thomas viel.

Graham und Elaih pflegten ebenfalls eine gute Freundschaft. Mary störte es nicht; sie kannte Elaih ohnehin seit Jahren, und mit Emba und Raida ging sie ungezwungen um.

Bryan blieb auf der Plantage. Nur einmal, im ersten halben Jahr, hatte er sich eine Menge Ärger eingehandelt, als er sich eines Abends etwas zu weit von der Plantage entfernt hatte. Der Vorwurf einer versuchten Flucht wurde laut; dabei hatte er nur kurz den Duft von Freiheit spüren wollen, wie er erklärte. Thomas war dennoch wütend, und Elaih war enttäuscht und fühlte sich verraten. Das war der Moment, wo Bryan klar wurde, dass es noch andere Dinge im Leben gab als Flucht. Denn auch Dwan war wütend und enttäuscht von ihm, und das tat ihm am meisten weh, denn er mochte Dwan. Bryan spürte zum ersten Mal das Gefühl, dass er Menschen enttäuscht hatte, die an ihn glaubten, und er fühlte sich so elend wie nie zuvor in seinem Leben. Deshalb tat er etwas, was er nie für möglich gehalten hätte: Er ging zu Thomas und bat ihn um Verzeihung. Er versprach, dass so etwas nie wieder vorkommen würde. Thomas nahm seine Entschuldigung an. Bei Dwan jedoch brauchte er länger, um ihr Vertrauen zurückzugewinnen.

Als sie ihm kurz darauf verkündete, dass sie guter Hoffnung sei, hatte er ein Problem. Er, der sich immer gegen die Sklaverei aufgelehnt hatte, hatte ein Kind gezeugt, einen weiteren Sklaven! Jetzt war er nicht mehr für sich allein verantwortlich, und dieser neue Umstand stürzte ihn in eine Krise. Doch Elaih konnte ihm den Kopf zurechtrücken. Inzwischen mochte er seinen geliebten Sohn nicht mehr missen; er war nach wie vor ein Sklave, aber er war dennoch glücklich. Bryan musste seine Meinung über Weiße korrigieren: Es gab unter ihnen auch gute Menschen. Sie waren rar, aber Thomas Greendale war definitiv einer von ihnen. Und er teilte die Meinung der anderen Sklaven dort: Er war froh, das Glück zu haben, auf dieser Plantage leben zu dürfen.

ENDE